Das *verzauberte* Haus

Margarete Mauthner

Das *verzauberte* Haus

Herausgegeben und
mit einem Nachwort von Karl Corino

Mit einem Vorwort
der Urenkel von Margarete Mauthner

: TRANSIT

Inhalt

Vorwort der Urenkel von Margarete Mauthner
7

Vorbemerkung des Herausgebers
13

Margarete Mauthner
Das *verzauberte* Haus

15

Anmerkungen
229

Nachwort von Karl Corino
239

Anhang
Ein Künstler-Nachlass: Münchner Neueste Nachrichten, 1896
268
Notizen Marthas über ihre Kindheit in der Matthäikirchstraße 1
269
Robert Musil: Rabe
271
Stammbaum der Familie Alexander
275
Stammbaum der Familie Meyer
276
Bildquellenverzeichnis
277
Impressum
279

Margarete Mauthner, unsere Urgroßmutter und Autorin dieser bisher unveröffentlichten Erinnerungen, war über mehrere Jahrzehnte zu Anfang des 20. Jahrhunderts sehr intensiv am kulturellen Leben Berlins beteiligt. Schon zu einem sehr frühen Zeitpunkt sorgte sie dafür, daß das Schaffen Vincent van Goghs in Deutschland bekannt wurde, und einige seiner Werke befanden sich in ihrer umfangreichen Sammlung. Sie war eine bekannte Übersetzerin, übertrug van Goghs Briefe ins Deutsche, aber auch literarische Werke wie Johnsons «Volpone».

Margarete Mauthners Tochter aus erster Ehe war Edith Pinkus. Edith heiratete Adolf Orgler, Elektroingenieur und an leitender Position bei der AEG. Sie wiederum hatten einen Sohn Friedrich («Fritz») und zwei Töchter: Else, der Margarete diese Erinnerungen widmete, und deren jüngere Schwester Irmgard («Irmi»).

Als die Bedrohung durch die Nazis sich zuspitzte, emigrierten Else und Fritz Mitte der dreißiger Jahre nach Johannesburg, Südafrika. Aber die übrige Familie hielt während dieses schrecklichen Jahrzehnts in Berlin aus, in der Hoffnung, dieses Unwetter würde sich verziehen. Sie mußten die Nürnberger Gesetze erleben, die Juden nach ihrer Abstammung definierten und ihnen die Staatsangehörigkeit raubten; die zunehmende Enteignung der Juden und den Verlust ihrer bürgerlichen Rechte. Und schließlich den angeordneten Boykott jüdischer Läden.

Dann kam im November 1938 die «Kristallnacht»: Synagogen und jüdische Geschäfte wurden angezündet und geplündert, Juden wurden in aller Öffentlichkeit angegriffen und ermordet, Tausende verhaftet und in Konzentrationslager gebracht. Adolfs Bruder Hans, Träger des Eisernen Kreuzes Erster Klasse für seine herausragenden militärischen Leistungen im Ersten Weltkrieg, der die Beschlagnahmung seines Offiziersdegens durch das Reich

Der letzte Paß von Margarete Mauthner, die vom Deutschen Reich zwangsweise ausgebürgert wurde.

noch stoisch hinnahm und dann, nachdem seine Professorenkollegen beschlossen hatten, alle jüdischen Kollegen zu entlassen, aus seinem Universitätsamt getrieben worden war, beging wenige Tage später Selbstmord.

Im März 1939 schließlich suchten auch die restlichen Mitglieder der Mauthner-Orgler-Familie Zuflucht bei Else und Fritz in Johannesburg. Fritz starb jung und hinterließ keine Kinder. Margarete und Edith starben kurz nach dem Zweiten Weltkrieg. Else und Irmy heirateten in den vierziger Jahren – und wir, die Unterzeichner dieses Vorworts, sind Elses Kinder. Margarete Mauthners letzter Paß ist hier abgebildet; ein Symbol für Ausbürgerung, Flucht und Exil.

Edith, Tochter von Margarete Mauthner   *Else und Irmgard, die Enkelinnen*

Vor diesem Hintergrund ist unsere Zustimmung zur Veröffentlichung von sehr gemischten Gefühlen begleitet, «einer starken Mischung aus Faszination und Angst», wie Eva Hoffman[1] es nennt, die typisch ist für unsere Generation. Auf der einen Seite empfinden wir Stolz darüber, daß Margarete Mauthners eigene Texte gedruckt werden und sie so noch einmal ihren Beitrag zur deutschen Kultur leistet.

Auf der anderen Seite können wir, als Nachkommen der Flüchtlinge und einer Familie, die viele Verwandte im Holocaust verlor, die folgende These Eva Hoffmans tief nachempfinden: «Die Geschichte der zweiten Generation ist vor allem ein Beispiel für eine Verinnerlichung von Vergangenheit, nämlich in der Form, daß die erlittenen Grausamkeiten im täglichen Leben und in den Gedanken der folgenden Generationen immer wieder zum Vorschein kommen.»[2]

Ein Beispiel: Wenn in der Verlagsankündigung für dieses Buch Margarete Mauthners Beschreibung des Münchener Karnevals besonders positiv herausgestellt wird, dann denken wir bei diesem Ort eher daran, daß hier die Wiege des Nazismus stand.

Und als wir mit dem Verleger dieser Memoiren korrespondierten –, die Erwähnung von Berlin erinnert uns an das dynamische Familien- und Sozialleben, das 1939 mit Tod und Flucht beendet war.

Uns kommt es vor, als ob Deutschland zwei Vergangenheiten hätte. Die eine, so wird sie vielleicht von denjenigen gesehen, die wie ihre Vorfahren in Deutschland leben, besitzt eine Kontinuität bis weit in die Zeit vor dem «Störfall» Hitler, geprägt durch die begeisternde Kultur vor der Nazizeit, in der Margarete Mauthner und ihre Familie aufwuchsen. Die andere Vergangenheit, oft wahrgenommen von denen, deren Vorfahren zu den wenigen gehörten, die fliehen und überleben konnten, hat durch den Holocaust einen endgültigen Bruch erfahren. Über einen riesigen, unüberwindlichen Abgrund hinweg starrt man auf die Vor-Nazi-Zeit mit einem Gefühl tragischer Ironie.

Für die ersteren ist Deutsch die Sprache von Goethe oder Grass; für die letzteren hallt, wie George Steiner[3] schrieb, aus dem Rhythmus der Sprache die aus Filmen bekannte Rhetorik Hitlers wider und die brüllende Zustimmung der Massen, die begeistert seinen Plänen folgten oder daran mitarbeiteten.

Wir fragen uns, was wohl Margarete Mauthner, im hohen Alter ins Exil getrieben, gemeinsam mit ihrer Familie empfunden haben mag angesichts dessen, was aus der von ihr so geliebten Kultur geworden war und aus der Sprache, die sie mit dieser Kultur so eng verband.

Adolf Orgler erklärte sich zwar bereit, für fünf Jahre nach Deutschland zurückzugehen, um beim Wiederaufbau der AEG zu helfen. Aber noch zwanzig Jahre später sah sich Margaretes Enkeltochter Else aus emotionalen Gründen nicht in der Lage, der Veröffentlichung dieser Memoiren zuzustimmen, obwohl sie dies ernsthaft erwogen hatte.

Wir sind eine Generation später geboren. Unser Wissen über die Nazi-Zeit wurde indirekt erworben: durch Bilder, Dokumente, Überbleibsel, durch Anspielungen und durch Momente des Schweigens. «Diese besondere Distanz bietet», so Hoffman weiter, «eine neue Chance: In der zweiten Generation, mit ihrer besonderen Verpflichtung gegenüber der Vergangenheit, ist einerseits die Gefahr sehr groß, daß die Wirklichkeit historischer Erfahrung in die erstarrten Formeln eines kollektiven Gedächtnisses verwandelt werden. In dieser Distanz liegt aber gleichzeitig die riesige Chance, daß wir Geschichte in all ihrer emotionalen und moralischen Widersprüchlichkeit begreifen, und so wieder die vielfältigen Spuren des Lebens davor entdecken.»4

Und diese Chance haben wir ergriffen, so wie es unsere Urgroßmutter sich wohl gewünscht hätte – nicht zuletzt auch in ihrer liebevollen und fürsorglichen Widmung für Else. Als ihre direkten Nachfahren haben wir an dieser Veröffentlichung des ersten Bandes ihrer Erinnerungen mitgearbeitet.

Gewidmet dem Gedenken an Margarete Mauthner,
ihre Tochter Edith und ihre Enkel Fritz, Else und Irmy,
unfreiwillige Emigranten jüdischer Abstammung aus Berlin,
von ihren Nachfahren in der ganzen Welt.

Wir wurden die Menschen, die wir sind,
durch eure beharrliche Menschlichkeit
in einer grausamen Zeit.

Josie Adler, South Africa
Andrew Orkin, Canada
Mark Orkin, South Africa

Im August 2004

Anmerkungen

1   Eva Hoffman, After Such Knowledge: A Meditation on the Aftermath of the Holocaust, London 2004, p. 109

2   Ibidem, p. 103

3   George Steiner, After Babel: Aspects of Language and Translation, Oxford 1998

4   Hoffman, p. 198f

In den Jahren 1915 bis 1917 schrieb die Übersetzerin Margarete Mauthner, geb. Alexander, ihre Erinnerungen nieder. Sie schildert neben ihrer eigenen vita die Geschichte zweier jüdischer Familien im Berlin des 18. und 19. Jahrhunderts, eine Geschichte, die eng verknüpft ist mit der eines Hauses im Berliner Tiergarten, Matthäikirchstraße 1. Es ist durch Robert Musils Novelle «Das verzauberte Haus» und als der geheime Schauplatz seines Dramas «Die Schwärmer» in die Weltliteratur eingegangen. Denn Margarete Mauthner war auch die Cousine und Schwägerin Martha Musils.

Da die Gebäude um die Matthäikirche im II. Weltkrieg zerbombt wurden, hat das so literaturträchtige «Verzauberte Haus» nur in der Literatur und auf einigen Abbildungen überlebt. Die Veröffentlichung von Margarete Mauthners «Rückblick» fast neunzig Jahre nach seiner Entstehung ist deshalb ein Beitrag zur Literaturgeschichte des 20. Jahrhunderts, und sie bedeutet die imaginäre Wiederauferstehung einer versunkenen Welt im Wort: des jüdischen Berliner Bürgertums, das nach 1933 vertrieben oder ermordet wurde.

Auf das Manuskript Margarete Mauthners, das seit seiner Niederschrift vor gut achtzig Jahren nur den Nachkommen der Autorin zugänglich war, wurde ich bei den Recherchen zur Biographie Robert Musils in Südafrika aufmerksam; es sollte nun einem größeren Kreis von Lesern zugänglich gemacht werden. Es hat dies aus historischen wie aus literarischen Gründen verdient.

Karl Corino

Meine liebe Else Juliane[1]! 20. April 1915

Oft, wenn ich in Deine fröhlichen Augen sehe und in ihnen eine Lebensfreude und Lebensfülle fühle, die unabhängig von dem momentanen Erleben Deiner Kinderseele zu sein scheint, ist es mir, als ob drin eine Fortsetzung von meinem Sein liegt, aber eine Fortsetzung, an der ich nicht mehr leiblichen Anteil haben werde, und stets wünsche ich mir dann, irgendeine Brücke von mir zu Dir zu schlagen, die dauerhafter, sinnvoller wäre, als ein Bild, ein Schmuckstück, ein gelegentlicher Brief sein kann.

Mein Leben scheint mir zu wertvoll, als daß es mit mir zu Staub zerfallen sollte; und wenn auch nicht meine Persönlichkeit festzuhalten das mir erwünschte Ziel ist, so muß sie doch der Durchgangspunkt sein zu Zeiten, in denen mein und mithin auch Dein Dasein wurzelt, zu Menschen, denen ich den Wert meines Daseins verdanke. All das, was für mich ein liebes, lebendiges Teil meiner selbst ist, würde tote Vergangenheit für Dich in dem Augenblick, in dem ich die Augen schließe. Vielleicht, indem ich sie Dir zu übermitteln versuche, kann sie auch Dein und dadurch kommendes Leben bereichern.

Und nicht einmal die Frage, ob ich Dir etwas zu geben habe, kann mich beirren. Denn die Liebe in allen ihren Gestalten, die Liebe, die das Ich verstärkt, je mehr es von den Erscheinungen des Weltalls in Leiden und Freuden in sich aufzunehmen befähigt ist, zwingt mich zu diesem Schritte.

1.

Am 6ten Juli 1863 ging ein junges Menschenpaar langsam vom Tiergarten durch die Bellevuestraße der Stadt zu. Sanfter Mondenschein lag wie ein grünlicher Schleier über der Welt, und in ländlicher Ruhe öffneten sich vor ihnen die schlafenden Häuserreihen Berlins. Schwerer und schwerer stützte sich die junge

Frau auf den Arm des Gatten, und müde sank sie auf eine der niedrigen Bänke am Leipziger Platz, über die das blaßgoldene Gewirr der Linden ein schimmerndes Dach wölbte. Die ganze Luft war erfüllt von ihrer Süße, und der junge Ehemann löste behutsam einen der tief herabhängenden Büschel. Seinen Duft einsaugend, steckte er ihn ins Knopfloch und sagte lächelnd: «Ein Töchterchen wünschte ich mir, so blond wie diese Blüten!» Ungläubig schüttelte die junge Frau den dunkeln Kopf, und so saßen sie noch ein Weilchen Hand in Hand, der wartenden Wiege daheim gedenkend.

Am anderen Tage waren Wünsche Wirklichkeit geworden. Im wohligen, warmen Dämmer grünseidener Gardinen lag ein blondes, kleines Mädchen, und noch in späten Jahren meinte der Vater den Lindenduft seiner Jugend zu atmen, wenn er der Tochter über die widerspenstigen, hellen Haare strich.

Ehe nun die neue Weltbürgerin, die unter dem Namen Margarete Alexander in das preußische Staatsleben eingeordnet wurde, mit eigenen Augen das irdische Getriebe zu betrachten vermag, in das sie das Glück hatte, erwünscht, wohlversorgt und frohbegrüßt zu kommen, bewachen liebende, längst entschwundene Gestalten die gedeihlich warme Stille ihrers Schlummers. Welcher Wind hatte sie zusammengeweht? Welche Fäden des Blutes, der Herzen banden sie an dieses kleine Wesen? Welches sind die Wege, die in einem lebendigen Zusammenhange, wenn auch über viele grüne Hügel hinweg, bis zu dir hinführen, mein Kleintöchterchen?

In der zweiten Hälfte des achtzehnten Jahrhunderts lebte in dem trotz Fritzenglanz und Kriegeslärm kleinstädtisch stillen Berlin der Bankier Levy Nathan Bendix[2]. Sein Ölporträt, das ihn in ungezwungener, freier Haltung zeigt, der sehr selbstsichere und unbekümmerte Ausdruck seiner durchgeistigten Züge, die fremdartige Tracht, ein winziges, schwarzes Mützchen, unter dem zu beiden Seiten der Schläfen die Haare braunlockig hervorquellen, ein farbiges, verschlungenes Halstuch und der pelzbesetzte Rock lassen eher einen heiteren, philosophischen Bürger aus Rembrandts's Zeit und Land als einen jüdischen, in Berlins Mauern ansässigen Bankier vermuten. Wohlstand und Kultur, das sieht man, müssen in seinem Hause heimisch gewesen sein. Drei Töchter wuchsen bei ihm auf, von denen uns die Jüngste, Clara[3], näher angeht. Wir begegnen ihr zum ersten Male auf einem reizvollen Schauplatz, auf der sonnigen Terrasse des Charlottenburger Schlosses, wohin die Eltern mit ihrer anmutigen Tochter gefahren waren, um sich an der Fliederblüte zu erfreuen. Der gleiche Anlaß mochte die gute, schöne Königin mit ihrem ältesten Sohne an eines der Erdgeschoßfenster gelockt haben. Kaum hatte Clara sie gesehen, so trat sie vor, und, ihr enganliegendes, duftiges Kleid mit spitzen Fingern über den kreuzweis gebundenen Schuhen raffend, machte sie die zierlichste Verbeugung, die sie der Tanzmeister gelehrt hatte. Sie waren noch nicht weit gegangen, da hörten sie in der breiten Allee schnelle Schritte nachkommen. Es war der hübsche Kronprinz mit seinem Erzieher, der mit einem schönen Gruß von ihrer Majestät kam, und sie ließe fragen, wer das liebe Kind sei, das so artig vor ihr geknixt habe?

Einige Jahre nach diesem anmutigen Erlebnis sehen wir Clara als Neuvermählte in ihrer Wohnung Breitestraße 30 wieder. Ein junger, schlanker Holländer, Jacob Cosman Weyl[4], der aus den Haag gekommen war, um als Lehrling in das bekannte Bendix'sche Bankgeschäft einzutreten, muß auch freundliche Aufnahme in dem Familienkreise seines Prinzipals gefunden haben, wobei ihm seine angenehme Erscheinung und sein schönes Klavierspiel wohl zustatten gekommen sein mag, denn bald führte er die hübsche, elegante Clara zum Altar. Die kleine Welt, die von diesem gesellschaftlichen Ereignis Notiz nahm, hatte schnell für das ungleiche Paar, den ruhigen, schlanken Holländer und die kleine, lebhafte Berlinerin, den passenden Namen gefunden: Als Langweyl und Kurzweyl schritten sie durch Berlins stille Straßen.

Mehrere Kinder, die ihnen in schneller Folge geboren wurden, entriß der Tod ihnen in zartestem Alter; aus einem der Wochenbetten, das in die Zeit einer bösen Cholera-Epidemie fiel, schrieb die junge Frau, traurig und tapfer genug:

Mein lieber, bester Vater. Verzeihen Sie, daß ich Sie jetzt mit meinem Schreiben belästige. Es geschieht aber bloß in der einzigen Absicht, Sie zu bitten, sich in der jetzigen üblen Zeit zu schicken und Ihre so teure Gesundheit zu schonen, bis jetzt ist ja Gott sei Dank für uns noch nichts so schlimm, und wird auch wie ich hoffe nicht werden, also mein liebster Vater bitte ich Sie recht sehr, sich nicht zu grämen, diese Zeiten werden wie so viele andere auch vergehen; bessere werden kommen, bedenken Sie dieses, darum bittet Sie Ihre Sie liebende Tochter C. Weyl.

Endlich wurde ihr ein kleines Mädchen geschenkt, das die Fährnisse des Säuglingsalters glücklich überstand, und mit zitternder Freude sah es die Mutter gesund heranwachsen. Keiner fremden Hand vertraute sie diesen langersehnten Schatz an; so wuchs Paulinchen[5] ganz an ihrer Seite auf und sog die stille Kultur jener Tage an der natürlichen, mütterlichen Quelle ein. Sie war klein, zierlich und brünett wie die Mutter, ohne die Regelmäßigkeit ihrer Züge geerbt zu haben, während sie den ernsten, zielbewußten Sinn vom holländischen Vater übernommen zu haben schien, der sich einen festen, hochangesehenen Platz in der kaufmännischen Welt Berlins zu erobern gewußt hatte und trotz seines fremden Ursprungs zum Vorsteher der Jüdischen Gemeinde erwählt worden war. Im richtigen Alter trat der Freier auf den Schauplatz ihres Lebens in Gestalt von Joseph Alexander[6], dessen Erwünschtheit nur einen Makel wies: er war um drei Jahre jünger als Pauline, und dieser Umstand erschien ihr so beschämend, daß sie es vor dem Erwählten sorgfältig verbarg und dies Geheimnis mit ins Grab nahm.

Ihr Schwiegervater, ein angesehener Berliner Kaufmann, Alexander Samuel[7], der seinen großen Wohlstand dem glücklichen Umstand verdankte, daß jede ländliche Schöne zu den wichtigen Schritten ihres Lebens stets das geeignete bunte Bauerntuch dringend benötigte, hatte, als die Namensänderung bei den Juden eingeführt wurde, sich zwar nicht entschließen können, seinen in Ehren getragenen, von Erfolgen begleiteten und ihm daher lieb gewordenen Namen abzulegen, war aber auf den guten Einfall gekommen, ihn im Interesse seiner Nachkommenschaft so umzustellen, daß ihr fortan die Hälfte, die etwas stark nach Ghetto duftete, als Beiwerk zu freier Verfügung stand, während er auf ihr Schild die andere setzte, unter die nun Jeder nach Vermögen, Anlagen und Geschmack seinen Platz im Leben verzeichnen mochte. Kürzer gesagt: Herrn Alexander Samuel's Söhne wuchsen als Joseph und Solm[8] Alexander auf. Schon in sehr jungen Jahren begründeten die Beiden ein Wollgeschäft in Berlin; aber die frühe berufliche Betätigung hinderte sie nicht daran, sich in der schönsten Weise auf allen Gebieten des Wissens und der Künste zu bilden und zu fördern. Während der schärfere Geist des Jüngeren zur Ironie und Skepsis neigte, war das Wesen des Erstgeborenen, Joseph, von der glücklichsten, heitersten Begabung übersonnt. Neben der englischen und französischen Sprache, die er elegant beherrschte, während er die deutsche nach damaliger Mode im Sprechen absichtlich vernachlässigte, las er den Tasso fließend im Original; ohne Unterricht genossen zu haben, kopierte er, laienhaft zwar, aber nicht ohne Talent, in der Dresdener Galerie, und während sein Gehör nach einem Scharlachfieber für die Geräusche des täglichen Lebens früh zu versagen begann, bewahrte er sich das feinste Tonempfinden, das, mit gutem Gedächtnisse und einem lebhaften musikalischen Gefühl verbunden, ihm und anderen viele schöne Stunden am Klavier schuf.

Sein erstes Porträt zeigt ihn, auch wenn man dem süßlichen Verschönerungsbestreben der damaligen Zeit Rechnung trägt, als einen sehr hübschen, blondgelockten Knaben von etwa dreizehn Jahren, in einem blauen Anzug mit blanken Knöpfen und weiß gefaltetem Kragen, dessen helle Augen aus einem wohlgeformten Kopfe ausnehmend fröhlich in die Welt blicken. Ein zweites Pastellbild, von seiner Hand gemalt, stellt ihn als Jüngling von 18 bis 20 Jahren dar. Die folgenden, aus etwa derselben Zeit stammenden Briefe mögen es ergänzen.

Herrn Alex. Samuel in Berlin.   Aachen, d. 16. August 28,
                                     Abends 10 Uhr.

Innigst geliebte Eltern! Obschon ich vor einer Stunde erst an Euch geschrieben habe, einen Brief, in dessen Besitz Ihr vermutlich Donnerstag früh gekommen seid, und der Euch hoffentlich im besten erwünschtesten Wohlseyn angetroffen hat, so schreibe ich heute Abend noch einen Brief, da ich gar keine für mich angenehmere und süszere Beschäftigung kenne als mich mit denen zu unterhalten, die nur wahre, innige Freude finden in dem Vergnügen ihrer Kinder, und Die mit einem Worte nur sich leben, indem sie für ihre Kinder leben und wirken.

Ja, solcher Eltern, solcher herzlich gesinnter, wohlmeinender, für das Wohl Ihrer Kinder nie ruhender Eltern giebt es nicht viele, wir können als Kinder nicht vergelten, wir können nur einen schwachen, sehr schwachen Dank in Vergleich aller der Wohltaten, die wir noch täglich empfangen, ausdrücken; wir können, beste Eltern, Eure eifrigen, liebevollen Bemühungen nur anerkennen, einsehen und schätzen lernen, doch wiedergeben und vergelten können wir nicht; gleich der Erde, die die erwärmenden und wohlthätig auf sie wirkenden Strahlen der Sonne in ihrem Schoosse aufnimmt, sie kann empfänglich sich für diese Güte zeigen, sie kann Früchte tragen, sie kann wohl gedeihen, doch widerstrahlen kann sie nie. Auch wir, theure Eltern, können als Kinder nur empfangen, und ich kann sagen (nicht wahr liebes Jettchen[9] und guter Solm), auch zu unserm Lobe und zu unserm Ruhme, dass Eure Lehren, Eure herzlichen Absichten, Euer wohlgemeinter Rath auf keinen ganz unfruchtbaren Boden gefallen sind, und möget Ihr darin wenigstens eine kleine Anerkennung Eurer grossen Verdienste um unser Wohl finden. Wie ich in meinem vorigen Schreiben erwähnte, ist heute hier ein grosser Ball angeordnet, und da wir glaubten, dass Zuschauer unentgeltlich Theil nehmen könnten, so hatte ich die Absicht dort den Abend fröhlich zuzubringen, doch «das Blatt hat sich gewandt / und ich bin zu Hause gerannt», denn man verlangt 1 r [Rheinischer Gulden] Entrégeld, und da drehte ich ihnen den Rücken; da ich nun jetzt zu Hause komme, eben keine grosse Müdigkeit fühle, so setze ich mich noch am Schreibtische, um mich mit Euch geliebte Eltern aus der Ferne zu unterhalten.

Und nun, liebes Mütterchen, wollen wir beide uns ein bisschen ausplaudern; setze Dich zu Deinem Söhnchen, lass ruhen die Hände, die immer geschäftigen nur auf ein kleines Viertelstündchen, und lass Andere arbeiten, denn Du hast lange genug gearbeitet. Wie gehts, wie befindest Du Dich? Ich will hoffen ganz wohl und munter, wie gehts mit Deinem Friseur, kömt Madame Handfass zu gehöriger Zeit? Ich will hoffen, dass eine solche charmante und liebe Frau, der das Wohl und die hübsche Erhaltung vieler Damen ans Herz gelegt worden, und ohne deren Kunst keine Dame bestehen kann, auch hübsch pünktlich in der Erfüllung ihrer grossen Pflichten ist; und bitte ich an Madame Handfass meinen Gruss zu entbieten. Es ist jetzt halb 12 Uhr des Nachts, die Lichter sind ganz heruntergebrannt, und doch etwas Müdigkeit und Kälte gesellen sich zu mir, ich lege die Feder aus der Hand, und nehme dieses Schreiben morgen mit nach Brüssel und Antwerpen, von wo ich mich weiter mit Euch, liebe Eltern, unterhalten werde. Für heute mein herzliches Lebewohl, und den Wunsch, dass Ihr in dem Augenblick, wo ich dieses schreibe, recht wohl in den Armen des Schlafes ruhen mögt. Euer Euch liebender Sohn Joseph.

Cöln den 22. August. Nachmittags 5 Uhr!
Liebe Eltern! Vor einer kleinen Stunde hier angekommen, ist meine erste schönzte Beschäftigung an Euch liebe Eltern zu schreiben und Euch zu sagen, dass ich gestern in Aachen Euren lieben Brief, der während der Zeit meiner Abwesenheit dort angekommen ist, erhalten habe, und den ich zu wiederholten Malen mit dem gröszten Vergnügen gelesen habe, und erwarte ich morgen Euren lieben Brief sicher.

Ich war während dieser kurzen Frizt von 5 Tagen in Maztricht, Lüttich, Brüssel und Antwerpen. Ich habe viel gesehen und vorzüglich ist Brüssel eine der vorzüglichsten und schönsten Städte, die ich in meinem Leben gesehen habe; und ohne auch nur im mindestens zu übertreiben, kann ich mit Recht behaupten, dass sie, wo nicht schöner wie unser Berlin, doch demselben gar nichts das Mindeste nachgiebt, da sie die zweite Residenzstadt des Königs ist. Im edelzten Geschmack der neuezten Baukunst gebaut, mit grozsen Paläzten hinreichend versehen, in üppiger grüner Gegend gelegen, mit schönen Bergen und Thälern umgeben, bietet sie dem Reisenden alle Annehmlichkeiten und Reize von Potsdam, und alle Kunztmerkwürdigkeiten Berlins dar. Mit einem Worte: es ist das zweite kleine Paris; überall herrscht der gröszte Luxus; Laden an Laden gereihet, mit dem feinzten Putze für die elegante Welt ausgeschmückt; herrlich eingerichtete Kaffeehäuser, und Vergnügungsörter in hülle und fülle, und nun zu Abends eine vorzüglich hellbrennende Gasbeleuchtung, glaubte ich mich, als ich aus dem Theater trat, in eine lichterloh hellbrennende Welt versetzt, wo nur alles von Vergnügen, Freude und Jubel belebt zu seyn schien, und bestimmt nicht an einen Augenblick der Trennung von allem diesem Geräusche und diesen Vergnügen auch nur im Entferntezten dachte.

Und doch möchte ich fazt behaupten, gab es unter jener bunt bewegten Menschenmasse auch nicht einen Einzigen, der diesen Augenblick des Vergnügens und der Freude, hätte er für ihn noch so vielen Reiz gehabt, gewünscht hätte, dass dieser Augenblick für die Zeit seines ganzen Lebens dauern und sich gleich bleiben möchte.

So grosz ist der menschliche Unbestand und die menschliche Schwäche, dazs beztimmt Niemand selbzt einen Moment der höchzten Freude ewig dauernd wünschen möchte.

Wenn ich diesen sehr richtigen Satz hier angeführt habe, so geschah es keineswegs um als angehender Philosoph und Menschenkenner zu erscheinen; dazu bin ich noch viel zu jung und daher zu unerfahren, und wohl mir wenn ich diesen Anztrich von Lebensweisheit zu 30 Jar erreicht haben werde; es geschah vielmehr um Euch liebe Eltern zu zeigen, wie kurz und vergänglich selbzt das Vergnügen izt, und da ich weizs, lieber Vater, wie pünktlich Mutter besonders in der Erfüllung ihrer häuslichen Pflichten izt, die nicht immer viel Vergnügen machen, so bitte ich Euch doch ja fleizsig spazieren zu gehen, und zu fahren, und überhaupt jedes noch so gering erscheinende Vergnügen nicht auzser Augen zu lassen.

Man spricht in ganz Brabant nichts anders als französisch, und bin ich dieses während dieser Tage so gewohnt geworden, dazs ich geztern selbzt in Aachen mit dem Portier unseres Hotels französisch sprach.

Ueberhaupt geht das Reisen hier sehr schnell vonstatten, und da die Wege durch Brabant mit grozsen Steinen gepflastert sind, wie bei uns die Königstrazse so rollt die Diligense darüber schnell hinweg, und führt einen schleunigst zum Ziele der Reise. Seyd versichert liebe Eltern, dass ich doch noch einmal, wenn auch nicht das Ganze, doch wenigstens einen Theil vom grozsen Loose gewinne, so scheint mir das Glück wohlzuwollen.

Ich habe in dem hiesigen Gazthofe eine so vorzügliche schöne Stube erhalten, dazs ich mich garnicht vom Fenzter trennen kann.

Zu meinen Füzsen fliezst der majestätische Strom, von herrlichen hoch sich erhebenden Gebirgen bekränzt, und mit zahlreichen Schiffen bedeckt. Soeben kommt das Dampfschiff von Rotterdam den Strom herab, feine, dichte Rauchwolken erheben sich gleich Säulen in die Luft, und die unaufhörlich sich bewegenden Trieb-Räder scheinen der Wuth des Stromes zu spotten, gleich der Königin der Gewässer kommt es gebieterisch einher, und unter Lösung einer Kanone landet es am linken Ufer. Die Uhr schlägt 7, und fast möchte ich sagen mit dem letzten Glockenschlage scheidet von unsrer Halbkugel die Frau Sonne, und der Mond tritt sanft aus dem Gewölke hervor und entsendet seine milden Strahlen, die sich sanft und freundlich in den Fluthen des Rheins, des Vaters der Gewässer, spiegeln.

Unsere Fenzter sind geöffnet und ich geniezse mit wahrem, innigen Vergnügen den herrlichen Anblick und den schönen noch nie so erlebten Abend, den uns Derjenige, der hoch in den Wolken thronet, heute so väterlich bereitet, von Dem mir Mutter so viel in jedem Briefe schreibt, und Dezsen Namen ich heute Abend beim Beten, sowohl im Munde als auch im Herzen habe, und auch ztets, während der ganzen Dauer meines Lebens haben werde.

Man kann den Schöpfer nicht mehr loben, als wenn ich ihn in seinen Werken bewundere. Doch ich muzs schliezsen, der Brief wird sonst zu lang; liebe, liebe Eltern, lebt mir recht wohl, dies der Wunsch Eures Kindes Joseph.

Liebe Jettchen, Solm, ich grüsze Euch herzlich.
Sämtliche Familie Julius Magnus[10] zu grüzsen, meine besondere Empfehlung an Onkel Jacoby und Frau[11].
Herr Gutmann[12], ich grüsze Sie beztens und hoffe, dasz Sie mir stetz das Vergnügen wenn auch nur weniger Zeilen machen werden, wenn ich mehr Platz hätte, so hätte ich Ihnen in Erwiderung Ihres Schreibens Ihnen umztändlicher meinen Dank entrichtet; nehmen Sie für heute mit dem guten Willen vorlieb, Ihr Freund Joseph.

Herrn Westphal[13] zu grüzsen von seinem ihm ergebenen Schüler. Das schlechte Schreiben ja zu entschuldigen, da ich in Eile geschrieben habe, weyl Acht herankommt.

Bitte mir recht bald nach Frankfurt a/M; zu schreiben, wo ich die erzten Tage des Septembers seyn werde.

Hier wird wohl nicht viel zu machen seyn, wir reisen also morgen, nach Bonn, von dort weiter nach Coblentz und Mainz. Ihren Brief erwarten wir aber in Frankfurt. Bis dahin leben Sie also so recht herzlich wohl. Ich grüze nochmals allerseits.

Dieser heitere, glücklich begabte Jüngling wurde im Alter von 21 Jahren der Verlobte Pauline Weyl's, und so verschämt trug seine Jugend die Würde des neuen Standes, daß er im Kreise seiner Familie nie von seiner Braut, immer nur von dem «jungen Mädchen» zu sprechen wagte. Wie sich am Klavier beide Begabungen auf das Anmutigste ergänzten, indem der Ernst und die Zuverlässigkeit der einen durch die frohe Fülle des anderen fortgerissen und bestrahlt wurde, und Jene wiederum das Allzuschäumende weise zu zügeln verstand, so übertrug es sich auch aufs Leben und bildete den erfreulichsten und wohltuendsten Zusammenklang. Ein kleiner Brief des Schwiegervaters an die Braut des Sohnes ist das einzige, dürftige Zeugnis aus dieser Verlobungszeit:

Herrn J. C. Weyl
für Mademoiselle Pauline, Berlin   Leipzig, d. 13. März 1829

Geliebte Tochter. In der für mich so angenehmen Hoffnung Ihres und Ihrer lieben Eltern mir so theuren Wohlbefindens ergreife ich die Feder, um Ihnen zu sagen, dass ich Gottlob hier wohl und munter angelangt bin. Ich versichere Sie, dass ich kein angenehmeres Geschäft kenne als Ihnen zu schreiben und Ihnen zu sagen, dass ich Sie so liebe wie meine eigenen Kinder und gar keinen Unterschied kenne. Ich freue mich auf die Zukunft

meines Joseph, um recht bald wieder zuhause und in Ihrer Nähe zu sein. Beygehend erhalten Sie die Blonden, wovon die Elle, laut Nota. Unter Begrüssung der lieben Eltern empfiehlt sich bestens Ihr Sie liebender Vater, Alexander Samuel.
NB. der Preise von die Blonden sind per Staab berechnet.

Die Blonden, die der Schwiegervater so sorgfältig auf der Leipziger Messe gewählt hatte, zierten bald das Brautkleid Paulines. Auch der große Schritt in den Ehestand legte keinen weiteren Abstand zwischen Mutter und Tochter als den altvertrauten Schloßplatz, und kaum war ein Jahr verflossen, da sah man in früher Morgenstunde zwei schmucke Dienstmädchen, die in die Brüderstraße einbogen und eine glänzendbraune Wiege zwischen sich schwangen. Und doch, wieviel ruhte in dieser leeren Wiege von dem Leben der Frau, die eiligen Schrittes vor ihnen herging, wieviele Sorgen und Freuden der Vergangenheit, wieviel Hoffen und Bangen der Zukunft. Noch am selben Abend schaukelte die Großmutter Weyl ihr erstes Enkelchen Johanna[14] darin, und sechs Jahre später beugte sie sich stolz über ihren Enkelsohn Julius.

Johanna, die als frohes Angebinde die reinen Züge der Großmutter gleich ins Leben mitgebracht hatte, erblühte zu einer regelrechten Schönheit, und Julius war nicht wenig stolz, wenn er als heranwachsender Schuljunge seine Schwester auf ihren Spaziergängen nach den Linden oder in die Königstraße begleiten durfte. Wie angenehm war es, wenn die Vorübergehenden stehen blieben, um dem schönen Mädchen nachzusehen, wie ehrenvoll dünkte es ihm, wenn der bewunderte und beneidete Büchsenmacher aus der Breitestraße dienernd aus seinem Laden stürzte, wenn Pollet, der bettier de Paris[15] von gegenüber, ihr nachschaute, ob die Zeugstiefeletten sich faltenlos den schmalen Füßen anschmiegten, wenn die Modistin ihnen lächelnd zunickte, weil die neumodische Schute mit den flatternden Bändern gar so anmutig die glänzend schwarzen Scheitel und das Gesicht wie Milch und Blut umrahmte.

Mit seinem um sechs Jahre jüngeren Schwesterchen Mathilde[16], einem blonden, fröhlichen Krauskopf, verband er sein erstes tieferes Gefühlserlebnis. In Charlottenburg, wo die Familie wie gewöhnlich den Sommer verlebte, war die Kleine gefährlich erkrankt. Ein berühmter Arzt wurde aus Berlin berufen, und nach langem, bangem Warten hielt endlich sein Wagen vor dem dörflich niedrigen Hause. Er konstatierte ein heftiges Gehirnfieber, traf die nötigen Anordnungen, und mit den Worten, daß es für das Kind wohl am besten wäre, wenn es stürbe, denn sonst müßte man auf Schlimmeres gefaßt sein, schritt er, ohne sich länger aufzuhalten im Bewußtsein erfüllter Pflicht erhobenen Hauptes durch das kleine Vorgärtchen zu seinem Wagen. Julius schlich betrübt zurück ins Häuschen, und da sah er seine Mutter, seine ruhige Mutter, am Boden liegen, sah wie sie die armen Hände rang und erriet mehr als er sie verstand ihre schluchzenden, wimmernden Worte: Alles, alles, nur nicht sterben. In der Glut seiner plötzlich bewußten Sohnesliebe verstand er das Mutterherz, das gern sich selbst hingeben wollte, nur nicht den Teil von sich, der, von ihr losgerungen, ein Mensch geworden war! Er haßte den kalten Mann, der eben fortgegangen war, und in seinem ersten, überquellenden Mitleiden erblühte ihm auch der Trost im Herzen: Was auch kommen mag und muß, so hart und grausam wie der Mensch kann Gott nie und nimmer sein. Die Kleine genas und wuchs zu einem gesunden Mädchen auf, das ebenso wie die Schwester das heitere Temperament des Vaters geerbt hatte. Für den vergötterten Sohn aber schien die Mutter, noch ehe ihre Augen ihn sahen, in ihrem Herzen alles zusammengetragen zu haben, was sie Verehrungswürdiges bei Eltern und Vorfahren fand, und schon in dem Knaben liebte sie das, was sie als Mann für ihn erhoffte.

Sein Kinderleben verfloß in dem üblichen Rahmen der damaligen wohlhabenden, gutbürgerlichen Familien. Der Schauplatz seiner Kinderspiele war der dunkle, von hohen Mauern umgebene Hof in der Brüderstraße[17], und selten einmal führte ein winterlicher Spaziergang weiter als in die umliegenden Straßen. Im Sommer dagegen waren die Georgeschen Gärten, ein großes Terrain, das sich von der unbebauten Bellevuestraße bis zur Matthäikirchstraße hinzog und zu weiten Obstpflanzungen, von freundlichen Lauben durchsetzt, ausgenutzt war, das Ziel so manches schulfreien Nachmittages. Dort konnten die Kinder in voller Freiheit herumtollen, bis Mutter sie in die Laube rief, wo auf dem ungedeckten Holztisch die saure Milch in weißen Satten, Butterbrote und köstliches Obst zum Abendbrot ihrer harrten. Mit einer gewissen Furcht dagegen sahen sie den seltenen Konzerten im Hofjäger[18] entgegen; denn dort mußte man mit Mutter und Großmutter und deren handarbeitenden Freundinnen artig um den Kaffeetisch sitzen, und selbst der mitgebrachte Kuchen war ein zu karger Trost für solche Qualen.

Desto ungeduldiger wurde der Sonntag erwartet, an dem bei schönem Wetter, pünktlich um drei Uhr, nachdem der Kälberbraten und die Sonntagsspeise verzehrt war, die Kutsche vor der Tür stand, in der die ganze Familie nach Charlottenburg fuhr. Langsam ging es durch die Linden, dann, ehe man sich's versah, war man bei den «Puppen», dem heutigen Großen Stern; nun war noch die Scylla und Charybdis der beiden Torhäuschen zu passieren, und schon war man in «Schlorrendorf», wie es im Volksmunde hieß. Unterwegs machte man bei einem der Gartenlokale Halt, um sich bei dünnem Kaffee und Kuchen ein wenig die Füße zu vertreten, und mit neuer Kraft ging's weiter zum Schloßgarten, und Vater erzählte von Italien, wo die ganze Luft so röche wie hier eine der kleinen Blüten, wo die Bäume nicht in Kübeln, sondern frank und frei aus dem Boden wüchsen wie bei uns die «Äppelbäume» und Früchte trügen wie große, goldene Kugeln, und das seien die Apfelsinen, die man ja für schweres Geld beim «Italiener» kaufen könne; aber unsere Borsdorfer, noch dazu gebraten, seien besser und süßer. Für ihn sei es zu weit gewesen, aber Julius würde gewiß einmal hinkommen, da Einen ja bald die Eisenbahn im Nu über Berg und Tal bringen würde, bis Zwickau und viel weiter ginge sie ja schon jetzt, da würde er Häuser und Figuren sehen, die Jahrhunderte in der Erde geschlafen hätten – und dann zeigte Mutter mit leisem Lächeln mahnend auf die schon tiefer stehende Sonne, frohgemut kehrte man von der Luftreise auf den märkischen Boden zurück und pflückte zufrieden auf den weiten Rasenflächen unseren lieben Thymian und Klee.

Saß man aber bei Großmutter Weyl auf dem kleinen «Tritt» am Fenster, von wo sie handarbeitend auf die stille Breitestraße schaute[19], oder sorglich durch ihr goldenes kleines Augenglas die Arbeiter beaufsichtigte, die das Holz vor ihrer Haustür spalteten und die Kiepen in den Keller trugen, da gab es keine so stolzen Flüge in die Zukunft: da glitt man leise, leise zurück in die Vergangenheit. Da erzählte sie vom Großvater, der schon so lange tot war[20], von seiner holländischen Heimat, und sie summte dem Enkel das Liedchen vor, das Jener vor sich hin zu singen pflegte, wenn er an die zackigen Giebel, an die engen Straßen und an die stillen Kanäle seiner Heimat dachte: «Jan, koop me'n kermis – Nee, meische, ik heb geen geld, ik zou je graag'n kermis, koope, maar't geld is me uit den zak geloopen»[21], und die kleine, nichtssagende Melodie war auf dem langen Umwege über das Heimweh des Mannes nach dem fremdgewordenen Vaterlande, über die Sehnsucht der alten Frau nach dem Glücke ihrer Jugend ganz traumhaft wehmütig geworden. Dann sang sie ihm heiter, fast schalkhaft, die graziösen Chansons vor und die kleinen sentimentalen Lieder, zu denen der Großvater am Spinett die Begleitung gespielt hatte, als er noch der fremde Holländer und sie so jung und hübsch war. «Als wir jung war'n, war'n wir auch mal schön, jetzt sieht's uns keiner mehr an» summte sie lächelnd, und dieses Lächeln strafte sie Lügen, denn es zauberte eine andere Schönheit, die Schönheit des Alters, auf ihre Züge.

Eine frischere Luft aber umwehte den Knaben, wenn sie mit ihm durch die Straßen ging und von den bösen, bösen Zeiten erzählte, als es sich die Franzosen hier gemütlich gemacht hatten, als ihr Haus von oben bis unten vollsteckte von fremder Einquartierung, als die Russen dann nach Berlin kamen, und als die Siegesgöttin, aus der Verbannung errettet, vom Brandenburger Tore aus mit stolzem Blicke ihr Berlin beherrschte. Und dann zeigte sie ihm von Weitem die neue Eisenbahn, deren Schienen dicht davor hinliefen, und warnte ihn, jemals darüber zu gehen, auch wenn kein Zug zu sehen sei, denn diese teuflische Maschine ginge so schnell, daß im selben Augenblicke, wo sie aus Potsdam abführe, sie auch schon hier vor dem Tore sei.

Bald wurden die historischen Schrecken, die die Großmutter so schön gruselig erzählt hatte, schauerliche, aber um so interessantere Wirklichkeit für den Knaben. Soldaten zogen durch die Straßen, Bürger errichteten Barrikaden, die Kinder durften nicht auf die Straße. Das war im März 1848. Vater[22] aber zog eines Abends als Bürgerwache aufs Schloß und erzählte am nächsten Tage, daß der König mitten in der Nacht mit ihm gesprochen habe; nur konnte er nicht sagen was, denn wegen seiner Schwerhörigkeit hatte er kein Wort verstanden; aber ganz freundlich habe er ausgesehen. Dann führte der Vater den Knaben[23] durch die Straßen bis ans Schloß, und pochenden Herzens sah er aufgerissenes Straßenpflaster, umgestürzte Wagen, Blut und Waffen, die fürchterlichen Zeugen der stattgehabten Straßenkämpfe.

Ruhe war wieder eingekehrt. Aber bis in die Schulstunden hinein hatten die Freiheitsgedanken gespukt. In jeder Klasse hatten sich Parteien gebildet, die sich erbittert auf dem Hofe bekämpften; man verachtete die Duckmäuser, die sich willig dem

Schuljoch fügten; auch hier mußten freiere Lüfte wehen, wollte man sich als würdige Söhne dieser Zeit fühlen. Der Tertia, der Julius damals angehörte, hatte man gewagt, statt ihres alten, verehrten Professors einen sehr jungen Lehrer aufzudrängen, dessen Leitung sie sich um so leidenschaftlicher widersetzten, als sie ihm zu ihrem Verdrusse eine heitere und, wie sie meinten, allzu sichere Überlegenheit nicht absprechen konnten. Am Fastnachtstage, so war es geplant, sollte das Strafgericht über den übermütigen Tyrannen hereinbrechen; er sollte sehen, daß auch er nicht feige Sklaven vor sich habe. Der Zeiger der großen Klassenuhr rückte auf halb zwölf, der Augenblick der Rache war gekommen. Die Augen fest auf den Lehrer gerichtet, der Schwere des gemeinsamen Schrittes sich vollbewußt, zog jeder Schüler eine Tüte unter dem Tisch hervor und biß in einen großen Pfannkuchen. Einen Herzschlag lang überraschtes Schweigen des vortragenden Lehrers, atemlose, beklemmende Stille in der Klasse; da tönte plötzlich hell seine Stimme vom Katheder: «Putsch, lauf mal schnell rüber zu D'Heureusen²⁴, und hol mir für zwei Jute auch Pfannkuchen, aber von die Besten mit Himbeer.» – Ein brausendes, befreites Jubeln, Händeklatschen und Beifall toste bei diesen vertrauten Lauten durch den Raum; ein genialer Feldherr hatte sich die unbedingte Unterwerfung seiner Truppe erobert.

Friedlichere Lüfte wehten, wenn der gute, sanfte Direktor den Geschichtsunterricht gab. Jetzt, in dieser Zeit voll elektrischer Spannung, hatte er seine junge Schar mit weiser Hand fort von dem vulkanischen Boden der Neuzeit zu den fernliegenden Gefilden der Mythologie geleitet. Da schwiegen alle anderen Nutzanwendungen und Auflehnungsgelüste, da vergaß man das Jetzt und das Ich über den Gefahren und Prüfungen, in denen man seinen Helden zwischen den Beistand und den Haß der Götter gestellt sah, und noch lieber folgte man ihnen selbst zu ihren luftigen Wohnungen, wenn sie zu ernstem Rat oder heiterem Fest zusammenkamen. Wie denn die Göttin der

Ehe heiße, fragte der Direktor bei solcher Gelegenheit, und Julius antwortete ohne Zögern: Venus. Nein, meinte milde der Lehrer, das sei die Göttin der Liebe. – Ob das nicht ein und dasselbe sei? – kam es bescheiden aber bestimmt von den Lippen des Schülers. «Diese Meinung ehrt dich, mein Junge» sagte lächelnd der Lehrer, «wohl dir, wenn du sie dir im Leben bewahren kannst!» Und aus dem heimlichen Lachen der älteren, wissenderen Schüler schloß Julius, daß es für ihn wohl noch manches zu lernen geben müsse in Bezug auf die Frauen, wenn einem die Göttinnen schon so viel zu schaffen machen.

Die Familie bezog auch in diesem Jahre eines der anheimelnden Dorfhäuser von Charlottenburg mit ihren tief herabhängenden Ziegeldächern und ihren bescheidenen, bäuerlichen Vorgärten. Das war für die Kinder, die wenig aus den Mauern herauskamen, ein Paradies; aber schwer und mühselig war es zu erreichen. Die einzige Verbindung bildeten die Torwagen und Kremser, die am Brandenburger Tor ihren Standplatz hatten, und wenn Julius mit vollbepacktem Ranzen tief aus der Stadt von der Schule kam, so mußte er oft genug eine halbe Stunde und mehr in sengender Hitze braten, denn «erst muß die Fuhre lohnen» sagte der unerbittliche Kutscher, und das hieß, daß je nach dem Rauminhalt seines Gefährts sechs bis zwölf Gäste beisammen sein mußten, ehe er seinen Gaul zu der mühsamen Fahrt antrieb. Dafür aber stand dann auch Mutter, den zierlichen grünen Sonnenschirm in den mit zwirnenen Halbhandschuhen bekleideten Händen, an der Gartentür und ließ schnell die Bierkaltschale auftragen, um ihren Jungen zu erfrischen. Nach der Arbeit ging es hinaus in die goldene Freiheit, mit den Freunden in den Schloßgarten, an die Spree, zum Spandauer Berg, und gegen Abend fand man sich erwartungsvoll mit den Spargroschen am kleinen Theater hinter der Hofgärtnerei ein, um mit wenig Geld und vielen guten Worten den Engel mit dem feurigen Schwerte zu erweichen, daß er

Einlaß gewähre für eine kleine Viertelstunde nur in diesen Himmel, an dem als schönster, seltener Stern die Krelinger[25] glänzte.

Die Jahre 1849 und 50 brachten manche Veränderungen ernster und heiterer Art. Die liebe Großmutter starb[26], und mit ihr schwand den Kindern ein reizvoller Zusammenhang mit der Vergangenheit; dafür brachte aber die Gegenwart ein großes Erlebnis: Eltern und Kinder machten die erste gemeinsame Reise nach Marienbad, das sie teils mit der Eisenbahn, teils mit der Postkutsche erreichten, und Julius notierte getreulich alle Eindrücke in sein sorgfältig geführtes Tagebuch. Er war jetzt der Älteste zuhause, denn Johanna hatte sich inzwischen verheiratet[27], und dies Bündnis, das sie in eine große, aufblühende Familie einführte, sollte auch für das Schicksal des Bruders ausschlaggebend werden. Auf einem Ball hatte sie den jungen Kaufmann Martin Meyer[28] kennengelernt, der, entzückt von ihrer Schönheit, schnell eine Annäherung der beiden Familien anbahnte und sie bald darauf als Gattin heimführte.

Der Vater Martins, der Geheime Kommerzienrat Joel Wolff Meyer, war damals ein Mann von siebenundfünfzig Jahren[29], der als Mitinhaber einer von seinem Onkel gegründeten Seidenfabrik in Brandenburg ein beträchtliches Vermögen erworben hatte. Seine große Stellung in einem Zweige der Industrie, der von der Regierung in jeder Weise unterstützt und gefördert wurde, seine hohe, hagere, imponierende Gestalt, die mit seiner strengen Ehrenhaftigkeit und dem Ernste seiner Lebensauffassung in glücklichstem Einklang stand, sein Einfluß in der jüdischen Gemeinde, den er seiner Stellung als Vorsteher der Repräsentantenversammlung verdankte, hatten ihn zum Oberhaupt seiner zahlreichen Familie gemacht, die ihm wie einem Patriarchen begegnete und sich seinen Wünschen, die gelegentlich wie Befehle klingen konnten, willig unterordnete. Seine beiden jüngeren Brüder, Philipp und Julius[30], hatten in Bernau eine Zweigfabrik gegründet, die gleichfalls aufblühte, und die noch bestehen blieb, als sich das Stammhaus auflöste. Wie zu einem Vater blickten die Brüder zu dem weit Älteren auf, der ihnen von früher Jugend an durch sein Beispiel vorgeleuchtet, der ihnen die Wege zu ihren Erfolgen geebnet hatte, und Julius machte dies freiwillig dargebrachte Gefühl zu einem pflichtgemäßen, indem er Joels ältester Tochter, seiner Nichte Jeannette[31], die Hand zum ehelichen Bunde reichte. Mit ihr waren fünf Brüder und drei Schwestern im elterlichen Hause aufgewachsen, und, nicht genug dieses Kindersegens, hatte der Geheimrat einen jungen, mittellosen jüdischen Schüler, Mackower[32] mit Namen, bei sich aufgenommen, den er ganz so wie seine Söhne hielt und erzog. Bei stetig wachsendem Wohlstande hatte er ein großes Grundstück am Rande des damals völlig einsamen Tiergartens erworben, ein in damaliger Zeit ganz ungewöhnliches Unternehmen, und ein geräumiges Sommerhaus darauf gebaut, das vom Jahre 1840 an zur schönen Jahreszeit bezogen wurde. Ein von seiner Hand geschriebenes Dokument mag an dieser Stelle seinen Platz finden.

Montag Abend.   Berlin, 22. Juni 1846
Lieber Ludwig[33]! Eingedenk der Feyer zwiefacher Art[34], die wir gestern begangen, die Eine mit Ernst und der Erinnerung gewidmet, die Andere dem Frohsinn, benutze ich schon heut im Freien die mir vergönnte Musse Dich von der Ersteren, an der auch Du Deinen Theil hast, für den Mittwochsversand zu unterhalten, und somit auch hierdurch Dir den Beweis zu führen, dass – obwohl der Distanz nach fern – Du unserem Herzen stets nahe bist.

Mit unseren ehegestern von Brandenburg zurückgekehrten lieben Söhnen Martin und Herrmann[35], die heut wieder dahin zurückgekehrt sind – Dich ausgenommen, unberufen vollzählig, und angesichts der längeren Entfernung zweier, Philipp[36] und

Herrmanns, vom Vaterhause, fand ich das Bedürfnis in mir in gemütlichem Gespräch dasjenige, was Erkenntnis, Ueberzeugung und Erfahrung mich gelehrt und feste Wurzel in mir geschlagen hat, in die Herzen meiner Söhne zum ewigen Angedenken und zur redlichen Nachachtung zu deponieren und bei ihnen – Dich mit eingeschlossen – niederzulegen. Ich ersuchte sie nehmlich mir in die feste und trauliche Gartenlaube zu folgen, um ein Stündchen der ernsten Seite des Lebens zu widmen, welche genügende Anregung in der gedachten Abreise zweier in dem Jünglingsalter stehender, der elterlichen wie der Freundesführung entbehrender Söhne – zu finden Ursache hat.

Ich hob damit an, daß Du uns fehltest, um uns vollzählig zu finden, daß aber meine Worte nicht minder Dir, dem jetzt Abwesenden, wie ihnen, den Anwesenden, gälten, ich sagte, dass ich Euch das Recht und den Vorzug vindicieren wollte, der Euch als meinen Söhnen zustehe, dass nehmlich Ihr aus meiner Erfahrung Nutzen und aus meinem Rath Belehrung ziehen möchtet. Ich sprach zunächst von mir, indem ich ihnen ein Bild meines elterlichen Hauses und meiner Jugendzeit aufrollte und anschaulich darstellte. – Meine Jugendzeit war sehr glücklich in Bezug auf den Vorzug, welcher mir zu Theil ward in meinen Eltern gottesfürchtige, redliche, brave Vorbilder zu besitzen, welche wie aus eigenem Antrieb dem Fleisse und der Thätigkeit huldigend, noch insbesondere der zahlreichen Familie wegen, darauf hingewiesen waren und bei streng patriarchalischer Sitte und Einfachheit, welche im Hause und der Familie herrschte, genügend vor sich brachten, um mit geringen Mitteln begonnen – doch den Stand der Wohlhabenheit, wie geschehen, zu erreichen. Anspruchslos, einfach, brav und redlich, wie die Eltern gewesen, konnte es kaum fehlen, dass die Kinder in ihre Spur traten, um zufrieden und glücklich mit der zwar gesunden, aber ganz einfachen Kost, und zufrieden und glücklich mit derjenigen Bekleidung, die aus dem in der Eltern Waarenlager als unverkäuflichen Ausschuss-Stoff gefertigt ward, während die Nachbarskinder durch das Neueste und Modernste prunkten, erwarben wir Kinder durch blühende Gesichtszüge, schönen Wuchs und insonderheit durch ausgezeichnete Reinlichkeit und ordnungsmässige Haltung des Körpers sowie der Kleidung, vorzugsweise den Beifall und die Achtung aller Wohlgesinnten. So feierte der Wahlspruch, daß das Aeussere den inneren Menschen abspiegelt, und dass der Genuss von Leckerbissen nicht das blühende Aussehen und der Reichtum der Bekleidung nicht ihren wahren Glanz ausmacht ihren höchsten Triumph! Wir Kinder waren demnächst fleissig in der Schule (beim Rabbi), tätig im Hause, wo es dem Geschäft und dem Haushalt galt, und gottesfürchtig im Herzen sowie nach aussen hin, da wir früh und spät mit dem Vater alltäglich das Gotteshaus besuchten. Die heutige Zeit würde das letztere Wortheiligkeit nennen, das war indessen nicht so, denn man ging von dem Grundsatze aus, dass der irdische Mensch ein dankbarer und guter werden müsse, der beim Schlafengehen, sowie beim Aufstehen, der bei jedem Genuss, welchen das Leben beut, sich des gütigen Schöpfers und allwaltenden Gebers erinnere, das aber auch sich selbst zu erheben wissen müsse, um diesem erhabenen Schöpfer für das Missliebige, was dem Menschen auf seiner Pilgerfahrt begegnen möge, in Demuth zu denken, wie ein verständiges Kind dem Vater für wohlverdiente Züchtigung dankbar sein sollte. Und in der That betrachten wir den Erfolg dieser Erziehung, den Vorteil ihrer Einfachheit und die eingeprägte Liebe und wahre Neigung zur Thätigkeit! Mein zwölftes Jahr war noch nicht vollendet, da war die unglückliche Schlacht bei Jena geschlagen[37], unsere Stadt und unser Land von dem siegenden und übermütigen Feind, von den Bannern Napoleons überschwemmt. Geschäft, Familie, Nahrungszweig gestört, Wohlhabenheit zu Grund gerichtet; die Angst des Tages wich nur dem Schrecken der Nacht, und die Mühen und der Fleiss und die Thätigkeit einer langen Jahresreihe war wie Spreu vor dem Winde zerstreut. Mein Vater, wohlhabender Kaufmann und Familienvater, sah seinen Vermögenszustand nicht minder erschüttert, denn das Lager brachliegend, war dem Verderben preisgegeben und entwertet, da Handel und Wandel daniederlag; die ausstehenden Schulden waren wertlos, weil Niemand zahlen konnte, der bei der Bank deponierte Sparpfennig war als Null zu betrachten, da die Bank mit allem Beweglichen davonging, und nur Brotmangel, Einquartierung und Contributionslasten und nicht selten brutale Misshandlung der übermütigen Sieger blieb zurück; aber auch das Vertrauen auf Gott, der die, so auf ihn hoffen, nicht verlässt. Hier galt es nun, dass die Frucht bekunde, welchem Baume sie entsprossen, hier war es Zeit, dass die Kinder von den guten Eltern im Schweisse des Angesichts erzogen und ernährt – einen kleinen Teil der grossen Schuld abtrügen. Fehlte ja auch das Brot in der engeren und erweiterten Bedeutung des Wortes! Wir Kinder gingen in der Stadt bei Feind und Freund umher, um – Geschäft aufsuchend – etwas zu erwerben und es gelang; und Gott gab Brot und in der Last der Bedrückung suchte und fand Körper und Geist Spannkraft und Nahrung dem Bösen keck gegenüber zu treten; und mit der jungen Kraft obzusiegen. Das war dann alles recht gut; aber was den Kürzeren zog, war bei mir der Unterricht, die Erweiterung der Kenntnisse; denn die Schulen waren längere Zeit geschlossen, und dies vorüber war meinerseits der Anstaltsbesuch bei meinem Rabbi durch Erwerbsbetrieb mehr und minder unterbrochen, überall nicht mehr regelmässig. Die Ausbildung des Wenigen, was ich gelernt, war mir selbst, und der inneren, unwiderstehlichen Bestrebung, die mir unabweislich vorhielt, dass ich doch etwas Tüchtiges wissen müsse, um in der Welt dereinst als honetter Mann meinem würdigen Ursprung entsprechend dazustehen überlassen, sowie dem guten Stern, der mich stets gnädigst geführt. Was ich weiss und bin, ist die Frucht davon, wissen mögen aber meine Söhne, dass bei reicherer Einsicht ich nicht einen Tag verlebt habe, an dem die Reue nicht mich gequält hat – nicht *mehr* gelernt zu haben!

Nach diesem Eingang wollte ich meinen Söhnen drei Sachen ans Herz legen als: Religiosität, Moral und Sittlichkeit; dann das Erkennen und feste ins Auge fassen des Berufes den der Mensch erwählt und sich widmet; endlich die pekuniären Verhältnisse, welchen der Mensch unterthan ist, wie er nicht minder über sie zu gebieten hat.

Zuvor habe ich ihnen noch gesagt, dass eines sich meinem Geiste als gewiss dargestellt habe, dass nehmlich: ich mit Gottes-hülfe ein redlicher Mann werden möge, diese Spur kann jeder Mensch sich vorzeichnen und dies Prognostikon sollte jeder Verständige sich stellen, und danach ringen.

ad 1) meinte ich, wird die Weisheit des Weisesten den Eventu-alitäten des Lebens nicht siegreich begegnen ohne Gottesfurcht und Gottesliebe; denn ohne des Schöpfers eingedenk zu sein, werden wir weder die Sünde meiden, noch die Tugend üben können; das Laster des *Hochmuts* und der *Ueberhebung* werden wir genügend nur dann begegnen und mit der Wurzel vertilgen, wenn wir unsern Massstab an die höchste Vollkommenheit, der wir ähnlich werden sollen, an Gott den Schöpfer anlegen, wenn wir so unsere Eitelkeit bekämpfen, und der *Bescheidenheit* ihren vollen Triumph gönnen; wenn unser Herz dem grossen Geber dankerfüllt für alles uns gewährte Gute ist; und wir in Hinblick auf ihn, der seine Geschöpfe in Liebe, die er *ganz* ist, das uns zu-geteilte Missgeschick in Demuth und Ergebung, aber mit Kraft und Selbstgefühl als Ergebnis eines reinen Gewissens tragen und verschmerzen lernen. Hierzu bedürfen wir der Religion, des re-ligiösen Gefühles, welches von uns als Erdenbürger anschaulich, daher auch durch irdische, unsere Sinne berührende Darstellun-gen gepflegt werden muss.

Moral ist der volle Inbegriff, die höchste Läuterung der Tu-gend, durch sie wird unser Herz allem Edeln und Höheren zugeführt. Was Hehres und Erhabenes sich in uns entwickelt, es ist die Moral, die unser Sein durchdringt, die wiederum die Werkstatt ausmacht, aus welcher die Gotteseigenschaften in dem Menschen verarbeitet – rein und geläutert hervorgehen. Wer ihr sein Leben weiht, wird vor Gott angenehm und vor Menschen beliebt und geehrt wandeln, und Neid und Scheelsucht werden nur für die Spanne vorübergehender Momente ihren Giftzahn daran üben können; denn der Prüfstein ächter Moral ist eben der, dass sie, ob früher, ob später, stets siegreich und bleibend sich bekundet.

Sittlichkeit ist das eigenste innerste Gefühl des besseren Menschen. Wie wir uns über das Empfinden, das uns berührt und durchbebt, oftmals nicht Rechenschaft legen, ihm auch nicht gebieten können, so ist Sittlichkeit, obwohl von Verstand und Einsicht unterstützt, nicht die eigentliche Geburt desselben. Der Rosenstrauch kann nur Rosen tragen, die allerdings durch Veredlung, Impfung edler werden, er kann aber nicht Disteln tragen. Dass er nicht wilde Rosen trägt, dafür sorgt eben der verständige Gärtner, und strebt ihrer höchsten Vervollkommnung nach. Folgt nun hieraus, dass jedem Menschen, eben weil er Mensch ist, der Typus des Sittlichkeitsgefühls inne wohnen müsse, so ist es die Pflege und Veredlung, welche dasselbe ausprägt und zu dem höchsten Schatze heranreifen lässt und stempelt – oder Vernachlässigung, Betäubung der inneren besseren Stimme, endlich gar Bosheit, die dasselbe niederhält, verstummen macht und am Ende gewaltsam unterdrückt.

Man hüte und bewahre sich daher wohl vor dem *ersten* Fehltritt, die erste Sünde gegen die Sittlichkeit; denn der Fluch der Sünde ist es, dass anlockend und süss, wie sie jungen Gemütern sich darstellt – sie wuchernd die Sünde gebiert, mehr und mehr Raum gewinnt, und es der ganzen Mannes- und Charakterkraft erfordert, sich ihrer Umarmungen zu entwinden; darum meide man auch zweifelhaften oder gar schlechten Umgang, denn dieser an und für sich ist schon die verkörperte Sünde.

ad 2) sind Erdengüter – viele sagen notwendiges Uebel, ich sage Gebot der Notwendigkeit – eng zusammenhängend und gewissermassen die Folge und der Segen des Gebotes von Fleiss und Thätigkeit. Diese Güter wohl genützt, werden Quelle des Heils uns und Anderen; schlecht verwendet – uns zum Fluch.

Einfachheit in den Lebensbedürfnissen, Sparsamkeit in den Ausgaben, und Mässigkeit in den Genüssen, dies ist der wahre Stein der Weisen zur Förderung der Gesundheit, zur Bereitung eines frohen Alters und zur Förderung der Finanzen. Der Groschen sei für die Regel wohlbewahrt – ein Thaler; wiederum sei aber unter Verhältnissen, wo es der Förderung guter und löblicher Zwecke gilt, der Thaler – ein Groschen; das Eine sowie das Andere mit der Vernunft erwogen, mit Maass und Ziel. Ein Verständiger sagte mit Recht: sind meine Genüsse einfach und geregelt, gesunde aber nicht leckere Nahrung – es sieht mir niemand in den Magen hinein, und ich habe den Vortheil meine Gesundheit zu conservieren; dahingegen sei mein Aeusseres ohne Prunk, reinlich sauber und eigen, dieses macht in den Augen der Welt vorweg einen guten Eindruck, und rangiert mich von vorn herein in die achtungswertere Gesellschaft der Menschen. Drum sei, wem der Himmel infolge von Fleiss und Thätigkeit seinen Segen verleihet – genügsam, einfach und sparsam. Denn die Güter der Erde sind nur verliehen; und was heute dem Menschen geworden, kann tückisches Geschick morgen ihm rauben, und nur der innere Werth des Menschen, sein Vertrauen auf die Vorsehung und die eigne Kraft, stabil und dem Wechsel des Geschicks nicht blossgegeben.

Gilt dies von den selbst erworbenen Gütern, um wieviel mehr von denen, die uns von Andern anvertraut sind; wie werden wir den Thaler zu hegen und zu bewahren haben, der uns zu einem bestimmten Zweck überhändigt ist, an welchem der väterliche Schweiss, die Mussestunden des vorgerückten Alters hänget. Ein Vater schickt ihrer Ausbildung, ihrer getrosteren Zukunft wegen seine Kinder in die Fremde, und stattet sie mit allen erforderlichen Bedürfen aus. Sollen wir diese Ausstattung nicht als heiliges anvertrautes Gut betrachten, das eben den bestimmten Zweck und keinen andern habe? Drum mögen die Kinder wohl erwägen, ob nicht auch an den Thaler, den sie leichtsinnig verwerten möchten, des Vaters Schweiss und Arbeit sich knüpfe!

Und nun erst ad 3). Das Erkennen und sich Widmen dem Berufe, den man erwählt hat. Die menschliche Gesellschaft bildet ein stillschweigendes Uebereinkommen der Gegenseitigkeit; der Landmann sorgt für Leibesnahrung, ihn versorgt der Handwerker wiederum mit Bekleidung und Gerätschaften; der Bemittelte ernährt den Unbemittelten, indem er ihm Arbeit und Mittel zum Unterhalt gewährt, dieser jenen, durch physische Kraft und Kunst. Alles hat seine Bestimmung und soll seinen Platz hienieden ausfüllen! Wer nun als Glied dieser Gesellschaft seine Bestimmung erfüllt, ist achtungswert, wer dabei sich hervorthut und durch vorzügliche Leistungen sich auszeichnet, ist ehrenwert und wird geehrt, nicht selten gefeiert.

Diesen allgemeinen Begriffen zufolge, liegt jedem Einzelnen die Pflicht ob, als Thätiges und nützliches Glied der Gesellschaft seinen Platz würdig auszufüllen; der Einzelne hingegen nach Massgabe seiner Erziehung, geistigen Ausbildung und Befähigung ist es, der sich in dem Fall befindet sich über die Masse erheben und seinen Leistungen einen höheren Grad von Weihe geben zu können, wenn nehmlich, er vermittelst der gedachten Vortheile, dasjenige was er will recht erkannt, diesem sein ganzes Wollen und Können mit demjenigen Grad von Energie widmet, der Männern von Charakterfestigkeit zu eigen ist, und unabgezogen und unzersplittert, dem vorgesteckten Ziele seine ganze Kraft weihet. Ob die Leistung nun ihrer Natur nach eine nach Begriffen Höhere oder Geringere, kunstvoll oder kunstlos ist, gleichviel! Nur sei sie das, was sie sein soll – ganz. Also möge man den Zweig der Thätigkeit, welchen man als seinen Lebensberuf erwählt hat, mit Zuversicht und Keckheit ins Auge fassen, ihn unverrückt festhalten und sich seiner als Zweck und Ziel bemächtigen und verfolgen. Eine jede Stunde gebe Rechenschaft von der verflossenen, welche die einzelne Staffel zu der grossen Leiter ausmacht auf deren höchsten Spitze der Sieg desjenigen Berufes winkt, den wir uns zur Thätigkeitsaufgabe unseres Lebens gestellt und erkoren haben.

Hieran habe ich dann angesichts meiner Söhne meinen Dank gegen Gott ausgesprochen, der mich gnädigst geführt und meine Schritte mit Vaterhuld geleitet, der mir seinen Segen in der Familie durch ein treffliches Weib, durch wohlgerathene gute Kinder, im Hause und ausser dem Hause so sichtbar verliehen und mein Herz bewahrt hat, dass es sich nicht in Eitelkeit und Thorheit überhoben, dass es die Einfachheit des Sinnes zu hegen nicht aufgehört und Bescheidenheit ihren Platz behauptet. Und so habe ich dann meine Ehre und meinen Namen – ein theuerstes Gut, von dem der Weise sagt, dass es höher sei als köstlichen Oeles, ein Gut das unveräusserlich, wie ein Edelstein zu bewahren sei, dass ich – so mir Gott helfe, dieses Gut bis ans Ende meiner Tage pflegen wolle, und ihnen schon heut die heilige Pflicht auferlege täglich und stündlich so viel an ihnen sei, darüber zu wachen, auf dass die Welt bekunden möge, dass Vater und Kinder ihrer werth seien, und Gottes Segen auf ihnen ruhe, und über sie gnädigst wache.

Dieses mein Sohn, die Worte Deines Vaters, die auf allen Deinen Wegen Dir innwohnen, Dich zum Guten leiten und vom Bösen abhalten mögen, darum sie Dir in der Mussezeit mehrerer Tage aus väterlichem Herzen gewidmet.
In Liebe Dein Vater Joel Wolff Meyer.

Als er im Jahre 1856 Witwer[38] wurde, hatten alle seine Kinder den Weg ins Leben gefunden: Herrmann, der seine schöne Cousine Jettchen, die Tochter Onkel Philipps und Tante Rikchens, geheiratet hatte[39], und Martin, der Gatte Johanna Alexanders, hatten den Kaufmannsstand erwählt. Philipp, der Romantiker dieser lebenstüchtigen Familie, war nach Schweden ausgewandert. Die freiheitlichen Ideen, die in den vierziger Jahren die besten Geister bewegten und in seinem Herzen lebhaftesten Widerhall fanden, hatte ihn in Gegensatz zu seiner ganzen übrigen, streng königstreuen Familie gebracht, und der denkwürdige achtzehnte März 48 sah ihn als Freiheitskämpfer auf den Barrikaden. Im letzten Augenblick noch gelang es dem einflußreichen Vater, ihn der drohenden Festungshaft zu entziehen, indem er ihn mit sanfter Hand über die Grenze beförderte. Er liess sich in Stockholm als Buchhändler nieder und fand dort eine sympathische und anmutige Gattin. Doch war es ihm nur einmal beschieden, seine Frau dem Vater zuzuführen, denn in frühen Jahren starb er in der Fremde, die ihm zur Heimat geworden war.

Ludwig, ein begabter und etwas unsteter Sonderling, ein Original mit jedem Blutstropfen, stets mit irgendwelchen Erfindungen beschäftigt, die, echte Kinder seiner selbst, aus einem Körnchen Talent zu einer unbrauchbaren, üppig wuchernden Pflanze voller Närrischkeit und Unvernunft anwuchsen, sollte durch die Landwirtschaft festen Fuß fassen. Siegmund, der Jüngste, hatte mit seinem Freunde Mackower, der schon früh bedeutende Geiseseigenschaften entwickelte, das Abiturium gemacht, und beide schritten auf den vielverschlungenen Wegen der Jurisprudenz aus dem herkömmlichen Geleise des Kaufmannsstandes zu den freieren Ausblick bietenden Höhen der Wissenschaft. Die Töchter, Mathilde, Hannchen und Elise, lebten als Gattinnen von begüterten Kaufleuten in Berlin; und Jeannette, die Älteste, wohnte mit dem ihr angetrauten Onkel und ihren sechs Kindern im ersten Stocke des der Fabrik angegliederten Geschäftshauses am Köllnischen Fischmarkt 4.

Der Tod der Mutter brachte eine einschneidende Veränderung in ihr Leben und das der Familie: die Stadtwohnungen des Geheimrats und seines jüngeren Bruder Julius wurden aufgegeben, und Jeannette zog, um dem verehrten, geliebten Vater das plötzlich einsam gewordene Haus zu beleben und dem Haushalte vorzustehen, mit ihrer Familie in die Villa am Tiergarten. Die Abenteuerlichkeit dieses neuen Entschlusses, sich mit einer grossen Kinderschar[40] den Unbilden der winterlichen Tiergarten-Einöde auszusetzen, statt in der behaglichen Stadtenge zu bleiben, erregte allgemeines Staunen und Kopfschütteln, wenngleich das Haus nicht mehr in so völliger Einsamkeit lag wie ehemals, als es noch die Sommerzuflucht aus städtischer Enge war, als morgens die Fischfrau an der Haustür klingelte, wenn sie ihre vollen Körbe vom Kanal zum Gendarmenmarkt trug, um Guthildchen, das älteste Töchterchen Jeannettes, zur Schule abzuholen. Denn wie hätte sonst das Kind den weiten, einsamen Weg machen sollen? Wie hätte es in seinen Zeugstiefelchen durch die oft aufgeweichten Waldwege waten können, wenn die gute Frau es nicht mitsamt ihren Körben über die größten Lachen gehoben hätte?

Jetzt stand schon, stattlich in rotem Backstein errichtet, die Matthäikirche auf einem grünbepflanzten, viereckigen Platze, von dem eine Straße bis hinten ans Wasser führte; hier und da wuchs ein hübsches Häuschen aus dem ländlichen Boden. Dazwischen ließen zwar noch immer die Jungen auf den großen Wiesenplätzen ihre Papierdrachen steigen; aber mancher Weg am Waldesrande wies doch schon gutes Pflaster auf, und der Boden um Großpapas Grundstück, nun nicht länger herrenlose Wildnis, war ihm traulich verwandt. Denn an die hintere Schmalseite stieß die schmucke Villa Tante Elises, deren Grund und Boden er ihr, der jüngsten Tochter, zur Morgengabe geschenkt hatte[41], als sie sich mit dem wohlhabenden und angesehenen Bankier Schlesinger aus Hirschberg vermählt hatte. Und am Tiergarten lehnte jetzt das bescheidene Stammhäuschen an die breite, prächtige Fassade von Onkel Philipps[42] Haus, dessen Hintergarten in fast gleicher Länge neben dem der älteren Brüder hinlief. Für die bescheidenen Ansprüche jener Zeit genügte das als Sommeraufenthalt gebaute Haus völlig für alle wirtschaftlichen und gesellschaftlichen Bedürfnisse einer so vielköpfigen Familie. Zu ebener Erde befanden sich Keller, Küche und der Gartensaal, in dem die gemeinsamen Mahlzeiten eingenommen wurden; den ersten Stock nahmen die Empfangsräume nebst dem Schlaf- und Arbeitszimmer des Geheimrats[43] ein, und der zweite Stock mußte für den Kommerzienrat und seine Gattin[44], deren sechsköpfige Kinderschar mit dem notwendigen Personal ausreichen und gelegentlich auch zugereisten Anverwandten freundliches Obdach bieten. Die Art, wie dieser Doppelhausstand geführt wurde, ließ sich nur durch das zwiefache Verwandtschaftsverhältnis herstellen und lückenlos aufrechterhalten; denn ohne die Vergötterung des Jüngeren für den älteren Bruder wäre eine so völlige Unterordnung des Schwiegersohnes unter die Wünsche und Interessen des Schwiegervaters unmöglich gewesen. Nicht allein die Tageseinteilung, die Lebenshaltung, der Verkehr, auch die Erziehung, die Zukunftspläne für die Kinder. Alles wurde ganz selbstverständlich seiner Entscheidung anheimgegeben. Und wie im Großen, so war es im Kleinsten: saß man bei dem gemeinsamen Mittagsmahle, so zweifelte keines der Kinder daran, daß irgendeine leckere Zugabe zu den spartanisch einfachen Gerichten in Gestalt von Spargeln, Salat oder Kompott nur dem Großpapa, nicht einmal dem Vater zukam.

Von dem täglichen, großen Familienkreise abgesehen, zu dem die aus- und eingehenden Lehrer sowie die Gouvernante gehörten, kam die ganze Familie, nicht nur die zahlreichen Söhne und Töchter des Geheimrats mit ihrem Anhang, sondern auch Vettern, Neffen und Nichten des öfteren in das Häuschen, das fast nie leer von Besuchern war, und das, da Jeannette für jeden eine Erfrischung bereit hatte, bald nach den beiden zu Seiten der niedrigen Haustür stehenden Feigenbäumen das Gasthaus zum Feigenbaum genannt wurde.

An den Freitagabenden scharte sich die ganze Familie um das verehrte Oberhaupt und tat es sich gütlich bei grünen Fischen; einmal im Jahr aber erhielten diese wöchentlichen Zusammenkünfte einen feierlicheren Anstrich. Da ging der Geschäftsbote mit der Einladung von Haus zu Haus, ein Lohndiener und eine Kochfrau wurden zugezogen, einige Ehepaare, die als Anhang der Angeheirateten in diesem blutsverwandten Kreise die Rolle von Fremden spielten, wurden verständigt, und «die Familie Meyer will sich einmal ausgeschnitten sehen», sagte spöttelnd die noch stattliche Tante des Geheimrats, indem sie von den gewohnten Gesichtern auf ihre aus dem schwarzen Sammetkleide hervorleuchtenden Schultern blickte. Sie war als armes, blutjunges und schönes Mädchen aus der kleinen Residenzstadt in die Familie gekommen, woher sie der alte, reiche Witwer als zweite Frau sich ins Haus geholt hatte, und ihrem Mädchenstande muß irgendein diesem Kreise fremdes und prickelndes Odeurchen angehangen haben; denn nie ward ihr Name genannt, ohne daß ein Lächeln, ein Tuscheln, ein Naserümpfen über die Gesichter huschte. Die ungemeine Hochachtung aber, die man in der Familie dem Reichtum, dem absonderlichen Witze und der großen Wohltätigkeit ihres alten Gatten zollte, hob auch sie auf einen fast gefürchteten Platz; denn eine Unzahl von unbemittelten Neffen und Nichten bis ins dritte und vierte Glied dankte seinem Beistande ihr Fortkommen oder ihre anständige Versorgung, indem er ihnen die zur Etablierung oder zur Verheiratung notwendigen Mittel bewilligte. So war auch eines Tages eine ausnehmend reizlose, ältere Nichte zu ihm gekommen, und mit den verschämten Worten: «Lieber Onkel, der Herr Rosenbaum interessiert sich für mich» appellierte sie an seine oft bewährte Großmut. «Malchen, hat er dir denn schon gesehen?» fiel ihr der Onkel, sie belustigt von oben bis unten fixierend, schnell ins Wort. Trotzdem aber floß des Onkels Goldstrom auch in Herrn Rosenbaums Kasse und verschönte ihm sein schiefes Malchen.

In diesem bewegten, eng zusammenhängenden Familienkreise waren inzwischen die sechs Kinder von Julius und Jeannette zu blühenden, großen Gestalten herangewachsen. Guthilde, die Älteste[45], fühlte schon früh trotz des geringen Altersvorsprungs die Verantwortung für die jüngeren Geschwister auf sich ruhen, und «Guthildchen arrangiert schon wieder» sagte Fräulein Stavenhagen[46], die Gouvernante mit der spitzen Nase und spitzen Stimme, wenn jene in ihrer Güte auf irgendeine Weise auf das Wohl der Mitgeborenen bedacht war. Auch ihrer Mutter, deren verjüngtes Ebenbild sie war, stand sie schon in früher Jugend bei den häuslichen und gastlichen Pflichten zur Seite, und an den verehrten Großpapa schloß sie sich enger als alle anderen und atmete seine strenge Frömmigkeit so natürlich ein, wie die Luft ihres Hauses. So schien ein viel größerer Altersunterschied zwischen ihr und den Schwestern zu bestehen, als es in Wirklichkeit der Fall war, und wenn sie nach den beendeten Schulaufgaben gewissenhaft mit einer häuslichen Handarbeit auf dem Balkon saß, so tollten die Jüngeren mit fliegenden Zöpfen im Hintergarten umher, wobei ihnen die Brüder und die schönen, großen Vettern von nebenan, die Söhne von Onkel Philipp und Tante Rikchen[47], getreulich Gesellschaft leisteten. Erschien dann Großpapa Geheimrats hohe, hagere Gestalt im langen Tuchrock mit der schwarzen, weichen Binde und den Vatermördern, die er trotz des Wechsels der Mode nie änderte, im Hintergarten, so stoben sie, im Bewußtsein versäumter Pflichten, erschreckt auseinander und flüchteten durch einen schmalen Gartensteg in die Rosenlaube, einen kleinen, viereckigen Platz, der, zwischen die drei verwandten Grundstücke geschoben und Großpapa zugehörig, den poetischen, heitere Märchenbilder vorzaubernden Namen seiner nicht nach Rosen duftenden Bestimmung verdankte. Hier wartete man kichernd und zitternd, bis Großpapa seinen nachdenklichen Spaziergang auf dem eigenen Grund und Boden, unter seinen alten Wipfeln der Kastanien und Akazien, an den Jasminsträuchern vorbei zu der morschen steinernen Sonnenuhr auf dem ansteigenden Rasenplatz beendet hatte und nach dem Vordergarten schritt, um in der Ecklaube an der stillen Tiergartenstraße wie gewohnt zu lesen und zu schreiben, bis die Stunde der Besucher da war. Schnell kletterten dann die Vettern über den niedrigen Zaun in das väterliche Grundstück zurück, die Brüder liefen verstohlen ins obere Stockwerk, und die Mädchen saßen plötzlich sittsam bei Guthildchen, um sich von ihr bei einer Arbeit helfen zu lassen.

Und immer war sie bereit zu helfen, zu entschuldigen, Unrecht zu verdecken, auch wenn es ihr nicht in den Kopf gehen wollte, wie man Großpapas Vorschriften mißachten konnte. Und gar erst, wenn es sich um Religion handelte! Wie konnte nur Wolfers oder Siegbert es übers Herz bringen, Krüger, den jungen Barbier[48], zu bestellen, wo es doch Sabbath war! Ja, aber was sollte man machen, meinten die Brüder, wenn die hübsche Cousine Laura Israel[49] oder Mathildchen Alexander[50] oder gar eine der Tanzstundenflammen erwartet wurde und der Bart in unschöner Schwärze sproßte, trotz des Sabbaths? Da mußte eben der Barbier heimlich kommen, über den Gartenzaun klettern, sich durch das niedrige Fenster in die Küche schwingen, auf Socken die schmale Treppe heraufschleichen und bei verschlossener Tür seines Verschönerungsamtes walten. Wie klopfte Guthildchens Herz, um den Brüdern die Strafe, dem geliebten Großpapa den Kummer zu ersparen! Mit welcher Inbrunst nahm sie die fremden Sünden auf sich und badete ihr Gewissen rein bei den hebräischen Gebeten, die Großpapa ihr gewiesen hatte! Und doch streifte auch sie der Zweifel. Zum ersten Male durfte sie am Versöhnungstage[51] fasten, und wie zu einem Fest schritt sie zu der Entbehrung. Doch es kam die Stunde, da der Magen Herr werden wollte über das Gemüt. Sie klagte dem Großvater ihre Not, es habe keinen Sinn zu fasten, ja, die Kopfschmerzen hinderten sie sogar am Beten. «Bete an einem anderen Tage», antwortete er, «für heute laß dir an den Kopfschmerzen genügen!» Und alle Zweifelsnot hatte ein Ende.

Seit der Verheiratung von Martin und Johanna[52] waren die beiden in Anschauungen, Lebensgewohnheiten und Temperamenten völlig auseinandergehenden Familien Meyer und Alexander in einer korrekten, wenn auch rein äußerlichen Verbindung geblieben. Zwischen Guthilde und Mathilde[53] aber entwickelte sich allmählich aus dem leichten Kinderverkehr eine herzliche Freundschaft, bei der das sympathische Wesen des Bruders Julius der Magnet gewesen sein möchte, der die beiden ungleichen Mädchennaturen zueinander hinzog. Auf seinen Lieblingswunsch, die juristische Laufbahn zu ergreifen, hatte er schmerzlich verzichtet, da er in so früher Jugend nicht die Kraft fand, seinen Vater, der den einzigen Sohn naturgemäß als den Nachfolger in seinem Geschäft ansah, zu enttäuschen. So begrub er denn seinen wissenschaftlichen Ehrgeiz, soweit er sich auf den Beruf bezog, in den väterlichen Wollsäcken; zu bald aber fühlte er, daß er in der Kleinlichkeit dieser Geschäftsführung ersticken müsse. Da trat die Mutter energisch für den Sohn ein; mochte doch die Firma eingehen, wenn nur ihr Julchen nicht unglücklich wurde! Das Börsengeschäft schien ihm großzügiger, es schien lohnendere Ansprüche an das Individuum zu stellen, und so ging er zu einem Bankier in die Lehre. Aber auch hier türmten sich die Enttäuschungen so hoch, daß man den freien, erwarteten Ausblick völlig verlor: Lampenputzen, kleine Einkäufe für den Prinzipal machen – war das der Weg zum «königlichen Kaufmann»? Kaum aber wurde ihm der Einblick in die Bücher gestattet, kaum durfte die Korrespondenz durch seine Hände gehen, da begannen Theorie und Praxis ihn gleichmässig zu interessieren, und als er gar mit der Börse Fühlung bekam, da war er mit seinem Berufe ausgesöhnt; denn schon damals fühlte er ihre feinen Zusammenhänge mit dem Weltgetriebe, und er verglich sie mit der empfindlichsten Magnetnadel, die bei jedem noch so leisen

Fernbeben mitschwingt. Nach beendeter Lehrzeit unternahm er, als Vorbereitung zur Begründung einer eigenen Firma, eine größere Reise nach Belgien, Paris und London. Auf der Rückreise, die er bei stürmischem Wetter auf einem elenden Segelschiffe zu machen gezwungen war, lernte er alle Schrecken der Seekrankheit so ausgiebig kennen, daß er den Tod erflehte, noch als der rettende Hafen vor seinen Augen lag. Das Schicksal aber war so freundlich ihn nicht zu erhören, und bald fühlte er froh den heimatlichen Boden unter den Füßen. Das Leben zeigte ihm jetzt sein rosigstes Antlitz: mit vierundzwanzig Jahren war er der Inhaber einer unter seinem Namen gegründeten Firma geworden; auf der Börse sowohl wie im gesellschaftlichen Leben kam man dem klugen, ernsten und doch heiteren jungen Manne freundlich entgegen, und seine Mutter fing an, unter den Töchtern des Landes Umschau zu halten, welche wohl würdig sei, diesen Schatz mit ihr zu teilen. Er aber schüttelte vorläufig so ernste Zukunftsfragen von sich ab; das Leben war ja so schön und die Mädchen so hübsch!

Eines Sommerabends wanderte er die Potsdamerstraße hinauf, um sich auf den Schöneberger Feldern nach des Tages Hitze zu erquicken. Auf der Holzbrücke, die über den Kanal führte, sah er gegen den rosigen Abendhimmel zwei Mädchengestalten, zärtlich umschlungen und freundlich winkend, ihm aus den reifen Kornfeldern entgegenkommen. Jetzt erst erkannte der Kurzsichtige in ihnen zwei schöne Schwestern, vor denen er bei manchem Kottillon gekniet hatte. Die Strohhüte hatten sie sich über den Arm gehängt, und zu dem heiteren Bänderaufputz ihrer Kleider passend hatten sie die Blumen gewählt aus dem hochstehenden Getreide; die Eine trug einen Kranz von Kornblumen auf den vollen Locken, der anderen umstand roter Mohn wie ein Heiligenschein das hochgeknotete Haar. Fröhlich trat man zu Dreien den Heimweg an. Wird die Kornblume, wird der Mohn meine Zukunft sein? fragte er sich lächelnd in der Stille seiner

Stube. Da mußte er plötzlich an einen friedlichen, grünen Garten denken, dicht am Waldesrand, in dem die Veilchen blühten, und Mohn und Kornblume verblichen neben ihrem bescheidenen Duft und Schimmer. Denn von dort her lächelte ihm ein dunkles Augenpaar zu, ebenso bescheiden und freundlich wie seine Lieblingsblumen. Und zweifelnd und lächelnd versank er in Träumen. Wird sein Duzschwesterchen aus holder Jugendzeit, wird Guthildchen Meyer seine Zukunft sein?

Aber die Zeit ging hin und hüllte sich in ein neues Frühlingsgewand, und noch immer hatte sein Herz nicht so gebieterisch die Antwort gefunden, daß es die Frage an das Schicksal wagte. Da tratt Galeotto auf, Galeotto als Ehestifter, versteht sich, wie es sich für brave, gutbürgerliche Verhältnisse gehört. Zu diesem Zwecke hatte er sich jeden poetischen Schimmers entkleidet und war in die hausbackene, etwas mürrische Gestalt Schwager Martins geschlüpft, der, entgegen seiner ungeselligen Art, auf ein Plauderstündchen in die Breitestraße kam. Er erzählte, daß ein würdiger, begüterter Mann um die Hand seiner Nichte Guthilde angehalten habe, daß Großvater und Eltern, da sie ernstlich daran dächten, die jetzt Neunzehnjährige zu verheiraten, das Projekt mit günstigen Blicken ansähen, daß das junge Mädchen aber selbst sich noch immer nicht entschließen könne. Die strenge, bedeutungsvolle Miene und der grollende, vorwurfsvolle Ton wollten schlecht zu den einfachen Worten stimmen, und Julius setzte denn auch den richtigen Text unter die Melodie: Du Esel, greif zu, wenn du nicht willst, daß dein Glück dir davonläuft!

Er zögerte nicht. Am nächsten Nachmittage wanderte er hinaus in den Tiergarten, und das Grün seiner neuen Glacéhandschuhe wetteiferte mit dem Frühlingsgeschmack der Baumwipfel über ihm. Guthildchen saß nichtsahnend mit ihrem Vater im hinteren Balkonzimmer, und der Kastanienbaum sandte seine Düfte zu ihnen hinein. Da wurde der Besucher angemeldet, und ehe sie recht zur Überlegung kam, verschwand durch die eine Tür die Riesengestalt des Vaters, durch die andere trat Julius, seine mit der Farbe der Hoffnung bekleideten Hände vorstreckend, und fragte: Guthildchen, willst du es mit mir versuchen? Und Guthildchen wollte, wollte gleich und wollte gern und zweifelte nicht, daß der Versuch glücken würde. Auch die hundertköpfige Familie gab freudig ihre Zustimmung, da Joel billigend das ernste Haupt geneigt hatte.

Jugend und Neigung hatten den frohen Flug durch die Lüfte zueinander gemacht, äußere Verhältnisse und gesellschaftliche Stellung stimmten zueinander. Wer aber würde die Brücke überschreiten zwischen den beiden durch weites Wasser getrennten Ufern, auf denen die Familien sich gegenüberstanden? Auf der einen Seite eine Überlegenheit, die sich auf dem Bewußtsein der älteren Kultur, des älteren Wohlstandes, des Zusammenhanges und der Verschwägerung mit den geachtetsten Familien Berlins begründete; auf der anderen das Gefühl, daß durch eigene Kraft und festes verwandtschaftliches Zusammenhalten ein mindestens ebenbürtiges Gleichgewicht geschaffen war. Dort ein freies, heiteres Judentum, das sich nicht seiner Gemeinschaft schämte, jedoch, abhold ihren Formeln, seine Pforten weit auftat dem Schönen und Guten in jeder Erscheinung und in jedem Bekenntnis; hier die unerschütterliche Überzeugung, daß nur im Verein mit der Religion der Väter, nur in dem Festhalten an allen ihren Dogmen, nur in dem Weiterführen uralter Traditionen Glück, Ehre und Würde einer Familie Bestand habe.

Und der junge Bräutigam war gut und – klug. Aus Ehrfurcht vor dem Alter, aus Liebe zur Erwählten, im festen Vertrauen auf seine eigene Kraft, die mit sanfter Hand das gemeinsame Leben zu zimmern imstande sein werde, ging er den Weg, den die Bibel verlangt: er verließ Vater und Mutter und folgte dem Weibe. Großpapa Geheimrat wünschte eine fromme Wirtschaft, – er sagte sie zu, ohne eine rechte Vorstellung davon zu haben. Eine

Wohnung im gewohnten Centrum wäre erwünscht und bequem gewesen; Tante Hannchen Israel[54] aber schwor, daß es in ganz Berlin nur eine passende Wohnung gäbe, und das wäre die andere Hälfte der von ihr bewohnten Etage in der Leipzigerstraße Ecke der Mauerstraße. Großpapa billigte die Wahl seiner Tochter im Hinblick auf die verhältnismäßige Nähe zu seinem Hause, und sie wurde gemietet, obwohl Mutter Pauline im Stillen meinte, gar so nachgiebig brauchte *ihr* Sohn nun gerade nicht zu sein.

Am 11ten August 1862 saß bei schwüler Sommerhitze das junge Ehepaar in seiner fast fertig eingerichteten Wohnung in Erwartung des Lendemain-Empfanges[56], der nun einmal nicht zu umgehen war. Die junge Frau im weißen, spitzenbesetzten Hauskleide, das vorgeschriebene Häubchen, zierlich mit rosa Schleifen geputzt, auf dem dunklen Haar, überdachte das gestrige Hochzeitsmahl. Gewiß war Tante Rikchen beleidigt, und eigentlich hatte sie auch Recht; denn hätte sie nicht als Großopapas Schwägerin einen höheren Platz beanspruchen können? Und daß David Hirschfeld so leichtfertige Witze in seinem Gedicht auf die Damen machen mußte! Es war zwar amüsant, aber gewiß fand es Mutter unpassend, Mutter in ihrer stillen, vornehmen Art! Dabei sah sie auf die Uhr und überlegte, ob auch Tante Elischen pünktlich vor dem Empfang der Gäste da sein würde statt Mamachens, die doch auf Großpapas Droschke und die Schwestern warten mußte. Auf Tante Hannchen war trotz der Nachbarschaft dabei gar nicht zu rechnen, sie hatte vollauf damit zu tun, den Frühstückstisch zu überwachen und manches Stück Silber, das noch im neuen Haushalt fehlte, aus den eigenen Beständen herüberzuholen. Währenddem ging der junge Ehemann etwas nervös auf und ab. Denn während im Eßzimmer Tante Hannchen Salaten und Kuchen mit erregter Stimme den Weg wies, obgleich Schreiber, der Tafeldecker[57], ohne den es kein Fest gab in den guten jüdischen Familien, wieder und wieder mahnte: Madam Israel, Sie müssen sich anziehen, die Gäste werden gleich da sein! – waltete in den hinteren Räumen seit dem frühen Morgen Onkel Martin[58], der die Sorgen der Einrichtung übernommen hatte, geräuschvoll und mitleidslos seines Amtes. Er, der selbst eine prächtige Wohnung mit spiegelblank parkettierten Sälen und einer schönen Gemäldesammlung besaß und sich auf seinen Geschmack viel zu Gute tat, setzte seinen Stolz darein, den Gästen alles fertig vorzuführen, und ließ daher die großen Mahagonischränke, die nach seinen Zeichnungen angefertigt waren, noch schnell zusammenschlagen, hämmerte selbst die Nägel für die schweren Kupferstiche in die Wände und stellte hier eine Uhr, dort eine Lampe um; denn jeder wollte doch nachher sein Geschenk im besten Lichte sehen. Da ging die Tür auf, Mutter Pauline[59] kam als erste, und gleich umwehte den Sohn die liebe, stille Luft des Elternhauses. Ohne ein Wort bog sie seinen Kopf zwischen beiden kleinen Händen zu sich herunter und, den Text ihren Gefühlen anpassend, sang sie ihm leise ihre ihm vertrauten Lieblingstöne des Orpheus[60] ins Ohr: Ach, ich habe ihn verloren, all mein Glück ist nun dahin! – Und all ihre Liebe, all ihr Wissen vom Mutterschicksal träufelte sie mit diesem stillen Abschied in seine Seele. – Da öffnete sich die Tür, und herein strömte die Flut der gratulierenden, bewundernden, neckenden Gäste. Erleichtert atmete der junge Ehemann erst auf, als die wehenden Taschentücher weit hinter ihnen mit der Bahnhofshalle verschwanden und der Zug sie ihrem Reiseziele, dem Salzkammergut zuführte.

In Regensburg sollte er zum ersten Male auf die Probe gestellt werden. Spät abends waren sie angekommen; die altertümliche Stadt mit ihren engen Gassen, die Giebelhäuser mit den spitzbögigen Fenstern und gespenstischen Bemalungen erschreckten die junge Frau, die von der Welt kaum mehr als die Gegend zwischen dem Alexanderplatz und dem Tiergarten kannte. Als sie durch die dunklen Gänge des Gasthofes, in denen ihre Schritte widerhallten, das für sie bereitgehaltene Zimmer mit seinen altmodischen Himmelbetten und schweren Schränken betraten, in dessen Ecken sich beim Schein von einigen dünnen Kerzen bedenkliche Schatten bald riesengroß zu strecken, bald zwerghaft klein zu ducken schienen, erklärte sie, sogleich abreisen zu wollen. Kein Zug verließ mehr zu so später Stunde die Stadt, und geduldig mußte nun der Gatte die Nacht über neben der geängstigten jungen Frau sitzen und von seinem steiflehnigen Stuhle aus mit Tantalusqualen die weichen Kissen sehen, die in der Nische zur Ruhe einluden. In seinem qualvollen Halbschlaf stieg die Gestalt des alten, guten Schuldirektors, sein halb mildes, halb ironisches Lächeln vor ihm auf: Wie sagte er doch damals, war Juno eine strenge Göttin? Mußte man von Glück sagen, wenn Venus sich mit ihr vertrug und ihr rosiger Finger die schweren Ketten mit Blumen umwand? Nach dieser Probe aber schienen die Göttinnen im besten Einvernehmen zu bleiben; denn kein Wölkchen am Himmel seiner Flitterwochen schreckte fürder das junge Paar. Vom Gebirge gingen sie nach Ostende, und als sie nach sechs Wochen im eigenen Heim gelandet waren, da empfand es die junge Frau als eine unbegreifliche Härte, daß Julius mit flüchtigem Kuße von ihr Abschied nahm, um ins Geschäft zu gehen.

Der Versöhnungstag schien dazu ausersehen, ihn aufs Neue auf die Probe zu stellen. Selbstverständlich durfte im jungen Hausstande nicht gekocht werden, selbstverständlich würde Guthildchen den Tag fastend im Tempel zubringen, und selbstverständlich hatte Julius ihr versprochen, sie zu Fuß (Fahren wäre ja Sünde, trotzdem Geiger, der Rabbiner aus Frankfurt, zu Großpapachens berechtigtem Verdruß auch hierbei Neuerungen schaffen wollte![61]) bis an die Pforten der Synagoge zu begleiten. Wie erschrak er aber, als seine junge Frau ihm am Morgen statt mit dem türkischen Shawl, seinem ersten Bräutigamsgeschenk, in einem weißen Kleide, die Schultern in weißes Tuch gehüllt, und die Haare in einer weißen Haube völlig versteckt, entgegenkam, das schwarze, goldumränderte Gebetbuch im Arme haltend, in den Händen ein Spitzentaschentuch und ein kleines Blumensträußchen, und mit dem Lächeln frommer Vorfreude auf den Lippen. Ein kurzer Kampf – Juno und Venus sahen sich gespannt in die Augen! Doch er bestand – die Göttinnen reichten sich gerührt die Hände, und unter ihrem Schutze schritt Julius, gesenkten Blickes zwar, aber liebevoll neben der an den Orient gemahnenden Gattin durch Berlins werktätig geschäftige Straßen.

Ein neues Jahr war angebrochen; der Weg durch Schnee und Schmutz nach dem Tiergarten wurde immer beschwerlicher, und die junge Frau bedurfte ein wenig der Schonung. Welch Glück, daß Tante Hannchen so nahe zur Hand war, wo Mamachen nicht immer Zeit hatte, in die Stadt zu kommen, Mamachen mit ihren vielen Hausfrauenpflichten, mit der Sorge für Großpapa, und noch dazu jetzt, wo die Verlobung von Fränzchen, der zweiten Tochter, mit dem Hamburger Kaufmann Heimann[62] vor der Tür stand! Und gar heute, wo der junge Hausstand den ersten fremderen Besuch erwartete! «Guthildchen, um Gotteswillen, hebe nicht den schweren Steintopf mit den Forellen», rief Tante Hannchen von der Küchentür in die Speisekammer. Aber schon war es zu spät, mit leisem Aufschrei setzte ihn die junge Frau schnell nieder; sie mußte sich ins Bett legen, Mamachen wurde verständigt, Schwager Boas[63] kam eilendst aus der Breitestraße, er, der junge Arzt, der Mathildchen Alexander vor kurzem zur wohlbestallten Frau Doktor gemacht hatte und nun mit ihr den zweiten Stock des schwiegerelterlichen Hauses bewohnte. Alles ließ den Kopf hängen; man fürchtete, eine Hoffnung für den Sommer sei geknickt.

2.

«Gretchen ist allesklug», sagte die Amme kopfschüttelnd und rief die Eltern zum Fenster herbei, an dem sie das Kind in dem weissen Stickereikleidchen mit den schottischen Schleifen hochhielt. Denn wahr und wahrhaftig, eben hatte es, als es die fremde, leidende Dame am gegenüberliegenden Fenster sah, die immer so freundlich eine große Puppe vor seinen Augen tanzen ließ, laut und jauchzend gerufen: I bame, i bame und damit zum ersten Male die Erkenntnis für seine Beziehungen zur Außenwelt auf nicht mißzuverstehende Art und Weise festgelegt. «So wahr ich lebe», sagte Tante Hannchen, als sie die Neuigkeit brühwarm in die Matthäikirchstraße trug, «das Kind ist ein Wunder!» Denn selbst ihr James[64], ihr Abgott, war drei Wochen älter gewesen, als er das erste Wort gesprochen hatte. «Mein Linchen[65] hat sogar schon früher gesprochen», sagte etwas spitz Tante Elischen, die auf einen Augenblick von nebenan gekommen war, während Jeannette begütigend dazwischenwarf, daß der Tag doch heute idealistisch sei, und als das noch nichts fruchtete, fragte, was sie wohl morgen zum Freitag Abend geben solle, da Hirschfelds[66] sich angemeldet hätten. «Gieb trotzdem grüne Fische», sagte Elischen mit freundlich eindringlichem Blick, «David ißt so gern die Klößchen.» Indem knarrte die Gittertür neben der Ecklaube; ein zärtliches Lächeln glitt über Jeannettes Gesicht, ihr Gatte schritt durch den Garten dem Perron zu, und im Nu sahen der Zaun und die Fliederbäumchen winzig klein aus neben seiner Riesengestalt. Er stieg schweren Schrittes die Stufen hinauf und legte mit glücklichem Lächeln ein paar Theaterbillete auf den Tisch. «Die Lucca singt heute bestimmt die Afrikanerin»[67], sagte er, «ich habe mich eben bei ihr erkundigt.» «Wie himmlisch!» riefen die drei Schwestern wie aus einem Munde und sahen in den blauen Himmel.

«Wen Gretchen nur nicht so eigensinnig wäre», seufzte Großmutter Alexander und gab ihrem Enkelchen ein gelindes Kläpschen, als es zum zwanzigsten Male wohl den schönen, weißen Hut, den man ihm zu Ehren seines ersten Besuches bei den Großeltern in ihrer Potsdamer Sommerwohnung[68] aufgesetzt hatte, in den Straßenstaub warf.

«Es ist höchste Zeit, daß dem Kinde die Ohrlöcher gestochen werden», sagte Großmama Jeannette[69], und gleich holte Großpapa Geheimrat einen alten Dukaten hervor, den er bei Gebrüder Friedländer auf dem Schloßplatz[70] zu Ohrringen für sein Urenkelchen einschmelzen lassen wollte. «Muß denn diese Wildensitte auch bei meinem Töchterchen eingehalten werden?» fragte der junge Vater, als er davon hörte. «Laß nur», beschwichtigte ihn seine Mutter, «es soll ja gut sein für die Augen», war aber ein wenig gekränkt, als nicht ihr Schwiegersohn Boas, sondern James Israel, der angehende Chirurg, der Stolz der Familie, zu dieser Prozedur ausersehen ward.

«Das Geschrei ist ja nicht auszuhalten», sagten ungeduldig die jungen Onkel und Tanten in der Matthäikirchstraße, als die Kleine drei Wochen lang ihrem Ammeli nachweinte, das auf unbegreifliche Weise ihrem Dunstkreise entschwunden war, und als weder Chocoladenplätzchen noch Onkel Doktors Beruhigungstränkchen ihren Jammer zu stillen vermochten. «Das Kind hat ein heißes Herz», sagte strahlend der junge Vater, als er nachts sein schreiendes Töchterchen geduldig herumtrug. «Es hat ein sonniges Temperament», sagte er ebenso strahlend, als plötzlich aller Gram wie weggeblasen war. Und Großpapa Geheimrat trug sein Urenkelchen, ob es lachte, ob es weinte, tagaus tagein, mit dem Gleichmut der Weisheit, mit der abschiedbereiten Zärtlichkeit des Alters die Stufen seines Hauses herunter und setzte es in die Droschke, die ein für alle Mal für die Rückfahrt bestellt war.

All dieses Für und Wider der Meinungen hatte ich mit noch geschlossenem Visier des Geistes über mich ergehen lassen. Jetzt fing die Nacht des Unbewußtseins an sich zu erhellen, und mein Wille versuchte, sich aus dem Chaos seine Welt zu bilden.

Die Wohnung, von der meine erstaunten Augen und meine im stolzen Bewußtsein ihrer neuerworbenen Fähigkeiten unermüdlichen Füße Besitz ergriffen, lag am Anfang der Dorotheenstraße[71], nahe am alten Festungsgraben, der damals noch sein trübes, übelriechendes Gerinnsel mühsam zur Spree hinschleppte. Das stattliche, zweistöckige Haus, dessen erste Etage wir bewohnten, gehörte meinem Großpapa Julius, wie wir den Vater meiner Mutter nannten. Ich befand mich jetzt dauernd in Gesellschaft eines schwarzhaarigen, schwarzäugigen Bruders Edmund[72], für den ich die größte Bewunderung hegte, und dessen Anordnungen ich mich, obwohl er anderthalb Jahre jünger war, willig unterwarf. Nur bei unseren Spielen mit den Puppen trennten sich unsere Wege, da er sie seiner überaus zärtlichen Fürsorge erst wert hielt, wenn ihnen die Köpfe fehlten und der Werg aus allen Poren quoll, so daß es mich große Mühe kostete, meine schönen Lieblinge vor seinen Überzeugungen zu schützen. Eine Puppe besonders, die die Pariserin hieß, da sie ein Onkel aus Paris mitgebracht hatte, mit einem echten, blonden Flachskopf, einem hellseidenen, gerafften Kleide und einem weissen Pudel unterm Arm, gab nicht nur zu heftigen Konflikten zwischen uns Anlaß, sondern lehrte mich auch die Ungerechtigkeit der Welt kennen, da unsere alte, verrunzelte Kinderfrau gegen mich, die doch nur die Unschuld vor der rohen Gewalt schützte, Partei zu nehmen pflegte. In den Mittagsstunden wurden wir von ihr meist in das nahe Kastanienwäldchen geführt, wo wir zwischen den niedrigen, vollbesetzten Bänken, von denen süße Knasterwölkchen aufstiegen, und den dort aufgestellten alten Kanonen spielten, die uns wie liebe Bekannte vertraut waren; nur störte es mich, daß ich die größte unter ihnen, die «faule Grete», wider meinen Willen immer in irgendeinen unerklärlichen, darum aber nicht minder beschämenden Zusammenhang mit mir zu bringen nicht unterlassen konnte. Auch der unserem Hause gegenüberliegende Marstall mit seinen hellgekleideten Stallburschen, die die glänzenden Pferde an- und abschirrten und striegelten, war eine Quelle immer neuen Vergnügens und Staunens. Ab und zu lehnten sich aus einem der langen Fenster des Erdgeschosses zwei geputzte Mädchen mit glänzend schwarzen, gedrehten Locken und weiß und rot geschminkten Gesichtern, bei deren Anblick unsere Kinderfrau mit gehässigem Ausdruck sagte: «Da sind wieder die Koketten», und wir verbanden damit unverständlich und doch deutlich den lockenden Begriff des Sündhaften und Verbotenen.

Unser Kinderzimmer lag nach der Straße und stieß an das sehr große Wohnzimmer, von dem eine breite Tür in die nach dem Hof gelegene helle Eßstube führte. Hier durften wir morgens auf der Erde mit dem Baukasten spielen, während Papa die Zeitung las. Durch den Eintritt des Barbiers jedoch wurde mir bald das Vergnügen vergällt, obwohl ich eigentlich dem freundlichen Manne nichts vorzuwerfen hatte. Aber schon sein Name «Wedderin»[73], seine Klagen über eine Tochter[74], die beim Ballett war, worunter ich mir etwas Fürchterliches vorstellte, und vor allem die weitausholende Bewegung, wenn er das kleine Messer ansetzte, und ihm, o Graus, der Ärmel zurückrutschte, verwandelte ihn mir in eine Spukgestalt aus meinem Bilderbuch, und ich begriff nicht den Leichtsinn meines Vaters, der seinen Kopf ganz gemütlich auf die Stuhllehne zurückbog und mit seiner heiteren Stimme fragte: «Na, Wedderin, was gibt's Neues?» – Erst wenn die Flurtür sich hinter ihm geschlossen hatte, atmete ich auf und sammelte von den großen, bunten Teppichen, die zu den schönsten Wiesen und Gärten wurden, die vom Fegen zurückgebliebenen Rohrfäden, um sie als köstliche Blumen und Früchte in meiner Schürze zu meinen lieben Kinderchen zu tragen. Auch zwei große Muscheln, die den Schreibtisch meiner Mutter zierten, trugen viel zu meinem Glücke bei; denn das sanfte Spiel ihrer Perlmuttertöne, das Kochen und Summen in ihren gewundenen Gängen erzählten mir lockendere Märchen von grünen Wellen und glitzernden Fischen, als die schönsten Worte es konnten.

Einen Raum aber gab es in meiner Umgebung, über dessen Rätsel mir kein Nachdenken hinweghalf. Es war das letzte, nach der Straße gelegene Zimmer, das meist verschlossen blieb, in dessen Halbdunkel aber, wie meine scheuen Blicke durch einen Türspalt gelegentlich entdeckten, sich langbeinige, weißbehangene Gestalten zu dehnen schienen. Noch schauriger war der Eindruck, wenn es, was ab und zu geschah, erhellt ward: die weißen Gespenster zwar waren verschwunden; dafür umstanden aber in unheimlicher Feierlichkeit hohe, mit dunkelgrüner, starrer, kleingemusterter Seide bezogene Stühle einen schwarzen, ovalen Tisch. Zwei große Kupferstiche in düsteren, glatten Rahmen hingen an den Wänden; auf dem rechten lag ein Toter, dem ein Dolch in der Brust steckte, mit weit ausgestreckten Armen flach am Boden; auf dem linken saß, in einem düsteren Kerker in Verzweiflung zusammengesunken, ein Gefangener, dessen Ketten bis auf den Boden schleppten, und zwischen beiden Bildern stand auf einem kleinen Tischchen eine flache, leere Alabasterschale, scheinbar dazu bestimmt, das Blut und die Tränen jener Unglücklichen über ihr aufzunehmen. All das konnte nur dem Reich eines bösen Zauberers angehören, und ich fragte mich entsetzt, ob es der Härte unseres Schicksals oder der Unwissenheit unserer Umgebung zuzuschreiben war, wenn wir, aus mir unbekannten Ursachen, zeitweise dorthin verbannt wurden.

Trotzdem ich mir aber sagen mußte, daß in beiden Fällen meine Mutter die Schuldige war, da sie gelegentlich unsere Betten wohlgemut hineinstellen ließ, – trotzdem sie mich nie durch Zärtlichkeiten oder Liebesworte verwöhnte, fühlte ich, daß sie in einem sehr sanften, sehr engen Zusammenhange mit unserem Wohlbefinden, unseren Freuden und Leiden stand. Wenn sie morgens im zierlichen Hauskleide, mit dem Spitzenhäubchen auf dem welligen schwarzen Haar am Vorratsschranke der Köchin herausgab und uns, die verlangend dabeistanden, ein paar Korinthen oder Sultaninen, ein Stückchen Chocolade oder eine Backpflaume schenkte, so war mir das weichschimmernde Lächeln ihrer Augen ebenso süß wie die Schätze, die ich zum Munde führte, und es blieb mir auch, wie jene, in so köstlicher Erinnerung, weil meist ein etwas bekümmerter oder besorgter Ausdruck über ein bestehendes oder mögliches häusliches Ungemach auf ihrem Gesichte lag. Ein Vormittag steht mir lebhaft vor der Seele, als mir Onkel Doktor ein kleines Geschwür aufschneiden mußte, nicht weil ich Angst davor hatte oder Schmerzen fühlte, sondern weil es mir unfaßlich war, daß mich meine Mutter auf den Schoß nahm und mich zärtlich in die Arme schloß. Dies seltsam fremde und doch vertraute Gefühl wurde noch stärker, als ich, eines Nachts aufwachend, sie im Dämmerlicht einer Kerze an meinem Bette sah, in einem hellfarbigen, steifstehenden, spitzenbesetzten Seidenkleide, das die Schultern freiließ. Eine schimmernde Perlenkette, die ein grüner Stein am Halse schloß, zog vor allem meine Blicke an, und hinfort bestand zwischen ihr und jedem der Märchen, die Mama uns vormittags, während sie frisiert wurde, erzählte, ein geheimnisvoller Zusammenhang, denn alle guten Feen schmückte ich, unbeschadet ihrer weißen und rosigen Gesichter, ihrer blauen Sternenaugen und ihres Mantels von sonnengoldenen Haaren, mit dem seltenschimmernden Lächeln, mit dem hellblauen Moirékleide und dem Perlenhalsband meiner Mutter. Desto erstaunlicher war es mir, daß ich ihr so oft Grund zur Strenge gab und daß mich ihre Strafen wohl unglücklich aber um so trotziger machten, während mein Vater mir nur über die Haare zu streichen brauchte, daß all mein Trotz erst zu Tränen, dann zu Lachen schmolz und mir das, was eben noch die Ursache meines Zornes gewesen, als Glück erschien. Wenn alle Hausgenossen über mich klagten, meinte er tröstlich, daß ich noch sanft wie ein Lämmchen werden würde, da es ja klärlich sei, daß all mein

Eigensinn in die Haare ginge, die nun nicht mehr seine sanften Lindenblüten waren, sondern als dunklere Löwenmähne mir um den Kopf standen.

Das Glücksgefühl, das mich in Verbindung mit meinem Vater, unabhängig von eigenem Erleben, durch mein ganzes Dasein begleitete, empfand ich schon deutlich als kleines Kind, als mein Herz zum ersten Mal bei fremdem Leid erbebte. Ich saß ihm zu Füßen auf einem kleinen Schemel auf dem Balkon vor unserem Wohnzimmer, und weit hinten über dem Tiergarten ging die Sonne in schwülem, gelbem Dunste unter. Er sang mir das Lied vom Guten Kameraden vor, und beim Schluße, als sie auseinander mußten, brach ich in ein bis dahin mühsam verhaltenes, verzweifeltes, unstillbares Schluchzen aus; ich hatte plötzlich gefühlt, welches Leid Leben und Liebe bringen kann. Unermüdlich und zärtlich trug er mich im verdunkelten Zimmer herum, und ich wunderte mich, daß mir bei meinen noch immer fließenden Tränen gar nicht wehe, sondern so wohlig und warm war.

Während andere Erlebnisse nur wie ein Traum, wie die blaßfarbigen Bilder einer Laterna Magica an mir vorbeiglitten, ist mir diese Erinnerung stark und gegenwärtig geblieben, und so hätte auch eine Reise nach Scheveningen, die durch die Erkrankung Großpapa Geheimrats vorzeitig abgebrochen wurde, mir nicht den leisesten Eindruck hinterlassen, wenn mich mein Vater nicht eines Morgens zu sehr früher Stunde schnell aus dem Bette genommen, und, in ein Tuch gehüllt, auf den Balkon getragen hätte. Draußen zeigte er mir, mitten in den riesigen Wellen ein Schiff, dessen eine Spitze schräg in die Luft stand. Mitten durch das Brausen des Sturmes gellten Pfeifen und Schreien, ein großes Ruderboot tauchte davor auf und verschwand im Wasser, Stricke wurden geworfen, am Strande machten dunkle Gestalten wilde Zeichen – plötzlich sagte mein Vater «Gottlob», – das kleinere Schiff näherte sich mit vielen Menschen dem Ufer, und von dem großen war nur noch ein Mast zu sehen. Ich hatte einen Schiffbruch miterlebt, und tagelang noch sahen wir entzückt zu, wenn die Wellen Kisten, Jacken und allerlei Gerät an den Strand warfen.

Der Tod Großpapa Geheimrats[75], der bald nach unserer Rückkehr erfolgte, ging völlig unbemerkt an mir vorüber, und noch während vieler Jahre traten Tod und Geburt nicht bis in mein Bewußtsein: ein Mensch verschwand, ein neuer lebte neben mir – woher? wohin? beschäftigte nicht weiter meine Phantasie.

Andere Wandlungen in meiner Umgebung interessierten mich jedoch mehr und mehr. Eines Morgens begrüßte uns statt der alten, verrunzelten Kinderfrau ein junges, blasses, sanftes Fräulein. Der Wechsel war angenehm, da wir nun in allerlei Handfertigkeiten, Flechten, Falten und Ausnähen unterwiesen wurden, wobei ich immer die blaue und gelbe Farbe bevorzugte. Diese Zusammenstellung wählte ich, weil es die Landesfarben des hübschen, blonden Großvetters Adolf aus Schweden[76] waren, der an unseren Beschäftigungsstunden teilnahm. Seinen früh verstorbenen Vater hatte er kaum gekannt, und bei Großpapas Tode war seine Mutter mit ihm und den älteren, schönen Schwestern zu längerem Aufenthalte nach Deutschland gekommen. Ich bewunderte ihn sehr, hatte aber zugleich ein zärtliches Bedauern für ihn, weil der Arme das Deutsche, das man doch sowieso konnte, erst mit vieler Mühe lernen mußte. Dem sanften Fräulein folgte eine energischere Dame mit steifen, gedrehten Locken am Hinterkopf, die uns die Anfangsgründe des Lernens beibrachte. Sie war gerecht und nicht bösartig, aber mißmutig und streng, so daß ich es als eine Wohltat ansah, wenn wir sie in Bezug auf Betragen und Leistungen zufrieden zu stellen vermochten. Aber selbst dann hatte ich dasselbe Gefühl, wie wenn mir als besondere Belohnung eine Apfelsine zerschnitten wurde und ihr Saft mir trotz des süßen Geschmacks des Zuckers den Mund zusammenzog. Ganz so süßsauer war ihr Lächeln.

In diese Zeit fallen meine dunklen Erinnerungen an den deutsch-französischen Krieg, der auch in unser Leben insofern eingriff, als wir jetzt oft, statt anderer Spiele, Charpie zupften und Mama jeden Morgen zu sehr früher Stunde mit unserer jüngsten Tante Hedwig[77] zu geheimnisvollem Tun fortging. Einmal wurde ich mitgenommen und sah sie inmitten vieler fremder Damen an langen Tischen stehen, wo sie großen Ballen Stoff mit Elle und Schere zu Leibe gingen. Dann hörten wir oft von den Turkos reden, die von unseren Soldaten als verkappte Teufel gefürchtet wurden, und eines Tages war in der Sommerstraße großes Gedränge und lauter Jubel, als der erste Trupp dieser braunen Feinde als Gefangene nach Berlin gebracht wurde, die «unser Fritz» als beruhigenden Beweis ihres Nurmenschentums der Heimat zugeschickt hatte. Von da an bekamen wir oft bunte Fähnchen geschenkt, weil ein neuer Sieg erfochten war, und eines Abends sah ich von der Schulter meines Onkels Siegbert[78] aus auf eine erregte Menschenmenge Unter den Linden, die Tücher schwenkte und Hurrah rief; die Schlacht bei Sedan[79] war geschlagen, die ganze französische Armee war gefangen genommen, und ich freute mich über die schöne Illumination und die rote bengalische Beleuchtung. Im nächsten Sommer sahen wir Unter den Linden von der Wohnung meines Onkels aus[80] den Einzug der Truppen; in der ersten Stunde entzückten uns die bekränzten Soldaten, die Fahnen und die schmetternde Musik; in der zweiten wurden wir hungrig und ungeduldig, in der dritten satt und müde, in der vierten ungezogen und verwünschten Krieg und Sieg, und die übrigen verschliefen wir zu unserer und aller Erleichterung.

Nach dem Kriege hatte mein Vater in dem an den Tiergarten stoßenden Teile der Dorotheenstraße ein schönes Haus[81] gekauft. Der erste Stock wurde für uns mit großer Sorgfalt und einer der stolzen Zeit entsprechenden Pracht hergerichtet; die Bureauräume lagen im Erdgeschoß, und das zweite Stockwerk wurde an fremde Mieter abgegeben. Der große, an der Hinterseite von einem niedrigen Stallgebäude begrenzte Hof wurde zu einem freundlichen, mit Blumenbeeten gezierten Garten umgeschaffen, in dessen Mitte ein Springbrunnen lustig plätscherte. Der bronzene Knabe, der eine flache Schale auf dem Haupte hielt, und in der Mitte eines steinernen Beckens kauerte, die auch für uns Kinder handliche Methode, das Wasser in verschieden aufsteigende Strahlen oder breit ausladende Massen zu zwingen, schien mir der Inbegriff aller Pracht und Freuden. Wie erstaunte ich zwanzig Jahre später bei einem gelegentlichen Besuche in diesem Hause, zu wie bürgerlichen, kleinen Dimensionen all der Glanz zusammengeschrumpft war, während ein herrlicher alter Kastanienbaum, den ich damals gleichgültig übersehen hatte, mich jetzt, inmitten dieser Steinmauern, entzückte.

Gleichzeitig mit dem Einzuge in das eigene Haus erfolgte der Eintritt einer neuen Erzieherin, Fräulein Wiedner's[82], in unsere Familie. Deutlich erinnere ich mich ihrer ersten Begrüßung, als sie beim Blinzeln einer kleinen Öllampe an unseren Betten erschien. Kaum allein gelassen, kam mein Bruder zu dem schaurigen Ergebnis, dessen Richtigkeit mir auch sofort einleuchtete, daß unser neues Fräulein drei Ohren habe. Dieses Wissen war uns recht peinlich, und wenn uns auch eine harmlose kleine Schleife, die sie über dem linken Ohr trug, am nächsten Tage von der Grundlosigkeit unseres Verdachtes hätte überzeugen müssen, so standen wir doch noch eine Zeitlang unter dem Drucke, daß unsere nächtliche Wahrnehmung die grausige Wirklichkeit und der beruhigende Tagesanblick nur trügerischer Schein war. Bald aber gewöhnten wir uns an ihre Gegenwart, und trotzdem sie in manchen Punkten überstreng war und eine uns ganz unnatürlich und unnötig scheinende Ordnung und Artigkeit verlangte, empfanden wir doch an allerlei angenehmen Symptomen ihre gute Gesinnung und Zuneigung. Das war jetzt um so wichtiger für uns, als meine Mutter durch die vergrößerte Wohnung, durch eine lebhafte Geselligkeit und durch den Familienzuwachs dreier kleiner Knaben[83] nicht mehr so ausgiebigen Anteil an unserem täglichen und stündlichen Leben nehmen konnte wie früher. In den beiden Kriegsjahren waren meine Brüder Fritz und Karl, im Jahre 73 Hans geboren, die unter dem Sammelnamen «die kleinen Jungen» im Schutze einer dicken, scheußlichen, von ihnen heißgeliebten Kinderfrau ein von uns abgesondertes Dasein führten, während mein Leben vorläufig noch unzertrennlich von dem meines ältesten Bruders der Leitung unseres Fräuleins anheimgegeben war. Trotzdem aber verließ uns nie das beruhigende Gefühl, daß unsere Mutter im Größten wie im Kleinsten über uns wachte.

Die fromme Wirtschaft, die ich nur vom Hörensagen kannte, hatte sich schon lange in einen sehr reichlichen, modernen Haushalt verwandelt, da nach dem Tode Großpapa Geheimrats meine Großeltern, teils dem geliebten Schwiegersohn, teils dem stetig sich mehr öffnenden Leben der jüngeren Generation dieses Zugeständnis machend, meine Mutter von einem Festhalten an Traditionen entbanden, die ihnen selbst ein leicht zu erfüllendes Lebensbedürfnis, mit der Ehe und gesellschaftlichen Stellung ihrer Tochter aber fast unvereinbar waren, und es wurde jetzt mit einem gewissen Staunen und Respekt bei Verwandten und Bekannten davon gesprochen, daß wir eine perfekte Köchin hatten, die sogar ein englisches Roastbeef braten konnte. Aber selbst diese Leistung reichte nicht aus, wenn — wie es zweimal im Jahr der Fall war — die geselligen Anforderungen, die an unser Haus gestellt wurden, ihren Höhepunkt erreichten. Schon vorher kündigte sich das Ungewitter, das sie heraufbeschworen, durch Wetterleuchten an, wenn Mama sorgenschwer zwei Listen zusammenstellte, da sie die Gäste, etwa hundert an der Zahl, auf zwei verschiedene Tage verteilen mußte und schon im voraus die Unannehmlichkeiten durchkostete, die ihr unfehlbar aus der Eifersucht und dem Gekränktsein mancher Geladenen erwachsen würden. Kaum waren die gedruckten Karten verschickt, so kam der Traiteur zur Besprechung des Menüs, und noch mehr als uns Kindern lief ihm selbst das Wasser im Munde zusammen, wenn er eine Saisonneuheit, wie «Poulardenbrüste mit Trüffeln gespickt», empfahl. Am bewußten Tage erschien schon in aller Herrgottsfrühe eine Horde übernächtigter Tafeldecker, die im Nu unsere ganze Wohnung unbrauchbar machten, indem sie Möbel verstellten, eine lange Tafel durch den Eßsaal und das Wohnzimmer deckten und an ganz unmöglichen Stellen Tische mit Champagnerkübeln, Porzellan und Glas aufstellten. Um zehn Uhr waren die Unholde mit ihrem Werke fertig und überließen die Familienmitglieder mitleidslos ihrem Nomadenschicksal, denn auch die Schlafzimmer waren mit Garderobenständern und allerlei Gerät verstellt. Unterdessen hatten die Köche mit Kupferkesseln und köstlich geschmückten Schüsseln von den hinteren Regionen Besitz ergriffen, und bei Mama begann das Gewitter sich in bedeutenden Schlägen zu entladen, weil eine bestellte Sendung nicht pünktlich eintraf oder eine späte Absage das ganze, mühsam errichtete Gebäude der Tischordnung umwarf. Wenn dann endlich die Blumenarrangements und die hohen, dreiteiligen Schalen mit den bunten Papierranken und dem Zuckerwerk von Kranzler auf der Tafel standen, zog sie sich in Eile und Aufregung an, und ich konnte es nicht fassen, daß man sich wegen der dummen Leute so viel Leiden und Sorgen aufbürden müsse. Sah ich dann allerdings abends durch den Türspalt die lachenden und schwatzenden, herrlich gekleideten Gäste all den köstlichen Gerichten zusprechen, an denen wir im Kinderzimmer unseren Anteil hatten, so war ich davon überzeugt, daß kein Opfer zu groß war, um sich solche Glückseligkeit zu erkaufen.

Dieser ganze Kreis meiner Eltern aber, soweit er nicht zur nahen Familie gehörte, wäre spurlos an meinem Gesichtsfelde vorübergeweht, hätte nicht eine Gestalt in dem Boden meiner

Phantasie tiefer Wurzel gefaßt. Carl Marcuson[84], ein Jugendfreund meines Vaters (Carlos nannte er ihn), war Junggeselle geblieben und bewohnte mit seiner altjüngferlichen Schwester eine vornehme Wohnung Unter den Linden. Trotzdem er uns Kinder niemals mit der kleinsten Gabe bedachte und auch in seinem eingefleischten Junggesellentum gar nichts mit uns anzufangen wußte, war uns sein charakteristischer Kopf mit den kleinen, blinzelnden, kurzsichtigen Augen, dem breiten, völlig lippenlosen Munde, dem wie mit dem Lineal gezogenen, nur bis an die Ohrläppchen reichenden Backenbarte und dem auffallend großen Kinn, das ohne jede Einbuchtung das Gesicht ins Endlose verlängerte, lieb und vertraut, wenn er aus seiner stattlichen Höhe mit amüsiertem Lächeln auf uns wie auf ihm völlig fremde Tierchen herabblickte. Wie in der äußeren Erscheinung, so verriet sich auch in seiner Wohnung, in der wir ihn alljährlich zu seinem Geburtstage besuchten, eine pedantische Ordnungsliebe, vor der uns ein wenig graute. Denn wenn eine Bewegung von uns eine Ecke des Teppichs oder eines Antimacassars[85] verschob, so wurde sie in unserm Beisein mit stummen Vorwurf glattgestrichen. In einem Fache seines Bücherschrankes lagen, sauber in blaue Pappe geklebt, alle gesammelten Romane aus seiner Tageszeitung, und ängstlich hütete Mama solchen Schatz vor unseren Händen, wenn ihr einmal, als höchste Leistung der Freigebigkeit, ein Exemplar entliehen wurde. In einem anderen Schubfach hob er, sorgfältig geschichtet, die Zettel aller Theaterstücke auf, die er in seinem Leben gesehen hatte. Wie die Einteilung seiner Tage unveränderlich nach Minuten geregelt war, so ergänzte er seit seiner Jugend an jedem Morgen die Summe in seinem Portemonnaie auf einen Thaler siebzehneinhalb Silbergroschen. Von allen Neuerungen im Münzwesen, in den Verkehrsmöglichkeiten, im ganzen Großstadtaufschwunge blieb er trotz seines Wohlstandes und seines kaufmännischen Berufes unangetastet. Zu den Feiertagen saß er mit seiner Schwester an der Table-d'Hote in einem der wenigen übriggebliebenen stillen, vornehmen Gasthöfe aus der guten, alten Zeit, und so war mit ihm mitten in der verkehrsreichsten Ader der Großstadt, mitten im Getriebe der Börse, ein Stückchen Alt-Berlin lebendig geblieben. In dieses Bild fügte sich ausnehmend gut seine Leidenschaft für das Theater, die die Essenz dieses gefühlsarmen Leben bildete. Wenn er, kaum daß der Name einer grossen Bühnenkünstlerin genannt wurde, emphatisch ausrief, er würde hunderttausend Thaler dafür geben, wenn er ihr nur einmal die Fingerspitzen küssen dürfte, so wirkte das – wie er wohl wußte – bei seiner bekannten Sparsamkeit äußerst belustigend. Er war Abonnent beider königlichen Bühnen, bevorzugte aber das Schauspielhaus, dessen Repertoirestücke, vor allem die klassischen, ihm denn auch fast wörtlich geläufig waren, und die er bei jeder nur möglichen Gelegenheit mit großem Behagen zitierte. Da sein Repertoire fast alle Rollenfächer umfaßte, so lernte ich manche Gestalt, bei der mein Herz später erzitterte, unter seiner wenig klassischen Hülle recht vergnüglich kennen.

Auf einem Spazierwege, zu dem er meine Eltern eines Tages abgeholt hatte, sahen wir auf einem der Tiergartenwege ein altes Weiblein, das, unserer nicht achtend, die Herbstblätter zur Seite kehrte, und der Kurzsichtige, der ihren Besen nicht gesehen hatte, entging nur mit Mühe einem bösen Falle. Aber auch diese prekäre Lage wußte er in seiner Weise auszunützen, indem er, noch während er mit ausgebreiteten Armen dicht vor sie hinstolperte, pathetisch ausrief: «Du standst am Eingang dieser Welt, die ich betrat mit klösterlichem Zagen!»[86] – und da die erschreckte Alte durch ein Schmerzensgeld meines Vaters in die rosigste Stimmung versetzt wurde, konnten auch wir uns unserer Ausgelassenheit ungestört überlassen. Auch ein zweiter Spaziergang mit Carlos sollte nicht eindruckslos an mir vorübergehen. Kurz vor den Sommerferien wanderten wir mit ihm durch die Tiergartenstraße, auf der Droschken, mit Koffern, Wannen und Kinderwagen schwerbepackt, der Stadt zukrochen. Einer unserer kleinen Vettern, dem die märkischen Musen das Parfum seiner angestammten Heimat nicht zu entreißen vermocht hatten, rief ihm, auf sie deutend, von der anderen Seite her über den Fahrdamm zu: «Nicht wahr, Herr Marcuson, es tut sich was mit Reisen!» – Worauf unser Freund trotz des lebhaften Verkehrs stehenblieb und, wehklagend die Arme zum Himmel erhebend, schmerzlich ausrief: «Und dazu hat Goethe den Deutschen gedichtet: Das Land der Griechen mit der Seele suchend!»[87]

Wenn bei solchen Gelegenheiten mein lieber Vater geduldig mir auf mein wißbegieriges Fragen in seiner kindverstehenden Art dann irgendein Zipfelchen der Geschichte oder Mythologie lüftete und ich, an seinem Arme hängend, zärtlich zu ihm aufschaute, so verschwand alles um mich her in irgendeiner Versenkung, und ich dankte dem lieben Gott recht herzlich dafür, daß er gerade mir den besten und liebsten und klügsten Vater gegeben hatte!

In jenen Kindertagen sahen wir ihn allerdings kaum anders als bei der Mittagsmahlzeit, die dadurch zur schönsten Stunde des Tages wurde. Alle Erziehungsmaßnahmen schwiegen dann, teils seiner Weisung nach, da er in dieser kurzen Zeit seine Kinderchen gern im Adamskostüm der Seelen sehen wollte, hauptsächlich aber, weil man in seiner sonnigen Gegenwart unmöglich auf den Gedanken kommen konnte, unartig zu sein. Fröhlich gab er uns von einem streng verbotenen Leckerbissen ab, das Wort – damit uns der Wuchs nicht vergeht, nach seiner Weise deutend, denn, meinte er, die Freude sei sicher sehr viel zuträglicher als der Schade nachteilig, den ein Senfkörnchen oder eine Zuckerkirsche ausüben könnte. So saß man, wie bei einem frohen Feste, artig und bescheiden und freute sich auf die halbe Stunde nach Tische, wo man uneingedenk der schönen Kleider oder der frischgekämmten Haare, von ihm angefeuert, nach Herzenslust balgen und toben durfte.

Der ungeheure Aufschwung, den das geschäftliche Leben genommen hatte, konnte sogar uns Kindern nicht verborgen bleiben; das Bureaupersonal wurde mehr und mehr vergrößert, Versammlungen und Sitzungen fanden statt, Telegramme flogen aus und ein, Vertreter ausländischer Firmen kamen in unser Haus, und wir hörten gelegentlich über allerlei Gründungen sprechen von Straßen, Fabriken und Eisenbahnen, bei denen mein Vater führend oder beteiligt war. Um wieviel überzeugender aber als jene Worte und Zeichen wirkten die greifbaren Symptome dieser Zeit des Glanzes auf unsere Einbildungskraft! Mit welchem Stolze erfüllten uns die blanken schwarzen, mit einer Goldkugel gekrönten Bleistifte, die der grimme erste Kassenbote an jedem Wochenanfang frischgespitzt auf die Pulte legte, und mit denen er uns hin und wieder beglückte, die kostbaren Geschenke des hübschen, jungen Holländers, der bei Papa seine Lehrzeit verlebte, oder gar erst der vielversprechende blaue Karton von Gerson[88], den die Firma – da einer ihrer zukünftigen Chefs bei Papa das Bankfach erlernte – als Angebinde für mich zum Weihnachtsfeste schickte, und der jedesmal eine herrliche Puppe enthielt in einem anderen Lebensalter, nebst einer Ausstattung, die einer Prinzessin würdig war, vom Steckkissen mit echten Spitzen bis zum Astrachanpelz der großen Dame! – Die Krone von allem bildete aber die große Eßkiste, die um die Weihnachtszeit alljährlich aus England kam! Was machte es, daß man die darin enthaltenen Gerichte nur mit Grausen herunterzuwürgen vermochte, wenn man bei der scharfen Real Turtle Soup an das phantastische Tier denken konnte, dem sie entstammte, wenn der Plumpudding auf dem Teller bläulich brannte oder man bewundernd den Stilton-Käse umstand, der, groß und hart wie ein Baumstumpf, täglich ein Glas Sherry zu trinken bekam, um bei Kräften zu bleiben!

Sahen wir dann früh am Morgen Papa, von unserem blauschwarzen Neufundländer und dem Portier begleitet, der in seiner braunen Livree mit blanken Knöpfen einen prächtigen Stallmeister abgab, in den Tiergarten oder in den Grunewald ausreiten, hörten wir bei Tisch von dem tiefen Walde, der am Kurfürstendamm begann und sich bis nach Potsdam hinzog, von den Rehen und Hirschen im Dickicht und wie zu ihrem Schutze der blaffende Lord artig an der Leine gehen mußte, wie die Pferdchen ihre Ohren spitzten und die Nüstern blähten, und der grobe, urwüchsige Förster im einsamen Paulsborn ihm und seinen Freunden ein köstliches Rührei mit Schinken vorgesetzt hatte, was war dagegen das lockendste Märchenland voll Gold und Edelgestein, welcher Prinz war wohl glänzender und glücklicher und herrlicher als mein Vater?

3.

Unser Haus lag etwa in der Mitte zwischen beiden Großelternhäusern, und mein äußeres und inneres Erleben war mit ihnen in demselben Maße und in derselben Verschiedenheit verknüpft, wie es sich in Bezug auf meine Eltern gestaltet hatte. Ebenso wie meine Mutter mit dem Inhalt meines täglichen Daseins unlöslich, aber fast unbemerkt verknüpft war, während ich jede seltene Stunde mit meinem Vater wie ein Fest genoß, so betrachtete ich auch das Elternhaus meiner Mutter als den selbstverständlichen zweiten Schauplatz meines Lebens, während ich in das Haus der Großeltern Alexander wie in einen Tempel ging, in dem man für einige Stunden der Andacht des Alltags vergißt. Nur an den Feiertagen wurden wir dort zu Tisch eingeladen, und unsere Gemütsstimmung war ebenso festlich wie unsere Kleidung, wenn wir zu Ostern oder zu Weihnachten durch die Linden über den Schloßplatz der Breitestraße zupilgerten.

Das Haus meiner Großeltern war ein schlichtes Stadthaus aus der Biedermeierzeit, dessen Front sich in vornehmer, behäbiger Breite dehnte. Die niedrige Haustür mit ihrer behaglich geschweiften Sieben, die gerafften Tüllgardinen in dem ersten Stockwerk, deren Weiß ein rosa oder hellblau blühender Topf hier und da belebte, der glänzende Auslugspiegel – all das atmete einen mit Würde gepaarten, heiteren Lebensgenuß. Für uns Kinder bedeutete das Haus eine geheimnisvolle, reizende Insel im Meer, in dem unser Lebensschifflein furchtlos und unbekümmert dahinfuhr.

Aus dem hohen Hausflur, dessen Hintertür auf einen schmalen, langen Hof führte, bog man linkerhand in das Treppenhaus, und hier begann unser Märchenland. Ein uralter Pförtner trat aus seinem durch Scheiben von gemustertem Glas abgetrennten, hellen Verschlage hervor und begrüßte, ein wenig an seinem Käppchen rückend, die Ankommenden mit heiterer Höflichkeit und uns Kinder mit einem listigen Augenzwinkern. Gleichzeitig umfing uns ein eigentümlich süßlicher Duft, der von den glänzend braunen, breiten und flachen Holzstufen herrühren mochte, für uns aber unzertrennlich von einer kleinen weißen Tüte war, die Großvater aus seiner Rocktasche zu ziehen pflegte, und aus der er uns köstliche Chocoladenplätzchen mit weißem Zuckermohn schenkte. Im ersten Stock zogen wir erwartungsvoll an dem schwarzweiß gestreiften porzellanen Klingelzuge, und kaum war der hohe, leise Glöckchenton verklungen, so näherten sich seltsam klirrende Schritte. Es war Elise, das Dienstmädchen, das über die an der Hinterwohnung entlangführende, offene, eiserne Galerie uns zu öffnen kam. Auch sie war ein würdiger Geist unseres Märchenlandes, denn eine stille, geheimnisvolle Heiterkeit ging von ihren blauen Augen und ihrem weiß und roten, von schwarzen, gezackten Scheiteln umrahmten Gesicht aus. In einem großen, dunklen Vorflur half sie uns, indem sie uns mit leisen, freundlichen, aber gemessenen und gewählten Worten bewillkommnete, aus unseren Kleidern, und mit bebendem Entzücken betrachteten wir die beiden broncenen Adler auf den schweren Mahagonischränken, die mit ausgebreiteten Schwingen und mit vorgestrecktem Halse aus gläsernen Augen aus dem Dunkel funkelnd zu uns herabstarrten. Wir traten in ein helles, zweifenstriges Vorderzimmer, dem sich ein zweites, fast gleich eingerichtetes anschloß. Einige mit dunkelrotem Sammet überzogene Sofas und Stühle aus Mahagoniholz, der große, schwarze Flügel, glänzend braune Tische und kleine Bücherschränke mit zierlichen Simsen und Säulen, der helle, spiegelblanke Fußboden, nur hier und da von einem kleinen Teppich bedeckt, vor den Fenstern die weißen Tüllgardinen, durch die das Licht voll hereinfließen konnte, diese Leere und Stofflosigkeit gab den Räumen in ihrer blendenden Sauberkeit einen geradezu festlichen Anstrich. Auf dem Sofa saß Großmutter, eine kleine, schmächtige Frau in einer selbst für unsere ungeübten Blicke auffallend einfachen und altmodischen Tracht; unter den leicht ergrauten, an den Ohren gepufften Scheiteln sahen die Augen freundlich, aber ernst aus dem farblosen, faltigen Gesicht. Von ihrer Person schien der geheimnisvolle Schimmer auszugehen, der sich ihrer ganzen Umgebung, Menschen wie Dingen, mitteilte, und der mich mit frommer, zärtlicher Scheu erfüllte. Großvater mit seinem lebhaft rosigen, bartlosen Gesicht, den vollen, graublonden, seitlich gescheitelten Haaren und der sonnigen Heiterkeit seiner blauen Augen, mit seiner schlanken, mittelgroßen Gestalt, bildete schon einen etwas vertrauteren Übergang zu der Wirklichkeit. Trotzdem er aber sehr irdische Späße mit uns zu treiben pflegte, konnte ich nicht umhin, auch ihn mit meiner übersinnlichen Welt in den wichtigsten und beständigsten Zusammenhang zu bringen; denn wenn auch mein Kinderverstand sich den lieben Gott als einen ernsten Greis mit wallendem Barte und faltigen Gewändern vorzustellen verpflichtet fühlte, so überflutete ihn flugs mein junges Herz so stark mit dem gütigen Lächeln meines Großvaters, daß auch sein tadelloser schwarzer Tuchrock und die blendend weiße Wäsche mir das Bild nicht stören konnte. Ja, selbst noch in späteren Jahren, wo die Gestalt Gottes nicht mehr in mir lebte, fühlte ich in schweren Stunden jenes Lächeln als göttliches Erbarmen wie wärmendes Sonnengold in meinem Herzen.

Wurden uns dann unsere Plätze an der festlich gedeckten Tafel durch Elise mit leiser Stimme angewiesen, so staunten wir das schöne, weiße Porzellan mit seinem durchbrochenen Gitterrand, die seidig glänzenden, kunstvoll verschlungenen Servietten an, unter denen wir gewöhnlich ein kleines Geschenk fanden, zu Ostern gar ein Zuckerei, durch dessen Guckfensterchen uns leibhaftig das Märchenland mit seinen Blumen, Rittern, Feen und Schwänen rosa, hellblau und gülden entgegenleuchtete. – Jedes Gericht, das Elise mit stiller Feierlichkeit hereintrug, die Suppe mit den süßen Klößchen, die Gans, neben der die Äpfel noch leise zischten, schmeckte anders und besser als irgendwo auf der Welt, und wenn der große Napf mit dem zartgrünen Salat vor Großmutter gestellt wurde, und sie ihr Lieblingsgericht zierlich mit Essig, Zucker und Ei anmachte, so warteten wir schon mit Entzücken auf Großvaters neckendes Mäh, mäh, mit dem er uns andeuten wollte, daß solch Grünfutter nur für eine andere Gattung der Schöpfung bestimmt sein könne. Bald nach dem Mittagbrot stellte Elise eine goldene, gemalte Porzellankanne auf den Tisch, und Großmutter goß den dünnen, wohlriechenden Kaffee in die dazu passenden, edelgeformten Tassen aus der Königlichen Manufaktur, die nur zu den Feiertagen aus dem Schrank genommen wurden. Während wir den selten gestatteten Trank schlürften, wanderten meine Blicke zu den Bildern um mich her, und eine Gestalt in Uniform und Dreispitz, die fast auf jedem wiederkehrte, reizte meine Neugierde aufs Äußerste. Hier sprengte der seltsam schöne Mann, prächtig gekleidet, auf dem herrlichsten Roße seinen marschierenden Truppen voran, dort wies er ihnen auf gelber, sonniger Ebene hochragende, mächtige Bauwerke, dann schien er, in einen dicken, grauen Mantel gehüllt, seine Soldaten anzufeuern, ihm auf steile Felsen durch Eis und Schnee zu folgen, und endlich stand er im wallenden Krönungsmantel, mit dem Lorbeer geschmückt, unter dem Thronhimmel, eine festliche Menge huldigte ihm begeistert, während eine schöne Dame im hochgegürteten Kleide sich auf den Stufen des Thrones vor ihm beugte, und die Krone aus seinen Händen empfing. Und in einem anderen, prächtigen Gemache drückte dieselbe Dame ihr Spitzentaschentuch vor die weinenden Augen, während er ihr, halbabgewandt, mit schmerzerfülltem Blicke die Hand zum Abschied reichte. Das sei Napoléon, sagte Großvater, und er erzählte mir so Wunderschönes von ihm und seinen großen Taten, daß es mir mit diesen Bildern und Worten im Herzen weder in der Schule noch später im Leben möglich war, den legitimen Groll gegen den bösen Erbfeind mit der nötigen Überzeugung aufzubringen. Von einer Reihe anderer Bilder in zarten Pastelltönen, einer Köchin im Häubchen, die Kartoffeln schält, einer schönen Zofe, die stolz eine schäumende Tasse Chocolade trägt, Rittern in bunten Wämsen und Federhüten beim Billard, erklärte Großvater, daß er sie in der Dresdener Galerie kopiert habe, als er noch jung war, und mit Entzücken fühlte ich neben den ehernen Tritten der Weltgeschichte die Familienchronik auf leisen, anheimelnden Sohlen durch meine Phantasie schleichen.

Mit dem Sommer veränderte sich der Schauplatz meines Großmuttermärchens. Da fuhren wir und die kleinen Cousinen Boas[89] mit unseren Eltern hinaus nach Potsdam, wo die Großeltern für einige Monate eine Villa gemietet hatten. Schon von der Eisenbahn aus sah man die schlichte, edle, hellgraue Fassade, und an einem der Bogenfenster stand Großmutter, mit einem weißen Tuche den Ankommenden den Willkommensgruß zuwinkend. Nahte dann gegen Abend die viel zu frühe Abschiedsstunde, so standen wir Kinder verlangend am Rande des Gärtchens, das an einen stillen Arm der Havel stieß, und sahen sehnsüchtig zu den weißschimmernden Wasserrosen hinüber, die mit ihren goldenen

Kelchen auf den breiten Blättern zu schlafen schienen. Dann stieß Elise den flachen Kahn mit einer Stange bis zu ihnen hin und holte uns die heißgewünschten Blumen. Bald aber fühlte ich ihre Gummistiele in meinen Händen schlaffer und schlaffer werden; ich sah, wie ihre glatte, feuchtweiße Haut gelblich und verrunzelt ward, und schuldbewußt blickte ich von ihnen hinaus auf den stillen Spiegel. – Hättest du sie doch draußen gelassen auf dem kühlen Wasser bei den schönen Schwestern, sagten vorwurfsvoll die Schwäne, die langsam an mir vorüberglitten. – Welche dunklen Lebensmächte mögen sich da wie noch ungeborene, schlaftrunkene Kinderchen zum ersten Male in der jungen Seele geregt haben! Reue, die nicht gutmachen kann, Erfahrung, die Enttäuschung ist, Erfüllung, die die Sehnsucht beweint, blinde Wünsche, sah so das Leben aus? So wie der welke Schatz, den die Kinderhände an sich preßten? Oder würden sie eines Tages ein Gut umschließen, so zeitlos, so kraftvoll, daß es an der Wärme ihres roten Herzbluts erstarken würde, schöner, strahlender als alles Erträumte?

In fröhlichsten Tönen aber erklang mein Großmuttermärchen, wenn über Nacht kleine Buden wie Pilze aus dem Berliner Boden schossen, wenn die Luft auf dem Schloßplatz nach schwelenden Öllämpchen, nach siedendem Fett, nach Wachs und Pfefferkuchen roch, wenn die Knarren und die Brummteufel ihren höllischen Spuk trieben, wenn dick vermummte Männer, Weiber und Kinder ihre lächerlichen und doch so köstlichen Schätze in allerlei Versen und vertrauten Melodien anpriesen, wenn die tönerne Sparbüchse «zertöppert» wurde und ihre Dreier und Sechser hergeben mußte für die Herrlichkeiten des Weihnachtsmarktes. Was aber war dies, was Frau Holle, was der Nikolaus und das Christkindchen gegen unser Weihnachtswunder, wenn die Tür unseres Eßzimmers aufging und Großmutter mit freudigem Ausdruck, mit allerlei Päckchen und Tüten beladen, in ihrem altmodischen Pelerinenmantel und der schwarzseidenen Kapuze hereintrat, gefolgt von einer ebenso kleinen Gestalt in demselben, nur etwas abgetrageneren Pelerinenmantel, die trotz des schweren Korbes in einem fort knixte, und deren schwarze Kirschenaugen und rote, runde Bäckchen, deren ganzes altes, von einer weißen Tüllhaube umrahmtes Gesichtchen lachte wie ein sonniger Wintertag in einem freundlich stillen Tage! Denn ohne Minneken gab es kein Fest, wie es ohne sie kein Reinmachen, kein Kranksein gab; niemand spielte mit solcher Ausdauer und Begeisterung Mariage und Rabuge, um uns die gezwungene Ruhe zu verkürzen, niemand klopfte und putzte mit solchem Eifer, bis es um sie her so blitzblank aussah wie in ihr und an ihr! Und wenn sie, die einst junge Köchin bei Großmutter Weyl[90] gewesen war, dann bei Großmutter diente und von meinem Vater zärtlich als vom jungen Herrn sprach, nun auch nicht mehr in unserer Familie lebte, sondern treu und fröhlich ihre jüngere, leidende Schwester hegte und pflegte, die sie trotz ihrer fünfzig Jahre zärtlich ihr Nesthäkchen nannte, so sprang sie doch ein, wo es zu helfen gab, und in der Welt hätte es noch so bunt zugehen können, sofern nur ein Alexander seinen richtigen Platz darin behielt, so hatte sie an ihr nichts auszusetzen. Nun begann das Auspacken und Aufbauen, und das war nichts Kleines, denn keiner ging leer aus. So wie Großmutter verstand niemand zu schenken, für jeden fand sie das heraus, was eine unverhoffte Freude war, und mußte es durchaus einmal etwas Praktisches sein, so lag gewiß eine Zugabe dabei, die auch dem Notwendigsten den Schimmer des Festlichen verlieh. Welcher Zauberer aber hatte ihr nur unsere Wünsche ins Ohr geflüstert, die wir nie gewagt hatten auszusprechen? Und hatte ihr etwa das Schlaraffenland das Marzipan und die Pfefferkuchen geliefert, die anders aussahen und süßer und gewürzter schmeckten, als selbst Hildebrands und Hillbrichs Schaufenster auszuweisen hatten!

«Im Schweiße deines Angesichts sollst du dein Brot essen.» Dies Donnerwort sollte mit dem fortschreitenden Leben auch in mein Großmutterparadies fallen. Denn kaum hatte für mich der Klavierunterricht begonnen, so wünschten meine Großeltern als gute Gärtner dem zarten Pflänzchen durch Abhärtung zum Gedeihen zu verhelfen. Ihnen war die Musik ein sehr ernstes, sehr beglückendes Teil des Lebens gewesen, und dieses Glück versuchten sie auch der kommenden Generation zu sichern. So mußte ich fortan bei jedem Zusammensein die Früchte meiner Klavierstunden, wenn möglich auswendig vorführen; mir war dann zumute, als ob ich mich, des Schwimmens unkundig, in eiskalte Fluten stürzte, und ich war nicht wenig überrascht, wenn ich mit dem Schlußakkord wieder festen Boden unter den Füßen fühlte. Freilich, saß ich dann zur Belohnung zwischen den Großeltern in einer der ersten Parkettreihen vor dem Vorhang des Opernhauses und sah Arion mit seiner goldenen Leier, von einem grünäugigen Delphin über die Fluten getragen, umdrängt von allen Meerbewohnern, die bezwungen dem göttlichen Saitenspiele lauschten, so meinte ich, mir durch jene Qualen das Paradies erkämpft zu haben, in dem die Englein musizieren, in dem rosa und hellblaue Fruchtbonbons auf den Büschen wachsen, und in dem ich auf goldbestreuten Wegen zwischen Großvater in seinem schwarzen Tuchrock und gelben Glacéhandschuhen und Großmutter in ihrem hellbraunen, mit Sammet, Fransen und dem selbstgefertigten, spinnwebfeinen Frivolitätenkragen geschmückten Moirékleide langsam in stummem Entzücken dahinwandelte.

4.

Trug mich die Phantasie auf ihren bunten Flügeln zu den väterlichen Vorfahren, so eilten meine Füße desto öfter gen Westen in das mütterliche Familienhaus am Tiergarten. Ein getreuerer Chronist des jugendlichen Erlebens aber als das Alltagserinnern scheint jene zu sein, die ein Stäubchen zu einem Goldkorn umwandelt, so kostbar, daß es durch Zeit und stärkeres Erleben hindurch nichts von seinem Glanze einbüßt, während das Kindergemüt an den Ereignissen des Alltags, und griffen sie auch noch so entscheidend in den Gang seines eigenen Lebens ein, sofern sie nicht zu seiner Einbildungskraft sprechen, verständnislos und teilnahmslos vorübergeht. Nur dadurch ist es zu erklären, daß mir von dem zweiten Schauplatz meiner Kindheit schwächere Eindrücke geblieben sind.

Zur schönen Sommerszeit, kaum daß das Mittagsmahl beendet war, liefen wir, so schnell Fräuleins Füße uns zu folgen vermochten, durch den Kirchweg nach der Matthäikirchstraße, wo wir mit vielen Vettern und Cousinen zusammen im Hintergarten uns unserer Freiheit freuten; denn seine Rasenflächen, von alten Bäumen überschattet, waren uns zu schonungsloser Benutzung preisgegeben, und seine Kastanien, Eicheln, Gänseblümchen, unreifen Pflaumen und Äpfel bildeten das Spielzeug in diesem Kinderreiche. Unter dem Kastanienbaum saßen die Fräuleins und vergaßen zu ihrer und unserer Erleichterung beim Handarbeiten ihres störenden Berufes; auch fehlte es fast nie an einigen Ammen und Kinderfrauen mit den Säuglingen der näheren und ferneren Familie, die sich mit den mitgebrachten Milchflaschen und Windeln zu tun machten und dabei Großmamas Kaffee und Kuchen nicht verschmähten. Als große Störung empfanden wir es, wenn einer der Erwachsenen von vorne in unser Reich drang, etwa um einen Streit zu schlichten, zum Aufbruch zu mahnen oder den eigenen Sprößling einem bewundernden Besucher vorzuführen.

Aber nicht nur auf den Hintergarten beschränkte sich unser Reich; das ganze Großelternhaus hatte keinerlei Geheimnisse für uns. Wie die Schwalben und Spatzen ohne Scheu und Scham ihre Nestlein in die hochgebundenen Locken, unter die Achselhöhlen und auf die flache Schale der kleinen Hebe bauten, die als Wahrzeichen unseres Hauses an seiner Tiergartenseite zwischen den Fenstern des oberen Stockwerkes zierlich ausschritt und seinen Gepflogenheiten gemäß die Göttin der Gastlichkeit genannt wurde, so fühlten wir uns hier körperlich und geistig als freie und anspruchsvolle Herren über alles gesetzt. In Küche und Keller wußten wir Bescheid; unbarmherzig wurde dem alten, ehrwürdigen Brunnenschwengel vor den Wirtschaftsräumen zugesetzt, bis er ächzend und quietschend das Wasser in unsere Gießkannen leitete; der graue Holzzaun, der, damals schon gebrechlich, die alten Bäume um Gnade anzuflehen schien, die schonungslos seine gerade Linie nach ihren wachsenden Bedürfnissen ausbogen, mußte ebenso wie das dünnmaschige Drahtgitter, das Tante Elischens Grundstück von dem unsern trennte, als Turngerät dienen. Unsere Spiele durften getrost sich bis zum Vordergarten ausdehnen, wo ein kleiner Springbrunnen inmitten eines Kranzes von blauen Blumen uns bei jedem Windchen Haare und Kleider lustig bespritzte, wenn wir auf seinem Rande kletterten. Die Ecklaube gab eine prächtige Verteidigungsfestung ab gegen die Feinde, die aus dem «Halbmond» hervorbrachen, eine poetische Benennung, über die sich jeder Fremde vergeblich den Kopf zerbrochen hätte. Wie hätte er es auch dem morschen Holzbänkchen mit dem Gesträuch dahinter ansehen können, daß es einst zu Großpapa Geheimrats Zeit von einem flachen, zierlichen Goldregenläubchen umgeben war, dessen gerundete Form und schimmernder Blütenhang ihm das Recht zu diesem Namen so unveräußerlich gab, daß auch die später auf derselben Stelle stehende, moderne eiserne Bank mit dem Zeltdach bei damals noch ungeborenen Generationen noch ebenso gläubig der «Halbmond» hieß? – Auch über Treppen und Gänge bis zum ersten und zweiten Stockwerk tobte die wilde Jagd; ja, selbst ein düsterer Ort, den wir dann und wann aufzusuchen nicht umhin konnten, war uns wegen seines Mangels an Luft und Licht wohl widerwärtig und verhaßt, reizte uns aber zu desto überhebenderer und strengerer Kritik.

Im ersten Stockwerk wohnten jetzt meine Großeltern in den Zimmern, die Großpapa Geheimrat innegehabt hatte. Eine dunkle Erinnerung an seine vornehme, hagere, schwarzgekleidete Gestalt wurde mir in dem kleinen, einfenstrigen Zimmer beim Anblick der sogenannten Efeulaube lebendig, einem großen Wandschirm aus dunklem Korbgeflecht, der, von grünem Gerank dicht übersponnen, dem Dahintersitzenden die erwünschte Muße gab, unbelästigt von der Schar der Hausbewohner und der Gäste seinen ernsthaften Beschäftigungen nachzugehen. Auch jetzt noch, wo das Häuschen nicht mehr so viele Bewohner beherbergte, fanden wir beim Kommen und Gehen auf dem Perron oder in dem grünen Saal, wie das sehr stattliche, die ganze Tiergartenfront einnehmende Empfangszimmer genannt wurde, meine Großeltern meist von einem großem Kreise ihrer Kinder und Verwandten umgeben, die in einem lauten, erregten Ton über etwas Angenehmes oder Unangenehmes lebhaft und durcheinander zu sprechen pflegten. Immer gab uns dann Großmama aus der «Servante», einem Glasschränkchen nebenan im Wohnzimmer, das ihren silbernen Brautkranz sowie einige andere Silberstücke und Tassen bewahrte, einen Gußzwieback, wobei sie mich besonders herzlich küßte und drückte und «mein Mutschchen» zu mir sagte, was mir nicht sonderlich gefiel. Überhaupt wurde ich in diesem Kreise den anderen Enkeln ein wenig vorgezogen, vielleicht weil ich die Erstgeborene, vielleicht auch, weil ich hübscher und blonder als die anderen war, vornehmlich wohl aber, weil ich an Großpapa Geheimrats letzten Lebensjahren einen nicht unwesentlichen Anteil hatte.

Die Erscheinung meiner Großmama war mir so vertraut, daß ich mir selbst in der Erinnerung keine Rechenschaft darüber geben kann; es war das Gesicht, das mich von den Bildern der Urgroßmama ansah, das ich mit fast unmerklichen Veränderungen bei den Großtanten wiederfand, das mir von meiner Mutter her als etwas Selbstverständliches, Unbewußtes im Blute lag.

Nur eine Anzahl steifstehender Löckchen an den Schläfen, die Frau Täubner, die blonde, rotbäckige Friseurin[91] mit den leeren, blauen Augen täglich sorgfältig über den Lockenstock zog, fielen mir als etwas Besonderes auf. Desto überwältigender war der Eindruck, den Großpapa Julius auf mich machte. Stand ich dicht vor ihm, so sah ich kaum über seine Knie, so gewaltig erhob sich seine Riesengestalt über mir, die ihm (eine in Berlin ziemlich bekannte Persönlichkeit) den Namen «der Colosseum-Meyer» eingetragen hatte. Von weitem sah ich in unwahrscheinlicher Höhe ein großes Haupt mit kühnen Zügen, von glatten, schwarzen, seitlich gescheitelten Haaren umrahmt, die, an den Enden sich ringelnd, bis über den weichen Hemdkragen fielen. Ein Knebelbart, der dem sonst glattrasierten Gesichte einen etwas bitteren Ausdruck verlieh, reichte bis an die farbige Krawatte, die von einer kostbaren Busennadel zum losen Knoten gesteckt war. Als kleinen Kindern machte uns dieser Knebelbart viele Sorgen, da er zu den schreckerregenden Namen «Herr Kikebusch» oder «Baron Isegrimm», die Großpapa uns gegenüber sich selbst beizulegen pflegte, indem er spaßhaft den Rockkragen bis über die Ohren zog, in einer grausigen Beziehung zu stehen schien. Mit der Zeit leuchtete es uns aber ein, daß er trotz des Knebelbartes und trotz jener Namen ein gutartiger Riese sein müsse, denn er war immer guter Dinge, verlangte keinerlei Rücksichten, und niemand, der mit ihm in Berührung kam, schien ihn zu fürchten. Wenn ich die Menschen, die ich seitdem lebend oder in Abbildungen gesehen habe, an meiner Erinnerung vorüberziehen lasse, so überrascht mich das Seltsame, Auffallende seiner Erscheinung, und nur einmal, wohl dreissig Jahre später, vor dem großen, schwarzgekleideten Manne des Frans Hals im Amsterdamer Rijksmuseum, der an einem heiteren Sommermorgen in schöner Lebensfülle neben seinem hübschen, schalkhaften Weibchen auf einer Gartenbank sitzt, huschte mir jäh ein leiser Anklang an jene Kindertage durch den

Sinn. Außer diesen rein äußerlichen Eindrücken habe ich, trotzdem ich neun Jahre dazu Gelegenheit hatte, keinerlei Beziehung zu seiner Persönlichkeit, und Alles, was mir von ihm wie Selbsterlebtes im Blute liegt, ist in Wirklichkeit auf das liebende Gedenken meiner Mutter zurückzuführen, die es freute, den Kindern die Gestalt des zärtlich geliebten Vaters lebendig zu erhalten.

Wie sein Äußeres auffallend war, so hatte auch sein Leben, das selbst die anspruchsvollste Liebe ein selten glückliches und heiteres nennen mußte, Momente aufzuweisen, die den normalen Bahnen einen besonderen Stempel aufdrückten. Seine geschäftliche Laufbahn war keinerlei Schwankungen unterworfen gewesen; er fand geebnete Wege vor, auf denen er mühelos Erfolge und Ehren einheimste. Die Ehe hatte ihm nicht nur eine treue, sorgsame Gattin und sechs blühende Kinder geschenkt, seine Wahl hatte ihm auch das ungetrübte, herzliche Zusammenleben mit dem vergötterten, väterlichen Bruder ermöglicht. Im Laufe der Zeit hatte sich der Familienkreis durch drei ehrenwerte Schwiegersöhne vergrößert, und er sah die Töchter als glückliche Frauen und Mütter um sich versammelt. Sein Sohn Siegbert hatte ihm aus Hamburg eine Schwiegertochter ganz nach seinen Wünschen, blutjung, hübsch, reich und musikalisch, ins Haus geführt[92], deren herzliches Lachen, mit dem sie ihre unzähligen kleinen Geschichten zu begleiten pflegte, den heiteren Schwiegervater mehr entzückte als die gegen fremde Elemente unduldsameren Frauen um ihn her.

Zu dem bedeutenden, solide erworbenen und verwalteten Vermögen, das ihm trotz seiner zahlreichen Familie und seiner grossen Wohltätigkeit eine sorglose, sehr reichliche Lebensführung erlaubte, hatte die Glücksgöttin in einer ihrer seltsamen, ungerechten Launen noch einige Körnchen des Überflußes gefügt. Mein Großvater, der ein regelmäßiger Börsenbesucher war, fand ein Vergnügen darin, hier und da in einer der Lotterien zu spielen, und Fortuna schien sich mit ihm einen Witz gestatten zu wollen, indem sie mitten in den märkischen Sand einen neuen König Midas in Gestalt eines preußischen Kommerzienrates setzte; denn dreimal verwandelte sie in seinen Händen einen winzigen bedruckten Zettel in einen mehr oder weniger beträchtlichen Klumpen Goldes. Nachdem er einmal den Hauptgewinn in der preußischen Klassenlotterie, bald darauf in einer der kleinstaatlichen Lotterien gezogen hatte, rief er eines Tages meinen Vater an der Börse zu sich heran und bat ihn etwas erregt, einen Anschlag nachzusehen, auf dem die gezogenen Glücksnummern der letzten Lotterie angegeben waren; er glaube seinen eigenen Augen nicht trauen zu dürfen, denn sonst müsse er meinen, zum dritten Male den Haupttreffer gezogen zu haben. Er hatte sich nicht geirrt, und das Schicksal verfuhr gnädiger mit diesem modernen König Midas als mit seinem alten Genossen; denn in seinen glücktragenden Händen verwandelte sich das Gold wiederum zu allerlei erfreulichen Dingen, die ihm und anderen das Leben verschönten.

Neben der Religion seiner Väter, deren Gebräuche und Gesetze er nicht mit der überzeugten Strenge seines älteren Bruders, wohl aber mit einer warmen, heiteren Liebe, die sich selbst gelegentlich ein Witzchen darüber gestatten durfte, auf das Gewissenhafteste einhielt, gab es zwei profane Gottheiten, die mit dem Ernst und dem Frohsinn seines Wesens auf das Engste verwoben waren. Um von der kleineren zuerst zu sprechen, die dem Riesen kaum bis an den Ellbogen reichte, und der seine Phantasie die heitersten Freuden verdankte, muß ich der Verschiedenheit denken, mit der in meinen beiden Großelternhäusern der Musik gehuldigt wurde.

Dort, bei meinen väterlichen Großeltern, war sie die sanfte Göttin, die das Haus zum Tempel, den Alltag zum Feste adelte, vor der alles Kleinliche und Allzupersönliche bescheiden schwieg, deren beglückendem Walten man kaum mit Worten näher zu kommen wagte. Ob im regelmäßigen Zusammenwirken mit Konzertmeistern der Königlichen Kapelle, ob im traulichen Nebeneinander am Flügel oder im Genuße einer Opern-Aufführung – über jedem ihrer Abende schwebten unsterbliche Töne. Wurde im Familienkreise eines vergangenen oder bevorstehenden Genusses gedacht, so verwandelten sich gleich die Worte in Musik – Großmutter summte leise einige Lieblingstöne vor sich hin –, Großvater hob dazu, rhythmisch andeutend, die schöne Hand. Beide warfen sich einen lächelnden Blick vollster Übereinstimmung zu, und einer ihrer Götter, Mozart, Haydn, Beethoven oder Gluck (Mendelssohn gehörte zu den Halbgöttern, Meyerbeer galt ihnen nur im Zusammenhange mit der Bühne) stand so lebendig zwischen ihnen, daß noch jetzt, beim Hören solcher Töne, selbsttätig, ohne einen bewußten Denkprozeß, jenes friedliche Bild aus meiner Jugend vor mir ersteht.

In meinem großelterlichen Hause am Tiergarten wurde ihr nicht diese bevorzugte, von der Alltäglichkeit losgelöste Stellung eingeräumt; dort hatte sie sich den Interessen, den Meinungen, den Sympathien und Antipathien dieses heißblütigen Kreises einzufügen. Musiziert im eigentlichen, gehobenen Sinne wurde hier niemals, wie ich mich auch nicht erinnere, ein Mitglied dieser lebhaften, engzusammenhängenden Familie in wirklicher Sammlung, die eine freiwillige Einsamkeit bedingt hätte, über einem Buche gesehen zu haben. Jedes der Kinder hatte seine pflichtgemäße Klavierstunde gehabt, einer der Onkel setzte sich auch gelegentlich einmal im Saal an den Flügel und spielte in einer etwas jüdisch-rauschenden Weise ein beliebtes Salonstück; jeder kannte von der Schule und von der Bühne her die Klassiker und zitierte daraus in der Mundart dieses oder jenes berühmten Schauspielers; aber wie von der Literatur, so wurde auch von der Musik nie anders als im engsten Anschluß mit der eigenen Person gesprochen. Meyerbeer, wie sonnte man sich

daran, daß ein Jude ein solches anerkanntes Genie war! Spontini, der Liebling des Hofes! Wie großartig war seine neue Oper.
Ferdinand Cortez![93] Diese Pracht der Dekorationen, sogar ein
lebender Elefant kam auf die Bühne! Und das Ballett unter Tag-
lione![94] Flick und Flock mit dem hinreißenden Feuerwehrga-
lopp[95] (dessen starkausgesprochener Rhythmus leicht ins Ohr
fiel, und den man daher beglückt nachsang). Mendelssohn, eine
leichte Mißstimmung; warum mußte auch solch Talent getauft
sein! Dann aber eine Entspannung auf allen Gesichtern: die
Lucca! Der Stern der Oper, der Abgott des Publikums, die von
der ganzen Familie, hauptsächlich aber von meinem Großpapa
wie eine kleine Göttin verehrt wurde. Figaro? Konnte man da
an Mozarts Töne denken, wenn das Bild des kleinen Pagen vor
einem auftauchte, der, im Lehnstuhl kauernd, die berühmt hell-
grauen Augen erstaunt, unschuldig spitzbübisch aufschlägt! Und
die «Lustigen Weiber»! Hatte wohl Nicolai aus einem anderen
Grunde seine Musik dazu geschrieben, als damit die kleine Frau
Flut ihren ellenlangen Faden mit so drolligem Eifer und so ent-
zückender Schelmerei aus ihrer Tapisserie-Arbeit zieht! Und was
war selbst Meyerbeers Musik anderes als eine Folie für die bezaubernde, kleine afrikanische Königin, die unter seinen rau-
schendsten Klängen auf hoher Sänfte zu ihrem Volke getragen
wird und aus erstaunten, siegenden Augen kindhaft lächelnd auf
die vielen Männer und Frauen, braunhäutig wie sie, herun-
terblickt, die im Taumel der Anbetung sich im Staube vor ihr
winden!

Und ein ähnlicher Taumel schien diesen Kreis von heißblütigen Menschen zu ergreifen, bei dem Gedanken an die kleine
Zauberin mit den hellen Märchenaugen und der goldenen
Stimme, die in ihrer nächsten Nähe, in der Lennéstraße, ihr
Heim aufgeschlagen hatte. Die Frage, ob die Lucca am Abend
singen oder ob die launenhafte Göttin absagen würde, die Intri-
guen, die zwischen ihr und ihrer Kollegin, Frau Mallinger[96],

spielten, wobei jeder als Gotteslästerer angesehen wurde, der nicht zu ihrer Fahne schwur, bildeten zu jener Zeit das brennende Tagesinteresse in unserem Hause; Anfragen und Blumen flogen hinüber zu ihr, und nur einer blieb abseits und ruhig bei diesem allgemeinen Kultus: Großpapa Geheimrat. Seine Abneigung vor dem Theater schien unüberwindlich, und trotzdem ließ man nicht nach mit Bekehrungsversuchen, denn dem jüngern Bruder war es, als ob seiner Freude die Weihe fehlte, wenn Joel nicht daran teilnahm. Und vor den verwandten Strahlen brüderlicher Liebe schmolz das edle, harte Metall: eines Abends saß die Familie Meyer in stattlicher Zahl in einer der vordersten Parkettreihen, und während das Publikum seinem Lieblinge zujubelte, blickten die verwandten Augen scheu auf Großpapa Geheimrat, der kerzengerade auf seinem Sessel saß, und in dessen ruhigem Gesichte sich kein Muskel bewegte. Wortlos stand man nach dem letzten Tone auf, ohne sich am Beifall zu beteiligen, wortlos hüllte man sich in die Mäntel, und mit dem unbehaglichen Gefühl eines völlig mißglückten Experimentes fuhr man hinaus in die Tiergarten-Einsamkeit.

Am anderen Morgen ließ Großpapa Geheimrat seine Droschke, mit der er den jüngeren Bruder täglich vom Geschäft zur Börse abholte, vor dem Juwelierladen von Gebrüder Friedländer am Schloßplatz[97] halten. Tags darauf wurde Frau Lucca bei dem Herrn Geheimrat gemeldet, und ehe sich noch die versammelte Familie diesen Besuch zu erklären vermochte, hatte die kleine Diva, die in seltener Weise die Sicherheit der großen Dame mit der holdesten Natürlichkeit zu verbinden verstand, aller Verlegenheit und Steifheit ein Ende gemacht, indem sie kindlich zutraulich den alten Herrn mit einem herzhaften Kuße für das schöne silberne Kaffeeservice und noch viel mehr für seine lieben, guten Worte dankte. Der ganze Kreis atmete auf nach dem Gewitterdrohen des vorangegangenen Abends. Jeder wollte plötzlich gewußt haben, daß kein Herz dieser Zauberin zu widerstehen vermochte. Julius aber fühlte, wieviel brüderliche Liebe sich in das Gewand der Galanterie gehüllt hatte, um ihn zu erfreuen.

Ein anderer Kultus, der tiefer in dies glückliche Leben eingriff, ließ ernstere Saiten darin erklingen. Ihm war in diesem Hause ein Tempel errichtet, den wir Kinder oft bewundernd umstanden. Es war eine flache Nische im grünen Saale, an deren Seiten auf weißen Säulen große, goldbroncene Kandelaber standen. Nur zu hohen Festtagen wurden die Kerzen angezündet, die aus den goldenen Blumenkelchen wuchsen und ihren milden Schein auf die lebensgroße, von grünen Blattpflanzen umgebene, weiße Porzellanbüste des Königs Wilhelm warfen. An der Nischenwand waren kleine Bretter und Konsolen angebracht, die schöne, goldene, tiefblaue und bemalte Vasen und Schalen trugen. Es waren Geschenke des Herrscherpaares an meinen Großvater als Dank für kostbare Courroben und Stoffe, die er der Königin Augusta bei festlichen Gelegenheiten zu Füßen zu legen pflegte, um Zeugnis von dem Blühen der unter dem Schutze der Hohenzollern eingeführten märkischen Seidenindustrie abzulegen. Daß es auch bei dieser höfischen Beziehung hier und da ohne ein Potemkinsches Dorf nicht abgehen mochte, darauf deutete das heimliche Lachen und belustigte Geflüster der jüngeren Familienmitglieder, wenn einer herrlichen, weißen, golddurchwirkten Courrobe gedacht wurde, von der man munkelte, daß die Seidenräupchen, denen sie ihre Entstehung verdankte, auf fetterer, französischer Weide ihr Dasein gefristet hätten. Diese Beziehungen aber, die mein Großvater mit manchen Vertretern des Kaufmannsstandes teilte, würden allein nicht genügt haben, um die vielen Gerüchte zu erklären, die ihn seit dem Jahre 1848 umschwirrten, und auf die er nie einging, obgleich er seiner heiteren, mitteilsamen Natur gemäß gern dies oder jenes scherzhafte, huldvolle Wort wiederholte, das der König oder der Kronprinz auf dem Spaziergange im Tiergarten oder auf dem Subskriptionsballe an ihn gerichtet hatte. Einige bedeutungsvollere Anzeichen königlicher Huld ließen auch die Familie nähere als rein geschäftliche Beziehungen vermuten; das waren, außer den Photographien mit eigenhändigen Unterschriften ein kostbares Armband, das der König meiner Mutter, als der ältesten Tochter, an ihrem Hochzeitstage überreichen ließ, und ein mit Edelsteinen reich besetzter, großer Ring in zierlicher Fassung, den der Zar Nikolaus meinem Großvater verehrt hatte. Vor einer Reise nach Rußland, die angeblich den Abschluß einer Lieferung schwarzseidener Kaftans für die Juden bezweckte, hatte er eine Audienz beim Könige gehabt, der ihn mit einem Auftrag für den Zaren betraut hatte, und die Kostbarkeit jenes Gastgeschenkes schien nicht in rechtem Einklang mit dem spaßhaften Tone zu stehen, in dem mein Großvater von dieser Mission zu sprechen pflegte.

Ein Ereignis, dessen sich meine Mutter gut erinnerte, trotzdem sie damals kaum sechs Jahre zählte, hatte sich am 18ten März 1848 zugetragen und war die Quelle der vielen Sagen, die sich seitdem über die Persönlichkeit meines Großvaters gebreitet hatten. Am Vormittage jenes Tages kam er erregt in die Wohnung, die oberhalb des Geschäftslokals am Köllnischen Fischmarkt 4 lag, und berichtete, daß soeben Soldaten in sein Büro gedrungen seien und ihm einige Schlüssel abverlangt hätten, die er draußen im Sommerhäuschen eingeschlossen habe. Da niemand des Aufstandes wegen die Stadt verlassen dürfe, habe man ihm einen Passierschein für das Brandenburger Tor ausgestellt. In der Aufregung und Unruhe des kritischen Tages, an dem man nicht wußte, was die nächste Stunde bringen konnte, war die Begebenheit nicht weiter erstaunlich; mein Großvater kehrte wohlbehalten zurück, und es wurde in der Familie nicht weiter über den Vorfall gesprochen. Desto mehr beschäftigte sich bald die Stadtchronik mit dieser geheimnisvollen Ausfahrt; man forschte, dichtete, reimte zusammen und kam zu dem Schluße: an jenem

Tage habe der Kommerzienrat Meyer, als Kutscher verkleidet, den Prinzregenten, dessen Leben in jener kritischen Zeit gefährdet war, aus der Stadt gefahren und ihn während der Nacht in seiner Villa beherbergt. Daß dies ein Märchen war, mußte jedem klar sein, der meinen Großvater nur halbwegs kannte; denn abgesehen davon, daß seine Erscheinung viel zu auffällig für solche Maskerade war, wäre er in jenem gefährlichen Moment der Ungeeignetste für einen solchen verantwortungsvollen Posten gewesen, denn schon bei Ausfahrten im offenen Wagen wurde er von seiner Familie wegen seiner Ängstlichkeit geneckt, die wohl eher eine Folge seiner Korpulenz als des Temperamentes war. Einer anderen Version, daß der Prinzregent, als Kutscher verkleidet, meinen Großvater aus dem Tore gefahren habe, um unerkannt zu entkommen, wäre schon eher Glauben zu schenken. Andere wieder behaupteten, daß in jenen schweren Tagen die Kinder des Regentenpaares heimlich in unserem Hause untergebracht waren, und daß damit jene Ausfahrt im Zusammenhange gestanden habe. Ob eine dieser Legenden auf Wahrheit beruhte, ob es nur seine warme Liebe für das Herrscherhaus war, die, frei von jedem Strebertum, ihm die königliche Gunst erwarb, blieb sein Geheimnis, da er jede diesbezügliche Frage zurückwies.

Im Jahre 1867 traf diesen vom Glück Gezeichneten ein schwerer Schicksalsschlag: sein ältester Sohn Wolfers wurde ihm durch den Tod entrissen. Auf einer Vergnügungsreise hatte er in Ostende ein hübsches und reiches Mädchen kennengelernt, und nach seinen frohen Berichten durfte die Familie stündlich die erwünschte Nachricht seines Verlöbnisses erwarten. Eine andere Kunde kam, die in der krassen Gegensätzlichkeit des Schicksals fast wie eine Sage aus der Antike berührte. Während die Verwandten am fernen Gestade einen glücklichen Bräutigam wähnten, umspülten die Meereswogen seinen Leichnam. Im Vollgefühl der Jugend und Kraft, das durch die Aussicht auf das nahe

Glück gesteigert war, hatte er sich mit dem Mädchen, das er liebte, beim Schwimmen zu weit ins Meer hinausgewagt; auf dem Rückwege vermochten beide gegen den mächtigen Zwang der vom Ufer wegdrängenden Wellen nicht mehr anzukämpfen. Mit letzter Kraft brachte er die Halbohnmächtige so weit zurück, daß er die nahende Rettung noch sah –, dann verließ ihn das Bewußtsein und sein Körper versank in den Fluten.

Wenn meine Mutter mir später mit blassen Wangen davon erzählte, so war es charakteristisch für das damalige Gewicht der Persönlichkeiten, daß sie nie davon sprach, wie die Eltern, nur wie Großpapa Geheimrat den Verlust des Enkels ertragen habe: zwei Tage lang sei er in seinem Zimmer unsichtbar geblieben; keinem der Angehörigen habe er Einlaß gewährt; am dritten Morgen sei er in seiner imponierenden, aufrechten und ruhigen Haltung zu dem jüngeren, trauernden Bruder gekommen und habe ihm schweigend ein Blatt gereicht mit der Inschrift für den Gedenkstein, wie er sie wünschte: Zuerst der so viele Hoffnung bergende Name, dann Geburt und Tod und darunter die Bibelworte: Und der Geist Gottes schwebte über den Wassern. – In diesen zwei langen Tagen hatte er den Enkel beweint und bestattet, hatte nach Kämpfen seinen Gott auch in diesem Walten wiedergefunden, und der geliebte Name war fortan nicht mehr über seine Lippen gekommen. – Ein Jahr darauf starb er.[97]

Großpapa Julius erlebte es noch, das Königspaar im neuen Glanze der Kaiserkrone zu sehen. Im Jahre 1872 erkrankte er an der Gesichtsrose: Die Krankheit nahm infolge seiner Körperfülle sogleich einen bedrohlichen Charakter an, und das Herrscherpaar bekundete zu seiner Freude auch in diesen Tagen das wärmste Interesse an seinem Befinden. – Am Abend des Versöhnungsfestes schloß er die Augen[98], und selbst die ihn am heißesten beweinten, durften sich sagen, daß ein selten glückliches und beglückendes Leben von ihnen geschieden war.

5.

Aus ernsteren Augen schaute nun das Häuschen in die Welt; aber auch jetzt, in seinen Trauergewändern um die Dahingegangenen, die es begründet, die ihm den Stempel aufgedrückt hatten, blieb es die Sonne, die noch durch Wolkenschleier den Gestirnen ihre Bahn weist. Denn wie Antäus Kraft schöpft aus der Berührung mit der mütterlichen Erde, so machten die vertrauten Räume die darin allein zurückgebliebene Frau[99] zum verehrten Mittelpunkt des Familienkreises, ganz so, wie die beiden Brüder es bisher gewesen waren, die, der eine als Vater, der andere als Gatte, ihrem Leben Inhalt gegeben und sie gleichsam zur Vertreterin zweier Generationen gemacht hatten.

Dem Zuge der Zeit folgend, waren die zahlreichen Geschwister meiner Großmama, teils in behaglich auskömmlichen, teils in glänzenden Vermögensverhältnissen lebend, allmählich in die neuangelegten, schmucken Straßen gezogen, die jetzt den Umkreis ihres Besitztums bildeten; von ihren Kindern und Enkeln wohnten wir, deren Haus nur einige Minuten jenseits des Brandenburger Tores lag, am weitesten von ihr entfernt; alle wetteiferten, ihr die Einsamkeit zu erleichtern, sodaß auch jetzt, wie in früheren, heiteren Tagen, die Glocke an dem kleinen Gittertor kaum stillstand. Das zweite Stockwerk bewohnte seit kurzer Zeit die zweitälteste Tochter, Tante Franziska, die mit Mann und Kindern nach einem mehrjährigen Aufenthalt in Hamburg, wenn auch widerwillig, in den heimatlichen Hafen zurückgekehrt war[100], da sie trotz mancher Enttäuschungen materieller Art das leidenschaftliche Glück, das sie inzwischen in ihrer Ehe gefunden hatte, weit lieber, losgelöst von den Ihren, fernerhin in der Fremde genossen hätte. Mein Großpapa aber hatte den Schwiegersohn vermocht, sein Geschäft, das keinen günstigen Fortgang nahm, aufzulösen, ehe größeres Unheil ihm entsprang, und nach Berlin zu übersiedeln, wo er ihm mit Hilfe meines Vaters zu einer angemessenen Tätigkeit die Wege geebnet und das

obere Stockwerk für die Bedürfnisse eines zweiten, völlig ge-
sonderten Hausstandes hatte herrichten lassen. Auch diesen
neuen Ansprüchen an seine Leistungsfähigkeit zeigte sich das
kleine Haus gewachsen; denn geduldig ließ es geschehen, daß
ihm hier eine Küche, dort ein unumgänglich notwendiger Wirt-
schaftsraum eingeflickt wurde, und es dauerte nicht lange, da
ließ es fröhlich und unverdrossen aus seinem kleinen Schorn-
stein den Dampf der ihm fremden Hamburger Gerichte neben
den vertrauten Düften der legitimen, alttestamentarischen Küche in die reine Tiergartenluft aufwirbeln. Seltener als die ein-
heimischen Kinder sah man das junge, zugereiste Ehepaar in
den allzeit belebten unteren Räumen; dafür schloß sich aber die
jüngere Generation desto williger und ständiger aneinander.
Paul und Hanna[101], etwas jünger als mein Bruder und ich, waren uns in ihrer sanften und nachgiebigen Art umso willkom-
menere Spielgenossen, als Arthur, der einzige, hübsche, sehr ver-
zogene Sohn unserer jüngsten Tante Hedwig[102], der wegen seines
unbezähmbaren Ungestüms der Schrecken und der Tyrann des
Hintergartens und oft genug auch ein Zankapfel zwischen seiner Mutter und den Eltern der durch ihn geschädigten Kinder
war, uns in dieser Hinsicht nicht verwöhnte.

Mein Bruder und ich hatten in jener Zeit nach gemeinsamer
Vorbereitung schon den ersten, bedeutungsvollen, trennenden
Schritt ins Leben getan; er war in die Vorschule des Wilhelms-
gymnasiums, ich in die höhere Töchterschule bei Fräulein Börner[103] eingetreten, was aber vorläufig nicht verhinderte, daß wir
unsere Freistunden in der gewohnten Gemeinschaft verbrachten.
Kaum war die schöne Sommerszeit mit ihren täglichen Tummel-
stunden im großmütterlichen Garten, mit ihren Festtagen in
Potsdam bei den Großeltern Alexander, die jetzt eine eigene Villa
am Fuße des Pfingstberges besaßen, vorüber, so drohte die freie
Zeit, die wir nach der Eingeschlossenheit des Schulvormittages
in frischer Luft zuzubringen hatten, für uns eine unerträgliche

Qual zu werden; denn wie die Sträflinge ihrem Kerkermeister, so mußten wir bei jedem Wetter unserem Fräulein auf endlosen Tiergartenwegen folgen, wobei eine tadellose Haltung und ein musterhaftes Betragen aufs Strengste von uns gefordert wurde. Glücklicherweise erfand in dieser Not mein Leidensgenosse ein System, das den widerwärtigen Zwang, die Haltung von Erwachsenen annehmen zu müssen, für uns in ein einigermaßen freiwilliges und vergnügliches Betragen verwandelte. Auf sein Geheiß schlüpften wir nämlich in allerlei Gestalten, die sich je nach unseren geistigen Fortschritten, Eindrücken und Interessen änderten. Nachdem wir uns eine Zeitlang als illustre Fremde teils kritisch, teils entzückt über die Sehenswürdigkeiten Berlins vermittels eines phantastischen Kauderwelsch und eleganter Handbewegungen verständigt hatten, wobei die neue Siegessäule eine bedeutende Rolle spielte, machten wir unsere Spaziergänge als zwei Börsenherren, die sich in allerlei aufgeschnappten Redensarten blasiert über Gott und die Welt unterhielten. Diese Masken ergötzten uns so sehr, daß wir sie auch bei den häuslichen Mahlzeiten nicht ablegten, umso mehr, als nun unser einfaches und allzu eintöniges Abendbrot aus Apfelmus, Brot und einem Glase Wasser bestehend, zum köstlichsten Souper bei Hiller[104] wurde, bei dem alle uns verbotenen Genüsse in Hülle und Fülle gereicht wurden, und feuriger Tokayer und schäumender Sekt nicht fehlten. Je mehr Wissen wir aber, lernend und lesend, in uns aufnahmen, desto mehr stumpften sich diese materiellen Genüsse ab, und wir durchwanderten nun als ernstes Paar den Tiergarten, mein Bruder als nachdenklicher Professor, der mit nach Innen gekehrten Blicken mir, seiner altjüngferlichen Schwester, wissenschaftliche Vorträge hielt, ihre Trockenheit ab und zu durch eine Naturbetrachtung, wie: Sieh dort, Amalia, die herrlichen Tinten am winterlichen Himmel! – aufs glücklichste belebend.

Auch die freien Abendstunden nach den beendigten Schulaufgaben und Klavierübungen beherrschte meines Bruders nie müde Phantasie. Ein Puppentheater, das uns Großmutter geschenkt hatte, war eine unversiegliche Quelle des Vergnügens; denn zu jeder festlichen Gelegenheit fand sich ein neues Stück mit dem notwendigen Zubehör unter unseren Geschenken. Immer aber vermißte dann mein Bruder irgendein Requisit, das erst der Aufführung den letzten, würdigsten Glanz verliehen hätte, und unsere Sparbüchsen mußten herhalten, um dem Buchbinder, der gegenüber von unserem Hause wohnte und trotz seines Stockschnupfens uns ein wertvoller und vielbeneideter Freund war, goldenes und farbiges Papier, Pappe und Klebestoff möglichst billig zu entlocken.

Waren dann die fehlenden Gegenstände angefertigt und alle Vorbereitungen für die Aufführung getroffen, so wurde ich leider zu untergeordneter Mitwirkung verurteilt; denn entweder mußte ich in Ermangelung anderer Gäste das Publikum darstellen, oder unsere sehr jugendliche Zuschauerschaft ergänzen, überwachen und anspornen, und selbst in dieser Rolle sollte ich nicht mein freier Herr sein, da sich meines Bruders Regie auch auf die Regelung unserer Beifallsäußerungen erstrecken wollte. Bald aber ließ er davon ab; denn er sah ein, daß sich kein Direktor ein idealeres Publikum wünschen konnte, als in meiner Person vor dem Vorhang von kirschroter Glanzleinwand und den blakenden Lämpchen saß: herzlicher als ich bei den Abenteuern des Märchenlandes erschauerte und bei den Verwechslungen der Kotzebue'schen Lustspiele lachte, konnte er es von der bestgezahlten Claque nicht verlangen. Und wirklich, so sehr ich mir eine tätigere Rolle wünschte, so konnte ich ihm doch meinen uneingeschränkten Beifall nicht versagen. Selbst die Klippe einer Aufführung des «Nathan» nach dem Urtexte, da uns ein Zufall die Figurinen dazu in die Hände gespielt hatte, wußte er erfolgreich zu umschiffen, indem er die spärlichen Ereignisse mit glücklicherem Griffe herausschälte, von den langen Erzählungen nur das beibehielt, was ihn interessierte, wie er z.B. bei der Aufzählung der reichen Geschenke, die Nathan heimbringt, mit einem gewissen Behagen verweilte, und allzu lange Betrachtungen, durch die er sich und sein Publikum zu ermüden fürchtete, einfach abschnitt, indem er in solchem Falle den Nathan mit heiterer Bestimmtheit sagen ließ: Doch es wird kühl; das Übrige wollen wir im Hause besprechen.

Unser fröhliches Kinderzusammensein kam zu einem jähen Abschluß, als mein Bruder schwer am Typhus erkrankte. Ich wurde nebst meinen drei kleinen Brüdern unter dem Schutze von Fräulein und der Kinderfrau in dem Unter den Linden gelegenen «Hotel du Nord»[105] untergebracht, und diese Verbannung schien mir so empörend, so herzlos, so ungerecht, daß mein Vater, um meine Tränen zu stillen, mich auf dem Wege zum Exil ins neueröffnete «Café Bauer»[106] führte, wo ich über dem ersten Eiskaffee meines Lebens, über seinen Erklärungen der mythologischen Wandbilder, über seiner beglückenden Gegenwart aber vor allem, für den Augenblick meinen Kummer vergaß. Die langen darauffolgenden Wochen waren jedoch die trübsten meines Kinderlebens. In den dunklen, auf eine Sackgasse gehenden Zimmern sehnte ich mich nach unserem schönen Hause, ich sehnte mich nach meinen Eltern, die ich nur ab und zu vom Fenster aus begrüßen durfte, und beneidete meinen Bruder, der, von Papa und Mama verwöhnt, mit Minneken als Spielgefährtin, so schön und gemütlich krank sein durfte. Auch diese Zeit hatte ein Ende, ich war wieder dort, wo ich hingehörte; aber es dauerte lange, bis die selbstverständliche, natürliche Gewißheit des Geborgenseins so süße Gewohnheit wurde, daß sie unbewußt in mir lebte wie das Blut in meinen Adern.

Nach seiner völligen Wiederherstellung trat mein Bruder in das Französische Gymnasium ein, dessen Neubau auf der gegenüberliegenden Straßenseite, ein paar Schritte von unserem Hause entfernt, lag. Von diesem Tage an trennten sich die Wege unserer geschwisterlichen Gemeinschaft, um nie wieder ganz zueinander zu finden. Schon seine Aufnahmeprüfung hatte unter einem glücklichen Stern gestanden. Mein Vater hatte seinen Erstgeborenen, der nach der überstandenen Krankheit zu einem stattlichen und hübschen Jungen aufgewachsen war, zum Direktor Schnatter[107] gebracht, einem etwa vierzigjährigen Mann von mittlerer Größe, bei dem zuerst die schwarzen, vollen Haare auffielen, die er gescheitelt und halblang so fest zu einer glatten, glänzenden Masse gebürstet trug, daß sie wie ein aus Ebenholz geschnitzter Rahmen, nach unten ausladend, seinen Kopf umgaben. Man brauchte auf dem bartlosen, etwas schwammigen Gesicht nur einmal das gütig väterliche Lächeln des in seiner Ehe Kinderlosen gesehen zu haben, das Sanftmut und Festigkeit, eine leise, alles verstehende Ironie und das tiefste Eindringungsvermögen in die ihm anvertrauten jungen Seelen offenbarte, um fortan das Bild des idealen Pädagogen nicht mehr von seiner Wesenart trennen zu können. Nachdem mein Bruder die Prüfung in allen Hauptfächern zur Zufriedenheit bestanden hatte, fragte ihn der Direktor sehr freundlich und, da Geographie in den unteren Klassen oft etwas stiefmütterlich behandelt wurde, mit leicht darüber hingleitender, vorsichtiger Schonung: Und findest du dich denn auch schon ein wenig in der Welt zurecht, mein Junge? – Worauf mein Bruder ohne Zögern mit zweifelsfreier Überzeugung sagte: Überall, Herr Direktor, nur nicht in Australien! – Diese Worte, die der Direktor, wohlgefällig schmunzelnd, mit einem seiner leisen, gütigen Scherze beantwortete, waren ausschlaggebend für seine ganze Schülerlaufbahn. Vom ersten Tage an traten alle Interessen gegen die Schule in den Hintergrund, und er nahm im Urteil seiner Lehrer wie in der Meinung der Mitschüler die Ausnahmestellung ein, die ihm verblieb, bis er, kaum siebzehnjährig, vom Abiturium befreit, das Gymnasium verließ; niemals bedurfte er einer Nachhilfe, einer Ermahnung, freiwillig tat er mehr als verlangt wurde; als Jüngster, noch in den oberen Klassen von den Lehrern verhätschelt, machte er seinen Siegeslauf durch die Schule und verschaffte seinem Namen eine solche Geltung, daß er auch den drei ihm nachfolgenden Brüdern die Wege leicht machte; man vertraute ihnen, noch ehe sie sich bewährten.

Meine Erfolge in der Schule waren zwar ähnlich, sie trugen auch viel zur Annehmlichkeit meines Lebens bei; aber trotz meines jugendlichen Alters konnte selbst ich sie nicht recht ernst nehmen. Denn es wurden bei uns an die Intelligenz, den Eifer der Schülerinnen so unendlich bescheidene Ansprüche gestellt, daß es mir unfaßlich schien – umso mehr, als auch meine Gefährtinnen solchen zu genügen imstande waren – welchen Kenntnissen oder Eigenschaften ich es zu verdanken hatte, daß ich die beste Schülerin war und blieb. Trotz dieser klaren Erkenntnis der Sachlage aber wäre nie ein Zweifel darüber in mir aufgestiegen, daß ich auch bei gesteigerten Ansprüchen immer den Vogel abgeschossen hätte. So verlief meine Schulzeit in eitel Sonnenschein und Behagen, Lehrer und Lehrerinnen lobten und verwöhnten mich, meine Mitschülerinnen hatten mich gern, mit einigen hübschen und angenehmen Mädchen bildete sich ein reger Verkehr, der sich mit der Zeit zu echten Mädchenfreundschaften entwickelte, und ich würde keine Sorgen und Kümmernisse gekannt haben, wenn sich nicht auf meinen häuslichen Wegen manches Steinchen gefunden hätte, über das ich stolperte, und das mir gelegentlich recht empfindlich wehe tun konnte. Je mehr ich nämlich von den Außenstehenden gelobt und verwöhnt wurde, desto mehr hatte Fräulein an mir auszusetzen, und ich konnte ihr nicht einmal Unrecht geben; denn es war seltsam: so gut und natürlich ich mich auch in fremde Verhältnisse und Wünsche einfügen konnte, so heftig sträubte ich mich zuhause gegen jeden Druck; immer und alles wollte ich anders, als man es von mir und für mich wollte. Das täglich sich mehrmals wiederholende und sehr umständliche Geschäft des Aufräumens von Kleidungsstücken, Büchern und

Spielsachen war mir nicht weniger verhaßt als die Handarbeiten, zu denen ich angehalten wurde, die niemals ausgingen, und bei denen ich wie an Ketten geschmiedet schmachtete. Immer bedrohte irgendein Geburtstag, auf den ich mich so gern gefreut hätte, meinen heiteren Himmel, und wenn ich auch eine unfertige Decke oder Schürze, die durchaus bestickt werden mußte, noch so sorgfältig vor meinen Blicken verbarg, stets fühlte ich sie als unheilkündendes Wölkchen an meinem Denkhorizont. Was half dann in letzter Stunde die Reue, die Beschämung, das fieberhafte Arbeiten mit dem verzweifelten Gefühl, daß doch alles umsonst sei, was half mein Flehen um Beistand, und was half es selbst, wenn ich erhört wurde? Denn fühlte ich nicht doppelt die Scham, wenn ich für meinen Fleiß Dank und Lobsprüche erntete, und brannten sie nicht heißer als die bitteren Worte, die ich dafür hören mußte? Und kam ich gar aus der Schule mit einer Belobigung heim für eine Arbeit, die mich gelangweilt hatte, die ich daher bis zum letzten Augenblick vernachlässigt und deren rechtzeitige Fertigstellung meinem Fräulein mehr Mühe und Verdruß bereitet hatte als mir, hätte da nicht mein eigenes Schuldbewußtsein genügt? Mußte mir noch, so heiß ich mich auch dagegen wehrte, die Überzeugung aufgezwungen werden, daß ich der Welt mein wahres Antlitz verberge, daß meine Liebenswürdigkeit erheuchelt, berechnet, erlogen sei? Trotz aller Selbstanklagen und fremder Beschuldigungen aber konnte ich mich der Wahrnehmung nicht verschließen, daß auch meine Anklägerin nicht frei von Fehlern sei, nur mit dem Unterschiede, daß sie dadurch weder in ihrer inneren Ruhe gestört wurde, noch von außen her Peinliches erfuhr, während mir, wie aus eigener, so aus fremder Schuld, Schaden erwuchs.

Ich war etwa zwölf Jahre alt, als meine Mutter sich zum ersten Male zu einer Trennung von uns entschloß und meinen Vater, den Geschäfte nach Wien riefen, in Gesellschaft eines befreundeten Ehepaares dorthin begleitete. Um uns über die

Abwesenheit der Eltern zu trösten, holte uns eines Sonntags Onkel Doktor mit seiner Familie ab, und wir fuhren in seinem prächtigen Landauer, alten Traditionen getreu, zum Charlottenburger Schloßgarten.

Unbeaufsichtigt tollten wir nach Herzenslust auf den Wiesen und bemerkten in unserer Ausgelassenheit nicht die Wolken, die über Spandau aufgestiegen waren, sodaß ein Platzregen, der mit großer Heftigkeit niederging, uns völlig überraschte. Atemlos und bis auf die Haut durchnäßt, erreichten wir am Ausgang die ängstlich nach uns Ausschauenden und machten nun, entzückt von diesem Unfall, im geschlossenen Wagen enganeinander gedrückt, doppelt fröhlich die Rückfahrt.

Was aber zu Hause erfolgte, war weniger erheiternd; mein schönes, neues Kleid aus feiner, grauer Wolle mit zarten, bunten Streifen bot einen trübseligen Anblick; seine Farben waren ineinander gelaufen, der Stoff war kraus und völlig unansehnlich geworden, ich mußte es verloren geben! Da stand ich wieder, wie als kleines Kind mit meinen Wasserrosen, betrübt vor der Unbeständigkeit aller irdischen Freuden; wie ratlos aber fühlte ich mich erst in dieser Welt, als die Last meines Unglücks durch bittere Worte und empfindliche Strafe mir vergrößert wurde! Trug denn nicht, eher als ich, der Weber die Schuld, der den Stoff gewebt, der Kaufmann, der ihn anpries, meine Mutter, die ihn kaufte, oder Gott, der den Regen schickte? Stundenlang quälte ich mich schlaflos auf meinem tränennassen Kopfkissen mit diesen mühsamen Fragen ab, bis ich die mich niederschmetternde Antwort fand: Keiner hat Schuld, nur der ist der Schuldige, der ungerecht verurteilt. Trotzdem aber holte sich mein Kinderschlaf den unzerstörbaren Jugendmut zurück, der kein langes Fragen und kein banges Zweifeln kennt, und der nur zu gern alles Unangenehme vergessen hätte, wenn ein peinliches Nachspiel nicht alle jene Flammen absichtlich aufs Neue angefacht hätte. Ein Schulausflug in den Zoologischen Garten, der seit langem geplant war, hatte unsere Phantasie aufs Heiterste beschäftigt. Alle Einzelheiten des Proviants, der Kleidung, waren von den Freundinnen eingehend besprochen worden, und am bestimmten Tage öffneten sich unsere Augen freudig und dankbar einem wolkenlosen Himmel und strahlendem Sonnenschein. Wie verdunkelte sich aber alles um mich her, als mich beim Anziehen statt des erwarteten weißen Batistkleides ein abscheuliches, gestreiftes Piquékleid mit seinen lila Blümchen wie aus höhnischen Augen anstarrte, das, aus einem Morgenrock meiner Mutter gearbeitet, mir schon manche Neckerei meiner Schulfreundinnen eingetragen hatte! Was half es, daß, da alles Flehen nichts nützte, ich in höchster Not auf die Logik verfiel, indem ich daran erinnerte, daß Regen ja Wasser sei, und daß das weiße Kleid im schlimmsten Falle kein ärgeres Schicksal treffen könne, als seiner ohnehin im Waschfaß wartete! – Als ich sah, daß alles umsonst war, wollte ich zu Hause bleiben; aber die Freude lockte zu stark; ich ging zu meinem Fest – im Büßergewande und mit dem Gefühl, daß ich nicht geliebt werde! Wie geringfügig klingen diese Freuden und Schmerzen, wie unwichtig ihre Ursachen und Wirkungen! Und doch, wie heiß haben diese Tränen, diese Enttäuschungen, diese Empörung in mir gebrannt! Nur der kann ein guter Gärtner sein, der weiß, wie sehr ein Windhauch, ein kalter Tropfen, den die festgewurzelte Pflanze nicht einmal spürt, dem zarten Keime zum Schicksal werden kann.

Wenn auch diese Kämpfe nur wie Wetterleuchten an einem heiteren Sommertage aufzuckten, so hatten sie doch auch auf mein Äußeres einen gewissen Einfluß. Während ich auf frühen Kinderbildern mit einem freien, unbekümmerten Ausdruck in die Welt schaue, sehe ich in dieser Zeit verlegen und verdrossen, fast widerwillig, in mich hinein, und meine Haare, die mir vordem trotzig wie eine Mähne um den Kopf standen, und ein freier Teil meines Weges selbst zu sein schienen, hingen nun, in naßgebürsteten Strähnen, von einer steifen Schleife am Wirbel gehalten, wie kampfesmüde Sklaven eines fremden Willens trübselig herunter. Dazu war ich, ein wenig zur Bleichsucht neigend, im Wachstum stehen geblieben, sodaß meine Tante Hedwig, die, von Malern und Schriftstellern als schöne Frau gefeiert, stolz auf ihre junonische Gestalt und auf das Heldenmaß des Meyer'schen Stammes war, seufzend, da sie mich sehr liebte, sagte: Ja, was hilft das, das Kind schlägt eben nach den Alexanders! – Und da mir jedesmal schonungslos überbracht wurde, wenn sich Wohlwollende wieder einmal gewundert hatten, was aus dem hübschen Kinde geworden sei, so mußte ich mich, wie von meiner inneren Unzulänglichkeit, so von meiner äußeren Reizlosigkeit sehr wider meinen Willen überzeugen lassen.

All diese Jahre hatte ich in nächster Nähe und doch wie durch Meilen getrennt von meinen Eltern verlebt. Mein Bruder und ich bewohnten jetzt mit unserem Fräulein zwei geräumige Zimmer im Erdgeschoß, die durch eine eingebaute Treppe mit den oberen Kinderzimmern, dem Reiche meiner drei kleinen Brüder nebst ihrer Kinderfrau, verbunden waren. Trotzdem nun Mama die beste, liebevollste Mutter war, trotzdem sie unser körperliches Wohl ebenso überwachte, wie sie für unsere geistige Fortbildung durch Privatunterricht und den passenden Verkehr sorgte, wäre sie, selbst wenn der große Haushalt, eine weitausgedehnte Geselligkeit und der enge Zusammenhang mit ihrer Familie ihr nicht so viel Zeit geraubt hätten, nie auf den Gedanken gekommen, tiefer in die Seelengänge ihrer Kinder eindringen zu wollen. Ihre tapfere, gerade Natur, die wohl Kummer und Sorgen kannte, aber nie von Konflikten gehemmt und gequält wurde, ahnte nichts davon, daß in einer jungen Seele, die scheinbar sorglos in den Tag hinein lebte, mancher Keim unter der Oberfläche im Halbschlaf dem Augenblick entgegenharrte, da ein liebreiches, verständnisvolles Eingehen ihn zum ersehnten Lichte wecken würde, den ein Nichtbeachten zum Verkümmern, zum Verdorren verdammte. Meinem Vater, der alles zu verstehen, alles mitzuempfinden vermochte, fehlte in jener Periode die Muße, sich der Menschwerdung seiner Kinder in diesem Sinne zu widmen. Nach den Jahren des Aufbauens und Ausbauens der neuen Projekte, die der Aufschwung nach dem glänzend gewonnenen Kriege gezeitigt hatte, begannen die mit zu großer Eile und zu kühnem Selbstvertrauen ins Leben gerufenen Unternehmungen ins Stocken zu geraten; aus dieser und jener Stadt kamen beunruhigende Nachrichten, hier wurde mehr flüssiges Betriebskapital als veranschlagt war, benötigt, dort versagten die Arbeitskräfte. Wenn auch diese Sturmzeichen meinen Vater noch nicht eigentlich berührten, so mußte er immerhin, ihnen zu begegnen, mit seiner ganzen Persönlichkeit eintreten. Auch rief ihn bald eine Aufsichtsratssitzung, bald eine Neuorganisierung von uns fort, und als ein Kupferbergwerk in Polen Schwierigkeiten zu machen begann, hatte mein Bruder den Nutzen davon: da eine notwendige Reise dorthin gerade in seine Ferien fiel, durfte er meinen Vater in den kleinen, schmutzigen polnischen Ort und in das glänzende Warschau begleiten; seine Eindrücke mögen denen meines Vaters wenig geglichen haben, denn ihm schienen für das kupferne Hufeisen, das er heimbrachte, und für die stolzen Gefühle, die seine Brust nun schwellten, keine Summen zu gewaltig, die das Unternehmen verschlang.

Auch an die friedliche Gartenpforte in der Matthäikirchstraße klopfte diese gewitterschwüle Zeit mit hartem Finger. Onkel Benno, trotzdem er nun schon einige Jahre Mitbewohner des Familienhauses war, hatte von seiner Zurückhaltung den Verwandten seiner Frau gegenüber nichts abgelegt, und wir Kinder konnten vor seinem verschlossenen Wesen eine ängstliche Scheu nicht überwinden. Von den hochgehenden Wogen des Berliner Börsengeschäftes fortgerissen, und in seiner sorgenfreien, aber festumrissenen und begrenzten Tätigkeit keine genügende Befriedigung für seinen Ehrgeiz findend, hatte er sich in Spekulationen eingelassen, die ihm über den Kopf zu wachsen drohten. Gekränkte Eitelkeit, die Scheu, sich seinen vom Glück begünstigteren Schwägern zu offenbaren, nachdem er in seiner eigenen, sehr wohlhabenden Familie auf kühle Ablehnung gestoßen war, die Beschämung, seiner Frau bescheidenere Verhältnisse zumuten zu müssen, die Müdigkeit, die ihn bei dem Gedanken übermannte, nach einem zweiten Fehlschlagen seiner Unternehmungen von Neuem anfangen zu müssen, machten ihn für das gesunde Abwägen der realen und idealen Forderungen des Lebens unfähig. In einem Augenblick, wo seine Umgebung von den Schwierigkeiten seiner Lage kaum noch etwas ahnte, wo ein Rat, ein entschlossenes Eingreifen noch alles hätte retten können, wählte er den verhängnisvollen Ausweg[108]. – Während im unteren Stockwerk die Familienmitglieder wie gewöhnlich am Freitagabend versammelt waren, gellte ein Schrei durch das Haus, der alle erbeben machte – ein lebensmüdes Herz hatte sich Ruhe geschafft, ein heißliebendes drohte zu zerspringen in seinem Weh. Jeder wollte helfen, und doch fand keiner den Weg in seiner Kopflosigkeit, alle Empfindungen, Religion, Tradition, Mitgefühl, Scheu vor der Welt waren in fruchtlosem Aufruhr, und in diesem Wirrsal vergaß man die nächstliegenden Forderungen dieser verhängnisschweren Stunde. Nur einem versagte nicht der klare Blick, das warme Herz und der feste Wille, und mit Hilfe dieser drei gnadenvollen Waffen rettete mein Vater, was noch zu retten war. Ein Leben war unwiederbringlich dahin, aber mit sanfter Hand zwang er die Verzweifelnde von düsternen Abgründen fort in das sanftere Reich der Trauer; er entwirrte allmählich die Fäden, bis das, was er geahnt hatte, klar zu Tage trat: der größte Teil des Vermögens, die volle Ehre des Namens waren unangetastet geblieben. Das Todesopfer war umsonst gebracht, aber dem Schmerz der Trauernden war der glühendste Stachel genommen; – daß sie fortan ohne Scheu und in mildem Erbarmen den Dahingegangenen beweinen durfte, daß ihr hieraus eine Lebensmöglichkeit erwuchs und sie ihren Kindern das Andenken des Vaters rein erhalten konnte, das dankte sie ihrem Schwager in langen Jahren durch ein unerschütterliches Vertrauen, durch eine Liebe und Hingebung, die in allen Lebenswellen unwandelbar war bis in den Tod.

Lange Zeit lebte sie nun, fast für alle unsichtbar, nur ihrem Schmerze; es war als ob sie an dem Manne, den sie liebte, durch ihre Tränen und ihr Gedenken all das gutmachen wollte, was das Leben an ihm verschuldet hatte. Sie wollte völlig einsam bleiben, denn sie fühlte, welche Welt von Empfindungen sie – jetzt mehr denn je – von den Ihren trennte: wie in jenen, im Andenken an die verehrten Vorfahren, sich alles auflehnte gegen die unselige Stunde, die ihnen eine Versündigung an dem Heiligsten dünkte, an der Familientradition, an dem Frieden des Hauses, an der Religion ihrer Väter, während sie eifersüchtig die Forderungen der fortschreitenden Zeit von sich abwehrte, um nur einer Gottheit zu dienen: der Erinnerung.

Währenddessen bekam das Familienleben in den unteren Regionen allmählich sein gewohntes Gepräge. Wir spielten mit den vaterlosen Kindern unbekümmert in dem blühenden Garten, in dessen Mitte das Häuschen so friedlich und sicher stand, als wollte es sagen: Meine Begründer waren gute Baumeister; wohl konnte ein Blitzstrahl meine Mauern streifen, aber an meinen Grundfesten hat er nichts erschüttert.

Das nächste Frühjahr erfüllte uns Kindern einen langgehegten Wunsch: Zum ersten Male seit dem Tode von Großpapa Julius sollte das Osterfest wieder in der gewohnten Weise gefeiert werden, und aus diesem Anlasse durften auch die Enkel daran teilnehmen. Höchst interessiert beobachteten wir daher bei seinem Nahen die damit verbundene, vorgeschriebene Reinigung des Hauses, die sich nicht auf das übliche Putzen, Scheuern und Klopfen beschränkte, sondern in einem völligen Umräumen der

Wirtschaft ihren Schwerpunkt hatte. Alles Eßgerät, Töpfe und Kessel, alle Vorräte, die sich in Küche und Keller fanden, wurden auf dem Boden verschlossen, und dafür füllten sich Schränke und Kammer mit dem «ostrigen» Geschirr und den nach den Vorschriften der Religion gewählten und zubereiteten Lebensmitteln; denn, wie Großpapa Julius spaßhaft zu sagen pflegte, wenn ihm vor dem Rosinenwein oder den Ostergerichten ein wenig gegraust haben mag, in dieser Woche dürfe der Fromme nur das genießen, in das der Rabbiner hineingeniest habe.

Am Vorabend des Festes, dem Ceider, versammelten sich Großmamas Kinder, Schwiegerkinder, Enkel – soweit sie nicht noch in den Windeln lagen – sowie einige ihrer Geschwister mit ihrer Nachkommenschaft zu früher Abendstunde im oberen Saale, und bald wanden sich die zahlreichen Gäste durch den schmalen Korridor und das enge Treppenhaus in den Gartensaal, wo eine lange Tafel für die Erwachsenen bereitet war, deren Einfachheit einzig durch Großpapa Geheimrats hohe, silberne, siebenarmige Leuchter ein feierliches Gepräge erhielt. Im ersten Augenblicke schien es ein aussichtsloses Unterfangen, zu den Plätzen gelangen zu wollen, denn an der Gartenseite hinderten zwei zwischen den Glastüren stehende, weiße Säulen, deren eine die Büste Friedrich Wilhelms des Dritten krönte, während von der anderen der Apoll von Belvedere ihn vorwurfsvoll anzublicken schien, ein allzu rücksichtsloses Vordrängen, und auf der anderen Seite gebot ein lebendiges Hindernis noch größere Vorsicht; hier trachteten wir Kinder, lachend, kreischend, kriechend und kletternd die für uns bestimmte, schmale Nebentafel zu erreichen, an der wir dann auch schließlich, zwischen Wand und Tisch eingeklemmt und wie die Heringe zusammengepreßt, Platz fanden. Allmählich war es auch den Erwachsenen gelungen, sich niederzusetzen. Trotz des knappen Raumes hatte man, gewissenhaft das Gebot achtend, den der Tür zunächst gelegenen Platz für den Propheten Elias freigelassen, der allerdings, wollte er von der gebotenen Gastfreundschaft Gebrauch machen, keinen größeren Leibesumfang als Banquos Geist hätte aufweisen dürfen, denn bei dem für jeden Tischgast aufs Sparsamste bemessenen Raum verengte sich die für ihn reservierte, ohnehin schmale Lücke von Viertelstunde zu Viertelstunde.

Mit dem Einverständnis, wie es nur der Familienzusammenhang erzeugen kann, erinnerte sich denn auch jeder sofort bei diesem Anblicke belustigt und zärtlich gerührt an einen der letzten Ceiderabende, die Großpapa Julius miterlebt hatte. Wieder einmal schien der Zufall mit ihm sein lustiges Spiel treiben zu wollen; denn er hatte ihm an jenem Nachmittage zwei Reisebekanntschaften sehr verschiedener Art zugleich ins Haus geschneit. Die Kurländische Baronin, mit der er seit einer gemeinsamen Kissinger Kur in freundschaftlichen Beziehungen gestanden hatte, kürzte, sowie sie bemerkte, daß man sich zu einem Familienfeste gerüstet hatte, ihren Besuch in rücksichtsvoller Form ab; der andere Besucher aber, ein Solotänzer der Königlichen Oper, schien geradezu entzückt über die Aussicht auf den fröhlichen Abend, so daß Großpapa ihn – halb gezwungen, halb belustigt – trotz der Verlegenheit seiner Gattin aufforderte, daran teilzunehmen. Da sich kein anderer Ausweg fand, so setzte er ihn kurz entschlossen auf den Platz des Propheten Elias, den denn auch dieser weltliche Vertreter mit heiterer Würde und sichtlichem Behagen ausfüllte.

Diese ausgetauschten Erinnerungen schwirrten heute zugleich mit allerlei anderen Fragen und Bemerkungen über den Tisch, wobei es auffällig war, daß eigentlich jeder einen Monolog zu halten schien; denn keiner erwartete vom anderen eine Antwort oder ein wirkliches Eingehen. Die Kunst des Zuhörens war diesem lebhaften Kreise fremd; sie hätte eine Sammlung vorausgesetzt, die einer ihnen fast unmöglich scheinenden Einsamkeit gleichgekommen wäre. Nur als Onkel Siegmund, Großmamas jüngster Bruder, der in juristischen Kreisen und als Vorsteher der Jüdischen Gemeinde eine hochangesehene Persönlichkeit war, und von der Familie seines ironischen Selbstgefühls wegen etwas gefürchtet wurde, seine gewichtige Stimme erhob, um vor dem Mahle die religiöse Feier durch einige Worte einzuleiten, die an den Begründer des Hauses erinnerten, ward es still um den Tisch, und einen Augenblick lang war es, als ob Großpapa Geheimrats ernste Augen jedem ins Herz sahen.

Jetzt wurden Gebetbücher verteilt, schöne, neue, schwarzgoldene Bände an die Erwachsenen, uralte, abgegriffene Exemplare an uns Kinder, über deren starkfarbige, naive Abbildungen wir unser Lachen mühsam unterdrückten; denn eben schickte sich Onkel Siegmund an, die hebräische Vorlesung zu beginnen. Da hüpfte in einem unbewachten Augenblick Joli, der kleine, gelbhaarige, dünnbeinige Hund Tante Hedwigs, auf die Tafel und geradewegs auf die frische, runde Schüssel zu, die, nach der Vorschrift mit bitteren Kräutern angefüllt, zwischen den festlich strahlenden Kerzen unsere Not und unsere Erlösung in einem Gleichnisse vor Augen führte. Neugierig schnupperte das Tierchen an dem Grün, dessen Duft seiner verwöhnten Nase nicht zu behagen schien; denn eben wollte er zu unserm grenzenlosen Entzücken seinen Rundgang zwischen Tellern und Gebetbüchern fortsetzen, als Onkel Siegmund mit Donnerstimme diesem unheiligen Treiben Einhalt gebot und sich anschickte, den unschuldig Schuldigen mit eigener Hand aus dem Zimmer zu werfen. Mit blitzenden Augen trat Tante Hedwig, von ihrem Manne unterstützt, für ihren wütend blaffenden Liebling ein; alle sprachen heftig durcheinander, Großmama sah mit hochroten Backen hilflos auf dies tobende Heer, Mama versuchte alle Parteien, selbst den ihr widerwärtigen Joli, zu entschuldigen und zu begütigen, dazwischen perlten zu aller Verzweiflung die Lachkaskaden der kleinen Hamburger Tante[109], bis es der heiteren, ruhigen Stimme meines Vaters, die aus einer schöneren, geordneteren Welt zu kommen schien, gelang, sich Gehör zu verschaffen und wie Öl die tosende Brandung zu glätten. Und wenn ihm auch Tante Hedwig auf sein scherzhaftes Eingreifen hin zornig zurief: Julius, ich betrete nie wieder deine Schwelle, und Onkel Siegmund das hebräische Gebet mit etwas grollender Stimme anhub, so wußte jeder trotzdem, daß nun volle Eintracht im Familienkreise herrschte, bis wiederum ein Funke aus dieser leichtentzündlichen Masse eine neue Rakete würde emporzischen lassen.

Unser Vetter Eugen, «Meister Eugen», wie die Hamburger Tante voll Stolz ihren Erstgeborenen nannte, war als Jüngster der Versammlung in diesem Jahre für die zu den Ceidergebräuchen gehörende Rolle des Tam, des Dummen, Ungelehrten, ausersehen und gründlich vorbereitet worden. Sein Amt war es, durch allerlei umständliche Fragen in hebräischer Sprache den Erklärer zu einer ausführlichen Charakterisierung dieses Festes anzuregen. Zu diesem Zwecke stieg er auf seinen Stuhl, alles blickte erwartungsvoll auf ihn, und wir hielten gespannt und entzückt einen Zettel bereit, auf dem der uns unverständliche Text in deutschen Buchstaben stand, um ihm nötigenfalls einhelfen zu können. Durch sein Äußeres aber, sowie durch seinen stark jüdischen Tonfall und Ausdruck zu diesem Amte wie geschaffen, entledigte er sich seiner alttestamentarischen Rolle so meisterhaft, daß wir Souffleure es vorzogen, uns hinter dem Tische zu verkriechen, um ihn durch unser Gelächter nicht aus der Fassung zu bringen. Auch bei der vorgeschriebenen Beantwortung wagten wir uns noch nicht recht aus unserem Versteck; denn unsere Lachmuskeln waren wilde Empörer, denen umso weniger zu trauen war, je strenger Onkel Siegmunds Augen sie im Zaume zu halten suchten, und wir tauchten erst wieder an der Oberfläche auf, als eine Art rhythmischen Zwiegesanges angestimmt wurde, bei dem der Erklärer alle Schrecknisse aufzählte, die uns hätten treffen können, wenn Gottes Gnade uns nicht geholfen hätte, und «Dajeinu»[110] fiel der ganze Chor ein, «dann hätten wir auch zufrieden sein müssen» – Dies Dajeinu jubelten wir Kinder in unserem überheblichen und ausgelassenen Übermute so laut und ungestüm heraus, daß das ganze, bedrängte Volk Israel bei seiner Befreiung nicht herzhafter zum Himmel gejauchzt haben könnte. Mit einem Dankgebet endete der religiöse Teil des Abends, die Mädchen erschienen mit den dampfenden Schüsseln und legten Berge des vorgeschriebenen, ungesäuerten Brotes auf das Tischtuch.

In solchen Momenten, gerade wenn unser Übermut sich an den ihr heiligen Gebräuchen austobte, sah meine Mutter mit besonders beglückter und nachsichtiger Liebe zu ihren Kinderchen hin, und dieser innerliche Vorgang war so rührend und wundervoll, daß ich ihn schon damals dunkel fühlte und mit jedem Jahre klarer verstand. Diese Überbleibsel längst vergangener Zeiten waren ihr ein Teil ihrer Jugend wie die alten Bäume, unter denen sie aufgewachsen war, und diese wie jene waren für sie unlöslich mit den geliebten Gestalten des verehrten Großvaters, des heiteren, vom Glück verwöhnten Vaters verwachsen. Abgesehen aber davon, daß sie ihr Feste der Erinnerung bedeuteten, erlebte sie diese Überlieferungen mit so starken, primitiven Gefühlen, als ob sie die Ursachen zu ihrer Entstehung am eigenen Leibe erfahren hätte. So galt ihr dies Fest als die Erlösung von einer Knechtschaft, unter der sie selbst geschmachtet hatte, und unsere Fröhlichkeit als die lieblichste Musik, wofür sie ihrem Herrgott noch ein besonderes Dankesopfer schuldete, auch wenn sie darin unseren Übermut, ja, ein Körnchen Überhebung erkannte. Denn neben ihr saß der Mann, in dem sie das wundervollste Menschentum ehrte, trotzdem er andere Wege ging als die ihr gewohnten und heiligen, und ihm zu Liebe billigte sie auch seinen Kindern ein sich Freimachen von den alten Bräuchen zu, dankbar, wenn sie für alle ihre Lieben auf ihre Weise ihr Blümchen Frömmigkeit vor Gottes Thron legen konnte.

Auch am Schluße des Versöhnungstages, wenn wir am festlich besetzten Kaffeetische ihrer ungeduldig zum «Anbeißen» warteten und sie endlich mit ernst schimmernden Augen vom Tempel heimkam, legte sie nach vierundzwanzigstündigem Fasten auf ihre eigene Stärkung keinen größeren Wert als auf unseren völlig unberechtigten Heißhunger, und glücklich lachte sie über die grausamen kleinen Wölfe, die ihr unbedenklich die besten Bissen wegschnappten. In solchen Stunden schien eine höhere, milde Hand den besorgten, eingenommenen Ausdruck des Alltags von ihrer Stirn fortgewischt zu haben, und von ihnen bleibt mir die Sehnsucht nach der unwiederbringlichen Gnade ihres selbstlosen, glücklichen Mutterlächelns.

Zu den Sommerferien reiste meine Mutter mit uns nach Harzburg, wo wir in einer am waldigen Abhang des Burgberges gelegenen Pension mit vielen anderen Kindern ein ungebundenes, lustiges Leben führten. An meinem Geburtstagsmorgen, ich hatte mein dreizehntes Jahr vollendet, öffnete ich den ersten Brief meines Vaters. Von diesem Augenblicke an lag ein unsäglich großes Glück wie milder Mondenschein über meinem Leben. Mochte es hinfort in Dur oder Moll erklingen, seine Harmonien begleiteten, stützten, steigerten es so trostvoll, so beseligend, daß meine Freuden heller jubelten, Qualen und Ängste leichter zu ertragen waren, und Schmerzen, körperliche wie seelische, sich unter seinen schönen Händen sänftigten, als ob ein himmlischer Balsam ihnen innewohne. – Der Brief, den eine gepreßte Lindendolde mit einigen Tropfen ihres köstlichen Öles gezeichnet hatte, lautete etwa: «Als uns vor dreizehn Jahren eine Tochter geboren wurde, blond wie ihre Schwester, die Lindenblüte, da wünschte ich für sie die Feengabe, die sie vor Gotte und vor Menschen angenehm machen sollte ... Heute, wo Du die Kinderschuhe ablegst, lege ich Dir selbst einen Wunsch ans Herz: daß Du Dich wie Deine Mutter und ihre Mutter im Leben bewähren mögest, tüchtig, selbstlos und treu, und daß Du Dir damit die Krone der Frauen erwirbst!» Beim Lesen dieses Briefes, den ich wie einen Schatz hütete, fühlte ich sogleich, wie grenzenlos ich meinen Vater liebte, und fühlte trotzdem die Grenzen meines Wesens. In dieser Stunde hatte ich vom Baume der Erkenntnis gekostet, der Traumschleier, durch den ich bisher die Menschen in etwa gleichem Abstande und gleichem Schimmer gesehen hatte, war zerrissen; ich sah mich selbst, und sie gruppierten sich deutlicher in meinem Hirn und Herzen. Und sogleich hatte ich nur den einen Wunsch und das eine Bangen, ob der, der mir am nächsten stand, ob mein Vater mich auch lieben würde, wenn sich sein zweiter Wunsch nicht erfüllte, wenn ich blieb, wie ich war und sein konnte. Kurze Zeit darauf besuchte er uns auf wenige Tage; bei einem Spaziergange mit ihm drängte sich das hervor, was mich so heiß beschäftigte. Ich fragte ihn, ob er mich lieber habe als meine Brüder? Das könne wohl sein, meinte er lächelnd, da ich seine Älteste und seine Einzige sei. Ob auch lieber als seine Eltern, forschte ich dringender. – Auch diesen vorwärtsdrängenden Lauf der Welt gab er mir, leise zögernd, zu. – Ob auch lieber als Mama, kam es nun atemlos und zitternd von meinen Lippen. Und so stark war die Evasnatur in mir, daß ich ihn auch zu dieser Antwort nach meinem Willen zwang und nun erst ruhig und glücklich war. – In der Folge aber bedrückte und beschämte mich oft genug das Unedle dieses Sieges, das Geheimnis, das ich vor Mama hatte, und wie von schwerer Schuld erlöst fühlte ich mich, als zum ersten Male meines Namensschwesterleins Worte mein Ohr trafen: «Doch alles, was mich dazu trieb, Gott, war so gut, ach, war so lieb!»[III]

Anfang August flog ein Telegramm meines Vaters in unseren Waldesfrieden: er reise in Geschäften nach Wien und lade Mama und mich zu seinem Geburtstage dorthin ein. Sogleich hatte das Waldland um mich her, hatten unsere wilden Spiele allen Reiz verloren; die große Stadt mir ihren Kirchen, Hotels und Theatern, die Alpen, mein Vater, all das stand in sinnverwirrendem

Glanze vor meinen Augen. Mama wollte sogleich für mich absagen, da ihr die große Verwöhnung gefährlich schien. Ich weinte, ich beschwor sie; als ob ich die Erfahrung von Jahrzehnten schon hinter mir hätte, versicherte ich, daß mich die Freude nicht übermütig machen würde; alle Gäste der Pension, da sie mir zugetan waren, legten sich ins Mittel, und selig saß ich am nächsten Tage im Zuge nach Berlin, von wo aus wir am selben Abend nach Wien weiterreisten. Zitternd dachte ich daran, daß dieses Glück für mich an einem Faden gehangen hatte. Warum war nur Mama so bedenklich gewesen? Kann denn Freude anders als besser machen? Und mit diesen beruhigenden Worten, die sich dem rollenden Geräusche der Räder wundervoll anpaßten, sank ich, lang ausgestreckt, in meinen tiefen, gesunden Kinderschlaf bis zum grauenden Morgen. Kaum aber hörte ich den ersten Pfiff, so weckte ich ungestüm meine arme Mutter, die, seit dem Abend gegen Kopfschmerzen ankämpfend, blaß und unbequem in eine Ecke gedrückt, ein wenig eingeschlummert war, mit der Frage, ob wir nicht jetzt endlich in Wien seien. Um meine fiebernde Ungeduld zu beschwichtigen und sich selbst Ruhe zu verschaffen, versicherte sie, daß es bis dahin noch eine gute Weile dauere, und daß ich schön aufpassen solle, bis sehr viele Geleise nebeneinander herlaufen, die mir rechtzeitig die große Stadt anzeigen würden. Damit aber hatte sie sich völlig dem Teufel meiner Ungeduld ausgeliefert; denn nun brauchte nur ein kleines, verschlafenes Nest einen Schienenstrang mehr aufzuweisen, daß ich sie unbarmherzig in hellster Aufregung anrief. Denn wie konnte Mama wissen, ob sich nicht heute die Lokomotive zufällig mehr beeilen würde, und sollten wir etwa das Allerschönste, die Ankunft versäumen? Als wir dann wirklich im Morgendunste im Fiaker saßen und Mama, völlig erschöpft und gerädert, aber froh, bei Papa zu sein, von dem Dämon erzählte, den er ihr als Reisegenossen aufgedrungen hatte, hörte ich zum ersten Male Dante's Namen aus seinem Munde, denn zärtlich sagte er, indem er mir über die Haare strich, die nun, von keiner nassen Bürste mißhandelt, sich frei und fröhlich kräuselten: «Gut, daß mein Mädel hier ist! Was auch ihr Schicksal sein wird, in Dante's schlimmste Bolgia, zu den Lauen[112], wird sie nicht kommen.»

Es folgten zwei Wochen ununterbrochenen Glückes. Konnte denn wirklich die Welt so schön sein, und mußte es der liebe Gott nicht gut mit mir meinen, wenn er mir eine solche Reise und einen solchen Vater schenkte? – Wir bewohnten in einem neuen, eleganten Hotel drei Zimmer mit einem Balkon, von dem aus man den Donaukanal mit seinen vielen Brücken übersah und rechterhand auf die große Stadt, linkerhand bis zu den Bergen des Wienerwaldes blickte. Jeder Morgen begann nun unbegreiflich festlich; denn kaum hatten wir geläutet, so erschien ein achtunggebietender Kellner, der auf erhobenem Handteller ein Brett durch die Lüfte trug, von dem er unzählige Kännchen mit duftendem Kaffee und Häubchen von geschlagener Sahne, Teller mit verschiedenem Gebäck, eisgekühlter Butter und rosigem Schinken, Tassen, aus denen die Servietten wie geöffnete Blumenkelche lugten, zierlich auf dem weißgedeckten Tische ordnete. Kaum aber hatte ich Zeit, mit der nötigen Ruhe diesen Genüssen zuzusprechen, denn um neun Uhr ertönte draußen ein Glockenzeichen, und mit dem letzten Hörnchen, das, um mein Glück vollzumachen, hier Kipfel hieß und darum wohl die Verpflichtung fühlte, so viel glänzender und knuspriger als bei uns zu Hause zu sein, stürzte ich auf den Balkon, um die Abfahrt des Dampfschiffes mit anzusehen, das den im Sommerdunst schimmernden Bergen zufuhr. Auch dabei durfte ich mich nicht lange aufhalten, wollte ich rechtzeitig fertig sein, um Papa auf seinen Geschäftswegen zu begleiten. Mama fand es zwar bei der Augusthitze nicht ratsam; aber wie hätte ich mir das Glück entgehen lassen, im Einspänner neben Papa – also vorwärts sitzend! – durch die Straßen zu fahren und während seiner Besprechungen vor der Tür auf ihn zu warten. Freilich, die Kissen des Gefährts brannten wie höllisches Feuer, und dem armen Pferdchen hingen bei dem langen Stehen in der Hitze bald Schweif und Ohren trübselig herunter. Das arme Tierchen konnte ja nicht die interessanten Geschichten mit anhören, die mir der Kutscher in seinem komischen Deutsch erzählte, sodaß bald die Stadt wie ein Bilderbuch, in dem ich blättern konnte, vor mir lag. Vom Stock im Eisen hörte ich und von der Pestsäule, vom guten Kaiser in seiner großen Burg und von der wunderschönen Kaiserin, die wie eine richtige Märchenprinzessin immer eine Krone trägt auf ihren langen, braungoldenen Zöpfen. Jetzt sei sie leider nimmer sichtbar, weil sie am liebsten durch das weite Land reite oder in den einsamen Bergen lebe. Einmal aber, da habe er sie als ganz junge Kaiserin «grad durch diese Straßen» schreiten sehen bei der Fronleichnamsprozession, in einem Kleid aus veilchenblauem Sammet, und die rotgoldenen Haare hätten gefunkelt in der heißen Sonne; ihr Fächer aus frischen Veilchen sei aber nimmer welk geworden, denn alle paar Straßenecken habe ein neuer auf sie gewartet.

Und wie kühl und dämmerig war es nachher in den Kirchen, die wir mit Mama besuchten! Ja, einmal glaubte man im Himmel zu sein, als lauter Kerzen wie kleine Sterne durch die Weihrauchwölkchen blinkten und Orgel, Geigen und ganz süße Menschenstimmen über ihnen schwebten. Zum Glück waren die Galerien meist geschlossen, denn – so sehr man auch dagegen ankämpfte – es war merkwürdig, wie schnell man dort müde wurde; es hingen auch gar zu viele Bilder nebeneinander – von den Reihen darüber gar nicht zu sprechen –, und schon im ersten Saale sehnte man den Augenblick herbei, wo man im palmengeschmückten Lichthof des Hotels an dem gedeckten Tische sitzen würde. Die Gerichte, die der Kellner brachte, waren zwar nebensächlich, aber immerhin waren sie die Einleitung zum Höhepunkt des Tages: dem Giardinetto! Obwohl bei uns zu Haus der Kaiser etwas so Herrliches bekam wie die Glasschale, die jetzt zu freier Verfügung vor mir stand, wo über dem schönsten Obst, in kühle, grüne Blätter gebettet, eine dicke Scheibe Melone, eine Schnitte Käse und ein großes Stück Sachertorte zu paradiesischen Genüssen einlud! Daß alles Glück unvollkommen ist, lehrte mich die folgende Stunde, in der Mama und Papa trotz meiner Vorstellungen sich ausruhten und Gleiches von mir verlangten. Ja, wie konnte man denn an Schlafen denken, wenn nachher der Prater oder eine Dampfschiffahrt auf der Donau winkte, oder gar ein Ausflug in den Wienerwald, wo man Alpenveilchen pflücken konnte in Hülle und Fülle, die so kühl dufteten! Lag ich dann aber abends in meinem Bett, so hatte ich nicht mehr Zeit zu denken; mir war, als ob blaue Wolken von Glück mich immer höher hinauftrugen, über das gewöhnliche Leben hinweg, das tief unter mir irgendwo in undeutlichem Dunste verschwamm.

Ein Ausflug nach dem Salzkammergut sollte den krönenden Abschluß bilden; schon bei dem Wortklange sah ich Wasserfälle weißschäumend ins Tal stürzen, sah weite Matten, auf denen Alpenblumen glühten und dufteten, und Herdengeläut und Juchzer tönten mir in den Ohren – da befiel meine Mutter eine heftige Neuralgie, unsere sofortige Rückreise ward beschlossen, und meine herrlichen Visionen sanken ins Nichts. Beim Anblick meines Jammers erbat mein Vater, um mich durch einen Blick in das gelobte Land zu entschädigen, einen Tag Gnadenfrist für mich und fuhr mit mir auf den Semmering.

Immer höher hinauf in die Berge zog uns die Maschine, und als wir vom Zuge aus die Bögen der großartigen Hochquell-Leitung sahen, erzählte Papa mir von Rom; daß ebensolche Leitungen schon vor vielen Jahrhunderten das Gebirgswasser durch die einsame Campagna der ewigen Stadt zuführten, die er auch nur aus Büchern kannte, die er mir aber, will's Gott, später zeigen werde, von ihren schönen Tempeln, Bädern, Wohnhäusern und Theatern, wie schon in jenen grauen Zeiten Luxus und Zweckmäßigkeit geherrscht habe, wie auch damals die Knaben in die Schule gegangen seien und die kleinen Mädchen mit ihren Puppen gespielt hätten. Mir war, als ob sich bei diesen Worten ein schwerer Vorhang bei Seite schob, der mir Licht und Luft genommen hatte, und ich sah blühendes Leben da, wo die Schule mir nur öde Zahlen in den verhaßten Geschichtstabellen und gespenstische Gipsfiguren in Museumsgrüften gezeigt hatte. Und mitten in meinem Wundern über jene tote, lebendige Welt hatten wir die Endstation erreicht und wanderten, von einem prächtigen, jungen Führer beraten und begleitet, auf den Sonnwendstein. Ich weiß nicht, wodurch mir, inmitten all der bunten Pracht der sonnigen Halden, zu denen wir allmählich aufgestiegen waren, eine kleine, weiße Blüte so auffiel, daß ich sie pflückte und den Führer nach ihrem Namen fragte. Das sei ein Glücksblümlein, wenn es so schneeweiß blühe, sagte er betroffen; das käme aber gar selten vor, und er selber hätte noch keines gefunden, und darum sei er auch solch armer Kraxler geblieben. Ich solle es nur brav aufheben und fest daran glauben. Braucht man denn noch extra Glück, wenn das Leben so wunderschön ist, fragte ich. Aber Papa tat die kleine Blüte in seine Brieftasche, und ich freute mich meines Fundes, ohne zu ahnen, daß nicht weit davon, auf demselben österreichischen Boden, für mich das Glück selbst, die Bestimmung meines Lebens aufwuchs.

Auf dem Gipfel angelangt, sah ich kaum auf das schöne Land herunter, das ich genossen; denn in der Ferne, schimmerte die mir versagte Alpenwelt in duftigen, geschwungenen Linien. Als wir unseren Mundvorrat auf den glühenden Steinen ausbreiteten, wollte der mitgebrachte Wein auch seinen lustigen Teil haben an meinem heißen Sommermärchen; denn beim Öffnen des Korkens wirbelte er als Dampf in den zitternden Äther. Unser Führer mahnte zum Aufbruch, da wir ins Tal wollten, und nach einem endlos scheinenden Abstieg erreichten wir, als die

Abendschatten zwischen die Berge zu kriechen begannen, das kleine Städtchen, das scheinbar dicht unter uns gelegen hatte. Fast zärtlich war der Abschied von unserem Freunde, und Papa schrieb ihm in sein Merkbüchlein: Führer Fialla hat uns g'falla, empfehl ihn Alla, die da walla zum Sonnwendstein. Noch in die dunkle kleine Kirche des Städtchens trug ich das Sonnengold, das tagsüber alle Poren eingesogen hatten; lustig flirrte und flimmerte es um Rähmchen und Geräte und spann ein schimmerndes Netz von mir glücklichem Menschenkinde zu der lächelnden, lieben Frau über dem Altare. Was machte es, daß sich das, was mir da vor den Augen tanzte, nachher in das erste böse Kopfweh meines Lebens verwandelte? Daß ich meinen Kopf als glühenden Amboß fühlte, auf den jeder Stein der holprigen Landstraße wie ein schwerer Hammer niederzusausen schien, als unser federloses Bergwägele, die Erfüllung meines sehnlichsten Wunsches, uns stuckernd zur fernen Bahnstation brachte? Es war ja so schön, an Papas Schulter gebettet zu sein und seine Hand kühlend auf der pochenden Stirn zu fühlen, daß man die Schmerzen fast liebgewann. – Als ich am übernächsten Morgen an der Schulter eines fremden jungen Mannes erwachte, war ich einigermaßen überrascht von dem Wechsel des menschlichen Geschicks. Wie war es nur gekommen, daß ich nicht mehr neben Papa im Bergwägele saß und das Rollen unter mir nicht sein Stoßen war? Allmählich fand ich mich in dem dämmerigen, vollbesetzten Abteil zurecht, das bei unserer Abfahrt fast leer gewesen war. Auf meiner anderen Seite schlummerten bleich und übernächtigt meine Eltern, und ich beichtete Papa leise meinen Irrtum. Lächelnd wollte er sein Töchterchen entschuldigen, aber der Fremde meinte gutmütig, das kleine Fräulein habe gar so herrlich geschlafen, da habe er es nit übers Herz gebracht, es zu wecken, es mache ja nix, daß ihm dabei die Beine ein bissel steif geworden seien. Ich konnte ihm darin nur recht geben, denn ich fühlte mich herrlich ausgeschlafen und begriff nicht Mamas leise Mißstimmung über diesen bequemen Abschluß unserer Reise.

Bald darauf erkrankte meine liebe Großmutter Alexander; ein schweres Nierenleiden entzog sie durch viele Monate unseren Blicken, scheu fingen wir hin und wieder ein gepreßtes Wort darüber auf, bis wir im Frühling von ihrem Tode hörten.[113] — Ein graues Kleid mit schwarzen Schleifen gab mir ein Gefühl des Stolzes, daß auch ich in einem gewissen Zusammenhange mit dem Ernste der nun folgenden Zeit stand; es machte mir Eindruck, als Papa mit leiser Stimme von einem aufgefundenen Zettelchen sprach, auf dem Großmutter den Wunsch aufgeschrieben hatte, ihre Kinder mögen sich in der Trauer um sie nicht länger als vier Wochen von Theater und Musik fernhalten. Dennoch aber blieb mir ihr Tod ein bloßes Wort, bis mir später die mit ihr verwachsene Umgebung, unverändert und doch so verändert, ihren Verlust schmerzlich verständlich machte.

6.

Unmerklich fast und doch mit Riesenschritten rückte der Zeiger meiner Lebensuhr weiter. Die Kindheit lag nun hinter mir, und alles erschien mir lichter und leichter. Sah ich die Welt mit anderen Augen seit jenem Tage, an dem ich, auf freie Höhe steigend, mich zum ersten Male der Sonne näher fühlte? Hatte das strahlende Gestirn des Sonnwendsteins, das mein Glücksblümlein aus dunklem Verließ ans Licht gelockt, das unseren Wein in übermütigem Kochen aus dem engen Kerker in die Lüfte entführt hatte, auch an meinem Herzen seine wärmende Kraft geübt? War die Welt jetzt so schön, weil jener Tag mir meinen Vater geschenkt hatte?

Ich war in die oberen Klassen aufgerückt, und bei dem Schnekkentempo, in dem unsere Studien bedächtig vorwärtskrochen, konnte ich die Schule nicht anders als eine angenehme Vergnügungseinrichtung ansehen, deren nicht sehr störende und unvermeidliche Begleiterscheinungen je nach Wesensart der Lehrenden mehr oder weniger mein Interesse erweckten. Einige Privatstunden, die, durch Chocolade und Kuchen reichlich unterstützt, der Bereicherung unserer Sprachkenntnisse dienten, bildeten die willkommene Einleitung zu heiteren Abenden mit den Freundinnen, und die erste Tanzstunde mit einigen Schülern des Wilhelmgymnasiums zeigte uns wie ein Fata Morgana das unbekannte Land des Lebens in schimmernden Farben.

In überraschender Weise hatte sich inzwischen mein Verhältnis zu Fräulein verändert, und zwar war hier einmal eines jener Jungmädchenbücher, die so manchen Schaden an jungen Gemütern auf dem Gewissen haben mögen, der Wohltäter gewesen. In diesem, das wir beide mit derselben Begeisterung gelesen hatten, spielte eine junge Erzieherin die Hauptrolle, die nach manchen anfänglichen Irrtümern und Schwierigkeiten schon im zweiten Bande der angebetete Mittelpunkt eines großen Kreises ist und im dritten sogar einem wunderschönen, ritterlichen jungen Manne ihr Jawort verweigert, da sie genau weiß, daß er mit der Tochter des Hauses glücklicher wird. Er gehorcht natürlich, schmerzlich lächelnd, aber ohne zu zögern, ihren Wünschen, und sie selbst reicht, einem leidenschaftlichen Glücke entsagend, einem würdigen Obersten die Hand zum Ehebunde. Wenn nun auch bei uns die männlichen Statisten gänzlich fehlten, so übte doch das Beglückende der Beziehungen zwischen Erzieherin und Zögling einen so wohltätigen Einfluß auf uns beide aus, daß wir hinfort in bester Eintracht und Freundschaft lebten, ohne daß ich sagen könnte, ob mein Empörertum oder ihre pädagogischen Kinderkrankheiten den entscheidenden Heilungsprozeß durchgemacht hatten. Auch nach außen hin kam diese Sinnesänderung zum sichtbaren Ausdruck, indem Fräulein jetzt meine Haarfülle mit so großer Sorgfalt zu schönen Locken ordnete, daß ich, in der die Eitelkeit noch kaum erwacht war, oft ungeduldig wurde, und als nun gar eines Tages ein Offizier, der mit uns zu gleicher Zeit Tante Hedwig besuchte, darauf deutend, meinte, in diesem schimmernden Netze würde sich noch so mancher fangen, hörte ich dies Kompliment mit gemischten Gefühlen; denn wenn ich auch Fräulein diesen Triumph gönnte, so befürchtete ich doch daraufhin eine noch sorgfältigere und zeitraubendere Pflege dieses Schatzes. Vor allen Dingen aber fand ich solchen Ausspruch aus dem Munde eines uralten Hauptmanns von fast vierzig Jahren zum mindesten sehr gleichgültig und eigentlich lächerlich. Ganz anders und viel persönlicher empfand ich die Huldigungen der jüngeren Verehrer, die zu uns ins Haus kamen. Mein Bruder Edmund, der jetzt außer zu den Mahlzeiten völlig aus unserem Gesichtsfelde verschwunden war, da ihm seine Bücher und Studien[114] viel interessantere Gesellschaft waren, pflegte sich aufs Angelegentlichste um unsere Beihilfe zu bewerben, sowie sich seine Freunde bei ihm sehen ließen, und begrüßte in solchem Falle unser Erscheinen mit einem erleichterten Aufatmen. Da auch die Besucher damit einverstanden zu sein schienen, dann und wann sich auch die eine oder andere meiner Freundinnen dazu einfand, so ergaben sich daraus sehr heitere Stunden, in denen musiziert und allerlei gesellige Spiele veranstaltet wurden.

Zu jener Zeit begannen die drei kleinen Jungen, nachdem sie der Kinderfrau entwachsen und Fräuleins Führung unterstellt waren, einen wichtigeren Platz in meinem Leben einzunehmen. Während mich mit meinem ältesten Bruder von jeher die enge Nachbarschaft der Gleichaltrigkeit und das daraus entspringende gegenseitige Unterhaltungsbedürfnis verbunden hatte, das natürgemäß auseinanderfiel, je verschiedenere Wege unsere Interessen nahmen, fühlte ich für meine drei kleinen Brüder jene warme, fast animalische Geschwisterzärtlichkeit, die sich unbewußt der ersten, engen, gemeinsamen Heimat zu entsinnen scheint. Den Abstand von fünf Jahren zwischen Edmund und Fritz hatte ein kleiner Bruder, das Wilhelmchen genannt, für eine so kurze Frist ausgefüllt, daß sein auf wenige Monate bemessenes Erdendasein spurlos an meinem Wissen vorüberging. Auch verweilte ich nicht gern bei seinem überlieferten Andenken, denn ich verübelte es Mama, daß bei Nennung seines Namens oder beim Anblick des kleinen, efeubewachsenen Grabhügels ihre Wangen grau und ihre Augen feucht wurden. Was konnte ihr dieses kleine, verlöschte Fragezeichen bedeuten, dachte ich in meinem Unverstand, gegen die fünf blühenden Leben, die um sie aufwuchsen!

Fritz war im Frühling 1870, kurz vor Ausbruch des Krieges, geboren; mit den ebenmäßigen Verhältnissen seines Körpers, einer seltsam lässigen, vornehmen Haltung und seinem warmen, bräunlichen Kolorit sah er wie ein kleiner italienischer Aristokrat aus; seine Augen aber waren das Merkwürdigste an seiner Erscheinung. Dunkel und weit geöffnet, blickten sie mit einem seltsam brennendfragenden, nicht verstehenden Blick in das fremde Leben, schienen aber von Zeit zu Zeit in die eigene Tiefe zu tauchen und, wie überrascht von den dort erschauten Schätzen, an die Oberfläche zurückzukehren, sodaß man in solchem Momente vor ihrem reinen, wissenden Feuer fast betroffen war. Diese Augen änderten sich kaum mit seinem fortschreitenden Leben; ich liebte sie leidenschaftlich und habe ähnliche nur noch einmal gekannt: mit denselben rätselhaften, von dem strahlendsten Wissen erfüllten Kinderaugen blickte Kainz[115] erstaunt in die Welt. Großvater Alexander, der uns jetzt öfters gegen Abend besuchte und sich auch in der Vereinsamung die unzerstörbare Heiterkeit seiner Lebensphilosophie zu bewahren wußte, ließ seine freundlichen blauen Augen mit besonderem Wohlgefallen auf diesem Enkel ruhen und pflegte, auf seinen Vornamen anspielend, mit einigem Stolz zu sagen: Der wird sich auch einmal Schlesien nicht nehmen lassen![116]

Karl, den Zweiten, hatte die Natur etwas kärglicher mit ihren Säften bedacht. In der Zeit des Zahnens hatte er viel gekränkelt, jetzt waren diese Schwierigkeiten wohl überwunden, aber seine Konstitution war dadurch etwas schwächlich und farblos geblieben, und da er als Sorgenkind von Mama und Kinderfrau aufs äußerste verwöhnt und verzärtelt wurde, hänselten wir ihn deswegen mit dem Übermut kräftiger und nicht übertrieben beachteter Kinder. Solchen Neckereien begegnete er wiederum mit einem Mißmut, der zwischen aktivem Trotz und einem passiven Widerstande schwankte; doch schwand dieser nicht sehr erquickliche Zustand, je mehr sich seine Konstitution und damit auch sein Temperament änderte, und schon bei seinem Schuleintritte hielt er mit seinen Brüdern und Kameraden wacker Schritt.

Solche Kurven blieben Hänschen, dem Jüngsten fern. Vielleicht hatte die Natur seine Eltern, die sich vor seiner Geburt leidenschaftlich ein kleines Mädchen gewünscht hatten, für das versagte Geschlecht durch sein unvergleichlich sanftes, süßes Temperament, sowie durch die liebreizendsten Züge entschädigen wollen. Zu den blonden, auf russische Art geschnittenen Haaren und dem rosigen, gesunden Hautton wirkten die auffallend großen, dunklen, von langen, gebogenen Wimpern beschatteten Augen sammetweich, und ihr feuchter Schimmer zerfloß zu Tränen, sowie ihn jemand streng ansah. Einen solchen Mißgriff konnte aber nur ein Fernstehender begehen, der die Folgen eines so übel angebrachten Scherzes nicht kannte; denn von uns hätte es keiner übers Herz gebracht, anders als zärtlich und freudig in diese schimmernden Sterne zu blicken. Trotz dieser mimosenhaften Schüchternheit aber geistig und körperlich aufs Glücklichste veranlagt, schien er dazu bestimmt, überall Liebe und Freude zu erwecken.

Als nun dem weit vorausschreitenden Ältesten drei kleine Brüder tapfer im Gymnasium nachmarschierten und gleichfalls stets im vordersten Treffen zu finden waren, wurde der Name Alexander dort sprichwörtlich für ein mustergültiges Betragen und hervorragende Leistungen, und so kam es, daß die weiblichen Mitglieder der Familie dem alljährlich um Ostern stattfindenden öffentlichen Examen mit gehobenen Gefühlen entgegensahen. An solchen Tagen war die Aula von den Angehörigen der Schüler dicht besetzt, und man hatte hier Gelegenheit zu sehen, wie ein glücklich veranlagter Mensch, der an richtiger Stelle steht, auch dem alltäglichsten Vorgang Licht und Wärme verleiht und als starker Magnet gleichgültige und lose Elemente zu einer Einheit verbindet; denn das Verhältnis von den Lehrern zu den Schülern und von den Angehörigen zu den geistigen Führern ihrer Söhne war durchtränkt von der Atmosphäre warmer Menschlichkeit, die von dem Direktor Schnatter ausging. Er saß, von seinem Stabe umgeben, in der ersten Reihe vor dem Podium; in der Reihenfolge von unten nach oben marschierten nun die Klassen einzeln hinauf, von ihrem Hirten geführt, und nachdem die sorgfältig vorbereitete Prüfung mit möglichstem Glanze, in tadelloser Zucht, aber doch mit einer merkwürdig freien Fröhlichkeit beendet war, trat jedesmal der Direktor als oberster Kriegsherr vor und hielt mit seinem stillen, gütigen und ironischen Lächeln eine kurze, leicht stilisierte Ansprache, nach welcher er dem Besten der Klasse ein Buch mit lateinischer Inschrift überreichte. Immer, wenn in den betreffenden Klassen der Name Alexander wiederkehrte, und sein schwarzäugiger Träger die Auszeichnung mit tadelloser, von Fräulein sorgfältig einstudierter Verbeugung in Empfang nahm, ging ein Murmeln wohlwollenden Beifalls durch den Raum, das einmal in schallendes Gelächter umschlug, als mein Bruder Karl bei Nennung des Buches zwar die tiefe Verbeugung nicht vergaß, aber mit Grabesstimme hinzufügte: Hab' ich schon, Herr Direktor!

Als ich eines Morgens unser Schulzimmer betrat (ich nahm jetzt gewissermaßen eine Ehrenstellung ein, denn ich war die Erste der ersten Klasse), steckten die Mädchen lachend die Köpfe zusammen und tuschelten, wie ich wohl merkte, über mich.

Auf mein Drängen gestand mir endlich eine meiner Freundinnen, daß eine Mitschülerin mich am vergangenen Abend sehr zärtlich mit einem hübschen jungen Manne habe im Mondenschein Arm in Arm lustwandeln sehen, und daß alle nun gespannt seien, den Namen meines Bräutigams zu erfahren. Als ich erzählte, mit welchem Liebhaber sie mich ertappt hatten, waren sie einigermaßen enttäuscht; ich aber war nicht wenig stolz auf meinen jungen, hübschen Vater, der mich in diesen Verdacht gebracht hatte.

Seit unserer Wiener Reise war kaum ein Tag vergangen, an dem ich nicht wenigstens eine Stunde mit ihm verbracht hatte –, und diese Stunden machten mich zum Menschen. Das dürftige Handwerkszeug, das ich mir in der Schule und in den Unterrichtsstunden teils mühelos, teils unwillig zugelegt hatte, half mir nun unter seinem Einfluß im Leben weiter. Meine Seele rang sich aus der Gebundenheit der Kindheit zu freieren Regionen, durch ihn lernte ich das Glück kennen, das die Kunst gewährt, ich nahm andere Zeiten in mich auf und lernte Auserwählte kennen, denen die Kraft innewohnte, die Menschheit aus Dumpfheit und Dunkelheit zu erlösen, längst nachdem ihr sterbliches Teil zerstäubt war im Weltall.

Mein Musikstudium hatte unter keinem glücklichen Stern gestanden. Trotzdem ich über ein normales Gehör und ein sehr gutes Gedächtnis verfügte, so daß ich fast jedes Stück schnell auswendig lernte, und meine Aufnahmefähigkeit für Musik eine sehr lebhafte war, genügte meine Begabung nicht, um mir über die Unbilden eines gänzlich verfehlten Unterrichts hinwegzuhelfen. Direktor R.[117], ein rosiger, glattrasierter, wohlbeleibter Herr mit hängendem Schnurrbart, halblangen grauen Haaren und einer goldenen Brille, dem man an dem nach innen gekehrten, ausdruckslosen, gleichsam horchenden Blicke den Musiker ansah, war der Lehrer meiner Mutter und ihrer Geschwister gewesen, und trotzdem diese Vergangenheit nicht gerade für seine musikalisch-pädagogische Erwünschtheit hätte sprechen sollen, erwählte man ihn, ohne zu zweifeln oder zu beraten, zum Lehrer für die zweite Generation. Das Unterrichten so wenig begabter Anfänger, wie wir es waren, mag ihm, dem etwas trockenen, aber immerhin ernsten Musiker, eine Tortur gewesen sein; denn in den Stunden heuchelte er nicht einmal den Schatten eines Interesses für unsere Fortschritte und Leistungen; geistesabwesend erledigte er das Pensum und begrüßte das Ende des Unterrichtes fast ebenso beglückt wie seine Schüler. Mein Bruder Edmund, der von Schulbeginn an nach kurzer Prüfung auf die Bank der Gehörlosen verbannt worden war und mit wahrem Entzücken aus diesem Defekte Nutzen zog, wurde trotzdem im häuslichen Leben, teils aus Herkommen, teils aus Rücksicht für den Lehrer, dazu verurteilt, täglich etwa eine Stunde am Klavier zu verlieren. Nach vielen Jahren brachte er es wirklich so weit, mit zwei Freunden dem Familienkreise ein frühes Trio von Haydn vorzuführen. Diese Leistung wäre aber vielleicht auch billiger zu erzielen gewesen, da wir, die der Vorführung vom Nebenzimmer aus beiwohnten, neben den sehr guten Saiteninstrumenten vom Klavierpart nur das überlaute, sehr gewissenhafte und musterhafte Zählen meines Bruders vernahmen. Ich kam in der angemessenen Weise, ohne rechte Freude, aber auch ohne zu große Qualen, vorwärts, so daß dieser Teil meiner Ausbildung keine Rolle in meinem Leben spielte.

Unser Lehrer nahm in der Meyer'schen Familie etwa die Stellung ein, die vor der großen Revolution der Musiker inne hatte, der als Inventar zu einem vornehmen Hause zu gehören pflegte. Als Künstler wurde er nicht recht ernst genommen, denn bei jeder geselligen Vereinigung, zu der er zugezogen wurde, nahm er die Gelegenheit wahr, seine Zuhörerschaft mit einem neuen Kinde seiner blutleeren Muse bekannt zu machen, und trotzdem ihm die teils verlegene, teils geringschätzige Gleichgültigkeit seiner Gönner nicht verborgen bleiben konnte, gewann er es nicht über sich, diesen geistigen Vaterfreuden zu entsagen. Dieser Umstand, verbunden mit seinem in unserer Familie sprichwörtlich gewordenen Appetit, der ihn keinen Geburtstag mit dem obligaten, festlichen Frühstück versäumen ließ, machten ihn zu einer komischen Figur in unserem Kreise, wozu auch noch seine ausschließliche Vorliebe für Joh. Seb. Bach kam, den man in dem lebhaft nach Neuem, Rauschendem und leichter Faßlichen verlangenden mütterlichen Familienkreise als öde und verstaubt ablehnte und selbst in der Alexander'schen Familie mit einer gewissen Scheu umging und wenig kannte. Gegen Ende der siebziger Jahre wurde ihm als vorzüglichem Bachkenner die Kantorstelle an der Leipziger Thomaskirche angetragen[118], und diese ehrenvolle Anstellung war nicht nur für ihn eine Befreiung aus drückender Lage, ihr hatte es mein Bruder Edmund zu verdanken, daß er endgültig von seinen Musikqualen befreit wurde, und ich erhoffte mir von einer Veränderung die Freude, die ich, nachdem ich nun schon ein wenig vorgeschritten war und manches Schöne gehört und gespielt hatte, in der Ausübung dieser Kunst erriet.

Ein jüngerer Lehrer, der uns von Bekannten warm empfohlen war, schwebte mir zur Verwirklichung dieser Träume vor. Wie groß aber war meine Enttäuschung, als Mama sich mit einer ältlichen Lehrerin in Verbindung setzte, die sie von entfernten Verwandten rühmen gehört hatte, die mir jedoch als pedantische, unerträgliche Person geschildert worden war. Ich nahm an, daß der Geldpunkt entscheidend war und gelobte ein wahrhaft geniales Sparsystem auf anderen Gebieten, bis ich vernahm, daß Großmama, die vom Verkehr der Geschlechter völlig veraltete, an den Harem gemahnende Anschauungen hatte, in meinem Alter ein so nahes Zusammensein mit einem jungen Manne, wie es gemeinsames Musizieren mit sich brachte, mißbilligte und sogar verbot. Vergebens änderte ich meine Taktik, schwur, daß ich mich nie in einen Klavierlehrer verlieben würde, daß jener Unbekannte im schlimmsten Falle an sein Honorar, im besten Falle an meine musikalische Ausbildung, nicht aber an meine blonden Haare denken würde – ich mußte die Waffen strecken, in noch größerer Verzweiflung, nachdem ich der Priesterin ins Antlitz geschaut hatte, die dazu ausersehen war, mich in die Botschaften der holdesten, süßesten Göttin einzuweihen. Sie war eine ältliche Jungfer, deren ewiges Lächeln, das die Grübchen auf den rosa gemalten Wangen zeigen sollte, mich zur Verzweiflung brachte. Blonde Löckchen, auf der Stirn angeklebt, um die Runzeln zu verbergen, und lächerlich jugendliche Kleider nebst einem neckischen schwarzen Sammetband um den freien Hals vervollständigten das Possenhafte ihrer Erscheinung. Ich haßte sie, noch ehe ihr pedantischer Unterricht mir Grund dazu gab, und trotzdem sie mich in der Folge technisch entschieden förderte, würde sie mir alle Freude an den Göttern und Heroen ertötet haben, als deren irdische Vermittlerin sie für mich berufen war, hätten nicht in schönen Abendstunden meines Vaters liebe Hände neben den meinen auf den Tasten gelegen, und hätte ich nicht aus seinem wohltuenden Einfluße selbst in meinem Stammeln Schmerz und Liebe, Sonnenglanz und Mondenschein, Meeresrauschen und Waldesduft, Sichtbares und Unaussprechliches gefühlt.

Noch schöner und festlicher gestaltete sich der Abend, wenn mein Vater eines der hellbraunen Bändchen aus dem Bücherschrank nahm, die in altmodischem Golddruck den Namen «Goethe» trugen. Dieser Wortklang bekam bald einen solchen Zauber für mich, daß ich mich oft dabei ertappte, wie ich die funkelnden Sterne am Abendhimmel so durch Linien zu verbinden trachtete, daß ich die Buchstaben vom dunklen Grunde abzulesen meinte, und doch war er mir so vertraut, daß er mir unlöslich mit meines Vaters Stimme und seiner schönen Hand zusammenzugehören schien, die auf dem kleinen Buche lag. So lernte ich früh und in seltener Schönheit viele der Gedichte, große Teile des Faust und die Iphigenie kennen, und ehe ich noch das Leben, seine Freuden und Leiden recht verstand, ahnte ich sie vor im Spiegel dieser schönen Quelle. Das Schicksal meiner armen Namensschwester kostete mich viele Tränen; nur konnte ich es ihr nicht verzeihen, daß sie aus Furcht vor Leiden nicht lieben wollte, und daß sie lieber selig sterben als unselig mit dem Geliebten leben wollte. Zu stark pulsierte das Leben in mir, um mit dem Tode als höchstem Sieger rechnen zu können. Dafür aber blieb mir kein Pulsschlag bei meiner Iphigenie fremd. Wie in lauen, bläulichen Fluten reckte und dehnte sich meine Seele bei der Musik dieser Worte, und wenn meines Vaters Stimme ebenso bei ihrem höchsten Jubel «Goldne Sonne, leihe mir die schönsten Strahlen, lege sie zum Dank vor Jovis Thron – denn ich bin arm und stumm»[119] – wie bei ihrem schmerzlichen Lebewohl: «Und reiche mir zum Pfand der alten Freundschaft deine Rechte»[120] – in Tränen bebte, so fühlte ich, daß Schmerz und Glück fast gleiches Empfinden sind, sofern sie nur aus reiner Quelle stammen. Stumm saßen wir dann nach Thoas' entsagendem Lebewohl.

Aber auch in diese Gefilde der Seligen krochen die Zweifel durch Ritzen und Spalten. Sieht so das wirkliche Leben aus, oder ist es nicht etwa nur ein schönes Traumland, in dem sich die Konflikte zu so reinen Harmonien auflösen? Wie, wenn Thoas nicht die versöhnende Hand böte? Wenn Iphigenie vor die furchtbare Wahl gestellt würde, ihr eigenes Herz zum Opfer zu bringen oder den Mann tödlich zu treffen, der sie liebt? Wer könnte ihr dann den rechten Weg weisen, und gibt es einen Weg aus solchem Labyrinth? Und ist Iphigeniens Schicksal entschieden, selbst mit dem versöhnlichen Lebewohl? Bringt dieser Händedruck ihr den harmonischen Abschluß ihres Lebens? Wird das Glück, daß ihr der Bruder, die Heimat wiedergeschenkt sind, sie den Schmerzensblick des Mannes vergessen lassen, dem sie alles war, der sein Herz, sein Land und sein Leben ihrer Gnade anheimgab? Wird nicht diese Erinnerung die Heimat zur Fremde, die Erfüllung zur Enttäuschung wandeln, wird nicht in jenen Flammen der Entsagende zum Sieger, die Überwinderin zur Verdammten werden? Und ich bebte vor den Wirrnissen des Lebens. Leise sah ich meinen lieben Vater von der Seite an. Würde er mir immer, immer, immer die Hand zur Versöhnung reichen, welche Konflikte auch seiner armen, modernen Iphigenie nahen sollten? Lächelnd strich er mir über die Haare, und stillschweigend wurde, glaube ich, in diesem Augenblicke ein Pakt geschlossen, auf Schönerem, Tieferem beruhend als auf den armseligen Satzungen der Gesellschaft, von Mensch zu Mensch, für Tod und Leben. Wohlig verkroch sich das Vögelchen im heimischen Neste, doppelt froh im Gefühl des Nochgeborenseins, und im Bewußtsein, daß das Leben in aller seiner Pracht, mit all seinen Leiden und Freuden vor ihm lag.

Dann und wann erklangen auch leichtsinnigere Töne in unseren Räumen; dann saß Papa am Klavier und sang mir die ausgelassenen Weisen aus der Fledermaus und aus Offenbachs Götterwelt vor. Verführerisch bequem und gefährlich drang diese ungewohnte, prickelnde Lustigkeit mir ins Ohr; bald aber kam die gesunde Sehnsucht, dem Leben diese tolle Maske abzureißen und ihm in das wahre, reine Antlitz zu blicken.

Mit jedem Tage aber mußte es mir klarer werden, daß, so viel schöner und beglückender unser häusliches Leben sich auch gestaltete als das aller meiner Freundinnen und Verwandten, der Hintergrund nicht mehr so glänzend und wolkenlos war wie in meiner Kindheit. Noch stand das schwere Gewölk nicht über unseren Köpfen, aber ein leiser Wind, der frösteln machte, mahnte auch den Unkundigen an das nahe Unwetter. Für meinen Vater bedeutete es eine schwere Gefahr, denn manches Bauwerk, das in den Tagen des wachsenden Wohlstandes mit großen Hoffnungen und großen Mitteln aufgerichtet war, stand noch ungesichert, ohne Dach und Fach. Ein Augenblick des Zauderns, der Entschlußunfähigkeit konnte für ihn und mit ihm für viele andere verhängnisvoll sein, und jetzt bewährte sich das Herrliche, fast möchte man sagen Geniale seiner Natur. Inmitten der Stürme, denen manch einer, obgleich weniger schwer betroffen, zum Opfer fiel, erstarkte die Klarheit seines Geistes und die Wärme seines Herzens so, daß er neben der Regelung der eigenen Angelegenheiten immer Zeit und Kraft fand, anderen, Unglücklicheren und Schwächeren mit Rat und Tat zur Seite zu stehen und außerdem, ohne sich Zwang auferlegen zu müssen, sich und uns in diesem tosenden Meere den Frieden und die Schönheit unserer Häuslichkeit unangetastet zu bewahren. An einem Tage, an dem auch die Beherztesten und Gesichertsten beim Sturze aller Werte den Kopf verloren, sagte mein Großvater mit seinem philosophischen Lächeln kopfschüttelnd zu einem Bekannten an der Börse: «Und nach solchen Tagen sitzt meiner zu Hause und liest Iphigenie!» – Sagte es ohne Mißtrauen und ohne Angst, wohlwissend: nicht verzweifelt, um Augen und Ohren vor den Forderungen des Tages zu verschließen, stürzt sich sein Sohn in das Nebelland der Dichtkunst; gerade um den Daseinskampf mit voller Kraft zu führen, um das Schifflein, in dem auch das Schicksal seiner Lieben ruht, sicher in den Hafen zu steuern, braucht er solch ein Bad der Seele.

Im rechten Augenblick legte mein Vater denn auch die Unternehmungen, die er mit so stolzen Hoffnungen begründet, für die er sich mit einem großen Teile des Vermögens und mit seiner ganzen Persönlichkeit eingesetzt hatte, in andere Hände. Als logische Folge der veränderten Verhältnisse und der menschlichen Kurzsichtigkeit, in Erkenntnis der eigenen Fehler, vermochte er ohne Bitterkeit mitanzusehen, wie andere mühelos und ohne Scheu die Früchte ernteten und anhäuften, für die sein Geist den Boden bereitet hatte. Der Sympathie und Achtung, die er sich allgemein erworben hatte, der eigenen Tatkraft und Entschlossenheit war es zu danken, daß sich alle geschäftlichen Angelegenheiten in Ruhe ordneten und abwickelten, und er sich, indem er die Firma auflöste, die Wege zu einem neuen Zweige des Börsengeschäfts auf bescheidener Basis, aber im gewohnten Rahmen, zu ebnen vermochte.

Meine Mutter erlebte diese Zeit mit ihm in biblischer Tapferkeit und Treue, in der selbstlosesten, vertrauendsten weiblichen Liebe. Sie, die den Kleinlichkeiten der guten Tage gegenüber leicht die Fassung zu verlieren pflegte, die, von Jugend auf an eine unangetastete, keinen Schwankungen unterworfene Lebensstellung gewöhnt, sonst nicht unempfindlich war gegen die Nadelstiche der Gesellschaft, verstand es nun in großzügigster Weise, unser Leben nach den veränderten Verhältnissen so zu organisieren, daß sie ihrem Manne alle inneren Sorgen dieser Übergangsjahre völlig abnahm. Er konnte unsere Lebensführung blind ihrer Umsicht und ihrem Takte anvertrauen; mit dem Instinkte der Liebe wußte sie jede unnötige Ausgabe, mehr noch aber jede unnötige Einschränkung zu vermeiden; uns Kindern ließ sie dieselbe körperliche und geistige Ausbildung angedeihen wie bisher, und, für sich und uns auf jede Äußerung gesellschaftlicher Eitelkeit verzichtend, stand sie ihm mutig und vertrauensvoll zur Seite auch in den bösesten Tagen.

Neben dieser mütterlichen Tüchtigkeit und Selbstlosigkeit, neben einer Liebe, die den klaren Blick behielt, Fehler in dem geliebten Wesen zu erkennen und sich dennoch ihm so hinzugeben, daß sie eigene Überzeugungen überwindet, hatte die Art meines Liebens einen schweren Stand. Es war meiner Natur unmöglich und unerträglich, Fehler zu sehen, wo ich vergötterte. Fehler?! Sind die Dornen an der Rose, selbst wenn sie meinen Finger ritzen, nicht ebenso ein Teil ihres Geschaffenseins wie ihr Duft, der Segen haucht über die Fluren? Und daher litt ich fast unerträgliche Qualen bei dem Gedanken, daß mein Vater, mein kluger, edler Vater, der so viel höher stand als meine Verwandten, als die Väter meiner Freundinnen, es schlechter und schwerer haben sollte als sie, daß sie Ehren und Reichtümer einheimsten, die ihm zukamen, ihm, der von eigenen Sorgen, Verlusten und Enttäuschungen schwer betroffen, Helfer und Berater für Bedrängte und Bedrückte blieb, der, wenn materielle Hilfe zu leisten war, mit klarem Blicke, ohne Schwanken und Sentimentalität unterschied, ob und welche Hilfe wirklich nottat und nützte, und, wenn es galt, Schwierigkeit hinwegzuräumen, dem Unrechtleidenden zu seinem Rechte zu verhelfen oder den Unrechtbegehenden auf den guten Weg zu weisen, sich mit vollem Herzen und Geist dafür einsetzte! Und nicht wie der trockene Stecken, der den Bedrängten gerade eben vor dem Umsinken schützt, war sein Rat und seine Gabe: an ihm grünten und blühten alle Frühlingswunder warmer Menschlichkeit und dufteten Trost in die zermürbte Seele. Seine Großmut und Grazie überbrückte den bitteren Abgrund zwischen dem Bittenden und dem Gewährenden, und kaum einer ging von ihm ohne ein Aufatmen: Auch mir kann das Leben wieder lächeln! So war er Priester im besten Sinne; im Bewußtsein eigener Schwäche wäre ihm Verzeihen als Überhebung erschienen; er verstand und half, und indem er die Menschen, die mit ihm in Berührung kamen, glücklicher machte, machte er sie besser. Und da die Natur bei der Mischung seines Wesens auch äußerlich alles Unschöne von ihm ferngehalten hatte, so gehörte er zu den seltenen Menschen, die, mit der Gnade geboren, nicht sündigen können.

Je mehr ich diese wundervolle Natur verstand, desto schwerer wurde mir das Herz. Und während Mamas tapfere, klarsehende und selbstvergessene Liebe dem Gefährten die Last erleichterte und ihm nicht einmal zeigte, daß sie ihr Gewicht fühlte, hing sich meine Liebe schwer wie ein Stein um seinen Hals. Zum ersten Male schien Mama die Ungerechtigkeit seiner nachsichtigen Zärtlichkeit mir gegenüber mit einiger Bitterkeit zu empfinden. Eines Abends las uns Papa die Geschichte der Maria und der Martha aus einer modernen Bearbeitung der Christuslegende vor, und seine Stimme wurde weich, als Maria, vor dem Heiland kniend, ihm mit den goldenen Strähnen ihrer Haare die Füße trocknet. Erregt unterbrach Mama die Vorlesung. «So sind die besten Männer», sagte sie fast zornig, «Martha sorgt und schafft unverdrossen, aber Maria kniet in ihren blonden Haaren, und jene ist vergessen! Und doch liebt die Tätige, Aufopfernde besser!» fügte sie überzeugt hinzu. – Ich sah schuldbewußt vor mich hin; Papa aber sagte etwas rätselvoll: «Beide geben sich selbst», und strich mir dabei zärtlich über die Haare.

7.

Zu Anfang des Jahres 82 trat ein Käufer für unser Haus auf. Mama war die Erste gewesen, die den Verkauf angeregt und befürwortet hatte; ich war verzweifelt bei dem Gedanken, der mir wie die Vollziehung eines Todesurteils erschien. Nun hieß es, Abschied nehmen von all den Zeugen meiner Kindheit, auf die ich so stolz war, von dem eigenen Hause mit seinen prächtigen Stuckdecken, seinen unechten Ledertapeten, seinen von einer berühmten Malerfirma gelieferten Türen und Supraporten! Mama hatte zum April eine geräumige, freundliche Wohnung in der Magdeburgerstraße[121], dicht am Kanal, gemietet, und ich dachte mit Grauen an die gutbürgerliche Umgebung, die uns in einem Hause erwartete, das vier Parteien Obdach gewährte und obendrein einen Verkaufskeller aufwies, in einer Gegend, die, nicht als Tiergarten und nicht als Stadt geltend, damals als entlegen, minderwertig angesehen und dementsprechend bezahlt wurde.

Ein frohes Ereignis spielte sich noch in unseren alten Räumen ab. Mein Bruder Edmund machte, kaum siebzehnjährig, sein Abiturium[122] mit all den Ehren, die wir nach seiner glanzvollen Schülerlaufbahn als fast selbstverständlich erwarteten. Trotzdem waren wir nicht wenig stolz, als wir ihn in seinem Frack, der, aus einem Papa zu eng gewordenen gearbeitet, nun in neuer Ju-

gendfrische zum Begleiter einer leichtsinnigen Studienzeit ausersehen war, ein wenig blaß zwar, aber beglückt schon nach einer Stunde, von allen mündlichen Prüfungen befreit, begrüßten.
Über die Wahl des Studiums wurde nicht mehr beraten, denn
seit langem war die juristische Laufbahn für ihn ausersehen, und
trotz Mamas Befürchtungen wegen seiner allzu großen Jugend
wurde ihm als Belohnung für seine Schulzeit ein Studienjahr in
Heidelberg[123] bewilligt.

Kurz nach dem Examen bezogen wir unsere neue Wohnung.
Ich war über den Wechsel ein wenig getröstet, als mir darin das
hübscheste Vorderzimmer, durch einen Vorhang geteilt, zum
Schlaf- und Wohnzimmer eingerichtet wurde; ein altmodischer
Blumentisch in dem mit Tüllgardinen behangenen, sehr hellen
Erker, Mamas Mahagonischreibtisch und freundlich bezogene
Möbel versöhnten mich umso mehr mit meinem Los, als es mir
vorkam, daß niemand aus unserem Bekannten- und Verwandtenkreise unseren Wechsel als eine Degradation zu empfinden
schien. Außer meinem Zimmer lag an der Straßenfront ein
schiefwinkliger, bräunlich tapezierter Salon, in dem unsere schönen, rotbezogenen Ahornmöbel wie Könige in unwürdiger Verbannung wirkten, sowie ein tiefes, halbdunkles Wohnzimmer, das
in das herkömmliche, ganz dunkle Berliner Eßzimmer führte.
Hier war das Telephon angebracht, das Papa als einer der ersten
für geschäftliche Zwecke angeschafft hatte, und dessen geheimnisvolles Wirken wir mit immer neuem Staunen beobachteten.
Meinem Zimmer gegenüber an dem Vorderflur lag Fräuleins Bereich, und an den endlos langen Hinterkorridor stießen zuerst
die Wirtschaftsräume, sodann die Zimmer meiner Brüder und als
Schluß das große Schlafgemach meiner Eltern.

Papa war in die Direktion des Berliner Maklervereins getreten
und hatte sofort, teils durch die Beliebtheit, deren er sich erfreute, teils durch seine hervorragende Befähigung für diesen Zweig
des Börsengeschäfts, jener Stellung ein bedeutenderes Gepräge

gegeben, sodaß er hoffnungsfroh in die Zukunft zu sehen berechtigt war. Mein ältester Bruder zog beglückt nach Heidelberg, und die kleinen Jungen entwuchsen allgemach Fräuleins strengem Regimente, sodaß jetzt Mama in ihr die treueste Unterstützung in dem großen und mit Sparsamkeit geführten Haushalte fand. Und ich? Von meinem Erker aus, in dem ich auf Mamas Geheiß so manchem Tischtuche und so manchem Paar Strümpfe, das meiner Ansicht nach reichlich seine Pflicht erfüllt hatte, zu kümmerlicher Wiedergeburt verhelfen mußte, sah ich erwartungsvoll in ein neues Leben.

Ein junger Mann[124], der, obwohl um einige Jahre älter als mein Bruder Edmund, als dessen Freund seit längerer Zeit zu uns ins Haus kam, war durch sein angenehmes Äußeres, das von einer peinlichen Akkuratesse in der Kleidung noch unterstützt wurde, sowie durch seine gewandten Umgangsformen und sein bestechendes Klavierspiel, auch bei den älteren Damen des Hauses ein gern gesehener Gast. Über seiner Schulzeit hatte ein leiser Schatten gelegen, und es hatte zeitweise der Ruhe und Nachhilfe im Hause eines Rabbiners in einer kleinen Residenzstadt bedurft, um die notwendigen letzten Versetzungen zu ermöglichen. Diesem Mangel aber, der bei uns in solcher Hinsicht Verwöhnten immerhin befremdete, bot seine etwas äußerliche, aber entschiedene Begabung für das Klavierspiel, sein Eifer, mit dem er diesem Studium oblag, das Gleichgewicht, und mit seiner Stellung als der verwöhnte Sohn eines sehr reichen Vaters[125] ließ sich auch bei gutem Willen manches Versagen erklären und entschuldigen. Er und sein älterer, schöner und geistvoller Bruder[126] spielten, umflossen von dem Nimbus eines märchenhaften väterlichen Vermögens, als tadellose Tänzer und Schlittschuhläufer, eine wichtige Rolle in unserem Mädchenkreise. Während aber die flatterhaften und ein wenig leichtfertigen Huldigungen des Älteren mancherlei heißumstrittene Deutung zuließen, war die Neigung des Jüngeren so ausschließlich und offenkundig mir zugewendet, daß sich in den Augen meiner Freundinnen meine Zukunft schon entschieden hatte, kaum daß die Beteiligten der Schulbank entwachsen waren. Als nach beendigtem Militärjahre zur Vorbereitung für den Eintritt in die väterliche Bankfirma ein längerer Aufenthalt in Paris für ihn beschlossen ward, klärte die Aussicht auf die Trennung unsere Wünsche, und bei sehr holden Mozart'schen Klängen, an denen wir uns gemeinsam am Klavier erfreuten, versprachen wir uns fürs Leben. Er zog Fräulein, die ihm sehr gewogen war, ins Vertrauen, sodaß wir während seiner Abwesenheit in schriftlicher Verbindung bleiben konnten. Wenn ich mich nun, unmutig zwar, aber ihre Berechtigung einsehend, den Anforderungen fügte, die meine allzeit tätige Mutter in Anbetracht unserer veränderten Verhältnisse an mich stellte, wenn ich häusliche, mir unangenehme Obliegenheiten zu erfüllen hatte, statt auf dem Sofa liegend ein schönes Buch zu lesen, oder auf ein neues Kleid verzichten mußte und dadurch hinter meinen Freundinnen zurückzustehen glaubte, so tröstete mich der Gedanke an eine freiere, frohere Zukunft, für mich selbst nicht minder als für meinen lieben Vater, der für so vieles zu schaffen hatte und nun bald aller Sorgen für mein Schicksal enthoben sein würde. Und neben diesen braven, vernünftigen Erwägungen schwirrte allerlei Törichtes und Erwartungsvolles durch das junge Blut; ich freute mich auf das schöne, unbekannte Reich, das sich mir bald öffnen würde, und kein Zweifel kam mir, ob mein Führer dorthin der rechte sein würde.

In dieser Zeit fing ich an, Gesellschaften zu besuchen und nahm zu meiner Befriedigung und Überraschung wahr, daß ich dem anderen Geschlechte gefiel, ja, daß es mir, trotz meiner einfacheren Kleider, niemals an den besten Tänzern und allerlei Huldigungen fehlte. Trat aber unter meinen Kavalieren ein wünschenswerter Freier für mich auf, so kam mir das ungelegen; denn teils erschien mir solcher Wunsch als eine Beleidigung gegen meinen Erwählten, teils fürchtete ich die Auftritte, die ich daraufhin mit meinen weiblichen Angehörigen zu bestehen haben würde. Denn in einem solchen Falle sprachen Mama, Großmama und die Tanten heftig auf mich ein, und ich konnte in Tränen nur ein Nein ohne weitere Erklärung abgeben, so daß Papa sich ins Mittel legte: «Laßt sie ihren Weg gehen; und brächte sie mir einen Schornsteinfeger, wenn es nur ein Ehrenmann ist, so soll er mir willkommen sein.»

Der Zeitpunkt rückte näher, daß mein Erwählter zurückkommen und in das väterliche Geschäft eintreten sollte. Vor seiner Ankunft fühlte ich mich verpflichtet, wenn auch unter Zittern und Zagen, mein Geheimnis zu offenbaren. Alles kam anders, als ich erwartet hatte. Über dem Schuldbewußtsein, ohne Wissen und Einverständnis meiner Eltern gehandelt zu haben, vergaß ich völlig, daß es sich um mein Schicksal handelte; sie wiederum hatten nichts anderes im Auge als meine Zukunft. Ich meinte, hauptsächlich gegen Mama kämpfen zu müssen; durch Fräulein leise vorbereitet, war sie mit ganzem Herzen für die Verwirklichung unserer Wünsche. Von Papas Seite war ich auf keinen ernsthaften Widerstand gefaßt –, er nahm aufs Leidenschaftlichste den Kampf gegen uns alle auf. Das Schicksal eines unerfahrenen Mädchens einem sehr jungen Manne anzuvertrauen, halte er immer für ein Wagnis, sagte er; wie viel mehr hier, wo es sich um einen noch völlig unreifen Menschen, den Sohn eines plötzlich so reich gewordenen Vaters, handle, dessen Geist und Charakter nicht genügend gestählt sei, der aber auch weder in seinem Elternhause noch in seiner sonstigen Umgebung den notwendigen Rückhalt gefunden habe, um den Verführungen von Schmeichlern und Eigennützigen zu widerstehen. Sein Töchterchen müsse daher einsehen, daß er im Interesse beider Beteiligten zu einem so sträflichen Leichtsinn nicht die Hand bieten könne. – Da sah ich nun, kaum daß das Lebenstor mir einen Spalt geöffnet, in ein Gewirr von Wegen, und nicht einer schien mir zu betreten möglich. Konnte ich daran denken, gewohnte Liebe und gewohntes Vertrauen wie ein lästiges Ränzel von mir zu werfen und ohne sie die Wanderung wagen? Sollte ich auf den Glanz verzichten, der mich verführerisch zur anderen Seite wies? Sollte ich mein Wort brechen? In der Überfülle so plötzlich über mich hereinbrechender Zweifel und Ängste übersah ich, wie ungemein schwer meines Vaters Stand war. Hatte er, in dem Gefühl der ungesicherten finanziellen Verhältnisse, die damals noch vor ihm und damit auch vor uns lagen, dem Zureden der Frauen, den Bitten des Heimgekehrten anderes entgegenzusetzen als seine Überzeugungen, seine Befürchtungen? Und lockerte nicht jeder neue Tage ein Steinchen von dem Bollwerk seiner Festigkeit? So entwand ihm schließlich die Liebe zu mir die Waffen, die sie ihm gegen mich in die Hand gedrückt hatte. Thoas bot mir schmerzlich seine Rechte, und im starken Lebensdrange der Jugend fand ich den Mut, das Opfer anzunehmen. Fortan galten wir im engsten Familienkreise als verlobtes Paar.

So vergingen die nächsten Jahre in den Leiden und Freuden, die ein langer und heimlicher Brautstand mit sich bringt. Hin und wieder aber wurde uns ein Wort, eine Beobachtung ins Haus getragen, die mich über meine Wahl hätte stutzig machen können; teils aber waren meine Augen jünger und unerfahrener für die Dinge der Welt geblieben, als mein Alter es gefordert hätte, teils wollte ich wohl blind sein. Immerhin gab es Momente, in denen mein Vater mich aufmerksam machte, welche große Verantwortung ich auch meinem Verlobten gegenüber auf mich nehme, indem ich ihn in so jungen Jahren auf einen Weg bringe, dessen Schwierigkeiten und Verpflichtungen er nicht gewachsen sei, in denen er mich fragte, ob ich mein Versprechen nicht bereue, noch immer sei es an der Zeit, es zurückzunehmen; ich aber wies solchen Gedanken weit von mir, und alles blieb, wie es war.

Eines Morgens zu Beginn des Jahres 1885, als niemand im Hause noch wach war, schreckte uns ein schrilles Läuten an der Flurtür. Großvaters Elise stand zitternd und weinend davor, sie hatte den weiten Weg aus der Breitestraße zu uns heraus in fliegender Hast gemacht: der alte Herr, der schon seit einigen Tagen gehustet habe, sei in der Nacht schwer erkrankt,[127] die jungen Herrschaften von oben seien gleich heruntergekommen, und Herr Doktor habe Lungenentzündung festgestellt, die Droschke warte unten, und der Herr habe schon sehr nach dem Sohn verlangt. Als bald darauf der alte Portier in der Breitestraße die Haustür öffnete, war es, als ob eine eisige Luft uns entgegenwehe. Ich saß mit meinen Cousinen Boas in einem dunklen Winkel des Eßzimmers. Von Zeit zu Zeit kam Papa aus dem Krankenzimmer, er hatte Ernstes zu berichten. Einmal aber erzählte er, daß Großvater ihn eben, wie in guten Tagen, in einer Pause seiner Atemnot mit den freundlichen, blauen Augen voller Humor angelächelt und gesagt habe: Wenn der Cowet nicht wäre, der Naches ist nicht groß.[128] – Elise brachte leise heißen Kaffee herein, denn allmählich fröstelte uns in den ungeheizten Zimmern. Plötzlich stürzten Papa und Onkel Doktor an uns vorbei in den Vorflur, nahmen eilig ihre hohen, schwarzen Hüte vom Riegel und verschwanden wieder, ohne unser angstvolles Fragen zu beachten, hinter der Tür des Krankenzimmers. Trotz des mir fremden Vorganges erriet ich sogleich seine Bedeutung, und diese unerklärliche, fast groteske Zeremonie, um den ernstesten, natürlichsten Gast zu empfangen, stieß mich so ab, daß ich hinfort einen Mann bedeckten Hauptes in einem Zimmer zu sehen kaum ertragen konnte. Bald darauf trat Papa zu mir, küßte mich und fragte mich bewegt, ob ich von Großvater Abschied nehmen wolle. Innerlich widerstrebend trat ich an seiner Hand an das Totenbett. Das sollte mein lieber, rosiger, freundlicher Großvater sein, der noch vor einigen Tagen, mit der Hand am Ohr, lächelnd meinem Klavierspiel gefolgt war? Dieser Fremde mit den großen bläulichen Zügen, fast gewaltig in ihrem feierlichen Grimm? Konnte ein bloßes Auslöschen solche Veränderungen bewirken, oder hatte dieser Augenblick etwas Neues, Unbegreifliches geschaffen? Es war der erste Tote, den ich gesehen hatte, und für Wochen raubte mir der Ausblick auf dies unlösbare, bisher unangetastete Rätsel die Ruhe und den Sinn meines Lebens.

Das Frühjahr brachte uns einen großen Schritt weiter in der Erfüllung unserer Wünsche. Das Haus meines zukünftigen Schwiegervaters, des Kommerzienrates Joseph Pinkuss, hatte sich mir geöffnet. In jungen Jahren aus seiner kleinen schlesischen Heimatstadt mit nur wenigen Talern in der Tasche eingewandert, war er als Vierzigjähriger der Chef einer bedeutenden Bankfirma und der Begründer großer, wichtiger Unternehmen, die, mit gleicher Kühnheit wie Voraussicht geführt, ihn zu einem der reichsten Männer der damaligen Bankwelt machten. Dieselben Bedenken, die meinem Vater die Einwilligung so schwer gemacht hatten, herrschten, auf einer genaueren Kenntnis des Temperaments und Charakters des Sohnes beruhend, bei jenem in noch stärkerem Maße. In diesem Hause war der Vater der gefürchtete Alleinherrscher; zwischen ihm und seinen Kindern gab es kein Vertrauen; selbst die Mutter wagte nicht, vermittelnd in eine Schwierigkeit zwischen ihnen einzugreifen. Ihr einziges Bestreben war es, Unangenehmes zu vertuschen und zu verheimlichen, um dem vielbeschäftigten Gatten einen Ärger, den Kindern Vorwürfe zu ersparen und dem Familienkreise in den wenigen Stunden, die man mit dem Oberhaupte verlebte, durch künstlich herbeigeführte und aufrechterhaltene allgemeine Gespräche den Frieden zu bewahren. Abgesehen von diesem einigermaßen gefährlichen System wäre es aber auch meinem Zukünftigen seiner Natur nach undenkbar gewesen, offen und ehrlich für unsere Sache zu kämpfen, denn ihm stand nichts anderes als ein gewisser passiver und zäher Widerstand zu Gebote, der nicht aussichtsreich für die Gestaltung unserer Zukunft zu sein schien. Aber auch hier tat die Zeit ihr Werk. Durch geschicktes Eingreifen freundlich Gesinnter machte sich allmählich der Vater mit dem Gedanken an eine frühe Verbindung seines Sohnes vertraut; eine offene Aussprache mit meinem Vater, für den er von jeher eine besondere Vorliebe und Hochschätzung an den Tag gelegt hatte, und der ihm denn auch nicht die eigenen Bedenken und seinen Standpunkt verhehlte, ebnete den Boden für weitere Annäherung, die Verbindung mit unserer Familie schien dem klugen Manne das noch fehlende, wünschenswerte Relief für seinen schnell erworbenen Reichtum, und als er Gelegenheit hatte, mich näher kennen zu lernen, schmolz das letzte Eis vor der ihm in seinem Familienkreise ungewohnten Heiterkeit und Lebhaftigkeit meines Wesens. Er selbst war es nun, der die Veröffentlichung unserer Verlobung beeilte und erleichterte, indem er den Sohn als Teilhaber in die Firma aufnahm und ihm die Mittel für eine der glänzenden Umgebung entsprechende Lebensführung zusagte.

Nun erst lernte ich die Freuden eines von allen Seiten gebilligten Brautstandes kennen. Wie selbstverständlich und leicht war plötzlich alles, was vordem so drückend und drohend aussah! Bedenken, Zweifel, Mißtrauen, alles schien so völlig fortgewischt, als ob die einfache Tatsache des vollzogenen Verlöbnisses Macht habe über das Schicksal, und jedermann war so bedacht darauf, seine Freude und Genugtuung kund zu tun, als schäme er sich nachträglich, sich mit solchen Kleinigkeiten wie Vergangenheit und Zukunft abgegeben zu haben. Und wie schön war es, auf einmal der verwöhnte Mittelpunkt eines ganzen Kreises zu sein, mit Blumen und Edelsteinen überschüttet, von Schwiegervater und Schwägern mit Galanterien überhäuft zu werden, die zurückhaltende Schwiegermutter mit jedem Tage sicherer zu gewinnen und mit den Schwägerinnen Pläne für die nahe Zukunft zu schmieden! Und an jedem Abende in einem schönen Kleide an einer anderen, blumengeschmückten Tafel zu sitzen, das Blitzen der Edelsteine an Hals und Armen zu fühlen und in jedem Auge zu sehen, daß man gefällt, daß man geliebt wird! Dann die ernste Frage der künftigen Wohnung. «Gretchen muß bei mir wohnen», sagte der Schwiegervater, und vor seinem Machtwort beugte sich alles. Schnell und ängstlich wurden aus dem oberen Stockwerk seines Hauses in der Tiergartenstraße[129], dessen beide untere Etagen die Familie bewohnte, Möbel und Kisten entfernt, die dort jahrelang ohne sein Wissen gestanden hatten, und die Einrichtung wurde bestellt. Auch mit meiner Ausstattung, für die eine beträchtliche Summe, seit meiner Geburt anwachsend, bereitlag, wurden bewährte Firmen betraut, und nach diesen ernsten Geschäften verlebte ich den Sommer mit der neuen Familie teils in Heringsdorf, teils auf ihrem herrlichen Landsitz bei Oranienburg. – Gab es in diesem Taumel ein Besinnen? Hatte ich nicht Recht, mein süßer Vater? Warum glitt dann und wann ein Schatten über dein Gesicht? Fürchtetest du noch immer, oder warst du über dein Töchterchen enttäuscht? War das nicht Glück, was ich erlebte?

Während dieser Zeit der Spannung und freudigen Erwartung war noch manches andere Bedeutsame in unserem Hause vorgefallen. Mein ältester Bruder hatte nach dem Jahr des goldenen Heidelberger Leichtsinns seine Studien in Berlin mit der bei ihm selbstverständlichen Gewissenhaftigkeit und Ausdauer fortgesetzt und mit Auszeichnung das Referendarexamen[130] bestanden. Meine drei kleinen Brüder, die schon längst nicht mehr diesen Beinamen verdienten, denn sie waren inzwischen langaufgeschossene Jungen geworden, machten weiterhin der Tradition ihres Namens Ehre und waren die Musterschüler ihrer Klasse. Während aber Karl und Hans die Schulzeit mit der zweifelsfreien Selbstverständlichkeit normaler, gutveranlagter Kinder als wichtigsten Teil ihres Lebens hinnahmen und sich die freien Tage wie dazwischengestreute Leckerbissen doppelt schmecken ließen, litt Fritz mit jedem Jahre stärker unter dem Zwang eines Lehrganges, der naturgemäß weder zeitlich noch gegenständlich Rücksicht auf den Einzelnen nehmen konnte. Obgleich er die verlangten Leistungen spielend bewältigte, und besonders in jedem Gegenstande, der zur Phantasie sprach, seine Lehrer oft überraschte, konnte es vorkommen, daß er verzweifelt heimkam. Er besuchte jetzt die Sekunda, seine Begabung aber hatte sich bisher nach keiner Seite hin entscheidend geäußert. Er machte gute Aufsätze, hatte sich durch eine französische Dichtung den von einem früheren, aus der französischen Kolonie stammenden Schüler gestifteten Preis in Gestalt einer silbernen Uhr erobert; er brachte außer der wissenschaftlichen gewöhnlich eine Zeichenprämie heim, und wenn man ihn sich auch nicht in einer der Fakultäten recht vorstellen konnte, so zweifelte man in der Familie nicht daran, daß er in wenigen Jahren ein Studium ergreifen würde.

Da trat, mit der Berechtigung zum Einjährigendienst versehen, Fritz mit seinem Wunsche hervor: er wolle Maler werden. Dieses Wort platzte wie eine Bombe in unsere ruhige Häuslichkeit. Maler?! In unseren beiderseitigen Familien hatte es, trotz hier und da aufflackernder Begabungen, noch keinen Künstler gegeben. Man hielt es für nicht viel mehr als eine kindliche Laune, durch den Überdruß an der Schule hervorgerufen. Und unwillkürlich, da sich sein Talent noch nicht in überzeugender Weise dokumentiert hatte und man an die Großen nicht zu denken wagte, stellte man sich ein verbummeltes Genie vor, das in ölfarbenduftender Sammetjoppe, von Tabakswolken umgeben, inmitten seines Ateliergerümpels hindämmert. Aber wollte man sich auch mit Hoffnungen schmeicheln, zu denen vorläufig jede Berechtigung fehlte, wollte man an Begabung, an Erfolge denken – konnte Mama es je vergessen, wie schwer es selbst einem Max Liebermann gefallen war, sich durchzusetzen? Wie sehr die eigene Familie bei seinen Anfängen gelitten und ge-

zweifelt, wie sie ihre Freundin in Tränen über einigen Zeitungs-
blättern angetroffen hatte, die den Bruder bei einer der ersten
Ausstellungen nicht nur mit Gift und Galle, sondern mit dem
schlimmsten Schmutze beworfen hatten? Ganz andere, leuch-
tende Visionen stiegen vor meinen Augen auf. Von kleinauf gab
ich Fritz, ohne mir über die Ursache dazu klar zu sein, eine
Sonderstellung unter meinen Brüdern. Obgleich seine Kinder-
begabung kaum stärker als die meine erschien, hob ich sorgfältig
jeden Zettel von seiner Hand auf, und mit jedem Jahre waren
wir fester aneinandergewachsen. In den beiden letzten Jahren
hatte ihn mehrmals ein Augenleiden befallen, das zwar der Sehstärke keinen Abbruch tat, ihn aber zwang, wochenlang in völli-
gem Dunkel zu leben. Die Art, wie er diese Zeit des Ausge-
schlossenseins vom Lichte ertrug und nutzte, wie er sich in
Sprachen förderte, Musik und Literatur in sich aufsog, mit welcher bezaubernden Liebenswürdigkeit er die Entbehrungen ertrug, und mit welcher Inbrunst er dann das wiedergeschenkte
Licht genoß, das hatte mir nicht nur die Überzeugung aufgedrungen, daß hier ein bedeutender Mensch auch eine Zeit, die
von den Dutzendmenschen verloren genannt würde, zur reichsten Quelle inneren Wachsens machte, es hatte mich so fest an
ihn geschmiedet, daß fortan sein Glück mein Glück, sein Leid
mein Leid würde.

Die Liebe meiner Eltern hatte nun einen schweren Kampf
mit den praktischen Forderungen des Tages zu bestehen. Zu den
Überlegungen, daß die Begabung von Fritz noch keine gültigen
Beweise geliefert, daß jede Wiederholung des Augenleidens ihm
in der Kunstbetätigung folgenschwere Schranken und Behinde-
rungen auferlegen würde, kamen die Bedenken, die meines Vaters Vermögensverhältnisse der Wahl eines so nebelhaften Berufes entgegenstellten. Denn trotz seiner geschäftlichen Erfolge,
die uns bequem eine auskömmliche Gegenwart verschafften,
mußte er noch immer seine ganze Kraft daransetzen, in der Ver-

gangenheit wurzelnde Verpflichtungen abzutragen, um den Seinen eine gesicherte Zukunft zu bereiten. Alles also sprach gegen die Erfüllung von Fritzens Wünschen. Aber sie sahen in seine in die Ferne brennenden Augen, sie entdeckten darin die zwingende, reine Seele, die sich andere, vielleicht klarere Gesetze schafft als die von der blinden Menschenvernunft aufgestellten, und sie beugten sich vor dem höheren Sinne des Lebens. Ihr Junge sollte Maler werden, und diese Einwilligung blüht als schönste Blume aus ihren Gräbern.

«Denken Sie nur, Minneken», sagte Mama einige Tage später halb stolz, halb klagend zu unserem alten Faktotum, «unser Fritzchen will doch durchaus Maler werden.» – «Worum denn nich, Madam Alexander», meinte sie, und die blanken Augen lachten, und die steifen Mullbänder der Haube unter den rotmarmorierten Bäckchen zitterten vor Vergnügen: «worum denn nich, wenn er sich darufflegt!» Ihr Alexanderglaube war auch bei dieser Prüfung nicht ins Wanken gekommen, und hätte sie in jenem Augenblick gehört, unser Fritz wolle Papst werden, so würde es ihr als guter Protestantin vielleicht um den hübschen Jungen leidgetan haben, aber an seiner Berufung hätte sie nicht gezweifelt. – Zu Ostern 86 wurde Fritz vom Gymnasium abgemeldet und sein Eintritt in eine geeignete Berliner Malschule in die Wege geleitet.

Der siebente Februar war zu meinem Hochzeitstage ausersehen, und von allen Seiten wurden große Vorbereitungen zu der Feier getroffen. Während aber meine Kindererinnerungen so in mir leben, daß ich sie jederzeit wie aus einem tiefen Schacht unverfälscht heben kann, könnten nur Lügen den Schleier jener Tage lüften. – Wo war meine Seele während dieser ganzen Zeit? War sie erstorben im Drange der Welt, oder hielt ein Dornröschenschlaf sie umfangen, damit sie, unberührt von diesem Erleben, jung und stark bleibe für den einen, der kommen würde, um sie zu erlösen nach hundert, hundert Jahren?

Ich erinnere mich herrlicher Kleider, herrlicher Geschenke und Juwelen, der rauschenden Klänge des Mendelssohn'schen Hochzeitsmarsches, als ich im schleppenden Atlaskleide den glänzenden Festsaal betrat, eines sehr gerührten, vorwurfsvollen Abschiedes meines, anderen gegenüber so herben Schwiegervaters, als er bemerkte, daß ich die Gesellschaft und auch ihn heimlich verlassen wollte, und – eines leisen Verwunderns, als meine Großmama mich am nächsten Tage vor meiner Abreise gar so beglückt küßte und sagte, daß sie nun ruhig sterben könne. – Ich lernte Paris und die Riviera kennen und meinte, sehr glücklich zu sein. Nach sechs Wochen kehrten wir heim. Ich war verblüfft über die Pracht unserer neuen Wohnung. Drei große Vorderzimmer, die auf die Tiergartenstraße blickten, daranstoßend ein Eßsaal, ein Frühstückszimmer, ein üppig eingerichtetes Schlafzimmer, helle und reichliche Wirtschaftsräume bildeten mein neues Reich, und ich konnte mich nicht mehr über eine zu bürgerliche Umgebung beklagen. Mein Geschmack war noch ganz unselbständig, ich bewunderte jedes Stück der Einrichtung, mit der ich völlig überrascht worden war, und jedes der Hochzeitsgeschenke, mochte es noch so prächtig und strotzend sein, entzückte mich an dem vom Dekorateur gewählten Platze. Silbernes Gerät in Hülle und Fülle, Meissner Garnituren, ein Bechstein'scher Flügel, kostbare Teppiche, schwere Portieren, die von goldenen Putten neckisch gerafft wurden, große Radierungen und blaßfarbige Wiedergaben von italienischen Gemälden, prächtige Palmen in getriebenen Kübeln bildeten die Umgebung meines Dornröschenschlafes.

In Folge meines Wohnens im gleichen Hause lebte ich fast mehr in der angeheirateten als in meiner eigenen Familie, und die Vorliebe meines Schwiegervaters für mich, die mich zum Mittelpunkt des ganzen Kreises erhob, ließ bei Frau und Töchtern keine Eifersucht aufkommen; denn da meine bloße Gegenwart zu genügen pflegte, um seine meist düstere und bedrohliche Stimmung aufzuhellen, hatten auch die anderen Familienmitglieder, abgesehen von ihrer Zuneigung zu mir, Vorteil von der Bevorzugung, die ich genoß. Zu Beginn des Sommers fühlte ich, daß meinem Traumleben eine neue Phase bevorstände, aber scheu verheimlichte ich noch meine Vermutungen. Eines Sonntagnachmittags lud mich mein Schwiegervater zu einer langen Spazierfahrt in seinem Wagen ein, ein Vorzug, dessen sich nur wenige rühmen konnten. Als ich gegen Abend etwas erschöpft in der Matthäikirchstraße anlangte, empfing mich meine Tante Hedwig sehr aufgeregt mit der Nachricht, daß der unglückliche König Ludwig[131] versucht habe, in den Fluten des Starnberger Sees seinem Leben ein Ende zu machen, daß sein Leibarzt, um ihn zu retten, ihm ins Wasser gefolgt sei, und daß beide, in den Wellen miteinander kämpfend, den Tod gefunden hätten. Das furchtbare Bild, das sich mir dabei entrollte, blieb nicht ohne Einfluß auf meinen Körper, es kostete mich fast mein Kind. Nach einigen Tagen der Bettruhe hatte ich mich zwar erholt, mußte mich nun aber, da mein Geheimnis nicht länger verborgen bleiben durfte, etwas schonen. Anfang Juli reisten wir mit Mama und meinen Brüdern nach Harzburg; ganz gestärkt kam ich im August zurück und zog auf das Landgut meiner Schwiegereltern. Dort lernte ich das Wohlgefühl kennen, stundenlang auf dem eigenen Boden zu gehen, durch den herrlichen, alten Park, über Wiesen und Felder am stillen Kanal entlang bis zum fernen königlichen Forst zu wandern, im Kuhstall die Eimer voll schäumender Milch zu zählen, das Obst selbst von Bäumen und Sträuchern zu pflücken und von jedem Vorbeikommenden gegrüßt und gekannt zu werden. Als meine Schwiegermutter mit ihren unverheirateten Kindern im September nach Ostende reiste, blieb ich mit einer verheirateten Schwägerin Alleinherrscherin von Schloß und Garten. Da mein Mann des Geschäftes und der schlechten Verbindung wegen nicht regelmäßig herausfahren konnte, kam täglich mein Schwiegervater aus der Stadt, um mit mir den seiner Ansicht nach für meine und meines Kindchens Gesundheit notwendigen Spaziergang zu machen; denn trotzdem ihm seine älteste Tochter schon drei Enkel geschenkt hatte, erwartete er das mir bevorstehende Ereignis mit einer ihm selbst neuen Spannung und Freude. Zum Oktober kehrten wir nach Berlin zurück; schwer trennte ich mich von dem süßen Dufte der Lupinenfelder, von dem freien Blick, von dem Dämmerzustand, aus dem mich hier nichts Störendes riß. Bald aber hatte ich mich wieder an die Abende in der Familie, an Gesellschaft und Theater gewöhnt, und ungeduldig eilte ich einem Tage entgegen, von dem ich nicht wußte: sollte ich ihn einen Anfang oder Abschluß nennen?

8.

Ein hübsches Zimmer mit weißem Mull, hellblauen Schleifen und blitzendem Messing wurde bald nach Weihnachten eingerichtet, und an einem Sonntage, am 20ten Februar, hatte sich aus meinen Träumen ein neues Leben gerungen. Aus leichter Narkose erwachend, hörte ich nahe von mir ein seltsam empörtes, eiliges Weinen. Ist das ein Kind? fragte ich. Ist das mein Kind? – Und da sprang etwas in mir, etwas Schuchzendes, Jauchzendes, wie eine Hülse, die auf den ersten Sonnenstrahl gewartet hatte, um ihren köstlichen Inhalt freizugeben; da fühlte ich, daß meine Seele bisher geschlafen hatte, daß ich nicht gewußt hatte, was Glück heißt.

Meine kleine Edith wuchs und gedieh und wurde schnell nicht nur bei mir eine wichtige Persönlichkeit. Seit mein Vater ihren entrüsteten Kampf mitangesehen hatte, als sie, zwölf Stunden alt, auf dem Arme der Wärterin ruhend, wehrlos dem tückischen nassen Elemente preisgegeben, sich in wilder Angst an seinen Finger und an den Wannenrand klammerte, hatte sich das kleine Wesen in diesem Selbsterhaltungstriebe, in diesem instinktiven Aufbäumen des Ichbewußtseins in sein Herz geschrien.

Bei meinem Schwiegervater aber spielte sie mit der Zeit eine noch bedeutsamere Rolle. Zwar hatte er in der ersten Enttäuschung, daß der erwünschte Stammhalter nicht eingetroffen war, vermieden, das kleine Wesen, das er schon vor seiner Geburt geliebt hatte, kennenzulernen. Aber die kostbare Brillantnadel, die als Prämie für den ersten Enkelsohn des Namens bereitlag, war mir trotzdem überreicht worden, und als ich, mit seinem Geschenke geschmückt, im roten Sammetschlafrock zum ersten Male zu ihm herunterkam, und der sonst so Spröde, Mißtrauische mich mit den Worten: «Gretchen, das ist der glücklichste Tag meines Lebens!» in die Arme schloß, da war auch der Platz meines Kindchens ein für allemal festgelegt. Von nun an mußte ich die jüngste Mitbewohnerin des Hauses täglich zu seinem Nachmittagskaffee bringen, und bald freute er sich über ihre lichtblonden Haare, bald glaubte er zu seinem Schrecken einen roten Schimmer zu entdecken; heute entzückte ihn ihr Gedeihen, und morgen schon hatte ich alle Mühe, ihm zu versichern, daß die Ärmchen, die wie rosige, mit Grübchen versehene Kugeln ihre Schultern mit den Händen verbanden, nicht zu kurz im Verhältnis zu den anderen Gliedmaßen waren.

Die beiden Großmütter sorgten, je nach ihren Temperamenten und Erfahrungen, für das Wohlergehen des Enkelchens; während meine Mutter alle Neuerungen in der Säuglingspflege auf das Peinlichste befolgt zu sehen wünschte und nie gewagt hätte, selbst Hand anzulegen, hielt meine Schwiegermutter zähe an der altmodischen Methode fest, die ihr von der Kleinstadt und der kleinbürgerlichen Umgebung ihrer Jugend her als Dogma galt und griff in der Wochen- und Kinderstube gern tätig ein. Die kluge Wärterin brachte aber einen beide Parteien befriedigenden Kompromiß zustande, wohlwissend, daß dieses Verfahren dem eigenen Beutel am bekömmlichsten und dem gesunden Kindchen nicht schädlich sein würde.

In das Leben meiner Großmama aber trug mein kleines Mädel die letzte Freude; denn es war mittlerweile ernst geworden um sie her. Neben den Sorgen, die in einer großen Familie nicht fehlen, hatte sich mancher unliebsame Gast Einlaß zu ihrem Alter erzwungen. Seit einigen Jahren hatte ein schweres Magenleiden sie heimgesucht, das, von Zeit zu Zeit sich in heftigen Schmerzen äußernd, allmählich ihre Kräfte aufzuzehren drohte. Seelische Prüfungen hatten diesem grausamen Feinde den Boden bereitet. Ihr zweiter Sohn Siegbert, dessen überschäumende und entschieden begabte Natur von jeher beunruhigend war und sich in letzter Zeit auf literarischem Gebiete in etwas exzentrischer Weise Luft gemacht hatte[132], war unheilbarem Siechtum zum Opfer gefallen, und ihr blutendes Herz mußte Schritt für Schritt den Verfall dieses Geistes und Körpers verfolgen. Wie oft sah ich die armen, heimlich gerungenen Mutterhände und staunte, wie ihre standhafte Frömmigkeit nicht wankte auch bei dieser Prüfung. Und neben diesem Leid hatte sie manche Kränkung, manche Enttäuschung zu erdulden. Hilflos mußte sie oft mitansehen, wie vom Glück Begünstigte hart und überhebend wurden, wie manches lockere Band, das in der Jugend genügt hatte, durch die Macht des Lebens zerrissen wurde, wie Charaktere und Temperamente, die in ihren Ansätzen nebeneinander zu bestehen vermochten, durch Wechselfälle des Glückes, durch böse äußere Einflüsse, durch verschiedene Lebensauffassungen verschärft, so heftig aufeinanderprallten, daß selbst die mütterliche Liebe nicht den Frieden aufrechterhalten konnte, der diesen Räumen gebührte. Laßt sie ruhen in ihren Särgen, diese Zeugen menschlichen Irrens! Wohl denen, die, der Guten denkend, reinen Herzens leben und sterben durften!

An jedem schönen Nachmittage brachte ich nun meiner Großmama das Urenkelchen ins Haus. Dann kam Tante Franziska herunter, dunkel gekleidet wie immer seit dem Tode des Mannes, mit einer Weißstickerei, die das erste Kleidchen des

Kindes schmücken sollte, Mama kam aus der nahen Magdeburgerstraße, oft knarrte auch die kleine Gittertür nebenan, und Tante Elischen erschien nachbarlich im schwarzen Spitzenhäubchen, um die Vorzüge von Jeannettchens blonder Urenkelin im Hinblick auf ihre dunkelhaarige, gleichaltrige Enkelin Vally zu begutachten. Großmama ging wie früher, wenn auch ein wenig langsamer, in den Gartensaal, um den silberumrankten Korb aus Rubinglas, mit Gußzwiebäckchen angefüllt, zu holen und herrschte dabei in einem Tone, der noch aus einer Zeit stärker betonter Standesunterschiede zu stammen schien, ihren alten, tauben, wackligen Portier an: Adam[133], Sie Esel, wie können sie sprengen, wenn das Kind da ist! – Die blonde, lange Emma, ein getreues Überbleibsel Großpapa Geheimrats, brachte dünnen Kaffee oder noch dünneres Himbeerwasser unter den Kastanienbaum, und ein friedlicher, etwas weher Abglanz früherer, schönerer Zeiten bildete sich um das kleine, blonde Unbewußtsein, das, erstaunt über ihre Unerreichbarkeit, aus seinem Wagen die rosigen Ärmchen nach der grünen, beweglichen Welt über sich streckte.

Diese Stunden, die sich wie ein Idyll zwischen die Unrast des Tages schoben, hatten ein Ende, als ich im August mit meinem Manne nach Ostende reiste. Zwei Wochen später erhielten wir ein Telegramm, daß es Großmama schlecht gehe; es war die Vorbereitung auf die Todesbotschaft. Ich sah sie nicht wieder; als wir ankamen, waren schon die Vorbereitungen zu dem Leichenbegängnis getroffen. Sie hatte einige Tage schwer gelitten, dann war eine Besserung eingetreten, während der sie mit der Klarheit und Festigkeit, die ein väterliches Erbteil zu sein schien, alle Bestimmungen, die ihr am Herzen lagen, traf. Als sie einen Augenblick mit meinem Vater allein war, dankte sie ihm für alles, was er ihr in guter und böser Zeit gewesen war, und dann, wie von der Last des Lebens befreit, war sie in Bewußtlosigkeit verfallen. In der Frühe des 30ten August vollzog sich ein seltener

Vorgang in der Natur. Die Morgensonne wurde fahler und fahler, Licht und Wärme schienen langsam dahinzuschwinden, der Pulsschlag des Erdballs schien stillzustehen; die totale Sonnenfinsternis des Jahres 1887 war eingetreten. Zur selben Stunde hatte ein müdes Herz aufgehört zu schlagen, und die am Totenbette der Mutter Weilenden erschauerten unter diesem Zusammentreffen.

Nun stand das kleine Haus zum ersten Male ganz vereinsamt in der Welt, seine Jugend, sein Leben, sein Sinn schien dahingegangen mit der Abgeschiedenen, und auch Tante Franziska fühlte sich darin nur als ein noch kurz geduldeter Gast. Das Grundstück, das Großpapa Geheimrat seiner ältesten Tochter unter Anrechnung einer selbst für damalige Verhältnisse geringfügigen Summe hinterlassen hatte, so daß es fast ein Geschenk zu nennen war, und dem er einen jährlichen Zuschuß zur Instandhaltung seiner Traditionen beifügen zu müssen glaubte, war inzwischen durch das Wachsen der Großstadt und die Entwicklung, die sie nach dem Westen hin nahm, etwa auf das Zehnfache seines einstigen Wertes gestiegen. Meine Eltern konnten demnach als künftige Besitzer leider nicht in Frage kommen; denn wenn auch Papas Geschäft den erfreulichsten Aufschwung nahm, so daß jährlich ein beträchtlicher Überschuß erzielt wurde, so hatten er und Mama nur das eine Ziel im Auge, ihn zur restlosen Abtragung der letzten Verpflichtungen zu verwenden. Man war daher gespannt, ob Tante Hedwig oder Onkel Paul, die beiden jüngsten, begütertsten Kinder Großmamas, das Erbteil antreten würden, und in beiden Fällen hieß es sich wappnen, um sich ohne Bitterkeit dem Wechsel der Zeiten zu fügen, um würdig von vielem Schönen Abschied zu nehmen. Die Eröffnung des Testamentes brachte allen eine Überraschung. Das Haus war wiederum nicht seinem tatsächlichen Werte nach eingesetzt, wie damals, so schien es auch jetzt sich bescheiden in seiner eigenen Wertschätzung um eine Generation zurückzuschrauben; für eine sehr kleine Summe sollte es den Kindern in der Reihenfolge des Alters angeboten werden. Alles sah sich sprachlos, fast ratlos an. Warum diese seltsame Bestimmung? War sie nur eine echt weibliche Regung des Herzens? Widerstrebte es der Tochter, das Haus, das der verehrte Vater ihr als Zeichen seiner Liebe und Dankbarkeit fast geschenkt hatte, als Spekulationsobjekt weiterzugeben? Oder hatte hier eine des Vaters würdige Weisheit einen Ausweg gefunden? Wollte sie, die nicht übers Grab hinaus der Lage Herr war, durch diese Bestimmung ihren Wünschen die Möglichkeit der Erfüllung bereiten? Lag eine unausgesprochene Bitte darin? Was würde nun geschehen?

Die geforderte Summe war klein im Vergleich zum Objekt, der Erwerber mußte den Miterben gegenüber unendlichen Vorteil genießen. Mama war die Erste, an die die Entscheidung herantrat. – Konnte sie anders als verzichten? Weder stand ihr die geforderte Summe zur Verfügung, noch meinte sie, sich den Luxus eines eigenen Hauses und Gartens in ihrer jetzigen Lebenslage gestatten zu dürfen. Und vor allem: wie könnte sie es übers Herz bringen, sich Kraft des Rechtes der Erstgeburt über ihre vom Glück begünstigteren Geschwister zu erheben? Waren sie ihr nicht beigesprungen in kritischer Stunde? Und wenn auch Papa bei früherer Gelegenheit das Gleiche ihnen gegenüber getan hatte, und wenn auch keine Verpflichtungen mehr zwischen ihnen stand, – Kopf und Herz drängten sie zum Verzicht. Auf etwa der gleichen Grundlage aber gelangte mein Vater zu völlig anderen Schlüssen. Die geforderte Summe als Hypothek auf ein so wertvolles Objekt war leicht erhältlich, daß dieses Moment bei den Überlegungen als Hindernis nicht in Betracht kam. Die jährlichen Mehrkosten, die der Besitz auferlegte, getraute er sich leicht aufzubringen. Wie durfte er daher zulassen, daß ein Schatz, der den Seinen fast in den Schoß fiel, ihnen aus falschem Gefühl, aus falscher Scham verloren ging? – Niemals aber hätte er aus Gründen, die nur vor den Gesetzen weltlicher Moral Bestand hatten, Nutzen gezogen, wenn nicht sein Gewissen den gleichen Weg gegangen wäre. Mit der Blitzartigkeit genialer Naturen, die einen Moment so intensiv durchleben, daß er einem ganzen Leben die Bahn vorschreibt, zog das Wesen der Frau an ihm vorüber, die ihm tapfere, vertrauende Gefährtin gewesen war in guten und bösen Tagen; er sah ihre Uneigennützigkeit, mit der sie von Jugend auf alles Schwere ihren Geschwistern abgenommen und es sich wie eine Selbstverständlichkeit aufgeladen hatte, ihre Aufopferung, als sie die kranke Mutter während vieler Wochen Tag und Nacht gepflegt hatte, die grenzenlose Güte, mit der sie Gegensätze zu mildern, Schwächen zu entschuldigen suchte (Guthildchen entschuldigt sogar den lieben Gott, hatte einer ihrer Schwäger in ernster Stunde von ihr gesagt), die Größe und Demut, mit der sie jede Schickung trug, und er sah sie als würdiges Glied in der Kette ihrer Vorfahren. Und statt der trockenen geschriebenen Worte der testamentarischen Bestimmung stand mit leuchtenden Lettern, klang mit lebendiger Stimme der Mutter Bitte vor seiner Seele: Laßt meine älteste, geliebte Tochter nach mir in diesen Räumen walten! – Mit der ganzen Fülle seines Wesens, in dem ein klarer Geist und das reinste Gefühl einen alles entwaffnenden Zusammenhang schufen, erkannte und nützte er das Gebot der Stunde. Noch am selben Abend legte er die geforderte Summe, die ihm mein Schwiegervater gegen eine Hypothek gegeben hatte, auf den Tisch, und Mama war Besitzerin unseres lieben Häuschens.

In der Verästelung so verschiedenartiger Empfindungen, die plötzlich auf sie einstürmten, vermochte sie sich noch nicht zu freuen über diese Gestaltung ihres Schicksals, das wie eine Schuld auf ihr lastete. Dafür aber leuchtete ein anderes Augenpaar auf in reinster, selbstloser Freude, die einer anderen, schönen Welt zu entstammen schien. Tante Franziska, die Gute, Reine, der jede Unbill des Lebens einen Edelstein mehr eingefügt hatte in das Geschmeide der Seele, sie dachte nicht an sich, nicht an den Vorteil, den diese Lösung möglicherweise ihr und den Ihren bringen konnte. Nur ein Gefühl beherrschte sie: Gottlob, es gibt Gerechtigkeit im Leben – diese Stunde hatte es ihr bewiesen, die dem besten Manne den Sieg geschenkt hatte.

Es folgten nun die schmerzlichen Veränderungen, die das Auslöschen eines langen Lebens mit sich zu bringen pflegt. Die Auflösung des großelterlichen Hauswesens in der Breitestraße war damals mit so leiser, linder Hand vollzogen, daß sie wie die logische Folge körperlicher Auflösung auch das liebendste Gedenken nur mit tröstlicher Wehmut berührte. Hier geschah alles in Frieden und Gerechtigkeit; aber mit härterer Hand wurde oft die wunde Seele getroffen, und traurig sahen wir allzu bald die vertrauten Räume ihres Schmuckes beraubt. Tante Hedwig und ihr Gatte besprachen jetzt eifrig die Bebauung eines Grundstücks, das sie in der Stülerstraße angekauft hatten; Onkel Paul richtete sich eine prächtige Wohnung nahebei ein, und die für den Einzug meiner Eltern notwendigen Erneuerungsarbeiten in den unteren Räumen wurden begonnen, während Tante Franziskas Reich im oberen Stockwerk unangetastet blieb.

Als das Frühjahr nahte, sah unser Häuschen schon recht erwartungsfroh und schmuck aus. Einige sanitäre und wirtschaftliche Verbesserungen hatten sich mit Glück anbringen lassen; alle Vorschläge des Baumeisters aber, die eine luxuriösere Ausstattung betrafen, hatte Mama kategorisch abgelehnt, sodaß nun Decken und Wände, in unauffälligen Halbtönen gehalten, bescheiden des Inhalts harrten, der sie schmücken sollte. Nur bei dem Plafond unseres Wohnzimmers hatte sich ein nach Höherem strebender Malerjüngling mehrere unbewachte Tage und einen etwas nachlässig erteilten Auftrag zu Nutze gemacht, um seiner grausam geknebelten Phantasie den ersehnten Flug zu gestatten. In dem einfachen, quadratischen Raume empfing uns nämlich eines Tages ein wahres Frühlingsidyll: ein zartblauer Himmel, über den weiße Wölkchen huschten, lächelte über unseren Häupten, Rosenranken, von Vögeln und Schmetterlingen umflattert, strebten aus den Ecken empor, und es fehlten nur noch die Putten, um unser Glück vollkommen zu machen. Chigi! Die Farnesina! Raffael! scholl es wie aus einem Munde, und im Hinblick auf unsere braven, sturmerprobten Möbel, die darunter Platz finden sollten, war des Lachens kein Ende. Anders Mama: sie tobte. Würde nicht jeder Besucher diesen Mißgriff uns anrechnen und uns für eine solche Überhebung verantwortlich machen? Und gebieterisch verlangte sie von dem bestürzten Künstler, daß er dies heitere Kind seiner Laune mit dem grauen Flor der Alltäglichkeit bedecke. Aber − der Einzug stand dicht bevor, mühsam überredeten wir sie dazu, erst den Eindruck abzuwarten, den dies Werk auf die Mitwelt hervorbringen würde, und sie beruhigte sich auch wirklich einigermaßen, als sie zu ihrem Erstaunen bemerkte, daß niemand im Guten oder Bösen Notiz davon nahm. Und nur wenn Mama einen Besucher auffällig schnell durch diesen Raum führte, erinnerte Papas neckende Bemerkung, wie schön es in diesem Zimmer nach Rosen dufte, und wie hell doch in diesem Jahr die Vögel sängen, und Mamas Verlegenheit an die vergangenen Stürme.

Aber es dauerte nicht lange, da sangen wirklich draußen die Vögel, und der Garten hatte sich geschmückt, um die neuen Besitzer zu empfangen. Was da alles blühte und duftete auf dem kleinen Fleckchen Großstadterde! Die altersdürren, schwarzen Gerippe der Fliederbäumchen im Vordergarten schienen zerbrechen zu wollen unter ihrer jungen Last, der morsche Faulbaum hinter dem Hause, der das ganze Jahr über stöhnte und bei jedem Winde umzufallen drohte, war richtig wieder in seinen Frühlingsleichtsinn verfallen, und, nicht genug des heimatlichen Gartens, schickte er seine bittersüßen Dolden bis über den Straßendamm, so daß jeder Kutscher und jedes Mädel ihm ungestraft ein Zeichen seiner Gunst entreißen konnte. Die Obstbäume hatten sich weiß und rosig geschminkt, als dächten sie uns über ihr fruchtloses Alter etwas vormachen zu können, uns, die mit dem Boden fast so verwachsen waren wie sie! Der Kastanienbaum aber sah aus seiner luftigen Höhe geringschätzig auf all die Zwerge um ihn herab und entzündete stolz seine Kerzen zum Empfang, vom Boden, den seine Äste fegten, bis in die höchste Spitze. Freuten sie sich alle mit mir, diese Zeugen meiner Kindheit, daß sie so selig blühten, als die schweren Möbelwagen die kleine Straße beinahe sperrten?

Da standen nun unsere roten Möbel, würdig ihrer edlen Herkunft, im großen Saale, vom grünen Lichte des Tiergartens umflossen, das zur Fensterwand hereinflutete und vom hohen Spiegel gegenüber zurückgeworfen wurde. Und aus der Nische blickte ernst die Büste des alten Kaisers, den wir kurz zuvor langsam und feierlich hatten hinausziehen sehen in die mütterliche Stille der Charlottenburger Gruft[134] durch sein Brandenburger Tor, von dessen Stirnseite ihn das letzte Lebewohl seiner Hauptstadt grüßte: Vale, Senex Imperator!

Nebenan im Wohnzimmer dehnten und breiteten sich unsere Möbel in ihren neuen, soliden Überzügen so selbstsicher und behaglich unter dem Himmelblau und dem Rosengerank, als hätten sie nie etwas anderes gekannt, und auch die hellen Cretonnemöbel des Schlafzimmers wirkten so überzeugend als hierher gehörig, daß man sich nur mühsam den früheren, langgewohnten Anblick zurückrufen konnte. Ganz zuletzt aber wurde von sieben keuchenden, schwitzenden Riesen das alte eiserne Spind heraufgeschleppt, von dem man sich nicht hatte trennen können, obgleich man recht gut wußte, daß es jedem besseren Einbrecher, der nur einigermaßen mit der Zeit mitgegangen war, ein Kinderspiel sein mußte, es zu öffnen. Und über einer neuen Generation von Besitzern breitete unser Häuschen sein schirmendes Dach.

9.

In diesem Sommer ging Fritz versonnen, mit anklagend weit-geöffneten Augen umher, und seine vollen Lippen zogen sich zu einer dünnen Linie zusammen, als hätten sie viel inneres Leben zu verschließen. Trotzdem aber wußten wir alles, wußten es mit Schmerzen und Bangen: wie sehr ihn das Gefühl drückte, daß man an seiner Begabung zweifelte, wieviel mehr ihn aber das ei-gene Zweifeln und Wundern quälte, daß sein Künstlerdrang ihn genarrt haben könne, daß er nicht zum Maler geboren sei. War er es nicht? Sprach es gegen ihn, daß er sich den Anforderungen seiner Malschule nicht gewachsen zeigte? Daß ihm weder die Zeichnungen nach dem Ateliermodell noch die Kompositionen gelangen, die den Schülern zur häuslichen Betätigung all-wöchentlich aufgegeben wurden, und die, in Bleistift ausge-führt, einmal einen fröhlichen Bauernreigen und das andere Mal einen Vater auf dem Totenbette, von seiner trauernden Familie umgeben, darstellen sollten? Und wenn solche Aufgabe tagelang innerlich an ihm gezerrt hatte, und er sich endlich entschloß, sie zu Papier zu bringen, zeugte es gegen ihn, wenn eine so steife, hölzerne Komposition daraus entstand, daß man sie für das auf uns überkommene Stammeln einer fernen Weltkindheitsperiode hätte halten müssen ohne das moderne Gewand, das ein Zerr-bild daraus machte? Trotzdem glaubte ich mit ganzer Inbrunst an das Talent meines lieben Bruders und litt mit ihm. Aber frei-lich, ein klassischer Zeuge war ich nicht gegen die Bedenken meiner Eltern, gegen das mitleidige Kopfschütteln manch Eines, der da meinte, daß sich eine künstlerische Entwicklung so leicht berechnen lasse wie die Summe der Seiten im Kontobuche, und Mama in ihren Ängsten und Zweifeln um die Zukunft ihres zärtlich geliebten Söhnchens bestärkte.

Fritz wies solche Sorgen nicht leichten Herzens von sich, denn seinem Gewissen gegenüber hatte er ihnen nichts anderes entgegenzustellen als den heißen Drang, aus seinem Innersten heraus sich eine Welt zum zweiten Male zu schaffen, und ganz so wie er fühlte, daß dieses Wollen ein Teil von ihm war, untrennbar vom Ganzen wie eines seiner Organe, so war er sich voll bewußt, wie viel ihm am Können noch fehlte zur Erlangung seines Zieles. Und so begann schon jetzt der Kampf in ihm, der ihn durch sein Künstlerleben begleiten sollte, und der, im Verhältnis zur wachsenden Reife, sich in verschiedenen Formen zu äußern bestimmt war. Jetzt, im Werden, standen noch leicht erfaßliche Gegner einander gegenüber. Bin ich meiner Sache so sicher, fragte er sich, daß ich die Schule für mein Versagen verantwortlich machen, daß ich meine Eltern durch meine Untätigkeit enttäuschen, ihnen neue Opfer zumuten darf? – Und kaum hatte er die rechte Antwort zu finden geglaubt, kaum hatte er sich wieder in strenger Selbstzucht den Regeln der Schule unterworfen, da quälte ihn die Reue: darf ich so sträflich die Zeit verlieren, darf ich mich der Gefahr aussetzen, alle Jugendkraft und Natur in mir ertöten zu lassen? In solchem Hin und Her trieb es ihn eines Morgens statt in die Malschule hinaus ins Freie bis in den Zoologischen Garten. Vor den stolzen Bestien, die ihn eindringlich mit unergründlichem Sehnen anblickten, vor den nachdenklichen großen Wasservögeln, vor den drolligen, unbekümmerten Natürlichkeiten der Äffchen fand er seine freudige Sicherheit wieder, die ihm nicht nur der Schulstaub, die ihm auch die ängstlich-zärtliche Luft des Elternhauses zu rauben drohte. «Du sollst Weib, Vater und Mutter verlassen und mir folgen», klang es Tag und Nacht in ihm, und körperlose, lockende Träume von einem freieren, ungebundeneren Leben und Lernen rangen um ihre Gestaltung. Und ob er allein war oder fast stumm im Familienkreise saß, füllten sich sein Hirn und seine in die Ferne brennenden Augen mehr und mehr mit den Bildern der ihn umgebenden Welt. Eines Tages fanden wir den weißen Kachelofen in seinem Zimmer seltsam in Ölfarben geschmückt: ein nachdenklicher Marabu stand, den Kopf tief zwischen die Flügel gezogen, auf einem Beine vor einer großen, leeren Staffelei. Das Korallenrot der Beine, das üppige Schwarzweiß des Gefieders hob sich in voller Farbigkeit von dem Glanz der Kacheln ab und sagte überzeugender als Worte: Hier steht Einer, der zum Maler geboren ist! – Und sprach die Allegorie nicht beredter als ich es konnte, als seine Augen baten, zu den Elternherzen? Die ängstliche Sorge flüsterte zwar: Versagen, aber die Liebe jubelte: Gewähren, gewähren! und in diesem Spiele von Hoffen und Bangen, von Bedenken und Verlangen lag schon die Entscheidung. – Die Jugend hatte gesiegt über fremdes und eigenes Zagen. Fort von dem zärtlichen Behütetsein des Elternhauses in das Aufsichangewiesensein eines jungen Künstleranfangs! Dort würden ihm die Schwingen wachsen! Fort in die Freiheit, nach München, ins Paradies!

Mit vollem Glauben an seinen Stern begleitete ich diese Kämpfe, dieses Himmelhochjauchzen und Zutodebetrübtsein, und alles junge, heiße Drängen meines Herzens gehörte dem Schicksal des Bruders, von dessen glückshungernden, brennendfragenden Augen ich nun Abschied nahm. Und gern Abschied nahm, wenn ich auch nicht wußte, ob es das Weh über mein Schwesternschicksal oder die Freude über sein Glück war, was in meinem Herzen zitterte. Denn all die Zeit über, wenn ich ihn in unserer gewohnten Umgebung, in dem seichten Gesellschaftsleben, in der überhebenden Verständnislosigkeit der Verwandtschaft, ja selbst in unserem lieben Elternhause sah, hatte ich das Gefühl, als ob sich ein exotischer, geheimnisvoller Vogel zu uns verirrt hätte, der nun, zärtlich versorgt, zwar vor den Fährnissen der rauhen Luft geschützt war, aber hinter goldenen Stangen sehnsüchtig der heißen, farbigen Heimat gedachte.

Und wirklich war jeder seiner Briefe, ohne daß er es wußte, wie ein Aufatmen nach langer Kerkerhaft. Die Freiheit war Glück, die kleinen Mißgeschicke und Entbehrungen waren Glück, und selbst das Heimweh, das Einsamkeitsgefühl, das sich hin und wieder wie ein schüchterner Dank für alle genossene Liebe zwischen die Zeilen schlich, schien als ein kräftigender Heiltrunk auf die junge Künstlerseele zu wirken. So ward jeder Brief von ihm ein Fest für uns alle. Das freie Schaffen in der Malschule, die er vorerst besuchte, der kollegiale Geist zwischen den Lehrern und Schülern, der auf der freudigen Verehrung des Geleisteten und auf dem verständnisvollen Eingehen und Ermutigen des Werdenden beruhte, zeigte uns Fritz in einer uns neuen Welt. Und nun erst das Fremdartige des Münchener Künstlerlebens: das für unsere Begriffe zigeunerhafte Wohnen in einer Kammer neben dem Atelier, die Mahlzeiten, die, auf einem kleinen Spirituskocher selbst zubereitet, zwischen Farbentuben und Terpentinduft verzehrt werden, während der Blick eine leere Leinwand mit Träumen bedeckt, der Verkehr mit lustigen angehenden Malern, die die Palette aus der Hand legen, um zur bebänderten Laute zu greifen; das Vorbeischwirren eines hübschen Modells; das sommerliche Leben von fast südlicher Freiheit in der Stadt und auf dem Lande, im Hofgarten, an der Isar und im Englischen Garten; die Abende in den Kellern; das tolle Karnevaltreiben auf den Straßen und in den Cafés; Wagner und Johann Strauss mit der gleichen Inbrunst vom Olymp aus genossen; einen Tag Sekt auf der Redoute und am nächsten Tage Hungerarrest im Atelier, bis ein Begüterter sich des Darbenden erbarmt – kurz, das echte Münchnertum, in dem die junge Künstlerschar eine so intensive Rolle spielte: all das wirbelte und kicherte als etwas ganz Neues, Ungeahntes mit dem fremdartig berauschenden und doch gesunden Doppelduft von Jugend und Künstlertum in unser liebes Häuschen.

Neben diesem vorwärtsstürmenden Miterleben vollzog sich der Gang meines eigenen Daseins in einem gemäßigteren Tempo. Auf dem beruhigenden Untergrunde, meine Eltern von Jahr zu Jahr freier von Sorgen und Unsicherheit auf dem vertrauten Grund und Boden zu wissen, genoß ich das Behagen, mich in dem erwählten Elternhause nicht nur als gern gesehener Gast, sondern als ein stets erwünschtes Mitglied zu fühlen; denn die ausschlaggebende Vorliebe meines Schwiegervaters hatte mir die angenehme Lage geschaffen, daß meinem Tun und Lassen, ohne ängstliche Kritik, freundliche Billigung und volles Vertrauen entgegengebracht wurde. Ein starker Bundesgenosse war mir in meinem blonden Töchterchen aufgewachsen. Gelang es einmal meinem Psalter nicht, die umwölkte Stirn meines Königs Saul zu entfurchen, so genügte der rosige Anblick der kleinen Enkelin und ihr unbekümmertes Plappern, um ihm die Brille des Argwohns, des Mißtrauens, durch die er die Welt trüb und grau sah, zu entreißen, und ihren kleinen Händen glaubte er, wenn sie ihn streichelten. So nahm sie mit lachenden blauen Augen Besitz von seinem Herzen, wie ihre kräftigen Beinchen sehr energisch Besitz nahmen von dem Boden, auf den die Geburt ihr ein Recht gegeben hatte. Petite fleur du mal, dachte ich oft, wenn ich, mit einer Handarbeit beschäftigt, ihrem Treiben im Garten oder auf den Rasenflächen des schönen Landgutes entzückt zusah, – also so ist das Leben! – so ganz anders, als ich es mir früher vorgestellt habe! Das Glück, das himmelstürmende Glück, bei dem man lacht und weint, bei dem das Herz zu zerspringen droht, das ist ein Traum der Schaffenden, der Künstler, und wohl uns armen Sterblichen, daß sie uns in Worten, Tönen, Farben ein Mitgenießen ihres Traumes gönnen! Und dankbar sah ich auf mein Menschlein gewordenes Träumen, dachte an den fernen, lieben Bruder und gab mich zufrieden mit dem Leben einer glücklichen Mutter, einer reichen Frau, putzte und pflegte mein Kindchen, stand einem wohlgeordneten Hausstande vor, fuhr im Wagen in die Stadt und genoß mit gleichem Entzücken das sommerliche Landleben wie die geselligen Freuden der Stadt, wobei ich zu meinem Erstaunen bemerkte, wieviel mehr mir die Männerwelt jetzt huldigte als in meiner Mädchenzeit, und wie wohl mir das Bewußtsein tat zu gefallen;

denn meine Lebensfreude hatte schon in dieser Zeit Gelegenheit, manchem Dämpfer gegenüber ihre Kraft zu erweisen.

Von meinem schönen Schwager unterwiesen, war ich inzwischen eine sehr gute Tänzerin geworden und gab mich diesem Vergnügen mit wahrer Leidenschaft hin. An jedem Sonntage, kaum daß mein Schwiegervater in dem großen, grün und goldverzierten Marmorsaale das Signal zum Aufstehen von der Mittagsmahlzeit gab, indem er − zum heimlichen Ergötzen aller − mich als einzige herzlich küßte, begann die fröhliche Übung, und es dauerte nicht lange, so waren Lehrer und Schülerin ebenbürtige Partner. Oft kam es vor, daß bei einer Gesellschaft, während wir tanzten, die anderen Paare aussetzten, um uns zuzusehen. Dann schien Kupfernagel, der beste und begehrteste Klavierspieler[135], der wie kein anderer den Geist des Tanzes verstand, im Banne unserer Bewegungen zu stehen, und während seine spitzen Blicke wie Pfeile nach uns schossen, unterordnete er, fast vorahnend, seine Rhythmen unserem zu Eins gewordenen Willen.

Aber ähnlich wie der armen, jungen Königin, deren Füßchen noch über das spiegelglatte Parkett ihres Versailler Schlosses glitten, als der Boden unter ihr unheilverkündend erzitterte, und die Stimmen der Warner, der Flehenden und Drohenden ungehört verhallten, weil die Tanzmusik ihr zu betörend in den Ohren klang, erging es mir. Wenngleich es mir nicht den Kopf kostete − auch über meinem Haupte zog sich das Ungewitter zusammen. Kleine Anzeichen, unbedeutend an sich, aber beunruhigend, weil sie bei dem Gleichgewicht unserer Ausgaben und Einnahmen ihre Quelle nicht in unserem gemeinsamen Leben haben konnten, hatten mich für Augenblicke stutzig gemacht; aber das angeborene Vertrauen, ein wenig mit Feigheit und Leichtsinn vermischt und durch Zusicherungen unterstützt, hatte solch Aufblitzen der Angst vor etwas Unbekanntem, Drohenden immer wieder beschwichtigt. Als sich jedoch diese Symptome vermehrten, stand ich vor der qualvollen Wahl, den Gatten anklagen oder das Vertrauen seines Vaters, das er ausschließlich in mich und meinen Einfluß setzte, täuschen zu müssen. Von diesem schweren Gewissenkampfe sollte ich bald befreit werden, denn ohne mein Zutun traten die Beweise jugendlichen Leichtsinns in Gestalt von vor der Ehe ausgestellten Wechseln und Schuldscheinen an meinen Schwiegervater heran. Nach stürmischen Auftritten, nach Zusicherungen und Bitten wurden die nicht übermäßig hohen Verpflichtungen eingelöst, und äußerlich war das frühere Verhältnis ungefähr wieder hergestellt, wenn mir auch dabei zu Mute war, als ob ich auf einem morschen Brette über drohenden Fluten schritte.

Nach einiger Zeit wiederholten sich jene Vorkommnisse in gesteigertem Umfange, und ich selbst sah ein, daß nun ernstere Maßregeln ergriffen werden mußten als die Opfer, die vordem mir zuliebe gebracht worden waren. Mein Mann trat aus der väterlichen Firma, und die Bezahlung der Schulden wurde, wiederum nur aus Rücksicht auf mich, für einen späteren Termin zugesagt, falls nicht neue, uneingestandene Schwierigkeiten dem im Wege stehen würden. Zu diesem Zwecke forderte mein Schwiegervater ein längeres Fernsein von Berlin. Der Gedanke, in diesem Zusammenbruch des Vertrauens den heimatlichen Halt zu verlieren, war mir nicht leicht. Aber es war selbstverständlich, daß ich die Folgen meines erwählten Schicksals trug und das Verhängnis teilte, das aus Veranlagung und einer gefährlichen Konstellation der Verhältnisse, an der ich nicht schuldlos war, hereingebrochen war, wenn ich auch die Hoffnungen, die mein Schwiegervater auf meinen Einfluß und meine Gegenwart setzte, nach meinen bisherigen Erfahrungen nicht zu teilen wagte. Mein Kindchen sollte bis zur Klärung der Verhältnisse im heimischen Neste bleiben, und Mama, die, unglücklich über mein Schicksal, die Ursachen unseres Aufbruchs vor jedem zu verschleiern suchte, übernahm die Sorge für ihr Wohlergehen. Meinem Vater konnte ich es in dieser Zeit nicht genug danken, daß nur Liebe in seinem Herzen für mich war und nicht einmal das beschämende Wort über seine Lippen kam: Habe ich es nicht gewußt? Warum hast du nicht auf mich gehört?

Der gefürchtete Tag der Abreise rückte erschreckend schnell heran; es wurde von der Schweiz, von Belgien gesprochen. Da zuckte ein Hoffnungsstrahl durch meine Seele: Fritz! Mein Schwiegervater, der einen Aufenthalt im Auslande zweckmäßiger fand, fügte sich meinen Wünschen. Mama, die meines Bruders heiße Zärtlichkeit für mich kannte und ihm seine frohe Schaffensruhe bewahren wollte, hatte ihn über unsere Schwierigkeiten völlig in Unkenntnis gelassen. So war er ahnungslos, als im April 1891 ein Herz, noch voll von Tränen des Abschieds, dem Wiedersehen mit ihm entgegenlachte.

Noch ehe ich die Koffer geöffnet hatte, fuhr ich vom Hotel Bellevue aus nach der Theresienstraße, in deren bescheidenstem Teile Fritz damals sein erstes kleines Atelier mit anstoßendem Kämmerchen inne hatte[136]. Eine dicke Hausmeisterin in geschürztem Rock antwortete auf mein erkünstelt ruhiges Fragen: Ja, freili, der Herr Kunstmaler wär schon oben, sie hätt ihm ja grad die Weißwürschtl naufgetragen, und ihr kleiner Bub würd schon die Dame melden. Mit klopfendem Herzen folgte ich meinem kleinen Liebesboten die vier engen Stiegen hinauf, und noch ehe ich ganz oben war, sah ich die fragenden, schönen Augen meines Bruders über das Geländer herab das Dunkel durchleuchten. Ein doppelter Freudenlaut – und ohne daß wir recht zur Besinnung kamen, lagen wir uns in den Armen und wußten nicht, ob wir vor Freude lachten oder weinten. Der mütterlichen Warnungen, durch mein Mißgeschick Fritzl nicht zu sehr aus seiner Schaffensfreude zu reißen, hätte es nicht bedurft; denn viel später erst fiel uns ein, daß wir nichts voneinander wußten und nichts voneinander wissen wollten, als daß wir glücklich waren, nach langer Trennung und frei von allem beengenden Berliner Zwange zusammen zu sein.

In den folgenden schönen Wochen malte Fritz das erste Porträt von mir; trotz seiner Mängel, trotz des jugendlichen Überschwangs, der sich in einem Übertreiben dessen äußerte, was das Auge des Malers und Bruders entzückte, gelang es verblüffend gut, denn neben der Ähnlichkeit brachte es die ganze lachende Jugend der damaligen Zeit zum Ausdruck. Zum ersten Male erlebte ich hierbei den Genuß, für den ich nie mehr abgestumpft wurde, seinen forschenden Augen, die hinter den Schein der Dinge dringen zu wollen schienen, den großen, schlanken Händen zu folgen, die, fast wie unabhängige Wesen, zum Herrschen geboren, mit lässigen, vornehmen Bewegungen Palette und Pinsel führten. Wenn wir dann nach der Sitzung mit meinem Manne in einem einfachen Gasthause zusammentrafen und ich in einem Kreise von begabten, hoffnungsvollen, lebenfiebernden Menschen lachte, stritt und schwärmte, so schien Berlin mit seinen Sorgen und Qualen wie ein böser Traum zu zerflattern, aus dem mein holdes Töchterchen als eine Blume aufsproß, und mit dem Klange meines eigenen Lachens über einen echt Münchener Witz noch im Ohre, dachte ich fast erschreckt: Fleur du mal auch dies Erleben? Ist es denn möglich, darf es denn sein, daß alles mir zum Guten ausschlägt?

Aber Münchens goldene Sonne trank auch diese letzten, selbstquälerischen Wolken fort. An meines lieben Bruders Seite sah ich, an den nüchternen Anblick des Berliner Stadtbildes, an die alle Farben abflauende Luft unseres nördlicheren Klimas gewöhnt, mit neuen Augen eine neue Welt um mich her. Wie die tiefgelben, glatten Fassaden in der dünneren Luft leuchteten, wie die graugrüne Isar mit schäumendem Lachen durch die weiten Wiesen des Englischen Gartens hüpfte, wie das Siegestor mit den dahinter ragenden Pappeln gegen den tiefblauen Himmel stand und an Arkaden und Plätzen der Efeu sich in schönen Kränzen vom Baum zu Baum, von Säule zu Säule rankte, – ich hätte glauben müssen, in ein südliches Land verzaubert zu sein, wenn nicht dicht daneben an kleinen Mäuerchen, an Busch und Hecken alle Frühlingswunder unseres lieben Heimatlandes geblüht und geduftet hätten. Kaum hätte es meines Bruders erklärender Worte bedurft, um mich in diesem Farben- und Sonnenrausche, der mich sehen lehrte, in die neue Bewegung der Farbenzerlegung einzuweihen, die jetzt eben wie ein Taumel einen Teil der jungen Künstlerschaft fortriß und gerade im Kreise meines Bruders ihre begeistertsten Anhänger gefunden hatte. Fast instinktiv sah ich, wie sie die unzähligen Farben und Töne, aus denen sich die ganze Schöpfung, auch ihre scheinbar einheitlichsten Flächen des Lichtes und des Schattens, zusammensetzten, und nur wenn sie mich erwartungsvoll vor ihre Leinwände führten, auf denen Köpfe und Landschaften in allen verstärkten Regenbogenfarben, unvermittelt nebeneinandergestellt, mir entgegenprallten, bog ich ein wenig von ihrem Wege ab, denn ich fühlte: noch fehlte hier die ordnende Weisheit des Schöpfers, die Ebenmaß und Ruhe zu bringen weiß auch in das schillerndste Chaos.

Mitten im Fieber dieser künstlerischen Kinderkrankheiten mußte ich den liebsten Bruder verlassen. Mama kam zu Beginn des Sommers mit meinem Töchterchen, um einige Wochen mit uns in der Schweiz zu verleben. Für unsere Rückkunft zum September hatten wir in einer weißen Villa in der Giselastraße, an die Schwabinger Wiesen stoßend, eine möblierte Wohnung gemietet. Ich ging mit dem Gefühl, daß die hier verlebte Zeit ein Vorspiel war, ein Vorspiel voll leuchtender Farben, voll betörender Holunderdüfte, voll süßer Meistersingerklänge, voll paradiesischer Unschuld und Sorglosigkeit, dessen Fortsetzung ernster werden würde, ernster werden mußte, weil jenem Jugendüberschwang, der trunken vor Freude am Leben, geadelt und beseelt vom Ringen um die geliebte, gefürchtete, heißbegehrte Kunst war, der ganze, reuelose Duft nur erhalten bleiben konnte, wenn er zum früchtetragenden Sichbescheiden heranreifte.

Bei unserem zweiten Wiedersehen in München – obwohl nur kurze Zeit seit dem ersten verflossen war, – schien es, als ob zwei andere Menschen zueinander kamen. In dem beruhigenden Bewußtsein des langen Beieinanderseins, das vor uns lag, in der aufgespeicherten Erwartung auf gemeinsames, schönes Erleben erfüllte uns eine starke, stille Freude, und nicht zum wenigsten hatte unsere veränderte äußere Umgebung ihr Teil an diesem Wandel im Bleibenden. Damals kam ich, überraschend und überrascht, wie ein Vogel, der zum ersten Male dem goldenen Käfig entronnen ist, und der Rausch der plötzlichen Freiheit, das Losgelöstsein von aller Gebundenheit meines Berliner Daseins, hatte mich fast überwältigt. Diesmal aber kam ich als Mutter und als Hausfrau, die, gehoben durch die Aussicht, Leben und Genießen mit dem geliebten, bewunderten Bruder zu teilen, den Rückhalt in dem gewohnten Rahmen sucht und findet. Und ebenso hatte sich bei ihm äußerlich und – damit im engen Zusammenhange – auch innerlich manches verändert.

In allen Kurven seiner geschäftlichen Laufbahn war meinem Vater das Anhäufen des Geldes oder das Streben nach äußerem Glanze niemals das Entscheidende gewesen; die Freude an der Arbeit selbst, die Freude am Erfolge und eine glückliche, selten schöne Genußfähigkeit hatten ihn stets vorwärtsgetrieben. Jetzt, wo seine Kinder als selbständige Menschen ins Leben traten, kam bei dem neuerlichen Anwachsen seines Vermögens der Wunsch dazu, ihnen nach Möglichkeit das Leben zu verschönen und zu erleichtern. Mama, deren Natur viel ängstlicher und vorsichtiger war, stimmte in diesem Punkte völlig mit ihm überein, sowie es sich um Fritz handelte. Mochte er noch so begeistert und sorglos von seinem Münchener Leben schreiben, für sie blieb er ihr armes Jüngchen, das bescheiden für sich selbst zu sorgen hatte, dem die gebratene Taube vom elterlichen Tische nicht mehr in den Mund flog, den nicht allabendlich das Lager, reinlich bereitet, empfing. So war sie erst einigermaßen beruhigt und getröstet, als Papa ihm einen reichlicheren Zuschuß gewähren konnte und er dadurch in der Lage war, sein kleines Zigeunerlager für ein schönes, großes Atelier mit einer daranstossenden heizbaren und luftigen Stube zu vertauschen, das in dem herrschaftlicheren Teile der Theresienstraße gelegen war[137]. Nachdem man ein häßliches Vorderhaus durchschritten hatte, betrat man überrascht einen großen, freundlichen, zum Garten umgeschaffenen Hof. Zierliche Blumenbeete, niedrige Sträucher und Büsche, ein kleiner Teich, auf dem bunte Enten seelenvergnügt herumplätscherten, eine weinumwachsene Holzlaube, in der mich Fritz oft genug, belustigt die Tierchen beobachtend, zur Sitzung erwartete, machten aus diesem Stadthofe ein ländliches Idyll, und erst die dahinterliegende stattliche Fassade mit den vielen, breiten Atelierfenstern erinnerte wieder daran, daß man sich in München, der Stadt der Maler, befand.

Hier erwartete Dill[138], in seinem Atelier tätig, die schönen Dachauer Sommertage, die seinen Namen bekannt machten, und Uhde[139] als einer, der schon am leuchtenden Ufer gelandet war und von unserer auf stürmischer See im Ungewissen treibenden jungen Künstlerschar verehrt, scheu geliebt und geneidet wurde, hatte diesem Hause, in dem er seine Menschenengel und seine blonden Töchterbilder gemalt hatte, die Weihe gegeben. Dorthin war ihm Josef Block[140] gefolgt, der, aus Breslau gebürtig, sich schon als Fünfundzwanzigjähriger mit seinem Bilde «Der verlorene Sohn» in Berlin einen rauschenden Erfolg ermalt hatte und nun in München, ein wenig enttäuscht und ob des Zögerns verstimmt, unter Qualen dem vollen Ruhmeskranze zustrebte.

An ihn hatte Fritz sich um Rat gewandt, als Mama, deren eigenes, ängstliches Zweifeln durch fremde Einflüsterungen immer aufs Neue angefacht wurde, für ihn eine straffere künstlerische Leitung wünschte und er, nach seinen bösen Erfahrungen, den leise angedeuteten Vorschlag, wiederum eine Schule zu besuchen, energisch abgelehnt hatte. Block hatte sich, auf seine Bitte, bereit erklärt, ihn in bestimmten Zwischenräumen zur Korrektur aufzusuchen, und für diesen Ausweg, der die allzu besorgte Mutter beruhigte, ohne ihn zu behindern, ja, der ihm entschieden Nutzen brachte, war ihm Fritz aufrichtig dankbar. Als im selben Hause ein schönes Atelier frei wurde, mietete er es auf Blocks Rat, und so hatte sich mit der Zeit zwischen ihnen ein Verkehr entwickelt, der zwischen Lehrer und Schüler und guten Kameraden die Mitte hielt. Selbst als meines Bruders kraftvolle Begabung diese Korrekturen, die ein zu großes Gewicht auf das Technische legten, von sich abschüttelte wie ein edles Vollblut eine ihm unerträgliche Dressur, erkannte er doch die Vorzüge und Berechtigung des Älteren, Erfahreneren so liebenswürdig an, daß die Beziehung zwischen ihnen auch ferner ungetrübt blieb.

Aus dem damaligen, lose durch die Kunst und das ausgelassene Künstlerleben zusammenhängenden Kreise hatte er sich enger an einige Kollegen angeschlossen, und die größere Ruhe und dies Festgewurzeltsein zeigte sich auch in seinen Arbeiten. Die hellen Farben begannen durch sanfte Übergänge zu leuchtender Ruhe im Lichte, zu satterer Tönung im farbigen Schatten zusammenzuwachsen; seine Auffassung des Menschen hatte sich vertieft (denn er malte fast ausschließlich Studienköpfe, Porträts oder Akte), und obwohl er auch jetzt noch das Charakteristische seines Modells zu unterstreichen pflegte, verloren seine Köpfe das Karikaturenhafte, das anfangs durch sein Streben nach Wahrheit und seine leidenschaftliche Liebe zu jeder Nuance alles Erschaffenen in seine Bilder gekommen war und oft an ihnen befremdete.

Die beiden Freunde, denen Fritz am nächsten getreten war, und denen Block gleichfalls beratend zur Seite stand, waren in jeder Beziehung ein ungleiches Gespann. Der eine, namens Nathan[141], war ein kleines Männchen mit rotbräunlichem Spitzbart, vergnügten Äuglein und rosigen Wangen, den man sich eher hinter dem Ladentische als vor der Staffelei denken konnte; auch wäre es trotz seiner Jugend keinem Menschen eingefallen, ihn einen jungen Mann zu nennen, oder sich ihn an der Seite eines hübschen Mädchens vorzustellen. Dieser Eindruck wurde noch verstärkt durch seine Anzüge, deren Farbe, Muster und Schnitt von so absonderlicher Häßlichkeit waren, daß es unerklärlich blieb, wie ein Mensch trotz angestrengtesten Nachdenkens und Suchens auf solche Wahl verfallen konnte, bis das ängstlich gewahrte Rätsel zu aller Jubel endlich gelöst wurde. Diese Stoffe in muffligen Tönen mit den merkwürdigen Karos und Streifen waren die Zeugen des menschlichen Anpassungsvermögens an die grausamen Anforderungen des Lebens. Warum mußte auch die Muse einen Sohn des ehrbaren «Rester-Nathan's» aus der Mauerstraße in Berlin[142] mit einem Kuße zu ihren Diensten weihen, so daß er nach München zu den spottlustigen jungen Malern gewirbelt wurde? Warum fanden bei der Aufgabe der väterlichen Resterhandlung gerade diese Stoffballen keinen Käufer, so daß der Sohn, wie die Schlange die Haut, bis an sein Lebensende, bei Freude und Leid, seine Hülle, wahllos und vorausbestimmt wie ein Schicksal, trug? Warum mußte der ehrliche Schneidermeister, der auf diese Weise seine Verpflichtungen an die Erben des Geschäfts allmählich und gewissenhaft abzutragen bemüht war, in die Moden längst vergangener Dezennien tauchen, um seinen Jüngling zu kleiden? Während solche Fragen ihn jedes Mal beim Auftauchen eines neuen Anzuges umprasselten, trug er sein Schicksal, mochte es chocoladefarben oder violett sein, wie ein Held, und schließlich lachte er mit den Lachenden und freute sich seines bescheidenen Wohlstandes. Wie er selbst, so hatte alles, was mit ihm zusammenhing, kleines Format, und es berührte doppelt seltsam, daß er so vielseitig begabt war. Denn abgesehen von dem Beruf, zu dessen Wahl er immerhin berechtigt war, hatte er eine angenehme und unterhaltende musikalische Veranlagung, und, in allen Handfertigkeiten aus-

nehmend geschickt und praktisch, war er für die etwas wacklige
Einrichtung unserer möblierten Wohnung von unschätzbarem
Werte. Wenn er dann mit Feuereifer und einem gewissen Ehrgeiz daran herumbastelte und hämmerte wie ein ins Gutartige
übersetzter Mime, und ich mich halbtot lachen wollte über den
komischen Anblick, so kränkte ihn das wenig, denn er war mir
und Fritz grenzenlos ergeben.

Sah man ihn neben meines Bruders anderem Freunde, Erich
Hancke[143], so hatte man das Gefühl, als ob ein peinlich sauber
ausgemaltes Bildchen von Knaus[144] neben eine große, üppige
Leinwand von Rubens gehängt sei. Hancke war lang aufge-
schossen; das dunkelblonde, nicht ganz kurz geschnittene Haar
trug er glatt gescheitelt, und nie sah man ihn außerhalb der Ar-
beitsstunden anders als in einem feierlichen, langen, schwarzen
Tuchrock. Mochte die Sonne mit südlicher Glut brennen,
mochte ein eisiger Wind durch Münchens Straßen fegen, – er
trug sein Paradestück mit demselben Gleichmut, wie er Austern
aß, wenn sich zufällig Geld zu ihm verirrt hatte, oder wie er bei
einem trockenen Stücke Brot hungerte, wenn die gewöhnliche
Ebbe in seiner Tasche war. In seiner feierlichen Haltung hätte
man ihn für einen Geistlichen halten müssen und witterte doch
in seiner hellen, starkausgearbeiteten Stirn, in seinen blauen,
scharfen Augen, in dem amüsanten und amüsierten Schmunzeln
unter dem lichtblonden Schnurrbart sofort eines ganz anderen
Geistes Kind. Selbst unser kleiner und vertrauter Kreis schien
ihm schon zu groß zu sein, um sich mitzuteilen; nur wenn man
unter vier Augen mit ihm zusammen war, pflegte er gern und
viel zu sprechen und von seiner ernstmusikalischen Begabung
sich und dem Gefährten Genuß zu verschaffen. Sein Urteil über
Menschen war treffend und amüsant, seine Kritik über jede
Kunstgattung mustergültig und überzeugend, und ob er sich
zurückzog oder freimütig gab – immer gewann man von ihm
den Eindruck eines ungewöhnlichen Menschen.

In den Nachmittagstunden, hauptsächlich wenn der Monat zur Neige ging, pflegte Fritz nach einem weise erdachten Sparsystem mit seinen beiden Freunden nach demselben Modelle zu arbeiten, und es war interessant zu beobachten, wie diese dreifache Wiedergabe voneinander abwich und jede unverkennbar die Wesenart ihres Schöpfers widerspiegelte. Hier war kein Suchen nach der Vaterschaft vonnöten: das Blut, dem diese Geisteskinder entstammten, verleugnete sich nicht. Während Nathans Figürchen in spießbürgerlichen Farben sich scheu und unbehaglich in die Leinwand verkriechen zu wollen schienen, oder sich betulich darauf spreizten, hatten die Studien von Hancke und Fritz immer einen freien, großen Wurf. Beide pflegten das lebensgroße Format zu bevorzugen; beiden gelang meist die Ähnlichkeit; und doch war derselbe Mensch ganz verschieden gesehen. Fritz, der in seinem Streben nach Wahrheit und Lebendigkeit sein Modell im landläufigen Sinne oft älter und häßlicher machte, legte instinktiv in die fremden Augen mehr oder weniger von dem ihm selbst eigentümlichen eindringenden und ausstrahlenden Blicke, so daß ein Leben daraus entstand, ein Menschenschicksal mit allem seinem Schmerz und Glück, mit seinem Wissen und Träumen. Hanckes Köpfe dagegen (er beschäftigte sich fast ausschließlich mit weiblichen) wirkten mit einem sehr weichen und bestrickenden Zauber. Für die etwas leeren Augen entschädigte das blühende Kolorit, das oft an zarte Blumen, oft an schwellende Früchte gemahnte. Stahlen sich diese Schönheitsträume leichter dem Beschauer ins Herz als jenes schwerblütige Ringen nach Wahrheit, so konnte man sich nicht davor verschließen, daß Hanckes jugendlich sinnliches Sehen vor der Gefahr stand, in Süßlichkeit und Verflachung zu verfallen, während in jedem Wurf von Fritz, selbst in dem mißglückten, der Keim zu kraftvoller Größe lag.

Durch mein Hinzukommen schloß sich Block, der bis dahin mit seinen Halbschülern freundlich, aber doch über ihnen stehend verkehrt hatte, unserer Gesellschaft als ständiges, willkommenes Mitglied an, und seine Beziehung zu Lenbach[145], Keller[146], Uhde, Dill und allen Sternen des damaligen München, die sich allwöchentlich in der Allotria[147] zusammenfanden, umgab ihn mit einem geheimnisvollen Nimbus; denn noch hatten jene Paradiesespforten sich unseren jugendlichen Aufstrebenden nicht geöffnet. Meine Bekanntschaft mit ihm hatte sich auf echt münchnerische Art angebahnt. Bald nach meiner Ankunft hatte Fritz ihn mir in der Pferdebahn vorgestellt, und am nächsten Tage ließ er mich bitten, ihm zu einem Porträt zu sitzen. An die steifen Berliner Umgangsformen gewöhnt, schien mir dies Vorgehen einerseits schmeichelhafter und daher unpassender, als in Wahrheit Grund dafür war, andererseits berechnete ich, daß es meine Finanzen, für deren Ordnung ich allein verantwortlich war, gefährden könnte, wenn ich, wie ich annahm, verpflichtet war, später das Bild eines schon Berühmten zu erwerben. Diese Bedenken wirkten so erkältend und befremdend in der dortigen Atmosphäre, daß es starker, gegenseitiger Sympathien bedurfte, um auf dem verunglückten Anfang die herzliche Freundschaft aufzubauen, die uns jahrelang verband. Da Fritz späterhin alleinige Rechte auf mich als Modell hatte, so wurde von dem ersten Plane nie mehr gesprochen; wohl aber saß ich später Block einige Male, als ein Frauenmund auf einem seiner großen Genrebilder, die stets eine gewisse Sensation hervorriefen, ihm durchaus nicht gelingen wollte.

So wanderte ich bald mit diesem vierblättrigen Kleeblatt durch Münchens vielgeliebte Straßen und grüne Wege, und bei Lachen und Scherzen lernten mein Denken und meine Sinne bald mehr Ernstes und Schönes, als alle Lehrerweisheit mir beizubringen vermocht hätte. Meist ging ich dabei zwischen Block und meinem großen Bruder. Fritz, elegant selbst im Arbeitsanzuge, wirkte mit den lässigen Bewegungen und den edlen Verhältnissen seines schlanken Körpers wie ein schöner Amerikaner. Block, nur um ein Weniges kleiner, sah sehr einnehmend aus, so lange er unsere frohe Laune teilte; sowie sich aber seine Stirn verdüsterte, was bei den unberechenbarsten und geringfügigsten Anlässen der Fall sein konnte, – mochte ein Vorschlag von ihm keinen Anklang finden oder ein Lachen von mir, ein Wort der Anderen ihn ärgern – schien über sein ohnehin blasses, von einem dunklen, kurzen Vollbart umrahmtes Gesicht ein grauer Flor zu sinken, der seine sympathischen Züge geradezu häßlich machte. Solche Mißstimmungen pflegten am häufigsten und unberechenbarsten aufzutreten, wenn er von seinen reichen Verwandten aus Berlin zurückgekehrt war, und die dortigen gesellschaftlichen Erfolge ihm noch wohlig durch die Adern rieselten. Fand er sich dann in seinem Münchener Kreise wieder, dem anzugehören sein Stolz war, atmete er mit der anderen Luft die weniger bequemen Werte ein, die hier galten, so spottete er wohl mit uns über den Berliner Tiefstand, aber der Luxus, die dort genossenen Huldigungen rangen in ihm mit den Münchener Selbstzweifeln und Kämpfen, und in seinem geheimsten Inneren fühlte er sich hier wie dort als Abtrünniger. Dieser quälende Zwiespalt fand auch in seinem Äußeren einen ergötzlichen Ausdruck, indem er über seine eleganten Berliner Anzüge, auf die er viel hielt, einen abscheulichen graugrünen, abgetragenen Lodenmantel zu werfen pflegte, der trübselig an ihm herabhing oder bei windigem Wetter in herzzerreißender Weise ihn umflatterte. – Hinter uns stapfte Nathan, der bei jedem Schritt einen viel zu großen und schweren Stock vor sich auf den Boden stieß, und neben, fast konnte man sagen über ihm, schritt Hancke, schmunzelnd eine Zigarre rauchend, im Bratenrock feierlich einher. Da ich nun in dieser seltsamen und einigermaßen bekannten Gesellschaft viel gesehen wurde und in dem damaligen, einfachen München durch meine hübschen Kleider und Hüte angenehm auffiel, da auch meist auf Fritzens Staffelei ein angefangenes Bild von mir stand, so wurde ich in unserer kleinen Kunstwelt eine populäre Persönlichkeit, und bald hieß es bei seinen Malerfreunden, bei Kellnerinnen und Modellen: Ach, schaut her, da kommt ja die Schwester.

Unsere Wohnung wurde nun für meine Maler das Elysium, zu dem ihnen die Tür stets gastlich offen stand und das ihrem Künstlerleben und Junggesellentum einen neuen, langentbehrten Reiz zufügte. Wir bewohnten den zweiten Stock einer hübschen, weißen Villa, die, in einem kleinen Garten gelegen, den Abschluß der Straße bildete und an die weiten Schwabinger Wiesen stieß. In meinem Haushalte herrschte neben einer freien, in ihrer Anspruchslosigkeit und Natürlichkeit für die steifen Berliner Begriffe zigeunerhaften Geselligkeit eine peinliche, fast spießbürgerliche Ordnung, und diese Mischung gab ihm sein amüsantes und anheimelndes Gepräge. Außer dem Kinderfräulein und meinem langerprobten Hausmädchen hatte ich aus Berlin Selma, die beste aller Köchinnen, mitgebracht. Mit ihrem herzerfrischenden, urwüchsigen Humor wirkte sie in ihren hellen, gestreiften Waschkleidern und breiten, weißen Schürzen, mit ihren reinen Zügen und von der hohen Stirn zurückgestrafften Haaren in dem sauberblitzenden Reiche, dem sie vorstand, wie ein altholländisches Bild und wurde von unseren Malern bei ihren appetitreizenden Verrichtungen in allen Stellungen und Beleuchtungen photographiert und skizziert.

Die Sonntage standen ganz im Zeichen dieser Besucher, die selbst so viel zu geben hatten, daß sie nie daran dachten, danken zu müssen. Schon der Sonnabend bildete eine Vorfeier in seiner festlichen Erwartung; denn gespannt blickte ich mit Edith vormittags aus dem Fenster, und richtig, pünktlich um 11 Uhr bog, ohne uns je zu enttäuschen, der gelbe Postwagen in unsere kleine Straße. Er lieferte ein schweres Paket von unserer guten Mutter ab, die die Vorbereitungen zum eigenen Sonntagsmahl erst dann mit Vergnügen traf, wenn sie ihren in der Verbannung lebenden Kinderchen in Gestalt eines Schinkens, einer Gans, nebst Torte und Wein, ihren gut gemessenen Anteil vergönnt hatte. An jedem Sonntage um 12 Uhr traf sich die Mittagsgesellschaft an der Feldherrenhalle, wo die Militärmusik bei Regen und Sonnenschein ihr schönstes Programm herunterspielte. Schon diese kurze Stunde, in der wir das buntgemischte Publikum beobachteten, mit Entzücken Wagners Liebesklängen oder Strauss' zündenden und schmachtenden Walzerweisen lauschten, begierig die neudekorierten Schaufenster der nahen Littauerschen Kunsthandlung[148] in Augenschein nahmen und schnell aus der Theatinerbäckerei frische, knusprige Semmeln und Hörnchen holten, barg eine Essenz von allen Lebensgenüssen. Dann ging es durch den Hofgarten in weitem Bogen um die Wiesenflächen des Englischen Gartens hinaus zum Siegestor, und unser geliebtes Schwabing mit seiner kleinen, hellblauen Pferdebahn, seinen hohen Pappeln, mit seinen Villen in großen Gärten nahm uns auf. Die Straßen waren fast leer, und wir mußten uns eilen, um zur Zeit zu Tisch zu kommen, denn allenthalben trafen wir schon die sauberen Münchener Dienstmädel, die in Steinkrügen das Bier für den herrschaftlichen Mittagstisch trugen, ja, selbst der silberbetreßte Diener des Prinzen Leopold verschmähte es nicht, aus dem Beisel in der Giselastraße den Labetrunk für die prinzliche Tafel zu holen, ein sicheres Zeichen: ganz München setzte sich zur Sonntagssuppe. – Auch wir ließen uns bald in bester Stimmung die köstlich bereiteten Berliner Leckerbissen schmecken.

Bei diesen Zusammenkünften spielte Edith keine unwichtige Rolle; denn wenn ich auch den Mittelpunkt dieses Kreises bildete, wenn auch durch die Gegenwart einer Frau, die gefiel und gefallen wollte, eine höhere, festlichere Stimmung herrschte, die bei aller Freiheit und Ungebundenheit des Verkehrs ein Sichgehenlassen ausschloß, so war doch jeder einzelne meiner Freunde bis über die Ohren verliebt in mein Töchterchen, das mit seinen blonden Locken, dem dünnen, vorgestreckten Hälschen und den hellen Kätzchenaugen, in ihrer hübschen, damals noch nicht allgemein eingeführten Kindertracht den herzerfreuendsten Anblick und ein lockendes Motiv für alle Arten von Wiedergabe bot. Sie selbst verteilte ihre Gunst in sehr nachdrücklicher und echt weiblicher Weise, indem sie mit zärtlichster Hingebung an ihrem großen, schönen Onkel hing, Block als ihren willenlosen Sklaven und Anbeter in Gnaden angenommen hatte und seine Neigung herzlich erwiderte, Hanckes scheuem, verlegenen Wesen, das Kindern gegenüber für uns sehr komisch wirkte, fremd und kühl begegnete und für Nathans wenig stattliches Spießbürgertum eine Abneigung empfand, die nur durch ihre Artigkeit und ihren angeborenen Takt im Zaume gehalten wurde.

Nach dem ungewohnt reichlichen Mahle pflegten die regen Lebensgeister ein wenig zu ermatten; in tiefen, bequemen Lehnsesseln und auf dem niedrigen Sims am breiten Eßzimmerfenster sitzend, ließen wir unsere Blicke, über die Wölkchen der Zigaretten hinweg, entzückt und träumend zu den weiten Wiesen wandern, die stets ihren eigenen Zauber hatten, mochten schwere Regentropfen ihnen würzige Erddüfte entlocken, mochten sie ein bunter, blühender Teppich sein oder unter leichter Schneedecke dem Frühling entgegenträumen. In ferner Linie wölbten sich die breiten Wipfel des Englischen Gartens, und die Ludwigskirche, deren Nüchternheit, aus dieser Weite gesehen, zu edler Schlankheit emporwuchs, sandte von Zeit zu Zeit ihre weichen, eindringlichen Glockentöne in unsere hindämmernden Gespräche. Bald aber strafften sich die Geister, in leidenschaftlichen Diskussionen kamen Jugend und Kunst zu ihrem Rechte, mit lautem Hallo wurde Nathan zur Ruhe verwiesen, wenn er, wie er es gern tat, ein Witzchen erzählte, obgleich er recht wohl wußte, daß wir alle es am Abend vorher unter dem Striche der Münchener Neuesten gelesen hatten; ein Skizzenbuch wurde rasch hervorgeholt, um eine anmutende Bewegung, einen reizvollen Ausdruck zu erfassen, der Flügel im Nebenzimmer wurde geöffnet, und eine Melodie von Wagner, Offenbach oder Cornelius, dessen «Barbier von Bagdad» wir alle abgöttisch liebten, wurde gespielt, gesungen und gepfiffen. Währenddem brodelten leichte Kaffeewölkchen aus der Maschine, und eine hausgebackene, große Stolle erwartete wie ein Schlachtopfer mit Zucker bestreut und mit Blümchen geschmückt, in Ergebenheit ihr Schicksal, das in den vergnüglich blitzenden Augen der Umsitzenden zu lesen stand.

Ein langer Spaziergang in die ältesten Winkel und Gassen oder hinaus an die rauschende Isar schloß sich regelmäßig an, denn wir kannten kein schlechtes Wetter, und selbst als einmal meine Gummischuhe im tiefen Lehm der Auen auf Nimmerwiedersehen versanken, erweckte mein betrüblicher Anblick statt des Bedauerns ein Loblied auf Münchens gesegneten, fetten Boden, und «in Berlin hätte Ihnen natürlich so etwas nicht passieren können» erscholl es triumphierend und vorwurfsvoll um mich her. Da ich vor Lachen fast erstickte und hilflos die Hände ausstreckte, um mich aus dem zähen Brei befreien zu lassen, konnte ich ihnen nicht einmal Unrecht geben, und nicht ehe die neue Woche mit dem Ernst ihrer Arbeitsforderung warnend vor der Tür stand, fand unsere Sonntagsfröhlichkeit ihr Ende.

Der Herbst war allmählich alt und grau geworden, und zornig schalt er in seinen stattlichsten Wipfeln, wenn ein ehrfurchtsloser Sturmwind ihm den letzten aufgesparten bunten Schmuck aus besseren Tagen entreißen wollte. Im Englischen Garten wirbelte schimmerndes Gold um unsere Köpfe, und die Füße versanken in einem blaßgelben, rubinroten, tiefbraunen Teppich, der wie eine Erinnerung duftete. Die Kastanienbäumchen im Hofgarten aber mußten für ihren Frühlingsfürwitz, immer die ersten sein zu wollen, büßen; denn jetzt streckten sie schon lange ihre dürren Ästlein kahl über die Tische des Kaffee Lutz[149], und wir verlegten unsere schönen Nachmittagszusammenkünfte in das niedrige Zimmer, wo sich der Duft des Kaffees und Käsekuchens einträchtig mit dem Zigarettendampf und den Ausdünstungen der nassen Mäntel und Schirme mischte.

In dieser Zeit besuchte ich Fritz regelmäßig in den Nachmittagsstunden bis zum Dämmrigwerden in seinem Atelier, da er am Vormittage einige Bilder nach Modell zu beendigen hatte. In der Ecke aber stand eine große, leere, vielversprechende Leinwand, die er mit verlangenden Augen ansah. Würden sich auf ihr seine Träume verwirklichen? Würde das große Porträt von mir das werden, was er davon erhoffte? Würde es im Frühling zum ersten Male seinen Namen in einem Ausstellungskataloge einführen und die Fremden von der Kraft seiner Begabung so überzeugen, wie ich an ihn glaubte, seit ich das Feuer in seinen Augen verstand? – Und so machte er, während wir uns ganz ineinander hineinlebten, während ich von ihm lernte und er sich an meiner harmonischen Natur – wie er sie nannte – ausruhte, Skizze über Skizze nach mir, bis er Zeit fand für das große Bild, das in ganzer Figur, im Pelz und mit einem flaumigen Marabufächer geplant war.

Da drangen in unsere Stille, in der nur die Kunst und das Auf und Ab des künstlerischen Gelingens den Barometerstand unserer Laune bestimmte, Nachrichten aus Berlin, die mich so beunruhigten, daß die Sitzungen, die ich auf das Gewissenhafteste und Leidenschaftlichste einzuhalten gewohnt war, für einige Zeit unterbrochen werden mußten. Ein Ungewitter, schauerlich in seiner reinigenden Kraft, war über die Berliner Börse hereingebrochen[150] und fegte alles, was morsch und faul war, alles, was nicht fest im Boden wurzelte, mitleidlos hinweg. Alle Zeitungen waren voll von Zusammenbrüchen, von gerichtlichem Einschreiten, und dankbar atmete ich auf, als ich hörte, daß mein Vater nicht einmal mittelbar – wie es so leicht hätte sein können – von dieser schweren Zeit betroffen war, ja, daß es ihm in manchem Falle gelang, durch Rat und Tat zur Gesundung der Verhältnisse beizutragen. Ein Opfer aber hatte diese furchtbare Katastrophe auch in unserem Umkreise gefordert. Von seinem älteren, zu unternehmenden Bruder, zu dem er ein blindes Vertrauen hatte, war der Mann meiner jüngsten Schwägerin mit in den verhängnisvollen Strudel gerissen worden, und in derselben schicksalschweren Minute der Erkenntnis, mit demselben Pistolenlauf hatten beide Brüder die Folgen ihrer Irrtümer mit ihrem Leben bezahlt. Für das große Vermögen meines Schwiegervaters kam der Verlust, den diese Katastrophe mit sich brachte, nicht in Betracht; mein Anerbieten, nach Berlin zu kommen, um der armen jungen Frau, die an mir hing, beizustehen, wurde abgelehnt.

Immerhin, die festliche Stimmung, in der wir mein Bild beginnen wollten, war verflogen, und wir verschoben den Anfang umso williger bis zum neuen Jahre, als die Weihnachtswoche inzwischen nahe rückte, zu der Mama ihren Besuch angekündigt hatte. Die freudigsten Vorbereitungen für ihren Empfang waren getroffen, und, kaum daß gegen Abend die Lichter des großen Weihnachtsbaumes das Zimmer und die Herzen mit ihrem kindlichfrohen, heimatlichen Schimmer erfüllt hatten, wurde die Glocke an unserer Eingangstür schrill gezogen. In der Türöffnung, so daß er sie fast ausfüllte, erschien Fritz, ganz in weiße Tücher drapiert, aus denen nur die dunklen Augen hervorglühten. In der rechten Hand aber trug dies Riesenchristkind feierlich ein brennendes Lichterbäumchen, so groß wie der eindringlich emporweisende Zeigefinger seiner linken Hand. Dieser Gegensatz wirkte in seiner Komik so echt münchnerisch, so gesund unsentimental, so natürlich und doch künstlerisch, daß es nicht der bayerischen Knittelverse bedurft hätte, um mich daran zu erinnern, in welch glücklicher Atmosphäre mein Kindlein aufwuchs.

Als wir uns nach dem Abendessen um den kleinen Ofen im Wohnzimmer setzten, beschattete Fritz seine Augen mit der Hand. Diese Haltung war so ungewöhnlich an ihm, daß wir sofort aufmerksam wurden. Auf unsere dringenden Fragen gestand er, daß er seit dem Nachmittage jenes seltsame Flimmern verspüre, das der Vorbote seines Augenleidens zu sein pflegte. Ohne Zögern beschloß Mama, Fritz am anderen Tage mit sich nach Berlin zu nehmen, da selbst in meinem Hause die Pflege und Behandlung nicht so sorgfältig sein konnte, wie die Erkrankung es erforderte. – Ich war verzweifelt. Ihn sollte ich entbehren, der mein Licht war, so daß ich den Riß kaum fühlte, der (jetzt wußte ich es) unheilbar durch mein Leben ging! Versunken alle stolzen Pläne für die Frühjahrsausstellung, und mein schöner, leuchtender Bruder verbannt ins Dunkel, während die anderen lebten und schufen! – Als er am nächsten Nachmittage abfuhr und mich mit heiteren Worten über die mütterliche Ängstlichkeit auf eine baldige Rückkehr vertrösten wollte, sah ich mit fast brechendem Herzen den entsagenden, wissenden Ausdruck in den geliebten Augen und in der dünnen, eingezogenen Linie der sonst vollen Lippen.

Die Nachrichten bestätigten den Ausbruch des alten Leidens; die Sehstärke war unberührt, aber er war auf lange Zeit ins Dunkel verbannt. Auch für mich war es dunkel geworden rings umher, und die Freunde hatten einen schweren Stand, wenn sie mich zu den gewohnten Spaziergängen abholten. Das war dasselbe München, dessen elendeste Winkel ich ebenso liebte wie seine stolzen Straßen und Plätze? Und die Malerei? Mir graute vor ihren mit Erwartungen angefüllten Ateliers, ich wollte sie nicht sehen, bis mein Bruder wieder, den Pinsel in der Hand, vor seiner Leinwand von dem schönen Vorrecht seiner Augen würde Gebrauch machen können. Langsam und grau kroch die Zeit durch die kurzen Wintertage mit ihren langen Abenden. Erst als die Nachrichten tröstlicher lauteten, als Fritz ganz allmählich und vorsichtig dem Lichte zugeführt werden durfte, da gesundeten auch meine Augen, und ich lernte wieder mich dankbar der schönen Welt zu erfreuen.

Ein Vormittag aus dieser Zeit steht mir ganz besonders lebhaft vor der Seele. Ich saß mit meinem Töchterchen an unserem großen Eßzimmerfenster und sah hinaus in den Regen, in die schweren Nebeldämpfe, die auf den Wiesen lasteten, und fühlte mich einsam und in der Fremde. Da erhob sich ein Windchen, kaum merklich, aber doch hatte es die Kraft, die Wolkenballen zu zerteilen, so daß hier und da ein Stückchen blauen Himmels, ein greller Sonnenstrahl durchbrach. Im Nu waren wir angezogen, schon auf unserer Wiese blies uns ein harter Wind um die Ohren, und im Englischen Garten war uns die schönste Überraschung bereitet. Ganz plötzlich war Frost eingetreten, der den Regen in Kristall verwandelt hatte; im Fallen waren die Tropfen erstarrt an den Zweigen hängen geblieben, jeder Ast war mit durchsichtigem Glas überzogen, in dem das Licht sich farbig brach. Hier und da fiel ein harter Tropfen durch seine Schwere auf uns herab, die gläserne Umhüllung des Holzes knackte und sprang, und es war ein ganz zauberhaftes Singen und Klingen davon in der Luft. Als wir die große Wiese umgangen hatten und ich mit meiner schnell erfundenen Erzählung von der Fee Eisholde noch kaum fertig war, hatte das Wintermärchen sein Ende erreicht; die Mittagssonne hatte sich strahlend entschleiert, von allen Zweigen tropfte es, das Holz glänzte naß und schwarz, aus der glänzenden Pracht war das alleralltäglichste Tauwetter geworden, und mein atemlos aufhorchendes Töchterchen erwachte enttäuscht aus meinem glitzernden Reich. Um die Situation zu retten, mußte ich noch schleunigst die Ankunft der Fee Taulinde melden, die auf einem Sonnenstrahl einhergeritten kam und, eifersüchtig auf die Schwester, mit ihrem warmen Atem die ganze Pracht umpustete wie ein Kartenhaus.

Grellbunte Bilder an den Anschlagmauern, kleine Läden, die vordem ein ganz solides Gesicht gezeigt hatten und nun plötzlich allerlei bunten Tand und Flitter, Masken und falsche Bärte ans Tageslicht brachten, kündeten auch dem Uneingeweihten, daß München sich zum Karneval gerüstet hatte. Oft war davon die Rede gewesen, daß ich, umgeben von meinen Trabanten, die eine oder andere der berühmtesten Redouten besuchen solle: aber der Trauerfall in meines Mannes Familie und mehr noch Fritzens Fernsein hatten all diesen leichtsinnigen Plänen ein Ende gemacht. Immerhin, da die Nachrichten über ihn günstig lauteten und das Fieber, das die ganze Stadt befallen zu haben schien, mir als einer Norddeutschen völlig fremd war, reizte es mich, einmal in dieser südlicheren Luft zu atmen, und so machten wir uns am letzten Tage, am Faschingsdienstag, schon frühzeitig auf, um unserem Töchterchen in der Maximilianstraße einen guten Platz für den großen Maskenumzug zu erobern. Unsere Freunde waren mit den Vorbereitungen für eine Redoute, die am selben Abend in einer Malerschule stattfinden sollte, und von der man sich, da die holde Weiblichkeit gänzlich ausgeschlossen war, großen Spaß versprach, so in Anspruch genommen, daß sie uns nicht hatten begleiten können, und so fühlte ich mich recht fremd und entwurzelt in dem vergnügten Treiben um mich her. Bei dem kalten, windigen Wetter ward unsere Geduld auf eine harte Probe gestellt, denn das Unternehmen schien nicht vom preußischen Geiste der Pünktlichkeit beseelt zu sein. Das störte aber unsere guten Münchener keineswegs, die, warm vermummt, mit allerlei Herzstärkendem versehen, von einem Fuß auf den andren traten, um sich zu wärmen, und zwischendurch mit einzelnen Pärchen, denen die Maskenlust nicht Ruhe gelassen hatte bis zum Abend, gutmütigen Spaß und Spott trieben. Als endlich der Aufzug erschien und Hallo und Jauchzen herüber und hinüber scholl, fehlte mir jegliches Verständnis für diese wie auf Kommando aufgebrachte und doch so urwüchsige Lust. Im Café Luitpold, das wir, um unsere eingefrorenen Lebensgeister zu beleben, nachher aufsuchten, tobte das Karnevalstreiben noch toller, und als mir, kaum daß ich die heiße «Melansch» an die Lippen gesetzt hatte, ein Arm von hinterrücks das Glas aus der Hand nahm und dem angebissenen Kuchen das gleiche Schicksal widerfuhr, während jedesmal ein anderes Paar lachender, junger Augen sich zu mir vorbeugte, wurde ich so traurig über meine ungeschickte Schüchternheit, daß ich erst erleichtert aufatmete, als ich wieder in meinen vier Wänden war.

Einer für den Abend geplanten Unternehmung sah ich mit größerer Ruhe entgegen, weil ich mich dabei auf bekannterem Boden wußte. Ich hatte Block versprochen, in sein Atelier zu kommen, um ihn und Nathan in ihrer geheimnisvollen Maskerade für die bewußte Redoute in Augenschein zu nehmen. Als ich gegen neun Uhr die fast dunkle Theresienstraße, das Münchener Quartier Latin, durchschritt, erhielt ich einen Vorgeschmack von dieser tollen Nacht, in der ein Jeder sich austoben wollte, ehe er in Sack und Asche ging. Hier stolzierte ein junger Maler über die Straße, der sich trotz Kneifers und Blondbärtigkeit augenscheinlich als südlicher Grande fühlte, denn einen Zipfel seines zu kurzen Dominos hatte er mit Grandezza über die Schulter geworfen, und, indem er beteuernd die Hand aufs Herz legte, rief er mir einen spanischen Liebesgruß zu. Dort fragte mich lachend ein kleiner Jüngling auf gut Münchnerisch, ob ich ihm nicht meinen noblichten Pelz ausleihen wolle für die kleine Zigeunerin, die zärtlich an seinem Arme hing, und deren Schellen bei jedem Schritte klingelten; denn sein eigener Mantel umhüllte ihre niedliche Gestalt, so daß er in seiner legeren Künstlertracht, zitternd vor Kälte, zigeunerhafter aussah als seine Begleiterin. Schon wieder fühlte ich diesen Scherzen gegenüber meine Schüchternheit wie ein mich beengendes Gewand, und im Hinblick auf die tolle Ausgelassenheit, der ich oben im Atelier gewärtig sein mußte, in die ich so kühl und stimmungslos kommen würde, wäre ich weit lieber umgekehrt, statt, wie ich es nun tat, die Stiegen hinaufzuklettern bis zu Blocks Atelier. Ein älteres, geschlechtsloses Wesen öffnete mir die Tür, und unbemerkt durchschritt ich den dunklen, eiskalten Vorraum, in dessen Winkel irgendetwas Vornübergebeugtes, Schlotterndes, vielleicht eine außer Dienst gesetzte Gliederpuppe, nach mir greifen zu wollen schien. Ich betrat das eigentliche Atelier, dessen Mitte mühsam von einer Petroleumlampe erhellt wurde, während die Ecken im Schatten blieben. Der kleine Dauerbrenner blinzelte traurig und vorwurfsvoll mit seinem letzten Häuflein Glut durch die blinden Scheiben, und Block ging mit langen Schritten im Havelock (wahrscheinlich der Kälte wegen, dachte ich verständnisinnig) durch den öden, kühlen Raum. Aber war das wirklich Block, der mein Kommen nicht einmal bemerkte? Denn eine so ausgesprochen schwarze Laune bei ihm miterlebt zu haben, konnte ich mich trotz aller Freundschaft bisher nicht rühmen. Erst als er näher ins Licht trat, bemerkte ich, daß er sich mit Hilfe einer großen Hornbrille und langer, dünner, grauer Haarsträhnen die Maske eines alten Schulmeisters ausgezeichnet zurechtgeschminkt hatte. «Aha», dachte ich noch verständnisvoller, «seine Verdrießlichkeit gehört also zu seiner Rolle, und er will mir durch die Vorführung ein Vergnügen bereiten.» Und damit hatte ich meine Scheu verloren und lachte ihm fröhlich Beifall zu. Zu meinem Erstaunen aber fuchtelte er noch wütender mit einer Rute in der Hand um sich und sprach in eine Ecke hinein, in der ich endlich irgend ein helles, bewegliches Etwas bemerkte. «Wahrscheinlich ist das Nathan, über den er sich wieder einmal geärgert hat», dachte ich – aber Gott im Himmel, welch Nathan kam mir entgegen! Aus einem kindlich ausgeschnittenen, weißen Kleide, das an den Achseln und um die Taille mit kirschroten Bändern aufgeputzt war, sahen nackte, fette Ärmchen und ein bloßer Hals, und darüber lächelte, von blonden Kinderlocken umrahmt, ein weiß und rosa geschminktes Gesicht. In der Hand hielt er ein buntes Sonnenschirmchen und eine Schulmappe, an der der Schwamm neckisch baumelte, und während Blocks zürnende

Bewegungen in ihrer Echtheit immer jünger wurden und umso weniger zu der alten Maske paßten, trat in Nathans Augen ein bitterböser, ältlicher Ausdruck, der das süßliche, ein wenig schmollende Kinderlächeln der angeschminkten Grübchen und runden Rubinlippen Lügen strafte. Beim Anblick dieser überwältigenden Kontraste verlor ich den letzten Rest von Stimmungslosigkeit und Schüchternheit und lachte, lachte, daß die Wände des großen, leeren Raumes davon angesteckt zu sein schienen. Beide sahen mich ärgerlich, dann erstaunt an, bis sie – aus der Wirklichkeit des Zwistes zum Bewußtsein ihrer Maskerade erwachend – in mein Lachen einstimmten. Mein Mädchen brachte eine große Tüte herrlicher Krapfen herein, und der Faschingszauber hielt uns noch ein gutes Weilchen beisammen.

Auch meines Töchterchens Geburtstag – sie wurde fünf Jahre alt – stand noch im Zeichen dieses Karnevals. Die Erwerbung eines Zauberkastens und Nathans momentane Bartlosigkeit waren einer geeigneten Vorführung günstig. Am Nachmittage, als wir bei der Geburtstagschocolade saßen, klingelte es draußen, und das Mädchen meldete die Ankunft zweier Herren. Wir gingen ins Wohnzimmer, wo vor einem feierlich drapierten Tische, auf dem zwei Kerzen brannten, eine Reihe Stühle unserer wartete. Neben dem Tische stand Block, in schwarzer Kleidung, der sich mit gewählten Worten als der Impresario des weltberühmten Zauberers, Herrn Nebbich aus Egypten, vorstellte und um die Vergünstigung bat, auf seinem Wege zu den Söhnen des Deutschen Kaisers uns eine Probe von seiner phänomenalen Kunst vorführen zu dürfen. Auf seinen Wink öffnete sich die Tür, und der Zauberer in einem wunderbaren, hellblauen, silberdurchwirkten, echtorientalischen Mantel, der Blocks Stolz war und auf vielen seiner Bilder wiederkehrte, trat langsam ein. Unter einem hohen, spitzen, mit einer Sonnenfratze und allerhand heiligem Getier bemalten Hute hing das schwarze Haar in langen, dünnen Strähnen bis auf die Schultern und in das gelblich geschminkte, gedunsene Gesicht herab, das mit seinen emporgezogenen Augenbrauen nicht einen Augenblick den Ausdruck schmerzlicher Verzückung verlor und Nathans vergnügliche Züge kaum ahnen ließ. Als er dann mit seinem langen, dünnen Stabe die kleinen, kindlichen Becher und Ringe berührte und sie nach einigen gemurmelten Beschwörungsformeln mit unverhältnismäßiger Feierlichkeit zum Vorschein brachte, sich inzwischen mit seinem Begleiter in einem fremdländischen Idiom verständigend, während Block, halb mit der triumphierenden Miene des Beschützers, halb sich in Verehrung vor der höheren Macht beugend, die sich in seinem Schützling offenbarte, einen prüfenden Blick zu uns herüberwarf, stand Edith sprachlos und atemlos im Banne dieser Vorführung, und ich, um sie nicht aus ihrem Entzücken zu reißen und selber nicht zu ersticken, rettete mich in das Eßzimmer, wo ich, auf dem Teppich kauernd, mir neuen Atem holte.

In dieser ganzen Zeit war Hancke aus meinem Gesichtskreise verschwunden; ein harmloses Wort, über das ich unbedacht gelacht hatte, war von ihm mißverstanden worden, seine übergroße, mißtrauische Empfindlichkeit ließ keinen Versuch einer Verständigung zu, und so empfand ich das doppelte Bedauern, seinen anregenden Verkehr zu entbehren und zu wissen, daß diese Unbeeinflußbarkeit auch für ihn, in mehr als einer Beziehung, einen Verlust bedeutete. Aber auch unter diesem übertriebenen Ehrgefühl, das bei einem Spießbürger als ein Sichwichtignehmen unerträglich und lächerlich gewesen wäre, verstand ich sein prächtiges, liebenswertes Zigeunertum, das lieber hungerte und einsam war, als daß es Konzessionen machte.

Fritz, der schon seit einiger Zeit wie ein eingefangener Löwe, ungeduldig und völlig geheilt, zuhause darauf wartete, sich auf die Arbeit zu stürzen, kam mit den ersten linderen Lüften zurück. Als ich nach langem Entbehren nun wieder in seine gesunden, glücklichen Augen sah, da dachte ich, daß, so lange sich die Welt froh in diesen Blicken spiegeln würde, das Schicksal schon arg an mir zausen müßte, sollte ich es verwünschen. – Ohne Säumen gingen wir jetzt an mein Porträt. Ein fliederfarbenes Kreppkleid, nur leicht der Mode angepaßt, ein Geschenk meiner guten Mutter, hatte den Beifall meines Malers gefunden, und er holte seine schönsten Schätze hervor, um der Liebe, die er in dieses Bild legte, Ausdruck zu verleihen. Zum Hintergrunde wählte er einen stumpfen, schwarzen, mit gold- und blauen Ranken durchwebten Taffet, der Großpapas Seidenfabrik entstammte; über den Divan breitete er den kostbaren indischen Shawl aus Mamas Besitz, und meine Füße mußten in einem elfenbeinfarbigen Fell versinken. Ohne sein Zutun wählte ich die Stellung, die mir natürlich war, und von der ich wußte, daß er sie liebte, und so begannen jeden Morgen um neun Uhr die Sitzungen unter einem frohen Stern.

Er hatte es gern, wenn ich ihm während der Arbeit viel erzählte, auch er sprach hin und wieder; aber sein ganzes Nervensystem schien Auge geworden zu sein. «Man muß malen, als ob der Teufel hinter einem stände, sagt Liebermann, der prachtvolle Kerl», meinte er lachend, wenn ich ihn mahnte, sich nicht zu sehr anzustrengen. Und mit fieberhafter Hast mischte er die Farben auf der Palette, trat mit einem plötzlichen, großen Schritt dicht vor mich hin, als wollten seine ernsten, eindringenden, weitgeöffneten Blicke durch die Hüllen den Körper, durch die Augen die Seele sehen. Hatte er dann die Farben auf die Leinwand übertragen, so ging er weit zurück, um mit prüfend zugekniffenen Augen und einem von vornherein entsagenden Ausdruck Wirklichkeit und Wiedergabe zu vergleichen. Wenn ich mich dann bemühte, ihm in der mir kärglich zugemessenen Pause einen mitgebrachten Leckerbissen aufzudrängen, so wies er alles zurück. «Nur unter Hungern und Dürsten kann man zum Apostel werden», sagte er und tat zwei Züge aus einer Zigarette, die er sich schnell und elegant zu drehen wußte. Schlug es dann ein Uhr, so seufzte er tief auf. «Wieder ein verratzter

Vormittag», pflegte er zu sagen und säuberte mit den ihm eigenen, lässigen Bewegungen seine Hände und die Pinsel. Manchmal aber zeigten sich doch verstohlen die zufriedenen Grübchen in dem bräunlichen Inkarnat seiner Wangen, wenn er beim Fortgehen noch einen frischen, schnellen Blick auf das Bild warf. Gewöhnlich, da Mama ihn in jedem Briefe beschwor, sich von Selma gut pflegen zu lassen, aß er jetzt bei uns zu Mittag und holte sich an den schönen Frühlingsnachmittagen, ehe er in sein Atelier ging, in dem wohltuenden Grün des Englischen Gartens neue Frische für die Arbeit.

An einem sonnigen Nachmittage fuhren wir beide zur Feier einer besonders glücklichen Sitzung allein hinaus an den Starnberger See. In Tutzing verließen wir das Dampfschiff und wanderten durch die hübschen Anlagen am grünen Wasser. Uns gegenüber lag das kleine Schloß Berg so friedlich und still, als ob es nie der Schauplatz des grausigsten Königstodes gewesen sei, und schaudernd dachte ich daran, daß es mich fast mein Kind gekostet hätte. Ich hatte meinen großen Bruder untergefaßt, und wie immer, wenn wir allein waren, spachen wir mit großer Lebhaftigkeit von Ernstem und Heiterem. Aus der dämmrigen Einsamkeit kam uns ein Wanderer entgegen, in dem Fritz einen angesehenen Maler erkannte, der ihm schon bei verschiedenen Gelegenheiten freundliches Interesse gezeigt hatte. In Fritz kämpfte die angeborene Schüchternheit mit dem Wunsche, mich mit ihm bekannt zu machen, und je näher wir ihm kamen, desto tiefer errötete mein lieber Bruder. Da plötzlich machte der andere einen kleinen Bogen und ging, zum See blickend, ohne Gruß an uns vorüber. Fritz, der sich in seinem jungen Künstlerstolz und in seinen Gefühlen brüderlicher Eitelkeit gekränkt sah, war wütend über diese Nichtachtung. Als ein gemeinsamer Freund jenem nachträglich die Verstimmung meines Bruders hinterbrachte, sagte der lachend: «Sakra, nein, schauen's, das war die Schwester? Und ich hab mir Wunder was auf meine Feinheit eing'büllt, daß ich den Alexander auf seinen Liebeswegen nit g'stört hab'.»

Mein Bild lächelte mir jetzt schon ganz vertraut heiter und doch ein wenig schmerzlich, wie Fritz mich sah und zu sehen liebte, entgegen, wenn ich ins Atelier trat. In seiner Freude aber, das zu malen, was ihm gefiel, bemerkte er zu spät, daß die Leinwand zu kurz war. Was tun? – An ein Ändern in diesem vorgerückten Stadium war nicht zu denken, auf die Spitze meines Lackschuhs mit herrlichen Glanzlicht darauf zu verzichten ein ebenso unmöglicher Gedanke. Aus der Not also eine Tugend machen – und schleunigst wurde Auguste, mein Mädchen, als rettender Engel hinbestellt, die mit prächtigem, solidem Zwirn der widerspenstigen Leinwand einen gehörigen Streifen anflickte.

Bei meinem Kommen saß Fritz gewöhnlich schon nachdenklich vor seinem Bilde, und wenn er dann, ohne mich als Modell dort zu haben, in seiner Ungeduld hier und da einen Strich eingefügt hatte, so war meist ein Unglück geschehen, das er verlegen lachend schleunigst entfernte. «Es geht halt nicht ohne das Leben, selbst wenn man nur eine Ecke vom Teppich anpinselt», sagte er und schleuderte den kleinen Haarpinsel, seinen Piccolo, den er zärtlich liebte, auf den Tisch. Ich hatte mich nach und nach so in sein Arbeiten hineingesehen, daß er begann, auf meinen Rat zu hören und mich jedesmal erwartungsvoll ansah, wenn ich ein neues Stadium des Bildes zu begutachten hatte. Mein Instinkt leitete mich gewöhnlich richtig. «Was meine kluge, dumme Schwester da sagt», meinte er einmal, als ich ihm für den Seidenstoff des Hintergrundes, der mir zu lackig erschien, eine andere Technik meiner Erfindung vorschlug, «ist zwar Unsinn, aber was sie meint, hat Sinn.» Und schnell war das von mir Beanstandete fortgewischt. Ich aber wußte, daß all meine Klugheit nichts anderes war als die große Liebe zu ihm.

Während der Sitzungen kam Block öfters zu uns ins Atelier und verdarb meinem Maler gewöhnlich die Stimmung. Einmal, als das Bild fast fertig war und Fritz sich aufs gewissenhafteste damit abquälte, die stumpfe Qualität des lila Stoffes künstlerisch herauszubringen, nahm Block leichter Hand den größten Borstenpinsel, trug die Farbe sehr dick auf und verwischte sie dann schnell mit Zeitungspapier. Auf den ersten Blick blendete mich diese routinierte Technik, und ich bedauerte mein armes Malerlein, das sich in seiner Unwissenheit so umsonst geplagt hatte; denn der Stoff hatte im Nu den kreppartigen Charakter des Originals angenommen. Der zweite Blick aber belehrte mich eines Besseren, und ich sah, wie sehr diese aufdringliche Kitschigkeit aus der bescheidenen, vornehmen Wahrheit des Übrigen herausfiel. Ich wagte nicht, Fritz anzusehen, der höflich hinter dem Älteren zurückgetreten war. Kaum hatte der aber das Atelier verlassen, da fragte er: «Soll ich das Zeug da stehen lassen?» Und als ich ohne Zögern rief: «Nein, mache alles nur so, wie du es fühlst», da wischte er glücklich, daß ich nach kurzem Zweifeln ihm mehr vertraute als dem Berühmteren, alles Fremde herunter, und bald waren meine Glieder wieder von seinem eigenen, gedämpften Ton bekleidet.

Das Schicksal schien diesmal dafür Sorge zu tragen, daß unser Bild ohne Störung vollendet wurde; denn kaum hatte mein Bruder in kühner Schrift Namen und Jahreszahl mit dem Pinsel in das weiße Fell gesetzt, so fluteten die Unannehmlichkeiten, wegen derer wir Berlin verlassen hatten, in verstärktem Maße auf uns ein. Wechsel, Pfändungen, Gerichtsvollzieher, die ganze, jämmerliche Hölle des Wuchers schien gegen uns losgelassen, und ich verlebte diese Tage wie ein gehetztes Wild, jede Nacht wie eine Erlösung begrüßend. Fritz war noch weltfremder als ich in diesen Dingen, und wir saßen uns oft traurig und ratlos gegenüber wie zwei Kinder, die sich im dunklen Walde verirrt haben. Ich merkte, daß meine Unwissenheit ausgenützt wurde, daß ich Fehler über Fehler beging, und depeschierte schließlich in meiner Not an meinen Vater. Er kam sogleich, und wiederum sagte kein Wort, kein Blick mir das gefürchtete, demütigende: Habe ich es dir nicht gesagt? – Nur Liebe brachte er mit und Klugheit und Mitleid, das mehr meiner Ratlosigkeit und Beraterlosigkeit als den Schwierigkeiten selbst galt; die er im Hinblick auf den glänzenden finanziellen Hintergrund und im Glauben, daß sie die Folgen von jugendlichen, vor der Ehe begangenen Irrtümern waren, nicht so tragisch ansah. Er klärte unsere besorgte Wirtin, in deren Hausrat wir lebten, mit einigen weltmännischen Worten über unsere eigentliche Lage auf, ordnete mit mir beim Notar einiges, was von mir verfahren war, und als ich mit ihm den Heimweg durch die schönen, abendlichen Straßen gemacht hatte, und eine Zentnerlast mir vom Herzen genommen schien, sagte er lächelnd im Hausflur zu mir: «Na, Mädel, war's denn nun so schlimm?» Und lachend und weinend fiel ich ihm im Halbdunkel um den Hals: «Ach, süßer, süßer Vater, wenn du wüßtest, wie mir allein zu Mute war! Mit dir zusammen muß es ja auch eine Wonne sein, zum Richtplatz zu gehen!»

Bald darauf, am 1sten Juni, reiste ich nach Berlin. Mein Vater konnte nach den letzten Vorkommnissen meinem Schwiegervater nicht anders als Recht geben, der einen längeren Aufenthalt im Auslande verlangte als das einzige Mittel, um einen klaren Überblick über den Umfang der Verpflichtungen zu gewinnen, ehe man an ihre Regelung denken könne. Für mich und meine Eltern war dies ein schwerer Entschluß; mein Schwiegervater aber glaubte noch immer, daß meine Persönlichkeit Einfluß haben müsse, und sah in diesem Einfluß die einzige Gewähr für einen guten Ausgang. Trotzdem ich ihm aus meiner geringen Zuversicht in dieser Beziehung kein Hehl machte, so zweifelte ich jetzt noch weniger als früher daran, daß ich die Konsequenzen meines Irrtums zu tragen hätte um der Opfer willen, die mir zuliebe schon gebracht worden waren. Ich genoß nun die kurze Galgenfrist, die mir in unserem lieben Häuschen verblieb, von ganzem Herzen, und in die heimatliche Atmosphäre, die ich nun – ach, so lange – missen sollte, brachte Block, der schon seit längerer Zeit den bayerischen Lodenmantel vorübergehend an den Nagel gehängt hatte und sich an der Eleganz des Berliner Lebens sonnte und ärgerte, bei seinen täglichen Besuchen einen erfrischenden Luftzug unseres geliebten Münchens.

Schöner aber als alles andere in dieser Zeit war eine Morgenstunde, die ich so glücklich war mitzuerleben. Mama saß wie gewöhnlich im weißen, spitzenbesetzten Morgenhäubchen auf dem Perron, an einem Tischtuch stopfend, als Papa zu ihr aus der Saaltür unter das grüne Laubdach der Eschen trat. Erstaunt sah sie zu ihm auf, als er mit einer seltsam freudigen Erregung ein zerrissenes Blatt Papier vor sie auf den Tisch legte. «Nun bist du unumschränkte Schloßherrin, Guthildchen», sagte er mit bebender Stimme, sie auf die Stirn küssend, und ohne weitere Worte stattete er ihr mit dem eingelösten Hypothekenscheine, der sie zur alleinigen Besitzerin ihres elterlichen Stammsitzes machte, seinen Dank für ihr Leben voll Tapferkeit und Treue ab.

Der Anfang meiner «Weltumseglung wider Willen», wie Papa neckend meine Verbannung nannte, war tröstlich, da meine Mutter wie im Vorjahre für einige Wochen mit uns nach Bürgenstock reiste, wo ich mich nicht in der Fremde fühlte. Als ich eines Morgens auf die breite Terrasse trat, von der aus der Vierwaldstätter See tief unten wie ein gezacktes Stückchen pfauenblauer Atlas glänzte, sah ich sie über einen Brief gebeugt sitzen. Er mußte eine schlechte Botschaft enthalten, denn ihre sonst jugendlich roten Wangen waren aschgrau in dem hellen Sonnenschein. Papa hatte ihr geschrieben, daß Paul, der dreiundzwanzigjährige Sohn Tante Franziskas, nachdem er sich einige Tage unbehaglich gefühlt hatte, einem tückischen Anfall von Diphterie erlegen sei.[151] Bei der Heftigkeit der Krankheit sei eine völlige Desinfektion des Hauses geboten. Tante wohne daher mit beiden Töchtern in einer stillen Pension und Fräulein mit den

Jungen im Hotel Bellevue; er aber wolle, trotzdem er Mamas ängstliche Bitten voraussehe, auf jeden Fall als Kapitän bei seinem Schiffe bleiben. Zu meinem Erstaunen brach Mama, für sich selbst die Ansteckung fürchtend, daraufhin nicht ihren Aufenthalt ab, sondern fuhr erst, wie geplant, mit mir zurück, da ich vor dem längeren Fortsein noch einiges in Berlin zu ordnen hatte. Der Tod des jungen, stillen, etwas verschlossenen Menschen hatte keine eigentliche Lücke in unserem Hause gerissen; aber ernst war es geworden, als die Gütige nun als mütterliche Dulderin zurückkehrte. «Du arme, unglückliche Frau», hatte mein Vater zu ihr gesagt, als er sie von der Gittertür den ersten, schweren Gang in ihre Räume geleitete. «Man ist nicht unglücklich, wenn man dich hat, Julius», war ihre Antwort, und dasselbe Schmerzenslächeln glitt über ihre Züge, als sie meinem Bruder Karl die goldene Uhr des toten Sohnes schenkte. «Trage du sie nur immer, er hat sie sich fast nie gegönnt.» Und bei diesem Lächeln wurde der Kinderglaube von den guten Engeln in mir wach, den man im verhärtenden Leben verloren zu haben meint.

Ein langes Jahr mußte durchlebt werden, bis ich meinen Bruder wiedersah. Wir waren von der Schweiz nach der Riviera, von dort nach Oberitalien gereist, und überall hin folgten mir seine Briefe, durch die ich ihn fast unzertrennlich bei seinem Schaffen und in seinen Mußestunden begleiten konnte. «Diese Briefe sind nur für dich», schrieb er wieder und wieder, «nur dann können sie eine Beichte sein, nur dann haben sie Sinn für dich und mich.» Und ich war stolz und glücklich mit diesen Zeugnissen unserer Zusammengehörigkeit. Er hatte in der Zwischenzeit teils in München, teils in Berlin einige Porträts gemalt. Eines darunter hatte ihm den ersten, langersehnten Auftrag gebracht, und wenn er auch wußte, daß Tante Hedwig, als sie bei ihm das Bild ihres Gatten bestellte, mehr von Familiengefühlen als vom Glauben an die neue Kunst getrieben wurde, so war doch der erste selbstverdiente Tausendmarkschein eine ungetrübte Freude, umsomehr, da das Bild, in wenigen Sitzungen vollendet, ungeteilten Beifall errang. Bei sprechender Ähnlichkeit war es verblüffend charakteristisch in der Auffassung, und was die Technik anbetraf, so hatte sich der Maler zwar nicht vom Publikumsgeschmack beirren lassen, aber zu aller Erleichterung hatte er sich, dem Vorwurf entsprechend, in dem zu krassen Befolgen der für die neue Richtung maßgebenden Gesetze eine weise Mäßigung auferlegt.

Fritz ließ seinem ersten selbstverdienten Kapital nicht Zeit, im dunklen Verließ zu kargen, toten Zinsen zu reifen; das Leben selbst sollte sie ihm in leuchtendem Golde zahlen. Mit Hans, der jetzt als angehender Ingenieur das Polytechnikum besuchte, fuhr er noch am Abend der letzten Sitzung nach Holland, dem gelobten Lande unserer Modernen. Nach einer Fahrt auf einer kleinen Dampfbahn schickte er mir einige hingekritzelte Verse: «Hui, wie der Blitz sausten die Wagen, / Von knarrenden, krächzenden Achsen getragen. / Fauchend da vorn die droll'ge Maschine / Machte, als wollte sie sterben, fast Miene. / Stop! und hinauf ein lachender Schwarm, / Wurde mir plötzlich jetzt kalt und jetzt warm, / Als da leibhaftig vor mir stand / Ein Enkelkind von Helene Fourment. / Um ihr Gesichtchen sprühte das Gold, / Das sich in Fesseln nicht halten wollt'. / Der Augen lieblicher Sternenschein / Blickte halb sanft und halb schalkhaft darein, / Und die Lippen, saftig wie Kirschenfleisch, / Lachten und trauerten, zuckend, zugleich. / Rauschte der Zweig in der fliegenden Luft, / Stieg von den Wiesen berauschender Duft, / War ein Gelach' und Geschrei in dem Wagen, / Wenn bei 'ner Biegung zusammen wir lagen. / Sanft, sehnend und lockend traf mich ihr Blick, / Schauten die Brüder wohl einmal zurück. / Da fing sich bitter an zu rächen, / Daß ich nicht konnte Holländisch sprechen, / Und an der nächsten, zu nahen, Station / Trennten sich unsere Wege schon.»

«Rembrandt hat für jedes Porträt auf seiner Nachtwache nur 100 fl. erhalten», schrieb er dann aus Amsterdam, «und ich habe tausend Mark verdient! Ich schäme mich recht, wie schlecht mein Bild gemalt ist. Aber die Partie ist nun einmal verloren, vielleicht kann ich die Scharte bei meinem nächsten Porträt wieder auswetzen, und dann», fügte er übermütig hinzu, «sollen die Philister Preise bezahlen, daß ihnen die Haare zu Berge stehen, während sie mir sitzen.» Sein großes Bild, das er nach meinem Fortgehen geplant hatte: Der Englische Gruß, habe zwar, abgesehen von einer Skizze, nicht den Weg von seinem Hirn auf die Leinwand gefunden, doch spräche das nicht gegen ihn, daran sei einzig und allein sein Engel Schuld gewesen, der zufällig gerade damals aus München verwiesen worden sei, jedoch sei die Zeit nicht verloren, denn bei den Porträts habe er Erfahrung und Stoff zum Ausstellen gesammelt. Und hier kam der Punkt, von dem seine Briefe immer wieder sprachen: das große Ereignis, das sich vorbereitete, dessen erstes Aufdämmern ich unter Herzklopfen miterlebt hatte, und das mir als tiefstes Geheimnis damals anvertraut worden war. Eine Anzahl namhafter Künstler, darunter Block, hatten in aller Stille die ersten Schritte getan, um eine Vereinigung mit eigenen Ausstellungen zu gründen. An diesen Kern sollten sich dann, statutengemäß, die Jüngeren in der Form anschließen, daß sie durch Beschickung der Ausstellung, vorausgesetzt, daß eines ihrer Bilder von der Jury angenommen würde, die Mitgliedschaft erwerben würden. Man mußte damals in München inmitten der Kunstkreise gelebt haben, um das Ungeheuerliche dieses Vorhabens zu würdigen. Hie Glaspalast, hie Sezession, so tönte, unter den Eingeweihten der Ruf, und jeder fühlte wohl die schwere Verantwortung, die er auf sich nahm; denn die Trennung vom Glaspalast, dem geheiligten Boden des Münchener Kunstlebens, hieß nichts anderes, als die Kunst, also den Lebensnerv Münchens, mit kühnem Griff in zwei Hälften schneiden. Sezession? – Das Wort sagte mir nichts, es war mir ein fremder Begriff. Aber als ich die Namen seiner Vertreter hörte, verstand ich alles: Licht, Freiheit, Reinheit in der Kunst, auch da, wo ihre Wege nicht ganz in der neuen Richtung liefen, Tod dem Atelierton, dem Kitsch, dem Unwahren, den Konzessionen gegen den zahlenden Philister! – all das stand auf der stolzen Fahne geschrieben, die dem neuen Unternehmen zum Siege voranwehen sollte.

Mittlerweile hatte die Aufrührerpartei Rückgrat bekommen. Nachrichten, die zuerst nur durchgesickert waren und mit spöttischer Geringschätzung von den einen, mit heller Begeisterung von anderen aufgenommen wurden, fanden offizielle Bestätigung, und ein Kampf der Gesinnungen entbrannte, der die Kunstwelt Münchens in zwei Lager teilte, daß man sich nach England in die Zeiten der Weißen und Roten Rose versetzt glauben konnte. Währenddem hatte sich in fieberhafter Eile, aber mit der ruhigen Sicherheit der Überzeugung, ein Vorstand gebildet, der die besten Namen aufwies; Piglhein war zum Präsidenten ernannt[152], berühmte auswärtige Künstler waren zu Ehrenmitgliedern gewonnen worden, ein Garantiefonds war gezeichnet, so daß der Platz für das neue Ausstellungsgebäude erworben und der Bau in Angriff genommen werden konnte. Im Frühling war alles so weit gediehen, daß für den Sommer 1893 die erste Sezessionsausstellung angekündigt werden konnte.

Anfang Juli trafen wir uns mit meiner Mutter wiederum in dem uns liebgewordenen Bürgenstock. Bald nach unserer Ankunft telegraphierte uns mein Vater, daß zwei große Bilder von Fritz zur Ausstellung angenommen seien, und daß er Mama und mich für drei Tage in München erwarte. Mir war auf der Fahrt zumute wie in meiner Kindheit, wenn im Zirkus die rauschende Musik vor der Glanznummer plötzlich verstummte und alles Leben sich in dies eine, atembeklemmende Ereignis zu konzentrieren schien. Papa empfing uns in einer des feierlichen Anlasses würdigen Wohnung im neuen Hotel Continental. Unser erster

Weg am anderen Morgen galt der Ausstellung. Im Ehrensaal, fast in der Mitte der dem Eingang gegenüberliegenden Wand hing das lebensgroße, dunkle Porträt meines Bruders Hans, und im Nebensaal lächelte «Stasi», ein wenig zu hoch gehängt, in unschuldiger Entblößtheit, mit aufgelösten Haaren, eine Zigarette in der aufgestützten Hand, in hellem, blondem Lichte auf uns herab. Beide Bilder waren mir neu, und doch – wieviel Vertrautes sprach mir aus beiden! All seine Kämpfe und Freuden, seine Zweifel und aufblitzenden Erkenntnisse las ich noch klarer aus diesen farbigen Niederschriften als in seinen Briefen.

Noch ehe sie ans Licht der Öffentlichkeit gekommen waren, hatten die beiden Bilder (das konnte ich selbst aus der schüchternen Form herauslesen, in der Fritz Anerkennung aufzunehmen und zu erwähnen pflegte) Aufmerksamkeit erregt. Uhde sei in sein Atelier gekommen, schrieb er mir eines Tages, und habe in seiner kurzen Art gemurmelt, nicht schlecht, in der Sache wäre etwas drin, Fortschritte gemacht, nur wäre die Malweise zu rauh. «Also», schrieb mir Fritz, «haben die Berliner doch wohl etwas Recht, und ich kann auf meine Technik sagen wie die Bibel von Christus: Das Volk entsetzte sich über seine Lehre; denn er predigte gewaltig und nicht wie die Schriftgelehrten.» Ein zweiter Besuch schien noch wärmer ausgefallen zu sein, denn ich hörte darüber: «Uhde hat mein Bild von Hans sehr gelobt. Aber», fügte Fritz hinzu, «es ist doch nichts Neues. Und das ärgert mich, daß man, wenn man das Leben erfaßt, es nicht auch in einer neuen, noch nicht dagewesenen Form ausdrücken können sollte. Daher bin ich immer unzufrieden. Nur eines tröstet mich dann etwas: daß das, was ich gern mache, mir sehr leicht von der Hand geht und jedes Neue das Vorhergehende übertrifft. Also jetzt heißt es einmal innerlich zu arbeiten, das Können wird dann schon kommen. – Manchmal ist mir, als müßte irgend ein Ereignis in meinem Leben kommen, das mich ganz umkrempelt und mir mit einem Male den richtigen Weg zeigt, als ob ich einmal, während ich ratlos vor dem Felsen herumirre, der am Ende der Sackgasse das Weitergehen hemmt, unbewußt das richtige Zauberwort aussprechen und die verborgenen Schätze heben werde. Oder ist das – fast fürchte ich es – die Hoffnung aller ‹ratés›[153]?» Und etwas später: «Ich empfinde immer, daß das, was ich jetzt mache, nicht das für mich Bestimmte ist. Das Hellmalen ist ja ein ganz gutes Gegengift gegen den Lack von vorher, aber ich will jetzt ganz anders malen, farbiger und dunkler. – Ich bin wieder einmal auf einem neuen Wege, vielleicht auf einem richtigen, nämlich die Objekte durch die Schönheit der Farbe, des Lichtes (Rubens, Rembrandt?) zu idealisieren. Das läßt sich aber nicht erklären; außerdem tappe ich selbst noch herum; nach mehreren Versuchen, die daran herumschnüffelten, hoffe ich jetzt mit einem neuen Bilde etwas Positives zu erreichen. Wenn die Geburtswehen auch lange dauern, endlich, so hoffe ich, werde ich mich doch selbst zur Welt bringen. Und dann erst werde ich auch eine eigene Ausstellung machen, wenn ich die Kinder von meinem Blut, nicht adoptierte, werde zeigen können.»

All diese Worte, die, in schweren Stunden ersehnt und begrüßt, mich oft gelabt hatten wie den verdurstenden Wanderer der klare Quell, summten mir durch den Kopf, während ich mich nicht von dem mir doppelt blutsverwandten Porträt losreißen konnte. Machte ich dann aber eine Halbwendung, so daß mich das zweite Bild meines Bruders, die Stasi, vertraut und verständnisvoll anlächelte, als riefe sie mir vom anderen Saale her zu: Wir zwei, wir haben ihn arg lieb, gell? – so tönten andere Melodien mir durchs Herz, denn – mein Maler war eben dreiundzwanzig Jahre alt geworden, und Frühling, München, Kunst und Liebe schufen einen süßen, verführerischen Akkord. Mir war, als ob ich den Brief vor mir hatte, der mir die Geburt dieses Bildes anzeigte: «Liebste Schwester! Seit langer Zeit wieder der erste Abend zu Hause. Den benutze ich, um Dir zu schreiben.

An die anderen schreibe ich nämlich vernünftig und nüchtern um 2 Uhr mittags, Dir mute ich schon Stärkeres zu und schreibe Dir im Abendfieber. Aber – ich rate Dir: ‹Wenn Du eine gute und ehrsame Frau bist, die an ein gutes Mittagbrot denkt und feste Ansichten über Sittlichkeit und Anstand hat, wirf den Brief, *bevor* Du zur nächsten Seite kommst, ins Feuer. Wenn Du aber, (wie ich) glaubst, daß man einen jeden Menschen mit *seinem* Maßstabe mißt, und daß, was mit Überzeugung und Humor geschieht, moralisch ist, dann setze Dich lächelnd hin, allein, denke an die frische, gesunde Münchener Luft, die Weichlinge erzittern macht und Gesunden lachenden Lebensmut einflößt, und lies diese Zeilen.› Jetzt weißt Du, was Dir bevorsteht. Du bist auf der zweiten Seite. Ich fange an. Es dreht sich um / ‹Weißt Du noch, mein süßes Herz, wie alles sich Hold begeben zwischen dir und mir? / Wie der Liebe Siegelring auf meine Stirn / Drückte schon der erste Blick von dir? / Wie zu schelten deine Lippen rang, und dich / Honigküsse träufelten von ihr? – / Wie was sich kein gläubiges Gemüte träumt, / Uns die Huld des Himmels schenkte hier? / Weißt du noch, mein süßes Herz, wie alles sich Hold begeben zwischen dir und mir?›

Ich kann nun zwar nicht in diesem schönen Stil fortfahren, aber dafür ist meine Geschichte nicht so allgemein gehalten und hat den Vorzug, daß sie modern ist. Neulich hörte ich, daß Kellers Modell Stasi bei Fehr[154] auf dessen (Fehrs) persönliche Bitte sitzt, und ging hin das Wunder anzuschauen. Da saß gegen einen lila Hintergrund in einem mattgelben seidenen Kleide ein Mädchen, träumerisch wie eine Sommernacht im Englischen Garten, wenn Jasmin und Holunder duften. Ich trat vor die Staffelei eines Bekannten, der ihr gegenüber stand. Sie schlug die halbgeschlossenen Augen auf, wir sahen uns an. Und dann ging ich am Ende der Stunde an sie heran und bat sie, mir am Nachmittag der nächsten Woche zu sitzen. Das war letzten Donnerstag. Am Samstag Mittag kam sie auf ein paar Minuten zu mir, weil ich sie stellen wollte, um eine Leinwand bestellen zu können. Ich war sehr enttäuscht. Unter einem schlechtsitzenden, sauberen Kleide, einer einfachen, kurzen Jacke und verschleiertem Hut, sah sie nach gar nichts aus. Ich setzte sie, und dann ging sie, ‹weil sie zu ihrer Tochter müßte›. Sie hat nämlich vor drei Wochen ein Kind bekommen und war sehr stolz darauf, obwohl sie den Vater desselben, mit dem sie früher ein Verhältnis hatte, haßt. Das gefiel mir sehr gut an ihr. Ich wollte ihre kleine, weiße Hand küssen, aber sie sagte: ‹Das mag i net›, und war schon fort. Am Montag kam sie voll Sorge, weil ihr Kind krank geworden war und der Doktor es für ernsthaft hielt. Sie saß mir aber doch, wir unterhielten uns, und dabei vergaß sie mit dem göttlichen Leichtsinn der Münchener Mädchen ihre Sorgen. Nur manchmal sah sie ganz traurig vor sich hin. Da setzte ich mich neben sie auf den großen Großvaterstuhl *(es ist noch Zeit für Dich mit der Lektüre aufzuhören)* und küßte sie. Und sie erzählte mir (ich hatte, ohne sie zu kennen, sie zum Sitzen bei mir schon vorher bestellen lassen, und sie hatte sagen lassen, sie hätte keine Zeit), daß sie mich gleich bei meinem Eintritt ‹gemocht› hätte. Und wir küßten uns, und der alte Großvaterstuhl, der nur gute und wohlerzogene Leute gesehen hatte, verlor alle Kontenance und ließ erschüttert seine Ohren fallen. Dann wurde es dunkel und geheimnisvoll im Atelier, die Luft süß vom Zigarettenrauch, ihr Haar war aufgegangen und das obere Hemd (sie saß mir ohne Mieder) herabgefallen. Sie richtete sich auf und beugte sich mit zurückgeworfenem Kopf über mich. Über ihre Augen fielen halb die Lider mit den schwarzen, schweren Wimpern, und um ihren Mund triumphierte ein süßes Lächeln. Und ich fühlte, daß, was andere Leute verächtlich nennen, heilig und rein sein kann, und ich fühlte uns wie zwei reine Kinder, die noch nicht wußten, daß ‹natürlich› heutzutage ‹unsittlich› bedeutet. – Den nächsten Tag kam sie mit dickgeweinten Augen, ihr Kind war tot, kurz nachdem sie heimgekommen war. Aber die Mutter hätte ihr gesagt, sie dürfe nun nimmer weinen, und sie wolle versuchen, nicht mehr daran zu denken. Dann rauchte sie eine Zigarette, ihr wurde schlecht, ich gab ihr ein Glas Wein, der ihr den Kopf noch mehr benahm. Sie seufzte, sie wolle nicht mehr heim, ihr Kind sei nicht mehr da, und Muttertrauer und Liebe zu mir. Solch ein süßes Gemisch von Trauer und Leichtsinn. Vor ein paar Tagen hatte sie noch, anstatt es zu verheimlichen, einem Bekannten gesagt, was sie für ein lieb's Kindl hätte, und dann vergißt sie es beim Küssen vollständig. Und sie ist charmant und lieb, dankbar für jede Zigarette und scheu und mädchenhaft …

Erinnerst Du Dich an Habermanns[155] Bild, die Malerin vor dem grünen Fenstervorhang, mit der eigentümlichen Kopfhaltung? Das Gesicht war (außer daß es dazu verpatzt war) nicht ähnlich; das war Stasi. Sie hat diese eigentümliche Grazie, die aus Kinderanmut und unbewußtem japanischen Formempfinden zusammengesetzt ist. Es ist ein wahrer Rausch für Maleraugen, wenn sie, jede Sehne in Aktion, in irgend so einer bizarren Bewegung dasteht, wie sie in japanischen Bilderbüchern dargestellt sind. Dazu diese exotischen Farben (ich habe sie im Verdacht, väterlicherseits von Juden abzustammen); sie macht vollkommen den Eindruck einer Orchidee oder Tuberose. Sie verkörpert das Ideal einer – dekadenten – Malerseele mit ihren ganz feinen Formen, den berauschenden Farben und Augen und Mund, die zugleich so melancholisch und so reizend lasterhaft sind. Es ist überhaupt nicht zu malen. Und man muß sich schon begnügen, mit allen Sinnen diese bis aufs äußerste verfeinerte, nervöse Schönheit einzusaugen.

Nun sitze da, wie ich Dich gemalt habe, liebenswürdig und heiter lächelnd, ein wenig schmerzlich, und freue Dich mit mir, daß ich einmal wirklich empfunden habe, was Glück ist, was ich nie vorher bei anderen empfand. Und sorge Dich nicht um mich. Jetzt leuchtet mein Stern wieder im Aufgang.»

Ich ging durch die Ausstellung, als ob ich nach einer langen Trennung lauter gute Freunde wiedersähe, und mit derselben zärtlichen Vertraulichkeit begrüßte ich ihre Vorzüge wie ihre Fehler. Aber immer wieder zog es mich hin zu meinem liebsten Bruder, und ich sah ihn auf goldener Treppe zu einem schönen Tempel aufsteigen, und nichts Anderes wünschte ich damals für mich, als daß meine Augen seinem Wege zum Lichte folgen dürften.

10.

Mir graute vor einem neuen Winter des Herumreisens, des Ho-tellebens, und ich setzte mich für meinen Plan, wiederum eine möblierte Wohnung zu beziehen – dieses Surrogat der Heimat-losen – mit solcher Energie ein, daß wir Ende September nach Brüssel fuhren und dort nach einiger Zeit das Geeignete in ei-nem kleinen Hause in der Chaussee de Vleurgat, einer Quer-straße der eleganten Avenue Louise, die ins Bois führt, fanden. Hier war der Boden nicht so bequem für mich bereitet wie in München. Die mir gänzlich fremden Verhältnisse, durch die jede wirtschaftliche Einrichtung sich wie ein unübersteiglicher Berg vor mir auftürmte, das Gefühl der Vereinsamung, das durch die Unmöglichkeit, Anschluß zu gewinnen, allabendlich in mich kroch, eine schwere Erkrankung meines Mannes, die viele freud-los gegebene und freudlos empfangene Pflege beanspruchte, machten mich so mürbe und müde, daß auf meine Bitte meine Cousine Hanna, Tante Franziskas älteste Tochter, zu uns kam, die das Lehrerinnenexamen gemacht hatte und es übernahm, Edith in den Anfangsgründen zu unterrichten. Im Dezember er-schreckte uns eine böse Nachricht: der Gesundheitszustand ih-rer Mutter, der schon seit einiger Zeit zu Besorgnissen Anlaß gab, hatte sich plötzlich so verschlechtert, daß Papa sie telegra-phisch zurückrief. Noch in derselben Stunde erreichte sie den

Mittagsschnellzug und konnte dadurch den letzten vom Unbewußtsein zurückkehrenden Blick der Mutter erhaschen. Von meines Vaters trostbegabter Hand in den Leidenstagen sanft gestützt, schlummerte die Gute nun, von aller Qual befreit, dem Tode entgegen, und ich hatte eine Freundin verloren.

Das Weihnachtsfest schlich trübe heran, wenn auch mein Töchterchen in ihrer Lieblichkeit immer ein gutes Teil Sonnenschein in unser Haus trug. Kurz vor dem Heiligen Abend überraschte uns mein Bruder Karl durch seine Ankunft. Er war seit einiger Zeit bei einer großen Maklerfirma in London tätig, da er sich auf Papas Wunsch für das Bankfach entschieden hatte, und als ihn beim Nahen der Festtage die Sehnsucht nach unserem lieben, zu entfernten Elternhause gepackt hatte, war er schnell entschlossen zu uns herübergefahren, und zu Zweien ertrug sich das Heimweh fast wie eine Freude.

Im Frühling 94 besuchten mich meine Eltern, da an unsere Übersiedlung nach Berlin vorläufig nicht zu denken war, und bald darauf kam, heißersehnt und lange erwartet, Fritz auf einige Wochen zu mir. Wieder war fast ein Jahr vergangen, seit ich ihn zuletzt gesehen, und eine uns neue unerklärliche Verlegenheit dämpfte die Freude des ersten Augenblicks. Kaum aber saßen wir nebeneinander im Wagen und blickten uns in die Augen – «da sahen sie an ihrem Lächeln, daß sie sich liebten wie in früheren Zeiten» zitierte Fritz aus einem Roman von Barrès, und wir beide fühlten, daß, was ein langes Jahr der Trennung auch zwischen uns legen mochte, unsere geschwisterliche Zusammengehörigkeit dieselbe bleiben mußte. Ja, vielleicht genossen wir diesmal das Gefühl der Zusammengehörigkeit so intensiv wie noch nie, weil es sich auf einem ernsteren Hintergrunde aufbaute. Über mir schlugen die Wogen meiner Ehe immer atembeklemmender zusammen; hin und wieder war von meinem Vater, von meinem Bruder schon das gefürchtete Wort Scheidung als Frage, als Rat, als Bitte gefallen. Ich war zwar unglücklich genug; aber welche Welt von Zweifeln und Zögern trennte mich noch von dem Gedanken, ein Ende zu machen! Auch für Fritz hatte die Zeit des sorglosen Jugendrausches aufgehört. Immer ernster packte ihn das Verantwortlichkeitsgefühl seinem Berufe gegenüber. Seine Bilder, nicht nur die in der Sezession ausgestellten, hatten in seiner Umgebung ein gewisses Aufsehen erregt. Die Porträts unserer Eltern, eine Landschaft, den Garten hinter unserem Haus darstellend, zwei Bilder, die er in Paris im Atelier eines ihm befreundeten Künstlers gemalt hatte: «Die Pariserin» und «Aschermittwoch», waren nebst vielen Studien und Skizzen in der Zwischenzeit entstanden, und doch verzweifelte er dann und wann so an sich, daß er Pinsel und Palette fortwarf und zum Ton griff, da ihm, dem zum Schaffen Geborenen, ein ruhiges Genießen versagt war und die äußere Welt, die sich in ihm gestaltete, unter irgendeiner Form unabweisbar zum Lichte drängte.

In solcher Krisis war er, als er zu mir kam, und langsam, behutsam, wie man ein schluchzendes Kind beschwichtigt, redete ich ihm zu, die Farben aus dem Koffer zu holen und ein Bild von Edith in Öl zu malen, denn es existierte bisher nur eine hübsche Pastellskizze in rotem Kleide von ihr, die in der Zeit kurz ehe wir München verließen, entstanden war. Das helle, freundliche Giebelzimmer, das ich für Fritz in unserem Hause eingerichtet hatte, eignete sich ausnehmend zum Atelier, und nachdem ich das letzte Mal in den drei sinnverwirrenden Münchener Ausstellungstagen ihn selbst über seinen Werken fast vergessen hatte, genoß ich nun wieder in stillen, beglückenden Stunden den Bruder und den Maler, den ich in ihm mit gleicher Inbrunst anbetete. Wir gingen zusammen in dem frühlingsgrünen Bois spazieren, wir sahen die schöne Stadt mit ihren herrlichen Ausblicken, wir besuchten Museen und Theater – und doch blieb immer noch die kleine Tür zwischen uns verschlossen, deren Dasein wir beide im Augenblick des Wiedersehens gefühlt, noch ehe wir unsere Stimmen gehört hatten. Oft, wenn wir beisammensaßen, baten mich seine Augen: Verlange den Schlüssel von mir, ich schlage ihn dir nicht ab, um unserer Liebe willen! – Nein, sagten die meinen, behalte den Schlüssel, bis du sie mir selbst auftun willst, die Tür zu deinem Glück; ich warte gern, um unserer Liebe willen. – Und so nahte der Tag der Abreise, ohne daß es ausgesprochen war, das Wort, das sein Inneres erfüllte, das aus seinen Augen leuchtete, und das ich als schöne Frucht von ihm empfangen würde, wenn es an der Zeit war.

Das Bild von Edith war nicht über die Skizze gediehen, Fritz war unzufrieden damit und wollte es vernichten; ich aber erkämpfte es mir in letzter Stunde zum zweiten Male, als schon sein Koffer im Hausflur stand. Wie damals in München gab ich ihm einen Rat, um es zu verbessern, wie damals lachte er über seine dumme, kluge Schwester, und dies Lachen war die Befreiung. In einer halben Stunde war der süße Kinderliebreiz auf die Leinwand gebannt, die Locken sprühten rötlich auf dem Blau der Schürze, die Wangen rundeten sich wie rosige Blüten, und die Augen blickten fragloses Kindervertrauen in eine Welt der Güte und der Freude. Und nun kam der Abschied, der schwere Abschied, denn wir wußten beide, daß fortan jeder seinen eigenen Lebensweg gehen müsse, weil das Bruder- und Schwesterschicksal war.

Wenige Monate später erhielt ich die Nachricht von Fritzens Verlobung mit seiner Cousine Martha, der jüngsten Tochter unserer verstorbenen Tante Franziska. Wußte ich jetzt, wo die Worte deutlich vor meinen Augen standen, mehr als damals in Brüssel, als noch etwas Unausgesprochenes, kaum Greifbares zwischen uns schwirrte und flimmerte? Wußte ich, wohin der Schicksalswagen meines Bruders trieb? Als ob ich eine Abgeschiedene wäre, so konnte ich von meinem Ich absehen, als ich, die Nachricht vor mir, die undurchdringliche Wolkenwand zu zerteilen versuchte, die vor meines Bruders Zukunft lagerte. Denn, so viel war mir gewiß: ein alltägliches Los hatte er sich nicht durch seine Wahl bereitet. Bei all ihrer Jugend (Martha war gerade zwanzig Jahre alt geworden) fühlte man in ihr die komplizierte Natur, die aus dem Rahmen heraus, in den sie die Geburt gebannt hatte, das Recht des Lebens, ungebändigt durch äußere Rücksichten und innere Verpflichtungen, für sich in Anspruch zu nehmen gewillt war. Ohne eigentlich hübsch zu sein, nahmen ihre schlanken, biegsamen Glieder, die angenehmen, von einer warmen, reinen Gesichtsfarbe überhauchten Züge unter holzbraunen, glatten Haaren für sie ein, noch ehe man sich über ihr stilles, oft schüchternes Wesen recht klar wurde. Wollte sie aber gefallen – und sie wollte es fast immer, wenn junge Männer im Spiele waren – so sprühten rötliche Lichter in ihren Haaren, ihre Augen blitzten, um den etwas breiten Mund spielte ein spöttisches Lächeln, das vieles zu verraten schien, was jener verschwieg, zwei reizende Grübchen vertieften sich in den bräunlichroten Wangen, und die Linien ihres Körpers zeichneten sich in ganz eigentümlichen, verführerischen Biegungen. Dabei war sie im Zusammensein mit meinen Eltern, die sie zärtlich liebte, zutraulich und kindlich, ohne Verstellung, und doch machte etwas Geheimnisvolles in ihr, mochte man sie noch so lieb haben, das einfache, natürliche Familienvertrauen unmöglich, durch das zwischen Verwandten die Wahrheit am längsten verschleiert zu bleiben pflegt. Ich konnte sie mir als die Geliebte eines Malers der Renaissance vorstellen inmitten all des raffinierten Luxus' jener Zeit; auch in das Zigeunertum eines Münchener Ateliers mit seinem Jugendrausch von Kunst und Liebe paßte sie mir für eine Spanne Zeit, aber in das Bleibende einer Ehe? – selbst einer glücklichen Ehe? – Dann aber dachte ich an meines Bruders Künstlertum, an seine bezwingende Persönlichkeit, doppelt bezwingend gewiß, wenn sie nun ihr ganzes Sein ungeteilt einem Menschen hingab, und seine Lieblingsworte aus der Bergpredigt fielen mir ein: «Darum sorget nicht für den anderen Morgen;

denn der morgende Tag wird für das Seine sorgen. Es ist genug, daß ein jeglicher Tag seine eigene Plage habe.» – All diese innerlichen Kämpfe, das wußte ich, mußte auch Fritz in verstärktem Maße durchgemacht haben, ehe er sich entschloß, mit meinen Eltern zu sprechen und ihre Bedenken gegen die Gefahren einer Familienehe, gegen ein Sichbinden in so früher Jugend, bei so unsicheren Aussichten, zu überwinden. Von Martha wußte ich, daß sie mit einem gescheiten und liebenswürdigen jungen Manne, dem Sohne sehr reicher Eltern, seit einiger Zeit versprochen war[156]. Wie heiß, wie unabweisbar mußte also die Liebe diese beiden überfallen haben, um all dieser Hindernisse Herr zu werden! Und in diesem Gedanken konnte ich meinem liebsten Bruder die Glückwünsche so freien Herzens und so frohen Mutes senden, wie er sie, auch das wußte ich, von mir ersehnte und erwartete.

Im Spätherbst verlobte sich Hanna, die ältere Schwester[157], und diesem in Einvernehmen und Herzlichkeit geschlossenen Bunde zweier nicht aufrührerischer Naturen fehlte es nicht an allen absehbaren Garantien für einen guten, geruhsamen Ehestand. Im Januar – wir verlebten den Winter an der Riviera – rüsteten meine Eltern die Doppelhochzeit für beide Schwestern[158]. Auf meine sehnsüchtige Frage riet Papa mir ab, Mann und Kind in so weiter Ferne allein zu lassen, um zur Hochzeit zu kommen, und Fritz, dem vor diesen bürgerlichen Begleiterscheinungen seines heißen Glückes graute, schrieb: «Was hast Du von uns an solchem Tage? Triff uns im Frühling in München, da wollen wir glücklich sein zu Dreien», und ich weinte mich an seinem Hochzeitsabend in den einsamen Schlaf. – All mein Glück für dich, mein liebster, liebster Bruder!

Einige Wochen seelischer Entspannung sollten mir zwischen meinen Winterreisen und dem Sommer gegönnt sein, und, wie geplant, fuhr ich mit meinem Töchterchen Anfang Mai nach München. Martha empfing uns allein. Mir stockte das Herz, als ich ihr nervöses, verlegenes Lachen sah, das ich an ihr kannte und das mir nichts Gutes weissagte, denn es überkam sie meist, wenn ihr selbst oder einem anderen etwas Böses widerfuhr, oder wenn sie, dem Zwange ihrer Natur folgend, einem anderen wehe tun mußte. Ich betrat ein verdunkeltes Zimmer. Ein Anfall des alten Augenleidens, das mir beide absichtlich verschwiegen, hatte sie veranlaßt, die Atelierwohnung, in der sie eine glückliche, sorglose Zeit nach der Hochzeit verlebt hatten, mit einem Hotelzimmer zu vertauschen. Auch aus diesem Dunkel schimmerte mir, wenn auch durch Betrübnis und Entsagung gedämpft, ihre freudenvolle Liebe entgegen. Über Marthas Wesen hatte sie eine ungekannte Sanftmut und Weichheit, fast könnte man sagen Mütterlichkeit, gegossen, und Fritz mochte wohl bei diesem Anfall in dem Gefühl, daß ein liebendes Herz mitbetroffen wurde, das Entsagen doppelt schwer empfinden; aber seine bezaubernde Liebenswürdigkeit, Geduld und Dankbarkeit, der unbeschreibliche Liebreiz seines Gemüts und Geistes erfüllte selbst dies dunkle, unschöne Gasthauszimmer mit solchem Lichte, daß ich, wenn auch blutenden Herzens, zweimal des Tages zu ihm wie zu einem Feste ging. Martha benutzte oft die Zeit meines Dortseins zu notwendigen Gängen, meist aber saßen wir zu Dreien beisammen, und da ich sah, wie sehr meine Gegenwart ihnen die schwere Zeit zu erleichtern, zu erhellen vermochte, verband uns eine Sympathie, die wie etwas fast Greifbares beglückend zwischen uns lebte. In der Zuversicht auf eine baldige Genesung, die noch jedesmal, ohne irgendwelche Spur der Erkrankung zu hinterlassen, eingetreten war, bauten wir die schönsten Luftschlösser für den kommenden Winter. In Venedig, Florenz und Sizilien gedachten sie nachträglich ihre Hochzeitsreise zu feiern, im Frühling wollten wir uns dann in Rom treffen, und schon jetzt im Dunkel ahnte Fritz seine Augen von neuen, reicheren Farben gesättigt. In dem Bestreben des einen, den anderen froh zu stimmen, wurden wir wirklich froh, und bei Gesprächen über Kunst, Literatur und Musik, Kindheitserinnerungen und Familienwitzen verflogen Stunden und Tage. Fritzens Anfall rückte allmählich in das Stadium des Verklingens, so daß man leise wagen konnte, von den hinwegtäuschenden Flügen in die Vergangenheit und Zukunft zur freundlich blickenden Gegenwart zurückzukehren.

Eine Tristan-Aufführung, die im gegenüberliegenden Hoftheater angesagt war, erweckte in Fritz den brennenden Wunsch nach den geliebten Klängen. Der Arzt gab zögernd und zur Vorsicht mahnend seine Einwilligung, denn auch ihn entwaffnete das Feuer dieser Augen. Ich ging zur Kasse, von dort, meine Schüchternheit überwindend, zu höheren Instanzen. Man kannte dort Fritzens Namen, und galant wurde mir das dunkle Vorzimmer zur Loge der russischen Gesandtschaft zur Verfügung gestellt. In letzter Stunde bekam Fritz Bedenken, was alles für ihn auf dem Spiele stand; er verlor den Mut des Wunsches und entsagte, und zwei Frauen sahen sich schmerzlich an, die ihm gern die Sterne vom Himmel geholt hätten und machtlos waren, ihn durch ein paar Töne zu erquicken.

Am folgenden Tage durfte Edith ihn zum ersten Male besuchen. Ein Strom von Licht und Wärme schien mit ihr in die ängstlich gehütete Dämmerung zu dringen, als sie in ihrem hellen Kleide, das errötende Gesichtchen von blondem Gelock umrahmt, mit einem großen Wiesenstrauß in der Türöffnung erschien. Seine schönen, erstaunten Kainzauge[115] blickten fragend, fast anklagend aus dem Halbdunkel und traurig sagte er: «Ach, es ist schon Frühling im Englischen Garten?» Und bei diesen Worten, bei dieser Stimme schwur ich mir zuckenden Herzens: Wenn diese Augen, die Wunder der Schöpfung in sich aufzunehmen und wiederzugeben, gesunden, so soll keine Klage mehr um eigenes Leid über meine Lippen kommen.

Vor meiner Abreise sah ich einen Teil meines Wunsches erfüllt. Mit beiden machte ich den ersten Spaziergang im Abendsonnenschein des Englischen Gartens. Noch trug Fritz den weichen Hut etwas tiefer in die Stirn gedrückt, noch verriet seine blaße Gesichtsfarbe die Entwöhnung von Licht und Luft, aber wie nach langer Kerkerhaft genoß er die Frühlingspracht mit fast schmerzlichem Entzücken. Auf dem Rückwege in der Maximilianstraße blieb ich ein wenig hinter ihnen; mehrmals hörte ich von Vorübergehenden sagen: Das war ja der Alexander! Die beiden aber vor mir sahen und hörten nichts, und in ihrem Glücke hatten sie mich völlig vergessen. Ein tiefer Atemzug – mein Entschluß war gefaßt. Nun war es Zeit, zu meiner Pflicht zurückzukehren.

11.

Das Schicksal meinte es gnädig mit mir; im selben Sommer sah ich meinen Bruder noch einmal wieder. Am 6ten August, zu meines Vaters Geburtstag, fanden wir uns alle in unserem Häuschen vereint. Fritz war blühend und gesund, und nichts erinnerte mehr an seine letzte Augenerkrankung. Mit Eifer bereiteten sich beide auf die geplante große Reise vor; sie lernten Radfahren, trieben Italienisch und versahen sich mit allem Notwendigen und Angenehmen für eine lange Zeit des Genießens und der Arbeit. Auch ich hatte in diesen kurzen Tagen vieles, wenn auch weniger Erfreuliches zu erledigen. Obzwar seit geraumer Zeit keine neuen Verpflichtungen meines Mannes an die Oberfläche getreten waren, durfte ich an eine völlige Regelung unserer Verhältnisse vorläufig nicht denken. Meines Schwiegervaters Vertrauen, einmal erschüttert, ließ sich nicht so leicht wiederherstellen, und wenn er auch niemals an meinem guten Willen zweifelte, so hatte auch er jetzt an meiner Macht, neues Unglück zu verhüten oder das alte mit Sicherheit zu entwirren, zu zweifeln begonnen. Ich selbst aber hatte ohnedies, nachdem ich mich einmal für einen verlorenen Posten eingesetzt hatte, nicht mehr den Mut, mir durch Bitten und Versicherungen mein eigenes Schicksal erleichtern zu wollen, und lieber wollte ich noch länger auf die ersehnte Heimat verzichten, als mir Verantwortlichkeiten aufladen, deren Tragweite ich nicht zu übersehen imstande war. So hatte ich mich denn auf einen neuen Reisewinter vorzubereiten, für den als Anfang Ostende, dann ein mehrmonatiger Aufenthalt in Brüssel – diesmal aber in einer Pension – und als tröstlicher Schluß das Zusammentreffen in Rom mit Fritz in Aussicht genommen war, wo er ein großes Porträt von mir für eine in Berlin geplante Kollektivausstellung zu malen beabsichtigte. Aber selbst dieser Gedanke half mir nicht viel; denn mehr als für mich selbst graute mir meines Töchterchens wegen vor der Unstetheit und Unschönheit unseres Wanderlebens. Wie oft hatte ich neidvoll an die Kinder von uns daheim gedacht, die, sorgsam vor dem Kontakt mit der Außenwelt behütet, in sauberen, von keines Fremden Hauch berührten Räumen aufwuchsen, wenn mein armes Kleines, fröhlich und unbekümmert, zwischen den staubigen Möbeln und auf den zerschlissenen Teppichen eines Hotelzimmers zweiten Ranges herumtanzte, während ich unsere Habe in einem neuen Zufluchtsort aufstellen ließ und ängstlich und widerwillig um den Preis feilschte. Nun sah ich zwar, wenn ich sie mit ihren Berliner Altersgenossinnen verglich, oder wenn sie mit bloßem Hals und fliegendem Blondhaar in ihrem Matrosenkleide ihr kleines Fahrrad beherrschte, wieviel freier und glücklicher sie aufwuchs als jene; aber niemals ließ mich die Angst los, daß für diesen Schatz, den ich mir aus dem Schiffbruch meines Lebens gerettet hatte, mein Schicksal verhängnisvoll werden könnte.

Die wenigen Tage im Elternhause flogen erschreckend schnell vorüber; ich war die Erste, der die Abschiedsstunde schlug. Am Abende unserer Abreise – wir wollten den Ostender Nachtzug benutzen – sagte mir Fritz, daß er für sich und Martha Billets zu einer Meistersinger-Aufführung in der Kroll'schen Oper besorgt habe und daher früher mir Lebewohl sagen müsse. Mir tat das Herz ein wenig wehe; mußte das Unvermeidliche freiwillig noch um einige Stunden verfrüht werden? Aber schnell war die Enttäuschung überwunden, und, da ich noch eine kleine Besorgung zu machen hatte, begleitete ich die beiden bis zur Straßenecke. Heiter und herzlich sagten wir uns hier Lebewohl und Auf Wiedersehen in Rom – und dann sah ich, wie das grüne Gewirr des Tiergartens die beiden eng aneinander geschmiegten Gestalten mehr und mehr verschlang. Und ich stand allein und dachte, wie sicher in ihrer Zusammengehörigkeit ruhend die beiden vorwärtsgeschritten waren, ohne zurückzuschauen, und welche Einsamkeit mich erwartete, in der Fremde und für mein ganzes Leben. Die glühenden Schmerzen, die ich eben heimlich gefühlt hatte, als ich von meinem Bruder leichthin Abschied nahm, brannten wie eine Beschämung auf mir: meine Lebenskraft bäumte sich in diesem Augenblicke auf gegen dies einseitige, schwächliche Trauern. So jämmerlich durfte sich unsere herrliche, stolze Geschwisterliebe nicht ducken unter den Lauf des Lebens! Immer, immer wollte ich ihm, nicht neidlos und ohne Bitternis, nein, jubelnd und selig sein Glück gönnen; aber auf eigener Kraft, nicht als erbärmliches Anhängsel würde ich mir fortan mein Leben aufzubauen versuchen. Und blind ging ich mit diesen Vorsätzen weiter, und nichts sagte mir, daß dieses Schreiten in die grüne Dämmerung, die mir den Anblick meines Bruders raubte, für meine liebenden Augen sein Weg ins Unendliche, ins Nimmerwiedersehen war.

Einige Stunden später wurden unsere Koffer die schmale Treppe unseres Häuschens hinabgetragen. So lange als möglich hatte Mama ihrer kleinen Enkelin, die sie vergötterte, unseren Aufbruch verheimlicht, um ihr die Aufregung des Abschieds zu ersparen, und hatte, da ich ungewöhnlich bewegt war, versucht, durch allerlei Scherze ihre Aufmerksamkeit von mir abzulenken. Kaum aber saßen wir in der offenen Droschke, die, schwer bepackt, langsam durch den nächtlichen Tiergarten zum Bahnhof fuhr, da atmete Edith wie erlöst auf und sagte: «Na, Gott sei Dank, nun juckeln wir ja endlich wieder ab!» Shakespeare und der liebe Gott, dachte ich, mit den Abschiedstränen in den Augen lachend, wie seid Ihr Euch doch ähnlich! Zur rechten Zeit habt Ihr einen Spaß zur Hand, der einem das Gleichgewicht wiedergibt auf Eurem bunten, rollenden Ball!

Anfang Oktober übersiedelten wir von Ostende nach Brüssel; die Pension, die nur wenige Familien beherbergte, ersetzte insofern einigermaßen die Häuslichkeiten, als wir ein eigenes, grosses Wohnzimmer hatten, in dem wir unsere Mahlzeiten einnahmen, und in dem Edith einen regelmäßigen Unterricht genoß. Oft hatte ich von Fritz und Martha direkt oder durch Mama übersandt glückatmende Nachrichten erhalten. Am Lido genössen sie das blaue, laue Meer, und Venedig erfülle nicht nur alle Künstlerträume, auch die Kindermärchen vom Schlaraffenlande würden hier lebendig, denn für einen Spottpreis erhalte man die herrlichsten Früchte und Austern, die man, im heißen Sande ausgestreckt, verzehre, und der billige Landwein, reichlich mit Wasser vermischt, schmecke köstlich dazu. Mich überlief es kalt bei diesen Worten, und es trieb mich, die Unvorsichtigen telegraphisch vor so gefährlichen Genüssen zu warnen. Aber, war es die Folge jenes letzten Augenblickes des mich innerlich Loslösenwollens, war es die Furcht, lästig und lächerlich vor ihnen zu erscheinen, wollte ich sie nicht wecken aus ihrem Traum von Glück und Glanz? Genug, ich schrieb ihnen eine ruhige Karte, in der ich ihnen von allen Nahrungsmitteln in ungekochtem Zustande abriet. Kurz darauf hörte ich, daß sie nach Florenz weitergefahren seien.

Eines Morgens fand ich auf dem Frühstückstische einen Brief meines Vaters von unheilverkündender Länge; Fritz habe schon in Venedig Unbehagen gefühlt, und jetzt, nach Wochen, sei der Typhus ausgebrochen; er fahre mit Mama trotz beruhigender

Nachrichten sofort zu ihnen. Meinen flehentlichen Wunsch, ebenfalls hinzureisen, lehnte Papa mit der Begründung ab, daß ich Edith keinesfalls dorthin bringen dürfe, und daß sie in dieser sorgenvollen Zeit wenigstens die Beruhigung haben wollten, mich bei meinem Kinde zu wissen. So wie die Dinge lagen, mußte ich mich ihren Wünschen fügen, und ich ging nun den Leidensweg, den so viele gehen müssen, an dem die Kreuze kurzer, schnell verflackernder Hoffnungen, brennenden Wartens, nächtlicher Tränen und Ängste stehen. Täglich bekam ich Nachricht. Mein Vater hatte die erste Autorität des Landes, den Leibarzt des Königs, zugezogen. Als Fritz eines Tages über seine Augen klagte, und dabei zum ersten Male mutlos wurde, während er in den furchtbaren Anfangstagen seiner Erkrankung ruhig zu Martha vom Tode gesprochen hatte, war der bewährte und ihm befreundete Augenarzt aus München telegraphisch berufen worden und hatte die Augen für völlig gesund erklärt. Während einiger Tage lauteten auch die übrigen Nachrichten günstig, der Körper schien die Krankheit überwunden zu haben. Da kam eines Abends zu später Stunde eine Depesche meines Vaters in italienischer Sprache. Ein Wort darin verstand ich nicht, aber wie mit glühenden Augen blickte es Entsetzen in meine Seele. Debolezza – kein Mensch im Hause wußte es mir zu übersetzen, die Buchläden waren zu dieser Zeit schon geschlossen, ich jagte durchs Dunkel zum nächsten Telegraphenamt und fand endlich eine mitleidige Seele, die mich von meinem Nichtwissen befreite. «Große Schwäche» – ganz bekannt starrte mich plötzlich das Wort an, als ob es mir von immer her im Blute gelegen habe, und ich konnte dem, der mir, nichtsahnend, eben die Giftflasche entkorkt hatte, einen Dank stammeln.

Am anderen Morgen schien mir alles nicht ganz so hoffnungslos. Jugend kann Schwäche überwinden, sagte ich mir wie ein Gedicht auf, und währenddem verfolgte jeder gespannte Nerv die Schritte auf die Straße. Gleich mußte es ja an der Eingangstür läuten, die bessere Nachricht konnte ja nicht länger ausbleiben. Da hörte ich aus dem Nebenzimmer vertraute Klänge, und ich wurde wieder das kleine Kind, das schluchzend zu meines Vaters Füßen saß. Mein Töchterchen hatte ihre Klavierstunde und spielte das alte Lied vom Guten Kameraden. Es durchzuckte mich wie ein Blitz: alles Warten ist umsonst, mein Fritzl ist tot, das Schreckliche gestern Abend war die Vorbereitung. Und jetzt wußte ich es: schon damals, in jener Kindheitsstunde, hatte ich den ungeborenen Bruder als Toten beweint.

Am Mittage kam die Nachricht, daß Fritz am Abend vorher gestorben war. Ich schickte meinen Eltern einen Schrei: Ich muß Euch sehen. Wann? Wo? – und bekam Papas Antwort: Am Sonnabend wird unser Junge verbrannt. Montag Wiedersehen Wiesbaden Kaiserhof.

Mit weitgeöffneten Händen, wie ein Bettler, stand ich in der Welt. Nachts, wenn ich wimmerte und schluchzte, kroch mein Kindchen zu mir. Aber sein lebenswarmer kleiner Körper vermochte nicht, mein Blut aus der Erstarrung zu erwecken. Einige Tage später, auf der Fahrt an den Ufern des Rheins, sah ich im trüben Lichte eines Novembernachmittags die Winzer emsig an ihren Rebstöcken arbeiten. Diese ruhige Gewißheit, daß ein Frühling kommen müsse, diese Selbstverständlichkeit des menschlichen Handelns, den unabänderlichen Gesetzen der Natur gemäß, weckten meine Sinne aus ihrem Bann. Zum ersten Male sah und fühlte ich bewußt, und begriff, daß auch für mich die Welt nach ihren ewigen Formeln würde weitergehen.

Laut weinend, erdrückt von der Gemeinsamkeit unseres Leidens, ging ich meinen Eltern entgegen, als ich sie bleich und schwarzgekleidet vor mir sah. Mama zog mich ernst, fast streng, zur Seite. «Weine nicht», sagte sie, «sondern danke Gott, daß ich dir deinen Vater lebend wiederbringe.» Verschüchtert, in stummer Demut, beugte ich mich vor der Größe dieses Schmerzes, der unverlöschliche Runen gegraben hatte in das Mutterantlitz.

Dann aber saß ich allein mit meinem lieben Vater, und als er von den letzten Wochen zu sprechen anhub, versuchte ich, gehorsam der mütterlichen Warnung, ihn davon abzuhalten. Er meinte jedoch, daß ich dies Recht auf meinen toten Bruder habe, auch fühlte er wohl den Wunsch, etwas von der Last abzuwälzen, die er in sich trug. So legte ich still meine Wange auf seine schöne Hand und trank die Worte ein, die, bitter wie Gift, mir nach der dürren Öde der letzten Tage – in denen mich Ekel beim Duft und Anblick jeder Speise schüttelte, weil die Flammen seinen Leib gierig verzehrt hatten – dennoch ein Labsal dünkten.

Sie hatten Fritz sehr sehr krank angetroffen, als sie nach Florenz kamen, aber das erste, wütende Anpacken der Krankheit hatte sich gemildert. Schon in Venedig hatte er sich unwohl gefühlt und war sichtlich abgemagert. Wäre er damals nach Deutschland zurückgekommen, oder wäre er wenigstens nicht in die Hände eines gewissenlosen Arztes gefallen, so hätte er wohl gerettet werden können. Ein zweiter Arzt, den sie dann zugezogen hatten, war zwar sorgsam, hatte aber nicht gewagt, Fritz, den er in der dortigen, bescheidenen Umgebung und um der Jugend der beiden willen für einen armen Künstler mit seiner Liebsten hielt, vorzuschlagen, eine Autorität zu konsultieren, eine Wärterin zu nehmen, oder die kostspieligen Hilfsmittel anzuschaffen, die in Italien nicht so selbstverständlich zur Hand sind wie bei uns. So hatten die beiden, die sich im Sonnenschein wohl zurechtzufinden wußten, plötzlich wie ratlose Kinder vor dem schwarzen Abgrunde gestanden. Dankbar und glücklich war dann Fritz beim Kommen der Eltern gewesen und hatte sich wohlig wie ein kleines, hilfloses Kind unter ihren erfahrenen Schutz geduckt, ihre kostspieligsten und aufopferndsten Maßnahmen mit seinem süßen Kinderlächeln als etwas Selbstverständliches empfangend, in dem man sich ruhen und dehnen konnte nach dem mühseligen und anstrengenden Selbstbestimmungsrecht. Und als die Besserung eintrat, da schmiedete er voller Freude Pläne für eine gemeinsame Erholungszeit, «bei der auch Grete dabei sein müsse.»

Plötzlich war dann die Nierenblutung eingetreten als Folge davon, daß er noch, als die Krankheit ausgebrochen war, ohne sich zu schonen als Gesunder gelebt hatte. Am Nachmittage, kurz ehe ihn das furchtbare Fieber niederwarf, hatte er mit seiner Frau den weiten Weg über den Viale dei Colli nach der Piazza Michel Angelo gemacht und mit allen Poren den Anblick des blühenden Landes eingesogen, am Fuße der Davidsstatue, von der aus er mir früher einmal in seinem Lebensdurste geschrieben hatte: So muß der Ort gewesen sein, von dem die Bibel sagt: Wiederum führte ihn der Teufel mit sich auf einen sehr hohen Berg und zeigte ihm alle Reiche der Welt und ihre Herrlichkeit …

Sein geschwächter Organismus war nicht mehr imstande, dem neuerlichen Angriff der Krankheit zu widerstehen, und der furchtbare Empörungskampf unverbrauchter Jugend gegen den Tod setzte ein. Wieder und immer wieder blickte Fritz anklagend auf und erhob die abgezehrten, edlen Hände, als wollte er sagen: Vater, Vater, warum hast du mich verlassen? – Diesen letzten Jammer seines Jungen sehenden Auges mitzuerleben, hatte die männliche Kraft nicht ausgereicht. Mama aber war nicht von dem Schmerzenslager ihres Sohnes gewichen, einer Märtyrerin gleich in ihrer Stärke und selbstlosen Liebe.

Am Abend des 7ten November war dann Fritz sanft entschlafen und ruhte wie eine schöne Marmorstatue, zwischen Rosen gebettet, auf seinem Lager. Dann hatte die Verbrennung und die Beisetzung der Urne stattgefunden im Angesicht der lachenden toskanischen Landschaft, und Mama, die zuerst religiöse Bedenken gegen diese Feier gehabt hatte, war es zufrieden, «… denn lieber wollte sie sich ihren Liebling im Himmel emporfliegend als in der dunklen Erde eingekerkert denken.»

Nun hatte auch ich jenen Schmerzensweg zurückgelegt bis an sein Ende, und meine Tränen rannen still und warm auf die

Hand, die mich ihn sanft und fest geführt hatte. Ich fühlte, daß vor dieser Majestät des Todes es kein Empören geben dürfe, nur ein sich in tiefsten Wunden Beugen. Fahr wohl, mein Brüderchen, mein liebes Brüderchen.

Und so, unter Küssen und Tränen, fanden wir zwei wieder den Weg ins schwere, schwere Leben.

Zwei Jahre später (es war wieder ein feuchtgrauer Novembertag) fuhr ich mit der Urne, die die Asche meines Bruders faßte, nach Friedrichsfelde. Auf Mamas Wunsch hatte die Überführung nach Berlin stattgefunden; aber sie weigerte sich, ihm das letzte Geleit zu geben. Seine Frau war fern. Dem Trotze ihres Schmerzes war es versagt, sich in Wehmut aufzulösen wie in die sanften Farben des Regenbogens, der − ein Künder kommenden Friedens auch nach dem schwersten Ungewitter − seine trostschimmernde Brücke über die aufatmende Welt spannt. Ihr Aufbäumen war zur verderblichen Flamme aufgelodert, und jetzt schritt sie auf neuen Wegen menschlichen Irrens.[159] So machte ich mit meinem Vater allein die ernste Fahrt. Mein Arm hielt die Urne umschlungen, unsere leisen Worte irrten liebkosend um den Stein, und auf den geliebten Namen, den ich ihn so oft mit kühnen Pinselstrichen unter ein Bild setzen sah, tropften meine heißen Tränen. Aber sie galten nicht dem toten Staube neben mir. Denn wie in frohen Tagen, wenn ich an der Seite meines liebsten Bruders schritt, und seine Augen und Worte ins Weltall brannten, so war es mir auch jetzt. Wolken schienen sich unter unseren Füßen zu ballen, und mich verlangte, niederzusinken vor ihm in meiner großen Liebe.

Mit dumpfem, feierlichem Ton schloß sich das Tor des profanen, kleinen Tempels, der vieler Urnen Obdach war. Ich atmete tief die feuchte Luft ein, und mein Blick glitt über die graue Ebene mit ihren alltäglichen Häuserreihen, die unter mir lag. Ein Traum wurde mir lebendig einer Nacht, bald nachdem wir ihn verloren. Da war ich auf dem lichten Gewölk zu ihm hingeschritten, der mir aus Gold und Himmelsblau entgegenblickte. Keine Tränen gab es dort, und mein Jubeln stimmte zusammen mit den leuchtenden Farben um mich her. – In jener dunklen Enge hinter mir, das fühlte ich, würde ich meinen Bruder nie mehr suchen. Im weiten Land der Träume und des Lebens wollte ich ihn finden.

Das schönste Kapitel meines Lebens wähnte ich nun abgeschlossen. Mein Denken an Fritz, seine Bilder, seine Briefe machten mir die Gegenwart tröstlicher, den Ausblick in das Kommende erträglicher, bis der segensvolle Tag anbrach, da ein mir neues Freuen und Lieben so gebieterisch sein Recht auf mein Leben geltend machte, daß es jenes teure Bild als heiliges Kleinod in die tieferen, seltener geöffneten Kammern der Erinnerung bannte.

12.

Ehe aber über meinem Leben die Sonne so heiß und strahlend aufging, daß es mir schien, als habe ich bis dahin nur im kühlen Schatten gelebt, ehe ein herrlicher Mensch mir ganz allein gehören sollte, während ich bis dahin naturgemäß hatte teilen müssen, war noch ein langer, mühseliger Weg zurückzulegen. Noch einmal nach meines Bruders Tode hatte ich zum Wanderstab greifen müssen; doch meine Kraft war am Ende, und, bestärkt durch die Überzeugung, daß auch meine Eltern der Tochter bedurften, setzte ich mich für die endliche Regelung unserer Verhältnisse ein, um mir die Heimat wieder zu erschließen. Meines Vaters Einfluß war es denn auch gelungen, indem er selbst eine bedeutende Summe zur Verfügung stellte, meinen Schwiegervater zwar nicht umzustimmen, aber doch für meine Wünsche zu gewinnen. Im Frühling 1896 bezogen wir eine Wohnung in der Hohenzollernstraße[160], und nun fühlte ich mich geborgen. Mochten auch meinem Schifflein neue Stürme drohen, nie würde das Gefühl der schützenden Nähe meines Elternhauses mich verlassen, dessen Tür mir in jeder Not gastlich geöffnet war; immer würde jetzt meines Vaters alles verstehende Milde, meiner Mutter Ahnungslosigkeit, daß es Anfechtungen, daß es Kämpfe gab mit dem eigenen Blut, mir Schirm und Leitstern sein.

Schneller als ich dachte, sollte ich des rettenden Hafens bedürfen. Meine Ehe, schon seit langen Jahren ein quälendes Nebeneinanderleben, wurde in der Enge des gemeinsamen Haushaltes unerträglich, als äußere, beschämende Beziehungen und Vorkommnisse nicht mehr vor der Tür meines Zimmers Halt machten. Ein Nichtdaranglauben war nunmehr unmöglich, und ich konnte mich nicht länger vor der Gefahr verschließen, die meinem und vor allem meiner heranwachsenden Tochter Namen drohte. Der Wunsch meines Vaters nach einer reinlichen Scheidung, wie er es nannte, wurde immer dringlicher, meine Mutter kämpfte die Bedenken, die Religion und noch mehr Familientradition ihr eingaben, tapfer herunter aus Liebe zur Tochter und Enkelin; ich selbst streckte die Waffen in dem Gedanken, immer weiter so gehetzt durchs Leben gehen zu müssen, später einmal ohne die stützende Hand meines Vaters – und so reiste ich im August 1897 mit meinem Töchterchen nach Heringsdorf, innerlich wissend, daß ich meine Wohnung und den Mann, mit dem mich eine Jugendleidenschaft verbunden hatte, nicht wiedersehen würde. Die Scheidung wurde eingereicht, und als ich zurückkam, zog ich in das Haus meiner Eltern, wo ich die Wintermonate, während des Prozesses, still und zurückgezogen verlebte. Ich hatte nicht viel unter den Häßlichkeiten dieses Vorgangs, unter der schmerzlichen, nur von mir gewünschten Loslösung von einer Familie, die sich mir immer liebevoll gezeigt hatte, zu leiden; alles vollzog sich, geleitet von dem imponierenden Gemisch von Güte, Klugheit und Vornehmheit meines Vaters in dem sich gebührenden und selbstverständlichen Entgegenkommen.

Aber ich war innerlich krank geworden vom Leben; mir ekelte vor jeder Beziehung vom Manne zur Frau, ich verschloß

mich vor dem gefährlichen Zauber der Musik, ich mußte halb-
ohnmächtig das Theater verlassen, als eine moderne, meisterhaft
gespielte Liebesszene bei mir an streng verschlossenen Türen
rüttelte, mir war nur wohl im traulichen Frieden unseres alten
Hauses. Ein kleines schwarzbraunes Ungeheuer, das mich als
sein alleiniges Eigentum betrachtete, Dudu, der Dackel meines
toten Bruders, bewachte meine Tür, er kannte meine Ausgänge
und meine Ruhestunden, wußte, wen ich liebte und wen nicht
und richtete demgemäß seine Tageseinteilung und sein Gefühls-
leben ein. Ich war von Fritzens Bildern umgeben, mein Vater
versorgte mich mit schönen Büchern, die, je objektiver sie waren, je weniger sie zum Nachdenken über eigenes Erleben ver-
führten, mir desto willkommener und heilsamer waren, weshalb
mir auch die Atmosphäre der Tatkraft und Entschlossenheit, die
aus Nansens Polarwelt[161] atmete, wie nichts anderes über eigenes Weh und Schwanken hinweghalf. Die Scheidung wurde Anfang des Frühjahrs 1898 ausgesprochen; der Gedanke eines Frei-
gewordenseins bedeutete für mich nichts Verlockendes, nur ein
Aufatmen: ich und mein Kind sind nun nicht weiter mitverant-
wortlich für das, was geschieht!

Ich freute mich an meinem Töchterchen, zaghaft zwar vor der
Verantwortung, die ich auf mich geladen hatte, aber doch befreit,
daß es mir nun allein angehörte; ich fing an, in dem Gefühl des
darin Geborgenseins mir mein hübsches, altmodisches Zimmer
im zweiten Stock mit etwas mehr Vergnügen einzurichten, nichts
ahnend, wie bald es Freude und Bangen, Hoffen und Zweifeln,
Jugend und Liebe beherbergen würde; denn niemals streifte mich
der Gedanke, daß das Leben noch ein neues Glück für mich in
seinem reichen, gütigen Schoße bergen könnte. Vorläufig war alles still in mir und um mich, und zufrieden ließ ich die Zeit, die
ich dann später, in Glück und Unglück, als mein köstlichstes Gut
mit festem Griffe zu halten trachtete, an mir vorübergleiten im
harmonischen Zusammensein mit meinen Eltern, meinem Kind

und meinen Brüdern. An Hans schloß ich mich vor allem eng an, sein ritterliches Verhalten mir gegenüber, sein Äußeres, sein ganzes Wesen erinnerten mich am meisten an Fritz. Nur daß dieser, ganz abgesehen von seinem künstlerischen Schaffen, die weit produktivere Natur war; was bei ihm, Fremden gegenüber, als eine warme, herzgewinnende Schüchternheit gewirkt hatte, äußerte sich bei Hans als kühle Zurückhaltung, und wenn Fritz seinen Nächsten gegenüber, scheu zwar, aber rückhaltlos die ganze Köstlichkeit seines Gemütes zu enthüllen nicht umhin konnte, so gab es bei Hans wohl gelegentlich ein Aufblitzen seiner schönen Augen, ein liebliches Lächeln, ein warmes Wort, das die Tiefe seiner Seele verriet, dem aber schnell ein scheues Zurückziehen, ein Sichverschließen folgte, das erkältend wirkte.

Und doch war es seine Stimme, die zum ersten Male meinem Ohre einen Wortklang schenkte, der bestimmt war, sich meinem Blute unlösbar zu verbinden. Ein mir fremder Name, mit warmer Sympathie und heiterer Bewunderung genannt, ließ mich aufhorchen, und dieser Augenblick wurde ausschlaggebend für mein Schicksal.

Schall ward mir Wirklichkeit. Ich sah Edmund Mauthner[162], und dieses Sehen war die Stunde meiner zweiten Geburt. Zu neuem Lichte rang sich meine Seele. In ihm, den keine suchende Sehnsucht gerufen noch geahnt, sollte mein flatterndes Dasein Wurzel fassen, in ihm Sinn und Halt finden.

Der Name, der, als ich nackt und bloß zur Welt kam, mir bereitet war wie das Linnen, das mich deckte, jener andere, den ich in Irren und Wirren als Kleid mir wählte – in Stolz und Demut vertauschte ich ihn mit dem seinen an dem segensvollen Tage, an dem ich ein unlösliches Teil von ihm wurde, an dem mein Ich sich verlor, sich verstärkte zum beseligenden Wir. Mein Leben hatte sich erfüllt, denn ich fühlte die Krone der Liebe auf meinem Haupte.

1 Das Vorwort ist der Enkelin Margarete Mauthners, Else Juliane Orgler, gewidmet.

2 Gemeint ist Levin Nathan Bendix, ★ Berlin 15.2.1749, † Berlin 19.8.1821. Verheiratet war er mit Cheile (Helene), Tochter von Hirsch Marcus Ephraim, ★ 12.9.1753, † Berlin 18.11.1822.

3 Die älteren Schwestern von Clara Bendix und ihr eigenes Geburtsdatum ließen sich leider nicht ermitteln. Gestorben ist sie 1849.

4 Jacob Cosman Weyl, ★ Den Haag, 5.1.1766, † Berlin 23.11.1832.

5 Pauline Weyl, ★ Berlin 10.5.1806, † Berlin 26.5.1877 (s. auch Stammbaum der Familie Alexander).

6 Joseph Alexander, ★ Berlin 1.5.1809 † Berlin 6.1.1889 (s. auch den Stammbaum der Familie Alexander).

7 Alexander Samuel, ★ Flatow 20.11.1792, † Berlin 20.2.1842 (s. auch den Stammbaum der Familie Alexander).

8 Solm Alexander, ★ 28.9.1821, † ? (s. auch den Stammbaum der Familie Alexander).

9 Wahrscheinlich Henriette Alexander, seine jüngste Schwester, über die nichts Näheres bekannt ist.

10 Das Adreßbuch von 1828 verzeichnet einen Stubenmaler J.E. Magnus, Hakscher Markt 4.

11 Das Adreßbuch von 1828 kennt nur die Namensform Jacobi, die Namensträger sind allerdings sehr häufig.

12 Nicht zu ermitteln.

13 Im Adreßbuch von 1828 scheinen drei Namensträger auf: A.W. Westphal, Messerschmidt, Fischerstr. 30; C.A. Westphal, Formstecher, Holzmarktstr. 19 und J.C.F. Westphal, Schuhmacher, Wilhelmstr. 28.

14 Johanna Alexander ★ Berlin 13.6.1830.

15 E. Pollet, Schuhmacher, Breite Straße 13.

16 Mathilde Alexander, ★ Berlin 26.5.1842.

17 Die Hausnummer ließ sich bislang nicht ermitteln.

18 Der Hofjäger war ein Vergnügungsort im Tiergarten am Ende der Hofjäger-Allee, die vom Großen Stern nach Süden führte.

19 Sie wohnte Breite Str. 30.

20 Jacob Cosman Weyl war schon Ende 1832 gestorben.

21 «Jan, kauf mir was zur Kirmes. – Nein, Mädchen, ich hab kein Geld, ich würde dir ja gern was zur Kirmes kaufen, aber das Geld ist mir aus der Tasche gelaufen».

22 Gemeint ist Joseph Alexander.

23 Gemeint ist Julius Alexander, damals im 12. Lebensjahr.

24 Conditorei d'Heureuse, Unter den Linden 18.

25 Auguste Stich-Crelinger, geb. Düring (1795-1865), zunächst mit dem Schauspieler Wilhelm Stich († 1824), dann mit dem Sohn des Berliner Banquiers Crelinger verheiratet.

26 Gemeint ist Clara Weyl, geb. Bendix, die offenbar 1849 verschied.

27 Gemeint ist Julius Alexander ältere Schwester Johanna, die am 13.6.1830 geboren, mit etwa zwanzig heiratete.

28 Das fünfte Kind von Joel Wolff Meyer und seiner Frau Caroline, geb. Hirschfeld. Seine Heirat mit Johanna Alexander dürfte 1851 stattgefunden haben.

29 Er war am 22.10.1794 geboren.

30 Das Geburtsdatum von Philipp Meyer ist 1801, Julius Meyer ist wohl 1802 geboren.

31 Jeannette Meyer, ★ 1821.

32 In den Adreßbüchern 1861, 1870, 1880 und 1890 nicht zu ermitteln.

33 Gemeint ist Ludwig (Julius Ludwig) Meyer, das zweitälteste Kind von Joel Wolff Meyer und seiner Frau Caroline, geb. Hirschfeld.

34 Konnte nicht ermittelt werden.

35 Hermann und Martin Meyer, das 4. und 5. Kind Joel Wolff Meyers und seiner Frau Caroline.

36 Philipp Meyer, das 3. Kind von Joel Wolff Meyer und seiner Frau Caroline.

37 Joel Wolff Meyer war, wie erwähnt, am 22.10.1794 geboren, die Schlacht Napoleons bei Jena gegen die preußischen Truppen fand am 14.10.1806, acht Tage vor seinem 12. Geburtstag, statt.

38 Joel Wolff Meyers Frau Caroline, geb. Hirschfeld, starb am 14.7.1856 in Berlin.

39 Hermann Meyer, Sohn von Joel Wolff Meyer und seiner Frau Caroline, geb. Hirschfeld, hatte in einer der nicht seltenen Verwandten-Ehen Jettchen Meyer, die Tochter seines Vaterbruders Philipp und dessen Frau Rikchen, geehelicht (genauere Daten nicht bekannt).

40 Jeannette Meyer hatte folgende sechs Kinder: Guthilde Henriette, Wolfers, Siegbert, Franziska, Hedwig und Paul (s. Stammbaum der Familie Meyer).

41 Die Adresse lautete Matthäikirchstraße 2

42 Philipp Meyer, jüngerer Bruder Joel Wolff Meyers.

43 Gemeint ist damit immer Joel Wolff Meyer.

44 Julius Meyer und seine Frau Jeannette.

45 Gemeint ist wohl: die älteste Tochter, ★1842, denn ihr Bruder Siegbert, ★ 1840, war z. B. zwei Jahre älter.

46 Ließ sich nicht eindeutig ermitteln; 1856 gab es in Berlin, Poststr. 23, einen Buchhalter W. Stavenhagen; vielleicht war Fräulein Stavenhagen eine Verwandte.

47 Nicht ermittelt.

48 Im Adreßbuch erscheinen zwei Barbiere Krüger, F. Krüger, Gipsstr. 29, und C. Krüger, Blumenstr. 74.

49 Tochter des Chirurgen James Israel und seiner Frau Hanna, geb. Meyer.

50 Die jüngste Schwester Julius Alexanders, die später Dr. Julius Boas heiratete.

51 Jom Kippur, gefeiert im jüdischen Monat Tischri (September/Oktober), acht Tage nach dem jüdischen Neujahrsfest Rosh Haschana.

52 Gemeint sind Martin Meyer und Johanna Alexander.

53 Guthilde Meyer und Mathilde Alexander.

54 Die zweitjüngste Tochter Joel Wolff Meyers, verheiratete Israel, wohnhaft in der Leipzigerstr., Ecke Mauerstraße.

55 Die Hochzeit von Julius Alexander und Guthilde Meyer fand demgemäß am 10. August 1862 statt.

56 Des Empfangs am Tag darauf.

57 T. Schreiber, Tafeldecker, wohnte 1865 in der Brauhausstr. 4.

58 Martin Meyer.

59 Pauline Alexander, geb. Weyl.

60 Arie des Orpheus in der Oper von Gluck, «Orpheus und Eurydice».

61 Gemeint ist Abraham Geiger (1810-1874), Rabbiner in Wiesbaden, Breslau, Frankfurt am Main und zuletzt Berlin. Geiger gab 1835 bis 47 die «Wissenschaftliche Zeitung für die jüdische Theologie», 1862 bis 74 die «Jüdische Zeitschrift für Wissenschaft und Leben» heraus. Er war ein Vertreter der theologischen «Linken», des liberalen, des Reform-Judentums. Geiger lehrte «die immer erneute Offenbarung» und leitete von ihr das Recht neuer Erfordernisse ab bei dem Bestreben, die Thora mit der europäischen Form der Kultur zu verknüpfen. Strittig zwischen der Orthodoxie und dem Reform-Judentum waren u.a. die Sabbath-Vorschriften, das Predigen in der Landessprache, die hebräische Gebetssprache, die Einführung der Orgel.

62 Franziska Meyer verlobte sich anscheinend 1863 mit dem aus Schwerin stammenden Benno Heimann, der 1860 aus Berlin nach Hamburg zog und Geldwechsel, Bank- und Speditionsgeschäfte betrieb. Die Hochzeit erfolgte am 9.6.1865 in Berlin.

63 Dr. Julius Boas, practischer Arzt, Wundarzt und Geburtshelfer, wohnte laut Adreßbuch von 1860 in der Breiten Str. 7.

64 Gemeint ist James Israel.

65 Tochter von Elise Schlesinger, Gattin eines Bankiers aus Hirschberg.

66 Die Verwandten von Joel Wolff Meyers Gattin, geb. Hirschfeld.

67 Pauline Lucca (1841-1908), Sängerin, auf Empfehlung Meyerbeers 1861 an die Berliner Hofoper verpflichtet. 1865 sang sie bei der Premiere von Meyerbeers «Africaine» die Selika und trat mit dieser Rolle auch an an-

deren Orten auf. Nach zahlreichen Auslandstourneen war sie 1871 bis 72 noch einmal an der Berliner Hofoper verpflichtet, schied jedoch von ihr im Streit.

68 Familie Alexander hatte in Potsdam zunächst Logis für den Sommer gemietet, später besaß sie eine eigene kleine Villa in der Großen Weinmeisterstr. Nr. 7 in Potsdam, am Fuß des Pfingstberges. Es wurde bis 1885 von Joseph Alexander und seiner Familie genutzt.

69 Jeannette Meyer.

70 Die Gebrüder Friedländer, Juwelen-Handlung, Gold- und Silberwarenfabrik, hatten ihr Geschäft auf dem Schloßplatz 13; sie waren Hofjuweliere Se. K.K. Hoheit des Kronprinzen und Ihrer Hoheit der Frau Prinzessin Luise von Preußen.

71 Dorotheenstr. 8.

72 Edmund Alexander, * geb. Frühjahr 1865.

73 Laut Adreßbuch von 1860 wohnte ein Barbier J. Wedderin in der Friedrichstraße 141 b.

74 Eine Ballerina Wedderin ließ sich in den Adreßbücher 1860 und 1870 nicht ermitteln.

75 Geheimrat Joel Wolff Meyer starb am 25.9.1869 in Berlin.

76 Sohn von Philipp Meyer, der als Sympathisant der Revolution von 1848 nach Schweden ausgewandert war.

77 Hedwig Meyer, verheiratet mit dem Bankier Paul Jüdel, der zusammen mit einem Compagnon die Fa. Meyer und Jüdel, Dorotheenstr. 8 II, betrieb.

78 Des Schriftstellers Siegbert Meyer.

79 Bei dem Versuch, Metz zu entsetzen, wurde eine französische Armee unter Mac-Mahon bei Sedan eingeschlossen und kapitulierte am 2.9.1870.

80 Siegbert Meyer wohnte 1871 Unter den Linden Nr. 47 (in gemeinsamer Wohnung mit Julius Meyer).

81 Dorotheenstr. 54.

82 Im Berliner Adreßbuch tauchen damals vier Träger des Namens Wiedner auf, keine Frau. Am ehesten könnte die Erzieherin W. zur Familie eines Tafeldeckers namens Wiedner gehört haben.

83 Fritz Alexander * 1870, Karl Alexander * 1871 und Johann Alexander * 1873.

84 Carl Marcuson wohnte Unter den Linden Nr. 41 I.

85 Eines gehäkelten Spitzendeckchens zur Schonung der Möbel.

86 Zitat aus «Wallensteins Tod» von Schiller, Vierter Aufzug, Zwölfter Auftritt (Monolog Theklas).

87 Zitat aus Goethes «Iphigenie auf Tauris», Erster Aufzug, Erster Auftritt.

88 Ein Bank-Kommissionsgeschäft in der Linkstr. 7.

89 Die Töchter von Dr. Julius Boas und seiner Frau Mathilde, geb. Alexander.

90 Wahrscheinlich ist die Urgroßmutter, die Frau von Jacob Cosman Weyl, gemeint.

91 Ließ sich nicht nachweisen.

92 Nicht ermittelt.

93 Gaspare Spontini (1774-1851) wirkte von 1820 bis 1842 als Opernkomponist und -dirigent in Berlin. Sein «Ferdinand Cortez» war allerdings schon 1809 in Paris entstanden.

94 Paul Taglioni (1808-1884). Er stammte aus einer italienischen Tänzerfamilie und wurde nach großen Erfolgen in Stuttgart, Wien, München und Paris 1829 an das königliche Hoftheater in Berlin engagiert. Seit 1837 stand er an der Spitze des königlichen Balletts und schuf eine ganze Reihe von «Tanzgedichten» wie «Die Seeräuber», «Satanella», «Ellinor» und «Fantasca».

95 «Flick und Flock» war eines der erfolgreichen «Tanzgedichte» Paul Taglionis, das bis Oktober 1885 allein in Berlin 419 Aufführungen erlebte.

96 Als Pauline Lucca 1871 ein neues Engagement an der Berliner Hofoper angenommen hatte, kam es zu schweren Auseinandersetzungen mit der Primadonna des Hauses, Mathilde Mallinger. Anhänger der Mallinger zischten 1872 bei einer Aufführung von «Figaros Hochzeit» Pauline Lucca als Cherubino aus und hinderten sie am Singen. Daraufhin brach sie ihren Kontrakt und ging nach Paris und nach Nordamerika.

97 Joel Wolff Meyer starb am 25.9.1869.

98 Julius Meyer starb am 12.10.1872.

99 Jeanette Meyer, die Tochter Joel Wolff Meyers und Frau seines jüngeren Bruders Julius Meyer.

100 Franziska Heimann, geb. Meyer, und ihr Mann Benno hatten bis ca. 1870 in Hamburg gelebt, wo Benno Heimann ein Geldwechselgeschäft betrieben hatte.

101 Paul Heimann war am 25.5.1867 in Hamburg geboren und seine Schwester Hanna am 22.9.1869 ebenda.

102 Arthur Jüdel, Sohn von Paul Jüdel und seiner Frau Hedwig, geb. Meyer.

103 Das Adreßbuch 1870 verzeichnet eine M. Börner, Schulvorsteherin, Linksstr. 7.8.

104 Carl Hiller, Hoflieferant, Wein- und Delicatessenhandlung, Restaurant 1. Ranges, Mittelstr. 38 I, Geschäftslocal: Unter den Linden 62/63.

105 Unter den Linden Nr. 35.

106 Unter den Linden 26.

107 Dr. phil. Julius Schnatter, 11. Direktor des Französischen Gymnasiums, Amtszeit 1868-1887.

108 Benno Heimann beging Selbstmord, wahrscheinlich mit Gift, und wäre mit größerer Tatkraft und Kaltblütigkeit von seiten der Familie vielleicht zu retten gewesen. Er spielte mit seinen Kindern Paul und Hanna Karten,

als ein Wagen mit seinen Schwägern vorfuhr. Er glaubte, sie verkündeten ihm nun gleich seinen Bankrott – dabei hatten sie einen Vergleich erzielt.

109 Die aus Hamburg stammende Frau des Schriftstellers Siegbert Meyer.

110 Hebräisch «es reicht uns».

111 Zitat aus Goethes «Faust», I. Teil, Szene Am Brunnen, Gretchen und Lieschen mit Krügen.

112 Anspielung auf Dantes «Göttliche Komödie», Inferno, III. Gesang: «Die beiden Wanderer schreiten durch das Höllentor in einen Bezirk, der die Lauen und Gleichgültigen beherbergt.»

113 Großmutter Pauline Alexander starb am 26.5.1877.

114 Edmund Alexander plante nach dem Abitur ein Jura-Studium.

115 Josef Kainz (1858-1910) war am Deutschen Theater in Berlin engagiert, seit 1899 am Wiener Burgtheater.

116 Anspielung auf Friedrich II. von Preußen.

117 Ernst Friedrich Eduard Richter (1808-1879).

118 Ernst Friedrich Eduard Richter wurde bereits 1868 Thomas-Kantor und behielt das Amt bis zu seinem Tode 1879.

119 Zitat aus «Iphigenie auf Tauris» von Goethe, Dritter Aufzug, Erster Auftritt.

120 «Iphigenie auf Tauris», Fünfter Aufzug, Sechster Auftritt (Schluß des Dramas).

121 Magdeburgerstraße 36.

122 Edmund Alexander absolvierte das Französische Gymnasium Berlin am 21. März 1882.

123 Edmund Alexander studierte nur das Sommersemester 1882, vom 6. Mai bis 31. Juli 1882, in Heidelberg.

124 Alexander Pinkuss, der spätere erste Ehemann Margarete Mauthners (* 1862, aber offenbar nicht in Berlin, da er in den Geburtsregistern der Berliner Juden nicht aufscheint).

125 Das Adreßbuch 1870 weist den Banquier J.[oseph] Pinkuss mit Wohnung Friedrichstr. 104 Pt., Geschäftslokal Französische Str. 20a (Firma Feig und Pinkuss) aus.

126 Vermutlich Albert Pinkuss (s. Anm. 129).

127 Joseph Alexander starb am 6.1.1885.

128 Wenn die Ehre nicht wäre, das Vergnügen ist nicht groß.

129 1890 wohnten ein Alb.[ert?] und Alex.[ander] Pinkuss in der Tiergartenstr. Nr. 26 (auch Sitz der Fa. Feig und Pinkuss).
Der Bankier Josoph Pinkuss, Margarete Mauthners zeitweiliger Schwiegervater, war bis 1900/1901 Eigentümer des Rittergutes Friedenthal in Sachsenhausen bei Oranienburg. 1879 ließ er dort ein prächtiges Wohnhaus errichten, das allgemein als Schloß bezeichnet wurde. Während des Zweiten Weltkriegs wurde Schloß Friedenthal vom Reichssicherheits-

hauptamt als Ausbildungszentrale für Spione und als Fälscherwerkstatt für den Druck englischer Banknoten benutzt. Schloß Friedenthal brannte nach einem alliierten Fliegerangriff auf Oranienburg am 10. April 1945 vollständig ab. Heute ist keine Spur mehr vorhanden.

130 Edmund Alexander bestand dieses Examen wohl im Frühjahr 1885 – am 25.3.1885 wurde er nämlich von der Berliner Universität exmatrikuliert.

131 Ludwig II. von Bayern ertrank am 13.6.1886 im Starnberger See.

132 Siegbert Meyer (Pseudonym Siegmey) war zunächst in die Seidenwaren-fabrik seines Vaters eingetreten und hatte nach Aufenthalten in Lyon und Paris in Berlin ein Seidenwarengeschäft eröffnet. Nach dem Tod seines Vaters, des Kommerzienrats Julius Meyer (1872), verlegte er sich auf die Schriftstellerei und schuf eine Menge Romane und Humoresken. Man behauptete, er sei infolge geistiger Überanstrengung in eine langwierige Krankheit verfallen, die zu seinem frühzeitigen Tod geführt habe († 13.3.1883). Nach den Andeutungen Margarete Mauthners vom «unheil-baren Siechtum» und dem schrittweisen Verfall des Geistes und Körpers könnte er auch an den Spätfolgen einer Syphillis gestorben sein.

133 Adam war vielleicht nur der Vorname des Portiers: 1865 war ein Lange Portier in der (Matthäi-)Kirchstr. 1a, 1875 war ein Ruczynski Portier, 1890 ein Heinicke.

134 Kaiser Wilhelm I. starb am 9.3.1888.

135 A. Kupfernagel, Pianist und Dirigent. 1897 wohnte er in der Bülowstr. 54.

136 Vom 1.10.1890 bis 3.3.1891 wohnte Fritz Alexander in der Theresienstr. 130, II., bei Dillis, dann in der Theresienstr. 51, III., bei Meyer. Am 31.12.1891 meldete er sich vorübergehend nach Berlin ab.

137 Seit 5.4.1892 wohnte Fritz Alexander in einem von mehreren Malern benutzten Ateliergebäude in der Theresienstr. 75, I., Rückgebäude, bei Schuh.

138 Ludwig Dill (auf den Meldebögen «Marienmaler genannt»), der seit dem 1.10.1889 ebenfalls in der Theresienstr. 75, II., gemeldet war.

139 Fritz von Uhde (1848-1911), von den im Zusammenhang mit Fritz Ale-xander Genannten der heute noch bekannteste Maler. Er hatte unter dem Einfluß Liebermanns die Freilichtmalerei entdeckt, malte aber auch, damals vielgerühmte, Interieurs religiösen Inhalts («Lasset die Kindlein zu mir kommen», «Komm, Herr Jesus, sei unser Gast», «Ich bin bei euch alle Tage»). Seit 1886 verwitwet, erzog Uhde seine drei Töchter allein und malte zahlreiche Porträts von ihnen.

140 Josef Block, * 1863 in Bernstadt (nicht: Breslau), Schlesien, Schüler Bru-no Piglheins an der Münchner Akademie; malte biblische Historien, rea-listische Genrebilder, Porträts und Stilleben. Für sein Bild «Der verlorene Sohn», 1890 in München entstanden, erhielt er in Berlin eine goldene Medaille.

141 Ludwig Nathan, * 14.7.1861 in Berlin. Nathan wohnte seit 1.9.1891 in der Heßstr. 39, meldete sich am 26.12.1893 nach Berlin ab, kehrte am 10.8.1894 nach München,Theresienstr. 130/I, zurück, zog am 5.10.1894 in die Giselastr. 29/III und kehrte am 31.3.1890 in seine Vaterstadt Berlin zurück.

142 1890 waren drei Firmen Nathan im Adreßbuch eingetragen: Nathan und Kayser, Fell- und Rohprodukte, Klosterstr. 63; H.H. Nathan,Wollhandlung, Neue Friedrichstr. 56, und Meyer Adolph Nathan, Möbelstoffe, Kleiderstoffe, Mäntelstoffe, Baumwollwaaren, Gardinen und Teppiche Engros, Kaiser Wilhelm Str. 7. Am ehesten kommt wohl letzterer in Frage.

143 Erich Hancke, * 1871 in Breslau, wo er auch Schüler der Akademie war, danach an der Academie Julian in Paris, dann bis 1902 in München ansässig, wo er in der Sezession bis 1908 fast ausschließlich Porträts ausstellte. Später Biograph Liebermanns und Sekretär Paul Cassirers.

144 Wahrscheinlich gemeint ist Ludwig Knaus (1829-1910), dessen Spezialität die Idylle kleinen Formats war.

145 Franz von Lenbach (1836-1904); glanzvolle Laufbahn als Porträtmaler in München (allein 80 Porträts von Bismarck!), 1882 geadelt.

146 Albert von Keller (1844-1920). Galt als einer der begehrtesten und höchstbezahlten Maler in München. Bereits 1873 erzielte er für sein Bild «Chopin» 14.000 Mark. Er malte Interieurs, Stimmungsbilder aus der Gesellschaft, Köpfe und Akte. 1898 wurde er in den Adelsstand erhoben.

147 Münchner Künstlervereinigung, die ihr Vereinsheim und Versammlungslokal seit 1887 in der Barerstraße hatte.

148 Nach Fritz Alexanders Tod zeigte der Littauersche Kunstsalon (November 1896) eine Gedenkausstellung mit 37 Porträts, mit der er sich postum laut Thieme-Beckers Künstlerlexikon als «ein selbständiger, moderner Porträtist im besten Sinne, besonders als ein freier Kolorist bewährt».

149 Es befand sich am Odeonsplatz 10.

150 Nach dem «Wirtschafts-Plötz» setzte 1890 in Deutschland aus Kapitalmangel ein Abschwung ein, dem drei Jahre des Niedergangs (1891-1893) folgten. Ohne nähere Angaben läßt sich das Ungewitter an der Berliner Börse nicht datieren.

151 Paul Heimann, der ältere Bruder Martha Musils, geb. Heimann, starb am 3.7.1892 in Berlin.

152 Bruno Piglhein, * 1848 in Hamburg, † 1894 in München, Bildhauer und Maler, seit 1886 Professor an der Münchner Akademie, seit 1892 1. Präsident der Sezession.

153 Aller Durchgefallenen.

154 Friedrich Fehr, Maler und Radierer, * 24.5.1862 in Werneck, † 26.9.1927 in Polling, Studium an der Münchner Akademie, leitete dort seit 1890 ei-

ne Malschule. Er malte Porträts, Landschaften, Interieurs und Genrebilder (Szenen aus dem Gesellschafts- und Soldatenleben).

155 Hugo von Habermann (1849-1929). 1873 wurde er an der Münchner Akademie Schüler von Piloty. 1892 zweiter, 1904 erster Präsident der Münchner Sezession.

156 Martha Heimann war eine kurze Zeit mit Martin Cohn verlobt, ★ 1872 als Sohn des Ritterguts- und Fabrikbesitzers Emil Cohn und seiner Frau Leonore, geb. Mosse, die aus der Familie des Zeitungsverlegers Rudolf Mosse stammte («Berliner Volkszeitung», «Berliner Tageblatt», «Berliner Morgenzeitung». u.a.).

157 Hanna Heimann verlobte sich mit dem (für die Kunstgeschichte nicht sonderlich bedeutenden) Berliner Bilderhändler Jacques Casper (1854-1921), der am Kurfürstendamm ein Geschäft für Maler-Bedarf und eine Galerie besaß, in der immerhin einmal Max Liebermann ausstellte.

158 Martha Heimann und Fritz Alexander sowie Hanna Heimann und Jacques Casper heirateten am 5.1.1895.

159 Martha hielt sich im Herbst 1897 zu Malstudien in München auf. Am 2. Todestag Fritz Alexanders, am 7.11., übersiedelte sie in die Blütenstraße Nr. 17. Nach 14 Tagen zog sie dort aus – mit der Angabe, sie wolle nach Amerika auswandern. Es ist wahrscheinlich, daß sie um jene Zeit eine Affäre mit dem verheirateten Galeristen Paul Cassirer hatte und mit ihm ‹durchging› (s. im Anhang Musils Notizen unter dem Titel «Rabe» und das Nachwort), – ein Ehebruch, der von ihrer Familie und speziell von Margarete Mauthner offenbar schwer mißbilligt wurde, zumal die Frau P. Cassirers, Lucie, geb. Oberwart, eine Berliner Jugendfreundin Marthas war und mit Cassirer eine kleine Tochter hatte.

160 Sie lag in der Hohenzollernstraße Nr. 11.

161 Nansen hatte 1895 versucht, von seinem Forschungsschiff Fram aus auf Schlitten den Nordpol zu erreichen. 1897 erschien auf deutsch in zwei Bänden sein Bericht «In Nacht und Eis».

162 Der Ingenieur Edmund Mauthner (1868-1909), ein Neffe des Philosophen Fritz Mauthner, wurde Margarete Alexanders zweiter Ehemann.

Der Herausgeber dankt der Jüdischen Gemeinde Berlin für genealogische Informationen und Herrn Dr. Dettmer vom Landesarchiv Berlin für seine stete Hilfsbereitschaft und zahlreiche Auskünfte über Berolinensia.

Nachwort

Bei kaum einem Maler ist die Diskrepanz zwischen Anerkennung zu Lebzeiten und dem Nachruhm, zwischen den Preisen seiner Bilder vor seinem Tod und danach krasser als bei van Gogh. Ein Mann, der sich das Ohr abschnitt und nach psychiatrischer Internierung Selbstmord beging, – konnte das ein bedeutender Künstler sein? Das deutsche und österreichische Bürgertum um 1900 hielt es lieber mit den Malerfürsten, den Kaulbachs und Makarts, reich, arriviert, mit Portrait-Aufträgen der ‹guten Gesellschaft› überhäuft usf. Daß van Gogh, neben Cézanne für die Kunst des 20. Jahrhunderts unbestrittenermassen von fundamentaler Bedeutung, für Menschen mit sehenden Augen im wilhelminischen Deutschland zu existieren begann, war ein Verdienst des Galeristen Paul Cassirer. Er stellte die ersten van Goghs in Berlin aus und fand die ersten prominenten Käufer wie den Verleger Samuel Fischer. Quasi als Parallelaktion erschienen im Verlag Bruno Cassirer Briefe van Goghs, ausgewählt und übertragen von Margarete Mauthner – eine Edition, die bis in die späten zwanziger Jahre viele Auflagen erlebte.

Paul Cassirer, der bedeutende Berliner Galerist, neben dem Verleger Bruno und dem Philosophen Ernst ein weiterer Vertreter der Familie Cassirer, hatte van Gogh für das deutsche Publikum entdeckt und in Berlin bekannt gemacht, bei der künstlerischen Elite durchgesetzt. «In dieser Zeit lag der Name van Gogh in der Luft», schreibt Margarete Mauthner im unveröffentlichten II. Teil ihrer Erinnerungen, «unbestimmt, schillernd, ohne daß wir, die nahe an der Quelle der modernen Kunst lebten, ihn in festere Formen zu bannen vermochten. Eben war ich mit den letzten Korrekturbögen seiner Briefe beschäftigt und wurde als Apostel dieses unbekannten Heiligen von unserem ganzen Kreise weidlich geneckt, der, so lange man die Größe des Urhebers nicht kannte und dem Talente des Übersetzers nicht traute, diese ergreifenden Auseinandersetzungen mit sich selbst, der Natur und der Kunst nicht ganz ernst zu nehmen für richtig fand, – da erschien [wohl im April 1905] vom Kunstsalon Cassirer die Ankündigung der ersten großen Van Gogh-Ausstellung. Eine kleinere, frühere [wohl im Dezember 1901] hatten wir durch eine unserer Reisen versäumt; sie war von der Kritik mit ein paar leichten, witzelnden oder tadelnden Worten abgetan worden und daher beim Publikum fast unbemerkt vorbeigegangen. Bei dieser größeren Wiederholung, die durch den Veranstalter zu einem Ereignis von einiger Wichtigkeit gestempelt wurde, brach die Kritik in einen Sturm der Empörung aus und ließ den armen, hilflosen Beschauern nur die Wahl, sich dafür zu entscheiden, ob sie in diesen fremden, befremdenden Bildern das Produkt eines Unverschämten sehen sollten, der sich einen Witz mit seinem Publikum erlaubt hatte, oder einen Wahnsinnigen, dessen Krankheit sich in seiner Begabung gezeigt hatte, noch ehe sie in seinem Privatleben zum Ausbruch gekommen war.»

Margarete Mauthner gehörte zu den wenigen, die die überragende Qualität der van Goghschen Malerei sofort erkannte, sich für dieses verkannte und verlästerte Genie einsetzte und eine Reihe seiner Arbeiten kaufte – die Preise lagen damals noch im vierstelligen Bereich! «Zu den ersten zwei Bildern hatte sich eine große Zeichnung gesellt: Untergehende Sonne über Mont Majour, die auch von kühl abwägenden Gegnern als ein unbestreitbares Meisterwerk angesehen wurde. [...] Dieser Zeichnung folgte ein stolzes Bild: grüne, rotblühende Wiesen mit bläulichen Felsen, dessen wildbewegter Rhythmus in den Linien und Farben es zum charakteristischsten unserer Sammlung machte. Nach einer zweiten Zeichnung, auf der die Üppigkeit der Provence trotz des spröden Materials vollen Ausdruck findet, war seit einem Jahr als letzte Erwerbung ein kleines Ölbild hinzugekommen: Dorf im Herbst, mit dessen rosigen, lila und gelblichen Tönen ich stets eine zärtliche Vision verband.»

Durch ihren frühverstorbenen Bruder, den Maler Fritz Alexander (der bei längerem Leben vielleicht ein Großer seiner Zunft geworden wäre), auch familiär mit der bildenden Kunst verbunden, pflegte Margarete Mauthner intensiven Umgang mit den damaligen Großen der Zunft und kaufte deren Bilder, so von Max Liebermann, von dem sie z.B. eine «Studie zur Dalila» besaß, und auch von Lovis Corinth, der ganz in ihrer Nähe wohnte und des öfteren im Haus Mauthner zu Gast war: «seine bloße Erscheinung, das schwerblütig Ostpreußische seines Wesens und Sprechens genügte, um – ganz von dem Glanze abgesehen, der seinen Namen umgab – dem Abend ein besonderes Colorit zu geben. Wenn er in seinem hellchocoladenfarbenen Anzuge, den er bei festlicheren Gelegenheiten nur in den oberen Regionen mit einem schwarzen Tuchrock und einer seltsam hellen, damaszierten Weste vertauschte, eintrat, die lange, dünne goldene Uhrkette um den Hals geschlungen, so ging ihm mein Mann [Edmund Mauthner] feierlich mit den Worten entgegen: Maître, je vous salue, worauf Corinth mit seinem eigentlich gewinnenden, fletschenden Lächeln, das die untere Zahnreihe bloßlegte, ebenso ehrerbietig erwiderte: Bonjour, Professeur! Nachdem sie damit des Zeremoniellen genug getan zu haben meinten, waren sie bald in ein Gespräch über irgendeine Neuerwerbung der Bibliothek vertieft, und beide bewunderten mit derselben Ehrlichkeit des anderen Wissen. – Bei Tisch pflegte ich ihn so zu setzen, daß er sein Selbstporträt vor Augen hatte, und noch ehe er die Serviette entfaltete, warf er einen prüfenden Blick darauf. Erst wenn ich sein befriedigt brummendes ‹Hm,› gehört hatte, wußte ich, daß die Tafelfreuden zu ihrem Rechte kommen würden, nach deren ergiebigem Genusse er sehr lebhaft und lustig werden konnte und, wenn sich die Gelegenheit dazu bot, wie ein täppischer Bär, aber immer in den Grenzen des Geschmacks, zu aller Belustigung herumtanzte.»

Solche Passagen belegen, daß Margarete Mauthner nicht nur eine Sammlerin mit großem Fingerspitzengefühl war, sondern auch selbst über die Fähigkeit verfügte, Menschen, mit Worten, zu porträtieren. Einen weiteren Beweis dafür liefern die vorausgehenden Seiten. M. Mauthner, als Übersetzerin von Büchern Balzacs, Mumfords, Whistlers, von Erinnerungen an Manet und Studien über Degas z.T. noch heute gedruckt, nutzte die deprimierenden Jahre des I. Weltkriegs (1915-1917), um ihre eigene Geschichte und die ihrer Angehörigen aufzuzeichnen, im wesentlichen: die Geschichte der weitverzweigten Familien Meyer und Alexander, zweier jüdischer Sippen in Berlin, die einen maßgeblichen Anteil am preußischen Wirtschaftsleben des 18. und 19. Jahrhunderts hatten und die mit Margarete Mauthners Cousine und zeitweiliger Schwägerin Martha Heimann, verwitweter Alexander, geschiedener Marcovaldi, seit 1911 Frau Robert Musils, einen Beitrag zur Weltliteratur leistete, wie er während des I. Weltkriegs freilich noch nicht zu ahnen war, weil zwei spätere Hauptwerke Musils, das Drama «Die Schwärmer» und sein «Mann ohne Eigenschaften», damals noch nicht geschrieben waren. Aus offenbar gutbestückten Archiven ihrer Eltern und Voreltern schöpfend, gelang Margarete Mauthner (Jahrgang 1863), einer geborenen Alexander, einer geschiedenen Pinkuss, Witwe des Ingenieurs Edmund Mauthner, eine Rekonstruktion jenes frommen, königstreuen preußischen Judentums, das zum wirtschaftlichen und kulturellen Aufstieg Berlins zur deutschen Metropole einen erheblichen Beitrag leistete. Es waren patriarchalische Strukturen, mit Grundsätzen von strenger Redlichkeit und Rechtlichkeit, in denen sich persönliche Anspruchslosigkeit mit industrieller Investition, Gewinnstreben und Wohltätigkeit (bis hin zur Aufnahme von Fremden unter die zahlreichen leiblichen Kinder) auf verblüffende Weise miteinander verbanden. Es ist faszinierend zu beobachten, wie sich die jüdische Orthodoxie mit ihren strengen Ritualen und Speisevorschriften im Lauf des

*Die beiden Porträts zeigen vermutlich das Ehepaar Commerzienrat Joel Wolff Meyer
und Caroline, geb. Hirschfeld*

19. Jahrhunderts allmählich auflockerte (vor allem in der Familie
Alexander) und wie die Gebote des Alten Testaments durch die
Texte der deutschen Klassik, nicht zuletzt durch Goethes «Iphigenie» ergänzt, um nicht zu sagen: ersetzt wurden. Nicht mehr,
um den Gegensatz auf die Spitze zu treiben, «Auge um Auge,
Zahn um Zahn», sondern «Alle menschlichen Gebrechen sühnet
reine Menschlichkeit». Die Emanzipation des preußischen Judentums mündete in den Jahrzehnten vor 1900 in eine jüdisch-
deutsche Symbiose, wie sie von Julius Alexander, dem Vater Margarete Mauthners, exemplarisch gelebt wurde. Ein Bankdirektor,
der beim Börsenkrach zu den Blankversen des Weimarer Olym-
piers griff und sich im «Hain vor Dianens Tempel» erging, liefert
ein erstaunliches Beispiel, daß von solchen Männern das Feld
der Finanzen immer weniger den «hungrigen, freistreifenden
wilden Hunden des Börsenspiels» (wie es im «Mann ohne Eigenschaften» heißt) überlassen wurde.

Auch wenn wohl nie zu klären sein wird, welche Rolle die
Familien Meyer/Alexander bei der Revolution von 1848 und

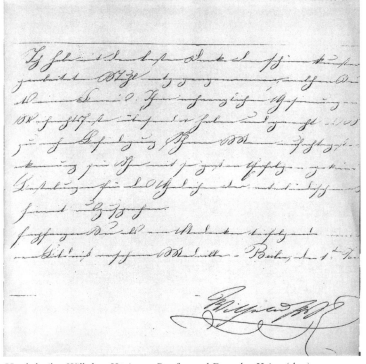

*Handschreiben Wilhelms, König von Preußen und Deutscher Kaiser (oben)
und Handschreiben der Königin von Preußen, Augusta (rechte Seite),
an den Commerzienrath J.W. Meyer*

bei der Flucht eines Mitglieds des Königshauses aus Berlin spielte – daß diese Mitglieder der jüdischen Gemeinde ein eigenes
Bündnis von Thron und Altar (und Thora) pflegten, ist unbe-
streitbar. Man erfreute das Herrscherhaus offenbar periodisch
mit kostbaren Geweben aus den eigenen Manufakturen oder
mit «kunstvoll gearbeiteten» Stühlen zum Weihnachtsfest, und
die Gegenseite revanchierte sich mit prächtigen Vasen oder mit
«Kaisertabletts», auf denen Hohenzollern-Schlösser prangten.
Der deutsch-französische Krieg, der schließlich das neue deutsche Kaisertum etablierte, sah den Commerzienrat J.W. Meyer

Berlin, den 21. August 1870

Augusta

und seine Gemahlin – zumindest finanziell – nicht untätig. Sofort nach der Kriegserklärung Frankreichs vom 19. Juli 1870 spendete das Paar eine Summe für die preußische Armee, die so erheblich gewesen sein muß, daß Ihre Königliche Hoheit Augusta postwendend mit einem huldvollen Handschreiben antwortete. Beim nächsten Krieg, 1914 bis 18, war das Engagement einzelner Mitglieder aus dem Hause Alexander sogar noch stärker. Margarete Mauthners Bruder Johann (Hans) trug als promovierter Ingenieur zur Elektrifizierung der deutschen Drahtverhaue bei und erhielt noch am 30. Januar 1935, exakt zwei Jahre nach

Hitlers Machtübernahme, «das von dem Reichspräsidenten Generalfeldmarschall von Hindenburg gestiftete Ehrenkreuz für Frontkämpfer», kurz bevor er dann ins südafrikanische Exil ging. [Man darf auch überzeugt sein, daß die Alexanders (wie übrigens auch Martha Musil) erhebliche, bekanntlich total verlorene Summen in die Kriegsanleihen des Deutschen Reiches steckten – ein Umstand, der wahrscheinlich sehr zur Destabilisierung des Familienvermögens und zum Verkauf des Besitzes in der Matthäikirchstraße Ende 1919 beitrug].

Dieses Haus war damit immerhin fast 80 Jahre in den Händen der Meyers und Alexanders. 1840 hatte es der Geheime Kommerzienrat Meyer, wie die Vossische Zeitung am 10. Dezember 1919 schrieb, «in der noch höchst sandigen Tiergartengegend als Landhaus für den Sommeraufenthalt bauen» lassen; «die Matthäikirchstraße selbst bestand damals noch nicht, sie wurde erst 1845 angelegt. Der Architekt läßt sich nicht mehr ermitteln; aber es muß einer von den Schinkelschülern gewesen sein, der dies liebenswürdige Bauwerk mit den dreifachen Flachbogen an der Parkfront, der schönen Terrasse und dem großen durchgeführten Saal im Hauptstockwerk entworfen hat. Das Grundstück war schmal geschnitten, wie sehr viele Bauterrains des Tiergartenviertels in jener Zeit. Das Häuschen wurde schmuck, aber einfach und bescheiden, es wurde nicht einmal unterkellert.»

Robert Musil muß das Anwesen in der Matthäikirchstraße 1 etwa 1907/08 kennengelernt haben, als er mit seiner späteren Frau Martha in engeren Kontakt gekommen war. Sie scheint ihm schon in einer sehr frühen Phase ihrer Bekanntschaft – sie hatten einander im Sommer 1906 im Ostseebad Graal kennengelernt – intime Details aus ihrer Kindheit und Jugend erzählt zu haben, über ihr Heranwachsen zwischen dem erheblich älteren Cousin Edmund Alexander und seinem Bruder Fritz, eine Konstellation, die Musil in seiner Novelle «Das verzauberte Haus» von 1908 in der Rivalität um Viktoria zwischen dem fordernd sinnlichen

Haus Matthäikirchstraße 1, um 1900

Demeter und dem noblen, zurückhaltenden Johannes abbildet.
(Dieses prekäre Dreieck wird in allen Umformungen der Novelle, die schließlich 1911 unter dem Titel «Die Versuchung der
stillen Veronika» erscheint, beibehalten.) Das Haus Matthäikirchstraße 1 verwandelt Musil dabei in den «alten Stadtbesitz» einer
«gräflichen Familie». Er spricht von dem «alten glänzenden Parkett» und Empiretischlein, auf dem «eine goldene Standuhr leise
und unaufhörlich pendelte». Und von einer Empfindung des
«Polternden, Knarrenden, von einem Gefühl wie ein grob hin-
eingetriebener Keil», das der sonst so selbstbewußte, militärisch
zupackende Demeter nicht los wurde, «seit er in diesem Hause
war. Wenn er noch so vorsichtig ging, dröhnten in dem schwei-
genden Gebäude die Dielen und Stiegen, und die Türen lärmten
in seiner Hand. Er erschrak häufig über sich selbst und verlor zu-
weilen fast seine Sicherheit. Die alte Dame [Viktorias Tante]
zwar fürchtete er nicht zu stören, sie lebte abseits in dem Flügel

Garten und Terrasse, Matthäikirchstraße 1

des Hauses, der nach dem Garten zu stand, und er sah sie niemals, aber Viktoria begegnete er öfter. Er hatte dann immer den Eindruck, daß sie wie lautlos vor ihm aus dem Dunkel auftauchte, und daß es sich hinter ihr ganz sonderbar ohne Bewegung wieder zusammenschloß. Und Demeter blieb manchmal stehen und empfand etwas wie Scheu und war nicht mehr sicher, ob sein Urteil, daß es sich hier bloß um das stille, machtlose Welken eines alternden Mädchens handle, auch richtig sei. Ja es ereignete sich, daß er etwas wie eine machtvolle, ungewöhnliche Sinnlichkeit gleich einer fremden Krankheit an sich vorbeistreifen fühlte. Viktoria war hoch gewachsen und hatte eine breite, ein wenig flache Brust, über ihrer niedrigen, wölbungslosen Stirn waren die Haare dicht zusammengeschlossen, ihr Mund war groß und wollüstig und ein leichter Flaum schwarzer Haare bedeckte ihre Arme. Wenn sie ging, hielt sie den Kopf gesenkt, wie wenn der feine Hals ihn nicht tragen könnte, ohne sich zu biegen, und den Leib drückte sie ein wenig hervor. Es war eine eigentümliche, fast schamlos gleichgültige Sanftmut in ihrer Art zu gehen». In dieser Passage ist die Atmosphäre des «Verzauberten Hauses» wohl eindringlich genug beschrieben – samt Habitus und Physiognomie der jungen Martha.

In einem Brief vom 1. März 1945 an Armin Kesser nahm Martha Musil Bezug auf ihr Geburtshaus, wohlwissend, welche Rolle es für das Werk ihres Mannes von Anfang an gespielt hatte. «Es ist für mich affektbetont und war es auch für Robert: Matthäikirchstraße 1, Ecke Tiergartenstraße, war das erste Haus in der Gegend; mein Urgroßvater hatte es anfangs nur als Sommerwohnung gedacht, leicht gebaut, mit einfachen Fenstern; und so blieb es. Nach dem Tod meiner Großmutter, ich war etwa elf Jahre alt, übernahm es mein Onkel [Julius Alexander], und ich stand mit den 4 Vettern und ihren Freunden mehr oder weniger gut, verlobte mich früh und verliebte mich öfter – und heiratete

Fritz [Alexander]. Dies Milieu und das Haus bilden den Hintergrund der ‹Schwärmer›».

Das gilt viel wörtlicher, als die Musil-Forschung lange glaubte: Der «hallenartige Mittelraum im ersten Stockwerk», den Musil in den Szenenanweisung des III. Akts erwähnt, ist eine Anspielung auf den «großen durchgeführten Saal im Hauptstockwerk», von dem auch die Vossische Zeitung als architektonischer Besonderheit sprach, und daß der «ganze Raum», in dem der I. Aufzug der «Schwärmer» angesiedelt ist, «in den Sommerhimmel» übergeht, «in dem Wolken schwimmen», macht sich jenen Coup eines Berliner Möchtegern-Malers zunutze, der die Hausbesitzer in der Matthäikirchstraße 1 seinerzeit mit seinem Himmelsgemälde auf Wänden und Decke überrascht hatte.

Die Erinnerungen Margarete Mauthners an Familie Heimann, an den Selbstmord des Vaters Benno H., die lange Trauer und den frühen Tod der Mutter und des Bruders Paul, an Hanna, die Schwester Marthas, und sie selbst sind sehr aufschlußreich und

Martha Heimann,
um 1890

Fritz Alexander (2. von links) im Münchner Atelier mit Bruder Edmund und seinen Eltern

wichtige Quellen für deren Biographien. Gerade was indessen Martha angeht, so war Margarete Mauthner über viele der delikaten Vorkommnisse zwischen den Brüdern und Martha (vor allem respektive Edmund) nicht informiert, und über anderes, das ihr bekannt geworden war, sprach sie, im Stil des 19. Jahrhunderts, nur in Andeutungen oder deckte den Schleier der Diskretion darüber. Deshalb sind hier im Anhang die Aufzeichnungen Musils unter dem Stichwort «Rabe», Notizen für ein Romanprojekt über Martha, beigefügt, die sich in ihrem schonungslosen Realismus sehr von dem durchgehend hohen Ton Margarete Mauthners unterscheiden. Marthas eigene Erzählungen über die leider so kurze Ehe mit Fritz Alexander halten dazwischen eine Art Mitte. So, als sie am 31. Mai 1948 Armin Kesser einen langen autobiographischen Brief schreibt: «1. Juni. Fritz Alexanders Geburtstag. Niemand mehr weiß davon. Verwandte und Freunde sind tot. Nur ich erinnere mich. Er ist mit 25 Jahren am Typhus

Heiratsurkunde Martha Heimanns und Fritz Alexanders

gestorben, war sehr begabt, hatte schöne Porträt- und Figuren-
bilder hinterlassen. Auch davon ist nichts mehr geblieben. Er
liebte mich, und ich liebte ihn. Er war schön; groß und schlank.
Ab und zu augenleidend, (nicht venerisch; die Ärzte wußten
nicht, was es war), und nach jeder Krankheit waren die Augen
klar und schön wie zuvor.

Oft mußte er wochenlang im verdunkelten Zimmer bleiben, schon als Junge. Ich, damals ein kleines Mädchen, ging statt in die Schule zu ihm. Wir unterhielten uns (Radio gab es nicht, wohl auch kein Grammophon) oder sangen Operettentexte (Pariser Leben u. ähnl.).

Später, nachdem ich eine halbe Verlobung mit einem Berlin W. Jüngling gelöst hatte, fuhr ich mit Fritz' Vater – meinem Onkel – nach München, wo er studierte. Auf einem Waldweg im Isartal entschieden wir, daß wir uns heiraten müßten. Das war im Juli. Fritz fuhr mit uns nach Berlin, blieb nicht lange und kam erst vor Weihnachten wieder, weil er den Verlobungsgesellschaften ausweichen wollte. Am 8. Jänner [recte: 5. Januar 1895] heirateten wir. Wir wollten 5 Jahre auf Reisen bleiben, ohne Häuslichkeit; es wurden aber bloß Monate. Zuerst ein paar Tage Potsdam; ich war ganz unvorbereitet auf die erste Nacht, fürchtete mich wie vor dem Zahnarzt; nur aus Liebe zu Fritz ließ ich alles geschehen. Außer Schmerz spürte ich nichts. Fritz glaubte, daß ich noch Jungfrau geblieben wäre, bis die blutigen Kissen uns aufklärten. Es war ein schneereicher Winter. Schlittenfahrt in Potsdams Umgebung. Dann über Berlin nach München. Die ‹Zugeherin›, Frau Winkler, holte uns von der Bahn ab, um das Handgepäck zu übernehmen. Wir gingen zu Fuß durch die verschneite, abendliche Stadt, durch die Ludwigstraße, das Tor, in die Leopoldstraße 9, wo nach der nächsten Ecke das Atelier im 3. Stock einer Villa war. Großes Atelier mit Ober- und Seitenlicht, daneben ein kleines Zimmer. Im Atelier ein großer Dauerbrandofen, der die Verpflichtung hatte, auch das Zimmer zu wärmen. Er tat es aber nicht, und ich konnte in der ersten Nacht vor Kälte nicht schlafen. Und auch, weil Fritz gemeint hatte, wir brauchten nur ein Bett, so traute ich mich nicht zu rühren, wenn er schlief. Aber der Raum und das Licht im Raum waren wunderschön. Es muß Vollmond gewesen sein, denn es war hell, und ein Bild von Fritz, das mir schräg gegenüber an der Wand hing (die Pariserin, Pastell) war bestrahlt. Gleich am nächsten Tag begann Fritz ein Bild von mir: stehend, ganze Figur, in schwarzem Samtkleid mit großem Spitzenkragen. Ich konnte das Modellstehen nicht leiden; (er hatte mich schon früher öfter gemalt. Robert liebte ein Profilbild sehr) und erinnere mich, daß ich damals ermüdet dachte: eigentlich hätte ich lieber einen Dichter heiraten sollen. − Fritz war klug (oder weise); ich war faktisch unschuldig, aber er erkannte meine Natur und sagte einmal, was immer ich täte, er nähme mich immer wieder − vielleicht würde er mich prügeln. Er sagte mir auch, wer von seinen Freunden krank und wer gesund sei. − Aber nach kaum 8 Tagen, gerade an meinem Geburtstag [21. Januar], spürte er eine Sehstörung, und das war der Beginn einer wochenlang dauernden Erkrankung. So verdunkelten wir einen Teil des Ateliers mittels Wandschirmen, und Fritz ging fast nicht aus. Zum März war das Atelier gekündigt, aber die Augen waren noch nicht geheilt, und wir zogen ins Hotel Maximilian, nahmen ein großes Zimmer. Die eine Wand war Fensterwand und sonnseitig. Wir ließen einen schwarzen Vorhang aus dünnem Stoff spannen, durch den die Sonne ganz gedämpft schien. Es war helldunkel wie bei Rembrandt. Wir lasen viel. Ich las vor, und daher kann ich noch jetzt viel von Baudelaire auswendig. Aber es stand diesmal schlimm. Gefahr der Erblindung. Fritz sagte, auch das könne er sich mit mir vorstellen. Dann plötzlich Besserung. Die Augen klar wie zuvor. Wir gingen viel spazieren, im Engl.[ischen] Garten. Er mußte natürlich noch vorsichtig sein, nicht lesen, nicht zeichnen, in der Oper nicht auf die Bühne sehen (Loge, Hinterplätze). Wir gingen für einen Monat nach Feldafing am Starnberger See, um noch in der Nähe des Arztes zu bleiben. Wohnten auf der Höhe in einem Giebelzimmer mit Balkon. Ich erinnere mich an eine Gewitternacht. Fritz weckte mich, weil es so schön war. Der Himmel ganz zerrissen, Blitz auf Blitz, tief unten ahnte man den See. Ich aber war so müde,

Selbstporträt Fritz Alexander

daß ich nicht lange draußen blieb; Fritz dagegen konnte sich nicht vom Anblick der Ewigkeit trennen.

Dann für kurze Zeit Berlin Matthäikirchstr. 1 (mein Geburtshaus) zu den Eltern; und über Steinach a.[m] Br.[enner], Riva, Venedig, Florenz. Wir wollten nach Rom, aber das Ende war Florenz.»

Martha hatte «eine Beschreibung dieser Monate bis Florenz» zu Papier gebracht, die Musil zu seinen Unterlagen nahm und für die entsprechende Reise Agathes im «Mann ohne Eigenschaften» nutzte. Im Kapitel 12 des II. Bandes, «Heilige Gespräche. Wechselvoller Fortgang» rekapitulierte er ihr Vorleben, bevor sich die Geschwister am Sarg des Vaters wiederbegegnen. Aus einem Abstand von rund 35 Jahren vollzog er nach, was Martha erlitten hatte: «Agathe hatte mit achtzehn Jahren einen Mann geheiratet, der nur um wenig älter war als sie selbst, und auf einer Reise, die mit ihrer Hochzeit begann und mit seinem

Tode endete, wurde er ihr, ehe sie auch nur ihren zukünftigen Wohnsitz gewählt hatten, binnen einigen Wochen durch eine Krankheit wieder entrissen, die ihn unterwegs angesteckt hatte. Die Ärzte nannten das Typhus, und Agathe sprach es ihnen nach und fand darin einen Schein von Ordnung, denn das war nun die zum Weltgebrauch platt geschliffene Seite des Geschehnisses; aber auf der unabgeschliffenen war dieses anders […] als sie mit plötzlich erwachter Lebendigkeit und in gemeinsamer Anstrengung mit dem Jugendgespielen in wenigen Monaten alle Hindernisse überwand, die einer Heirat aus ihrer beider Jugend erwuchsen, obwohl die Familien der Liebesleute gegen einander nichts einzuwenden hatten, war sie mit einemmal nicht mehr vereinsamt gewesen und gerade dadurch sie selbst. Das ließ sich nun also wohl Liebe nennen; aber es gibt Verliebte, die in die Liebe wie in die Sonne blicken, sie werden bloß blind, und es gibt Verliebte, die das Leben zum ersten Mal staunend erblicken, wenn es von der Liebe beleuchtet wird: zu diesen gehörte Agathe und hatte noch gar nicht gewußt, ob sie ihren Gefährten oder etwas anderes liebe, als schon das kam, was in der Sprache unbeschienener Welt Infektionskrankheit hieß. Es war ein urplötzlich hereinbrechender Sturm von Grauen aus den fremden Gebieten des Lebens, ein Wehren, Flackern und Verlöschtwerden, die Heimsuchung zweier sich aneinander klammernder Menschen und der Untergang einer arglosen Welt in Erbrechen, Kot und Angst.

Agathe hatte dieses Geschehnis, das ihre Gefühle vernichtete, niemals anerkannt. Verwirrt von Verzweiflung, hatte sie vor dem Bett des Sterbenden auf den Knien gelegen und sich eingeredet, daß sie die Kraft wieder heraufzubeschwören vermöchte, mit der sie als Kind ihre eigene Krankheit überwunden habe; als der Verfall trotzdem fortschritt und schon das Bewußtsein geschwunden war, hatte sie, in den Zimmern eines fremden Hotels, unfähig zu verstehen, in das verlassene Gesicht gestarrt, hatte den Sterbenden ohne Achtung der Gefahr mit den Armen umfaßt gehalten und ohne Achtung der Wirklichkeit, für die eine empörte Pflegerin sorgte, nichts getan als ihm stundenlang ins ertaubende Ohr gemurmelt: ‹du darfst nicht, du darfst nicht, du darfst nicht!› Als alles vorbei war, war sie aber erstaunt aufgestanden, und ohne etwas Besonders zu glauben und zu denken, bloß aus der Traumfähigkeit und Eigenwilligkeit einer einsamen Natur behandelte sie von dem Augenblick dieses leeren Staunens an das Geschehene innerlich so, wie wenn es nicht endgültig wäre. Einen Ansatz zu Ähnlichem zeigt ja wohl jeder Mensch schon, wenn er eine Unglücksbotschaft nicht glauben will oder Unwiderrufliches tröstlich färbt; das Besondere im Verhalten Agathens war aber die Stärke und Ausdehnung dieser Rückwirkung, ja eigentlich ihre plötzlich ausbrechende Mißachtung der Welt. Neues nahm sie seitdem geflissentlich nur noch so auf, als ob es weniger das Gegenwärtige als etwas höchst Ungewisses wäre, ein Verhalten, das ihr durch das Mißtrauen, das sie der Wirklichkeit seit je entgegengebracht hatte, sehr erleichtert wurde; das Gewesene dagegen war unter dem erlittenen Stoß erstarrt und wurde viel langsamer von der Zeit abgetragen, als es sonst mit Erinnerungen geschieht. Das hatte aber nichts von dem Schwalch der Träume, den Einseitigkeiten und schiefen Verhältnissen an sich, die den Arzt herbeirufen; Agathe lebte im Gegenteil äußerlich durchaus klar, anspruchslos tugendhaft und bloß ein wenig gelangweilt weiter, in einer leichten Gehobenheit des Lebensunwillens, die nun wirklich dem Fieber ähnlich war, woran sie als Kind so merkwürdig freiwillig gelitten hatte. Und daß in ihrem Gedächtnis, das ohnehin niemals seine Eindrücke leicht in Allgemeines auflöste, nun das Gewesene und Fürchterliche Stunde um Stunde gegenwärtig blieb wie ein Leichnam, der in ein weißes Tuch gehüllt ist, das beseligte sie trotz aller Qual, die mit solcher Genauigkeit der Erinnerung verbunden war, denn es wirkte ebenso wie eine geheimnisvoll verspätete Andeutung, daß noch nicht alles vorbei sei, und bewahrte ihr im Verfall des Gemüts eine ungewisse, aber edelmütige Spannung. In Wahrheit lief freilich alles das nur darauf hinaus, daß sie wieder den Sinn ihres Daseins verloren hatte und sich mit Willen in einen Zustand versetzte, der nicht zu ihren Jahren paßte; denn nur alte Menschen leben so, daß sie bei den Erfahrungen und Erfolgen einer vergangenen Zeit verharren und vom Gegenwärtigen nicht mehr berührt werden.»

Die stilistischen Unterschiede zur Prosa Margarete Mauthners und auch zu der Marthas sind unübersehbar, abgesehen davon, daß die jeweilige Perspektive sich zu den beiden anderen fügt wie die Facetten eines Auges und das Bild reicher und tiefer macht. Die spezifische Differenz des Musilschen Duktus ist die innige Verbindung von Schilderung und psychologischer Deutung, die – alles andere als naive – Beschreibung, wie sich Gefühle und Lebenseinstellungen bilden.

Martha hat am 6. Mai 1945, am Ende des II. Weltkriegs, Armin Kesser ihre Situation als junge Witwe, nach ihrer Rückkunft aus Florenz, beschrieben. Das Berliner Milieu sei ihr bis auf wenige Ausnahme von Kindheit an verhaßt gewesen, sie habe sich gegen alle, allem entgegengesetzt gefühlt: «dem Wohlleben, dem verständnislosen Besserwissen in Kunstdingen, dem Klischee-Reden», und nicht zuletzt deshalb habe sie mit ihrem ersten Mann, Fritz Alexander, dauernd im Ausland leben wollen. Als sie allein in die Matthäikirchstraße zurückkehren mußte, habe sie das nicht mehr ertragen und sei dann, wie man hinzufügen muß, auf heiklen Umwegen wieder nach Italien gegangen, um dort ein zweites Mal zu heiraten.

Die Situation für Martha war von November 1895 an in der Tat prekär, wie aus Musils Notizen zum «Rabe»-Komplex, gespeist von Marthas mündlichen Berichten, hervorgeht. Sie lebte nun in einem höchst spannungsvollen Dreieck zwischen den Brüdern Edmund und Hans Alexander, wobei es ja im bibli-

schen Judentum den Brauch gab, daß der
Bruder eines Verstorbenen seine Witwe
heiratete, um dem Toten «den Samen
zu erwecken», wenn er denn kinder-
los verblichen war. Dies könnte u.a.
die Begehrlichkeiten der rivalisieren-
den Brüder erklären. Es handelte sich
dann um eine besondere Form der
‹Delegation› innerhalb der Familie, von
der die heutige Psychologie spricht, einer
Tradition von Aufgaben, auf die Martha ih-
rerseits, jenseits aller von Musil im Detail no-

Hans Alexander

tierten Schwulitäten und Sexualia, reagierte.
So, als wollte sie das unvollendet hinterlassene Werk ihres Gatten
fortsetzen, nahm sie nun plötzlich ihre eigene bildnerische Begabung ernst und ging im Dezember 1896, nach Ablauf eines Trau-
erjahrs, nach München, um sich von Hugo von Habermann,
dem zeitweiligen Lehrer Fritz Alexanders, unterrichten zu lassen.
Dies tat sie, von ihm in ritterlicher Weise umworben, vier Monate lang, bis April 1897 und meldete sich dann nach Mailand ab,
wahrscheinlich um in Italien die klassischen Kunstwerke zu stu-
dieren. Gut fünf Monate später, gegen Ende September 1897,
kehrte sie nach München zurück, wohl um ihre Ausbildung fortzusetzen. Daß sie um den 20. November 1897 aus München ohne Abmeldung verschwand, mit der Begründung, sie wolle nach
Amerika auswandern, ist wohl ein Fingerzeig darauf, daß myste-
riöse Dinge passiert seien. Vermutlich war es die Affäre mit dem
Galeristen Paul Cassirer, über die Musil in den «Rabe»-Notizen
Andeutungen macht. Die Ehe Cassirers mit Lucie Oberwart, einer Jugendfreundin Marthas, war offenbar nicht sonderlich
glücklich. In vertraulichen Gesprächen stieß Frau Lucie sogar
unverhüllte Todeswünsche gegen ihren Gatten aus, und so zeug-
ten die seelische Einsamkeit dieses Mannes in seiner Ehe und

die Einsamkeit der verwitweten Martha eine gemeinsame Flucht. Wie Musil zu Beginn der dreißiger Jahre in Berlin gelegentlich erzählte, habe Lucie Cassirer eines Morgens einen Zettel Paul Cassirers vorgefunden mit den dürren Worten «Bin mit Martha davon». Dieser Reißaus Marthas mit einem verheirateten Mann, dem Mann einer Freundin, die mit ihrer Tochter allein zurückblieb, dürfte die Familie Alexander, vor allem Margarete Mauthner, erheblich skandalisiert haben. Im «Mann ohne Eigenschaften» findet sich der Reflex, wenngleich ohne Namensnennungen und ohne die Reaktion der Familie: «Zu Agathens Glück faßt man aber in dem Alter, worin sie sich damals [nach ihrer Verwitwung] befand, seine Vorsätze wohl für die Ewigkeit, doch wiegt ein Jahr dafür beinahe schon wie eine halbe, und so konnte es ihr auch nicht daran fehlen, daß sich nach einiger Zeit die unterdrückte Natur und die gefesselte Phantasie gewaltsam befreiten. Wie das geschah, war in seinen Einzelheiten recht gleichgültig; einem Mann, dessen Bemühungen unter anderen Umständen wohl nie vermocht hätten, sie aus dem Gleichgewicht zu bringen, gelang es, er wurde ihr Geliebter, und dieser Versuch einer Wiederholung endete nach einer sehr kurzen Zeit fanatischer Hoffnung in leidenschaftlicher Ernüchterung. Agathe fühlte sich nun aus ihrem wirklichen wie von ihrem unwirklichen Leben ausgespien und unwürdig hoher Vorsätze. Sie gehörte zu jenen heftigen Menschen, die sich sehr lange reglos und abwartend verhalten können, bis sie an irgend einer Stelle mit einemmal in alle Verwirrungen geraten, und faßte darum in ihrer Enttäuschung bald einen neuen unüberlegten Entschluß, der, in Kürze gesagt, darin bestand, daß sie sich in entgegengesetzter Weise bestrafte, als sie gesündigt hatte, indem sie sich dazu verurteilte, das Leben mit einem Mann zu teilen, der ihr einen leichten Widerwillen einflößte.»

Diese dialektische Kehre in Agathens Verhalten ist anscheinend zu dialektisch, um realistisch zu sein und Marthas Verhalten zu charakterisieren. Sie muß im Frühjahr 1898 mit ihrem Onkel und kurzzeitigen Schwiegervater Julius Alexander eine Reise nach Italien, nach Rom unternommen haben (ein ursprüngliches Ziel ihrer Hochzeitsreise mit Fritz A.), um zu malen, und dort, bei einem Ball im Hotel Le Venete, lernte sie den stattlichen Römer Enrico Marcovaldi kennen und verliebte sich per coup de foudre in ihn. Bald müssen die Heiratspläne so fix gewesen sein, daß Martha im Sommer 1898 christlichen Religionsunterricht nahm, aus der mosaischen Religion, an die sie sich nicht sehr gebunden fühlte, austrat und sich Mitte Juli 1898 in der Dresdner Hofkirche katholisch taufen ließ. Damit war ein wichtiges Ehehindernis für Italien beseitigt – die Hochzeit mit Enrico Marcovaldi folgte am 25. September – sie war damals anscheinend schon seit einem Monat schwanger. Wie gespalten ihre Gefühle freilich noch unmittelbar vor der Hochzeit waren, zeigt eine Visitenkarte, die sie aus Dresden mitbrachte und ihr ganzes Leben lang aufbewahrte: sie war mit einem ihrer Jugendbilder und mit einem schattenhaften Foto Fritz Alexanders beklebt!

Martha scheint das Leben in ihrer neuen italienischen Umgebung zunächst recht genossen zu haben. Sie war ihrem Eindruck nach weniger präpotent und «chuzbisch»: «das Leben in einer Römischen Familie, die Kunst und Literatur ahnungslos gegenüberstand, beruhigte mich und war mir Erfrischung und Erholung», schrieb sie am 6. Mai 1945 an Armin Kesser, und sah beim Vergleich mit ihrem Briefpartner ein ähnliches «Gefallen an einem einfacheren, natürlichen Niveau». Zugleich betonte sie als Unterschied, daß sie «heftig u.[nd] leidenschaftlich» sei, «aber sprunghaft – und den Halt verlieren» könne. Und dies scheint auch für ihre italienische Zeit 1898 ff. zu gelten. Allen Indizien nach brachte sie nämlich nach dem Sohn Gaetano, den sie mit Enrico Marcovaldi hatte, 1903 eine Tochter Annina zur Welt, die das Kind eines Zahnmediziners aus der Toscana war, eines ‹dentista Americano» namens Mario Rosati, der seine Patientinnen nicht nur nach den neuesten Methoden aus dem Land der unbegrenzten Möglichkeiten behandelte, sondern gelegentlich auch schwängerte. In Musils «Vollendung der Liebe» aus dem Novellenband «Vereinigungen» von 1911 heißt es spiegelbildlich über die Heldin Claudine und ihre Tochter Lilli: «Dieses Kind stammte aus ihrer ersten Ehe, aber sein Vater war ein amerikanischer Zahnarzt, den Claudine – während eines Landaufenthaltes von Schmerzen gepeinigt – aufgesucht hatte [...] und in einer eigentümlichen Trunkenheit von Ärger, Schmerzen, Äther und dem runden weißen Gesicht des Dentisten, das sie durch Tage beständig über dem ihren schweben sah, war es geschehen. Es erwachte niemals das Gewissen in ihr wegen dieses Vorfalls, noch wegen irgendeines jenes ersten, verlorenen Teils ihres Lebens; als sie nach mehreren Wochen noch einmal zur Nachbehandlung kommen mußte, ließ sie sich von ihrem Stubenmädchen begleiten, und damit war das Erlebnis für sie beendet; es blieb nichts davon als die Erinnerung an eine sonderbare Wolke von Empfindungen, die sie eine Weile wie ein plötzlich über den Kopf geworfener Mantel verwirrt und erregt hatte und dann rasch zu Boden geglitten war.»

Wie Margarete Mauthner im II. unveröffentlichten Teil ihrer Erinnerungen berichtet, nahm sie mit ihrem zweiten Mann Edmund Mauthner an der Taufe von Marthas Tochter Annina teil, aber daß man da ein unterschobenes Kind taufte, dürfte sie nicht geahnt haben. Es scheint ihr indes nicht entgangen zu sein, daß Martha ihre eigene Auffassung von ehelicher Treue hatte. Als «die Römerin», wie man sie in Berlin mittlerweile nannte, sich im Sommer 1903 wieder einmal in der Matthäikirchstraße aufhielt, lernte sie bei Julius und Hans Alexander einen deutsch-stämmigen italienischen Ingenieur aus Neapel kennen, der damals in Berlin arbeitete, und da er wohl als Vorbild für den Detektiv Stader in Musils «Schwärmern», den früheren Geliebten Regines, den «kleinen Neapolitaner» herhielt, scheint die Begegnung im Berlin des Sommers 1903 nicht nur einen kleinen harmlosen Flirt ausgelöst zu haben. Margarete Mauthner hielt es unübersehbar mit der bürgerlichen Moral, während Martha sich über sie hinwegsetzte.

«Denn es blieb ein Merkwürdiges in all ihrem damaligen Tun und Erleben», schreibt Musil über Marthas Konterfei Claudine in den «Vereinigungen». «Es kam vor, daß sie kein so schnelles und gehaltenes Ende fand wie jenes eine Mal [bei dem verführerischen Zahnarzt] und lange scheinbar ganz unter der Herrschaft irgendwelcher Männer stand, für die sie dann bis zur Selbstaufopferung und vollen Willenlosigkeit alles tun konnte, was sie von ihr verlangten, aber es geschah nie, daß sie nachher das Gefühl starker oder wichtiger Ereignisse hatte; sie beging und erlitt Handlungen von einer Stärke der Leidenschaft bis zur Demütigung und verlor doch nie das Bewußtsein, daß alles, was sie tat, sie im Grund nicht berühre und im Wesentlichen nichts mit ihr zu tun habe. Wie ein Bach rauschte dieses Treiben einer unglücklichen, alltäglichen, untreuen Frau von ihr fort, und sie hatte doch nur das Gefühl, reglos und in Gedanken daran zu sitzen.»

Menschen mit einer solchen quasi-Maeterlinckschen Auffassung von Integrität – das transzendentale, mystische Ich wird selbst von Verbrechen nicht tangiert! – haben für Menschen mit der üblichen Auffassung von Verantwortung, Schuld und Sühne etwas schlechthin Unbegreifliches. Der im üblichen Wortsinn ‹gesunde Menschenverstand› empört sich über die ‹Verfehlungen haltloser, passiv-sinnlicher Frauen›, sogar vor dem Hintergrund einer allmählich zerrütteten Ehe. Margarete Mauthner, die selbst auf das Heftigste unter den ruinösen wirtschaftlichen Machenschaften ihres ersten Gatten Alexander Pinkuss litt und sich nach jahrelanger Flucht 1898 von ihm scheiden ließ, hätte eigentlich Verständnis haben müssen für die Entfremdung zwi-

schen Martha und Enrico Marcovaldi, da dieser als Geschäfts-
mann drauf und dran war, mit bodenlosem Dilettantismus und
Leichtsinn das Vermögen seiner Frau durchzubringen. Deshalb
beantragte Martha 1907 die Trennung von Tisch und Bett (und
Kasse) und kehrte mit den beiden Kindern schon teilweise nach
Berlin zurück. Die Erbstreitigkeiten nach dem Tod Julius Alexanders († 12. Dezember 1906) führten gar zu einer juristischen
Auseinandersetzung zwischen Martha und Margarete. Martha,
von ihrem Onkel und zeitweiligen Schwiegervater immerhin
mit einem Legat von insgesamt 70 000 Mark bedacht, – das Vier-
zehnfache von Musils Redakteursgehalt bei S. Fischers «Neuen
Rundschau»! – forderte einen Teil von Fritz Alexanders Bildern,
die Margarete ihr verweigerte. Detailliert heißt es im unveröffentlichten II. Teil der Erinnerungen, mit unüberhörbarer Miß-
billigung von Marthas Lebenswandel: «Mit der freien Bestimmung über den ganzen Hausrat hatte mein Vater mir die
Verteilung der Bilder meines Bruders Fritz unter mich und
meine beiden jüngeren Brüder [Carl und Johann Alexander]
übertragen». – Edmund ging erstaunlicherweise ebenfalls leer
aus. «Meine Cousine Martha war vor einigen Monaten vorübergehend von Rom nach Berlin übersiedelt, und mancherlei Be-
trübliches hatte sich in unsere Beziehungen zu einander geschli-
chen, wenn auch dem Reize ihres Wesens mein Herz stets
geöffnet blieb, mochte noch soviel Trennendes zwischen uns
stehen. Durch jene Verfügung fühlte sie sich als Frau meines verstorbenen Bruders beeinträchtigt und forderte einen Teil der
Bilder als ihr Recht. Mit den [testamentarischen] Worten meines lieben Vaters in Händen, glaubte ich, nicht nur berechtigt,
sondern verpflichtet zu sein, diese teuren Zeugen glücklicher
Jahre den verworrenen Wegen fernzuhalten, die vor und hinter
ihr lagen. Mein Mann [Edmund Mauthner] nahm dieses eine Mal
gegen mich Partei, und selbst in meiner Aufregung verstand ich
ganz seine strahlende Ritterlichkeit, die sich der Schwächeren

unbedenklich annahm. Gleichzeitig
aber hatte ich Gründe genug, nicht
darüber im Zweifel zu sein, wie falsch
seine lautere Stellungnahme gedeutet
würde; so mußte ich auch diesen lieben Gegner niederringen, und ganz
gebrochen feierte ich meinen Sieg.»

Bei einem Aufenthalt im Ostseebad
Graal hatte Martha, wie erwähnt, zirka
August 1906 einen gewissen Robert
Musil kennengelernt und ihn vielleicht sogar schon bald bei Familie
Alexander eingeführt. Damals konnte
gewiß noch niemand ahnen, daß die
beiden einige Jahre später, im April
1911, offiziell, per Trauschein, ein Paar
würden. Martha war in jenen Jahren
von einer ganzen Reihe von Männern

Martha Marcovaldi, um 1905

umworben, von dem ewigen Junggesellen Edmund Alexander
ebenso wie von ihrem ersten Verlobten Martin Cohn aus frühen
Berliner Jugendjahren, und als bereits die Heirat mit Musil pro-
jektiert war, wurde sie in Cohns Wohnung beim endgültigen Abschied von ihm noch einmal rückfällig. «Es war ein niemals deut-
liches Bewußtsein einer fern begleitenden Innerlichkeit, das diese
letzte Zurückhaltung und Sicherheit in ihr bedenkenloses Sich-
den-Menschen-Ausliefern brachte. Hinter allen Verknüpfungen
der wirklichen Erlebnisse lief etwas unaufgefunden dahin, und
obwohl sie diese verborgene Wesenheit ihres Lebens nie noch begriffen hatte und vielleicht sogar glaubte, daß sie niemals bis zu
ihr hin werde dringen können, hatte sie doch bei allem, was geschah, davon ein Gefühl wie ein Gast, der ein fremdes Haus nur
ein einziges Mal betritt und sich unbedenklich und ein wenig
gelangweilt allem überläßt, was ihm dort begegnet.

Und dann war alles, was sie tat und litt, für sie in dem Augenblick versunken, wo sie ihren jetzigen Mann kennengelernt hatte. Sie war von da in eine Stille und Einsamkeit getreten, es kam nicht mehr darauf an, was vordem gewesen war, sondern nur auf das, was jetzt daraus wurde, und alles schien nur dazu dagewesen zu sein, daß sie einander stärker fühlten, oder war überhaupt vergessen. Ein betäubendes Empfinden des Wachsens hob sich wie Berge von Blüten um sie, und nur ganz fern blieb ein Gefühl von ausgestandner Not, ein Hintergrund, von dem sich alles löste, wie in der Wärme schlaftrunken Bewegungen aus hartem Frost erwachen.»

Martha und Robert Musil wurden plausiblen Indizien zufolge im Herbst 1908, auch im sexuellen Sinne, ein Paar. Der Ort, an dem sie einander, um es mit der Sprache der Bibel zu sagen, erstmals erkannten, war wohlweislich nicht das Haus in der Matthäikirchstraße 1, sondern die neue Wohnung in der Martin-Luther-Straße 68, die Martha nach der endgültigen Rückkehr aus Rom genommen hatte. Dort verlebten sie bald nach dem Einzug den Geburtstag Musils am 6. November à deux. Da freilich an einem 7. November (1895) Fritz Alexander gestorben war, warf dieser Todestag «immer einen Schatten auf den 6.XI.», wie Martha betont: «ich erinnere mich genau an den ersten gemeinsamen 6. November, aber es war nachts und schon der 7. Und plötzlich wurde mein ganzer Körper kalt – und ich sagte es ihm und auch den Grund davon. – Vielleicht habe ich später nie mehr davon gesprochen. – Das ist alles, und alles ist vorbeigegangen; obwohl ich das Zimmer, das Licht, die einzelnen Möbel – und Robert – deutlich sehen kann, sind die Empfindungen der Nähe und der Kälte verloren.»

Daß das Haus in der Matthäikirchstraße und manche seiner Bewohner für immer in Musils Werk gegenwärtig blieben, und daß es ohne Martha weder die «Vereinigungen» noch die «Schwärmer» noch die «Portugiesin» noch den «Mann ohne Eigenschaften» in der vorliegenden Form gäbe, ist unumstößlich. Ob Margarete Mauthner und ihre Brüder Musils Werk je zur Kenntnis nahmen, ist ungewiß – in ihren Erinnerungen fällt der Name des Autors jedenfalls nicht ein einziges Mal, während umgekehrt Musil ihre Vorliebe für van Gogh teilte (in seinem Nachlaß finden sich umfangreiche Exzerpte aus einer Biographie und dem Briefwechsel des Malers, die er wohl für ein eigenes, nicht zustandegekommenes Werk angefertigt hatte.) Daß ihr Bruder Fritz in Musils Texten in vielfältiger Gestalt weiterlebte, hätte Margarete Mauthner eigentlich rühren müssen, mochte sie auch mit dem ‹Medium› Martha, ihrer sogar prozessual bekämpften Cousine und Schwägerin, auf gespanntem Fuße leben. Fritz Alexander war wohl tatsächlich der einzige, «auf den Robert eifersüchtig war». Deshalb fragte sich der Autor einmal während des I. Weltkriegs ganz ungewohnt naiv, wem Martha im Jenseits gehören werde, – warum denn ihm, RM?

Wann Martha Musil Margarete Mauthner und die Alexander-Brüder zum letztenmal gesehen und gesprochen hat, wissen wir nicht. Mitte der dreißiger Jahre müssen sich ihre Wege jedenfalls endgültig getrennt haben. Denn während Robert Musil und Frau 1933 aus Berlin nach Wien zurückkehrten und 1938 in die Schweiz emigrierten, führte der Weg von Margarete Mauthners Familie ins Exil nach Südafrika. Kurz vor der Entfesselung des II. Weltkriegs, erst im Sommer 1939, gelang ihr, Margarete «Sara» Mauthner, nach der üblichen staatlich verordneten Demütigung und Beraubung, die Auswanderung. Im fernen Südafrika überdauerten ihre Erinnerungen den II. Weltkrieg und alle weiteren Zeitläufte – ein wichtiges Zeugnis des Berliner Judentums und ein Quellenwerk für das oeuvre Musils. Im Haus Matthäikirchstraße wäre es während des II. Weltkriegs unter dem Bombenhagel auf Berlin vernichtet worden.

Tübingen, im Juni 2004
Karl Corino

EIN KÜNSTLER-NACHLASS

Das Bild einer echten ernsten Künstler-Individualität tritt uns aus den bei H. Littauer ausgestellten Werken Fritz Alexanders entgegen, der vor Jahresfrist, erst 25 Jahre alt, in Florenz gestorben ist. In Berlin geboren, lebte er von 1890 an in München, anfangs noch als Lernender, aber bald mit tüchtigen Arbeiten vor die Öffentlichkeit tretend: schon in der ersten Ausstellung der «Sezession» 1893 brachte er das Porträt seines Bruders und das «Mädchen mit der Cigarette». Die jetzt aus seinem Nachlaß zusammengestellten Bilder und Studien geben einen vollständigen Überblick über seine Entwicklung und lassen erkennen, daß der frühe Tod des Malers auch für die Kunst, besonders für die Porträtkunst, einen wirklichen Verlust bedeutet. Durchaus modern in der Art, wie er den künstlerisch zu behandelnden Gegenstand vor Allem als farbige Erscheinung auffaßt, hält er sich doch völlig rein von einem ausschließlichen Hervorkehren dieser Auffassung, das so leicht der Malweise einen tendenziösen, provozierenden Charakter gibt. All seinen Arbeiten merkt man es an, daß er wie jeder ernsthafte Künstler die Technik nicht als Selbstzweck betrachtet, sondern als Mittel zur getreuen und ehrlichen Wiedergabe des von den Dingen empfangenen malerischen Eindrucks.

Diesem Zweck das Mittel, die Technik, möglichst adäquat zu gestalten, ist sein stetes Bemühen, das sich darum nicht an eine Manier binden kann; wir sehen einige Bilder, unter anderem das große Porträt eines alten Herrn, die einen scharfen, ateliermäßigen Kontrast zwischen hellen und dunklen Partien zeigen und sehr schwer, fast undurchsichtig gehalten sind; andere – spätere – wie etwa die Studien «Aschermittwoch» oder «Pariserin», ganz hell, fast nebelhaft verfließend. Wenn in der mittleren Zeit der ihm gegönnten Entwicklung der Maler zu einer etwas nervösen, die farbige Impression bis ins Kleinste differenzierenden Weise gelangt war, so zeigen seine letzten Arbeiten wieder einen breiteren flächigen Vortrag, die erreichte ruhige Sicherheit des fertig durchgebildeten Künstlers. Als solcher länger zu wirken, war Fritz Alexander nicht vergönnt; wer aber die Ausstellung seines Nachlasses gesehen hat, dem wird die künstlerische Gesammterscheinung als die eines unermüdlich vorwärtsstrebenden reichen Talents im Gedächtnis bleiben. Seine Bildnisse, die meist keine «schönen» Menschen darstellen und alles Beschönigen mit beinahe bemerkbarer Sorgfalt vermeiden, haben neben ihren malerischen Qualitäten jene, man möchte sagen, dichterische Kraft, die innerste Eigenart des Porträtirten mit einem Ausdruck unmittelbaren momentanen Lebens vor uns hinzustellen, der auf den Beschauer wirkt und ihm mit dem Werk zugleich die Individualität dessen der es geschaffen, dauernd einprägt.

Münchner Neueste Nachrichten, Freitag, 27. November 1896, S. 3

Ein kleines Mädchen war immer im großen Hintergarten des Hauses. Der Garten war nicht groß, aber ihr schien es so. Rasenflächen, ein Berg, eine Sonnenuhr, der Platz unter dem grossen alten Kastanienbaum, ein Kroketplatz, Obstbäume von denen man das Obst schütteln konnte oder mit Steinen nach ihm werfen und drei verkrüppelte Akazien auf dem Platz vor dem Gartensaal. Drei Thüren führten von dort hinaus, Holzgatter zur Straße und zu den Nachbargärten, Büsche, von denen man Gerten pflücken konnte und Jasmin, Faulbaum, Hollunder – schon im Nachbargarten ein Nußbaum, aber ein Teil der Nüsse fiel herüber und der Zaun war so niedrig, daß man auch schnell von drüben die Nüsse holen konnte. Das kleine Mädchen lebte in dem Haus mit der Mutter, der Großmutter, einer Schwester und einem Bruder (beide viel älter). Als sie ganz klein war, hatte sie ein Kinderfräulein. Das war störend. Man mußte stricken. Zehn Mal herum. Ein roter Faden wurde zur Kontrolle eingestrickt. Sie mochte nicht stricken, viel lieber mit den Hunden im Schoß sitzen, sie strickte auch nur zwei oder drei mal herum und zog das Zeichen zurück. Lange wurde es nicht bemerkt, aber dann doch und das Fräulein war böse. Es hatte eine Rute und das kleine Mädchen hatte Angst vor ihr, auch Mama und Großmama – aber dann faßten sie einen Mut und schickten sie fort. Dann kam Fräulein Julchen und warf die Rute gleich ins Feuer. – Als sie sechs Jahr alt war, hatte sie kein Fräulein mehr. Da war nur die Köchin Emma, die schon zwanzig Jahre bei der Großmama war, das Hausmädchen und die Portierleute, eine altes Paar, hießen Adam und Eva. Adam holte sie von Kindergesellschaften ab und mußte sie zur Schule begleiten. Aber sie schämte sich, weil er so alt und schlecht angezogen war und lief ihm davon, sagte: Gehen Sie zurück, ich sehe dort eine Bekannte, mit der ich gehen kann. Einmal sah sie ihn am Schulausgang mit Mantel und Schirm stehen (es hatte geregnet) ließ ihn stehen, ging durch das andre Tor hinaus. Der Rückweg von der Schule: zuerst mit den andern Mädchen zum Bäcker Lucca Augen essen, noch ein Stück gemeinsam, schließlich alle über den breiten Kirchplatz nach Hause. Schön bei Sommerhitze, glühende Sonne auf dem Platz, sie ging langsam, schwankend, mit gesch[l]ossenen Augen.

Schularbeiten waren wenig zu machen, sie saß tagsüber auf dem großen roten Lehnstuhl, die Beine heraufgezogen, aber man durfte es nicht sehen[,] und las Romane, die für Mama und Großmama geholt wurden[,] oder sie war im Garten mit ihrem Reifen, ging herum in kunstvollen Figuren stundenlang und erzählte sich Geschichten, immer die gleiche. Oder sagte einen Vers und ließ die Gedanken darum herum ziehen: War einst ein Prinzeschen, das saß in dem Bauer, hat Haare wie Gold und war stets auf der Lauer. Dann kam auch der Prinz und sie wurden getraut – und ich bin der König und du bist die Braut.

Wenn die vielen Kastanien vom Baum fielen[,] standen Kinder am Zaun und bettelten, sie warf sie hinüber und sprach mit den Kindern und spielte auch mit ihnen – am Zaun entlang laufen. Es waren nur Jungen, ein dickes Zwillingspaar, ein grösserer Bruder und zwei andre. Portierkinder aus den nächstliegenden Straßen. Zu Weihnachten kaufte sie ihnen kleine Spielsachen und schickte Adam damit in die Wohnungen. Sie kamen dann zum Zaun und sagten: Dein Vater hat uns was geschenkt.

Robert Musil über Jugend und frühe Erwachsenenjahre seiner Frau Martha:

Rabe

★ [18]74 mosaisch[,] aber ohne religiöse Erziehung aufgewachsen. Vom 12[.] Jahr ab [Familie Julius Alexander] in dem Haus [Matthäikirchstr. 1]. Schon vorher mit den Vettern gespielt. Vom 6. Jahr ab täglich 2 Romanbände gelesen. Mit 5 Jahren sich schon sehr für Schillers Räuber interessiert. Durchs Gartengitter mit Straßenkindern gesprochen. Portier Adam begleitet in die Schule u[nd] holt ab. Beim Abholen wich sie ihm aus – beim Hingehen hatte er Auftrag[,] soweit[,] bis sie Freundin sahen, M.[artha] gab an, sie zu sehen[,] u.[nd] lief weg – schwänzte Schule u.[nd] ging spazieren. Mit 14 Jahren ging ihr täglich ein ca. 30jähriger Herr vor u[nd] nach der Schule nach, mit blondem Spitzbart. Vom 3ten – 6ten Jahr Erzieherin, wenn M.[artha] Nägel knabberte, wurde sie mit der Ruthe geschlagen, täglich sollte sie 10 Reihen stricken, durch durchgezogenen Faden markiert, den M.[artha] herauszog u[nd] versetzte, so daß sie nur eine strickte. Nach dem Scharlach im 14ten Jahr Aufblühen, schöner Teint. Idee, daß Mund häßlich sei, glücklich, als Fritz sie auf den Mund küßte, während Vetter Edmund (der Älteste) es nie getan hatte. Mit 13 Jahren von Edmund eingeweiht. (Schon mit 5 Jahren von Bruder angefaßt). Mit Fritz gemeinsames Lesen, große Spaziergänge, mit Edmund nichts von dem (10 Jahre älter)[.] Edmund gab sich schwül zärtlich, sprach nie ein Wort, aber wenn er sie irgendwo erwischte (M[artha] blieb immer als Letzte auf)[,] umfaßte er sie, knöpfte ihr die Haken auf, küßte sie nie auf den Mund, sondern Zungenküsse auf Schulter u[nd] Rücken; erregte sie u[nd] wirkte beunruhigend. Angst, aber doch besser jetzt so etwas zu erleben[,] als später vielleicht überhaupt nicht. (Immer noch ums 14te Jahr herum, geht so weiter bis zum 19ten Jahr.[)] Beim Sitzen um die Lampe, alle zusammen lesen, zieht er sich manchmal den Schuh aus, ernstes Gesicht, durch Zeitung gedeckt, streicht mit dem Fuß am Bein hoch. Es lagen oft Wochen dazwischen, jedesmal fing er bei dem Punkt an, wo er aufgehört hatte. M.[artha] immer in gewisser Spannung. Als sie sehr klein war, wollte er ihr im Zimmer Anschauungsunterricht geben, sie lief weg. Was er ihr tat, war ihr überhaupt angenehm, aber ihm etwas zu tun, war ihr gräßlich. Von Anfang an mit Taten eingesetzt, nie mit Worten. Mit 16, 18 Jahren: Fritz krank, M.[artha] machte ihm gern die Umschläge. Abend, nebenan die Dienstmädchen, Edmund fing an ihr wortlos näher zu kommen, M[artha] hatte Angst, daß die Mädchen es merken könnten[,] u.[nd] aus diesem Grund hielt sie still, wütend weil sie zu Fritz hinaufgehen wollte, nahm die Lampe, Ed.[mund] dachte[,] sie wolle sie ihm an den Kopf werfen, sie schaut aber nur, ob sie derangiert ist ... er zog sie aufs Sofa, hielt sie fest, ohne sie an sich zu ziehen, legt er sie nieder u.[nd] berührt sie mit den Fingern, bis zum Wehtun – (darüber wütend)[.] M.[artha] wollte diese Sachen kennenlernen, blieb ganz kalt, von der Sinnlichkeit nicht überwältigt. An Tagen, die solchen Szenen folgen, merkten sie einander gar nichts an. Als Witwe. Liebte noch Fritz u[nd] empfand nur ihn, dachte aber doch am ersten Tag: wen werde ich jetzt heiraten[,] Hans od[er] Edmund? Unruhige Sinnlichkeit, ohne es eigentlich ernst zu meinen. Nach mehrmonatigem Aufenthalt im Haus, zufälliges Alleinsein abends mit Edm[und], der nach Hause kam. Sofa. Umfaßte sie – Augenblickliche Idee, ob er ähnlich ist mit Fritz, speziell in diesem Moment. Er: Laß mich, Laß mich doch ... bitte ... M.[artha] wieder unsinnlich – ohne Küssen – in die bedeckten Beine hinein – nachher stand M[artha] gleich auf u[nd] ging weg. Nachher wollte er immer, daß sie die Tür offen läßt ...

M[artha] läßt nie offen, wohnen nebeneinander. M.[artha] erzählte Hans von Edm[und]. Gespräche zw.[ischen] M.[artha]

u[nd] H[ans]. H.[ans] betrachtet M.[artha] als Art Vermächtnis von Fritz, den er sehr liebte, M.[artha] fühlt in H.[ans] einen Vertrauten, er soll ihr später Gift verschaffen, wenn sie durch den Tod des Schwiegervaters ihres Versprechens [sich nicht zu töten?] ledig ist. M.[artha] liest in seinem Zimmer, wenn er arbeitet, gehen gegen Ab[en]d spazieren. M.[artha] spricht, H.[ans] hört zu. Verwandten [sic] mutmaßen Heiratspläne, M.[artha] trotz flüchtigen Einfalls von vorhin sehr beleidigt. Im Frühling drückt sie das Alleinsein noch stärker. Findet es erklärlich, daß jeder Mensch sie lieben müsse, weil doch ein Mensch wie Fritz sie liebte, u.[nd] weil sie sieht, daß er [Hans] sie liebte, kommt ihr der Gedanke näher[,] ihn zu heiraten, auch wegen seiner Art fester Haltung als Rettung vor sich selbst u[nd] den Andern. Küssen sich im Zimmer, bedeutete für M.[artha] nur eine Liebenswürdigkeit gegen ihn. M.[artha] erzählt ihm die Geschichte von Edm.[und] (Laß mich ...), die gleichzeitig spielt. Hans wütend, Feindseligkeit zw.[ischen] den Brüdern. Die Szene mit Edm.[und] wiederholt sich nicht. Sie sagt manchmal, ich werde klingeln, wenn Du nicht sofort aufhörst. M.[artha] verbat sich seine Attacken aber nicht in scharfer Form, er war ihr nicht eklig[,] aber lästig; sie hat gar keine Neigung jene Szene fortzusetzen. Geht wegen des Hauses nach München. In viel schwächerer Form Fortsetzung mit Hans: Reist mit ihm u[nd] seinen Eltern nach Paris. Vor der Casirersache. Projekt[,] freundschaftlich zusammenziehen, ohne zu heiraten, geschwisterliche Stimmungen. Mißfiel ihr durch sein Spielen in M[on]t[e] Carlo[,] streiten viel.

München 96/96 Winter lebt in Pension, malt nur, lebt in Erinnerungen, geht die Treppe bis zum Atelier hinauf. Interessiert sich sachlich u[nd] menschlich für Habermann. Er hat aber Angst[,] etwas zu wagen. Sachlich macht sie ihm Opposition, er macht ihr in feiner Weise den Hof. Läßt er sich mittags ins Atelier Weißwürste holen, so sie auch, malt bis zum Abend, geht dann spazieren liest dann auf ihrem Zimmer, ißt Obst.

In dieser Situation taucht Paul Cassirer auf. Sonst noch Maler Brucker[,] ganz neutraler Mensch.

Cass.[irer] lebt damals verheiratet in Brüssel, will nach München ziehen, vorläufig in Feldafing Sommerwohnung. – Seine Frau Jugendfreundin von M.[artha] (sie etwas lesbisch)[.] Fester energischer Mensch, M.[artha] bewundert sie, Lucie liebt M.[artha] zärtlich. Paul schwankt seinerzeit zwischen M.[artha] u.[nd] Lucie[,] merkt aber M[arthas] Interesse für Fritz (M.[artha] damals offiziell mit Martin C.[ohn] verlobt) – Paul erzählt in M.[ünchen] (nicht direkt)[,] daß es mit Lucie nicht gut steht – waren 2-3 Tage zusammen, rein kameradschaftlich. 2-3 Wochen später kommt die Reise mit A[lexander]'s nach M[on]t[e] Carlo u[nd] Paris. M.[artha] geht dann nach Berlin, C[assirer]'s nach Feldafing, laden M.[artha] ein. M.[artha] geht für ein paar Wochen hin. Lucie fängt gleich an[,] von ihrer unglücklichen Ehe zu erzählen[,] u.[nd] sucht M.[artha] auf ihre Seite zu ziehen. Klagt, daß er nichts macht, roh sei usw. Obwohl M.[artha] ihr recht gibt, fühlt sie doch, daß Lucie die Schuld trägt, weil er Künstler ist u.[nd] sie bürgerlich. Er war in den ersten Tagen auch so[,] wie L.[ucie] ihn schildert. Schläft bis 11, tut nichts[,] ganz blöd[,] spielt nur mit dem Kind. Auch er klagt bei M[artha]. Wenn er länger ausbleibt, L.[ucie]: Wenn ihm nur bloß etwas passieren würde … ihr einziges Glück, von ihm loszukommen. M.[artha] denkt nicht daran, daß ihm das Kind etwas bedeuten könnte [bricht ab]

Stammbaum der Familie Alexander

Kinder von Alexander Samuel und seiner Frau Amalie:

Alexander Samuel	∞	Amalie
* 20.11.1792 (?) Flatow		* 16.07.1801 (?)
† 20.02.1842		† 03.06.1841

Joseph Alexander	∞	Pauline Weyl		Henriette (?)
* 01.05.1809 Berlin		* 10.05.1806 Berlin		
† 06.01.1885 Berlin		† 26.05.1877 Berlin		

Kinder von Joseph Alexander und seiner Frau Pauline, geb. Weyl:

Johanna	∞	Martin Meyer		Julius Alexander	∞	Guthilde Henriette Meyer		Mathilde	∞	Julius Boas
* 13.06.1830		* 12.03.1822		* 06.08.1836 Berlin		* 28.11.1842 Berlin		* 26.05.1842 Berlin		* 28.11.1842 Beeltiz
† (?)		† 09.02.1882		† 12.12.1906 Berlin		† 08.07.1898 Berlin		† 03.01.1919 Berlin		† 12.01.1922 Berlin

Kinder von Julius Alexander und seiner Frau Guthilde Henriette, geb. Meyer:

Margarete	∞	Edmund		Fritz Alexander	∞	Martha Heimann		Carl		Johann
* 07.07.1863 Berlin		* 1865 Berlin		* 01.06.1870 Berlin		* 24.01.1874 Berlin		* 1871 Berlin		* 22.04.1873 Berlin
† 1947 Johannesburg		† 1933 Berlin		† 07.11.1895 Florenz		† 24.08.1949 Rom		† 1946 London		† 1938 Johannesburg

Margarete	∞	(1)	Alexander Pinkuss
			* 1865
			† 1902 Berlin
		(2)	Edmund Mauthner
			* 1868 Wien
			† 1909 Berlin

Tochter von Margarete Pinkuss (Mauthner):

Edith	∞	Adolf Orgler
* 020.02.1887 Berlin		* 1875 Berlin
† 1946 Johannesburg		† 1904 Johannesburg

Anmerkung: Die überlieferten Daten des «Stammvaters» Alexander Samuel und seiner Frau Amalie können nicht richtig sein, denn Alexander Samuels Frau Amalie wäre bei der Geburt ihres Sohnes Joseph Alexander erst rund acht Jahre alt gewesen. Alexander Samuel selbst wäre 16 oder 17 gewesen, und wäre er gar 1795 geboren, wie andere Überlieferungen lauten, erst 14.!

Stammbaum der Familie Meyer

Abraham Wolff Meyer ∞ Henriette Riess
* 25.02.1765 Berlin   * 18.07.1767 Berlin
† 07.12.1836 Berlin   † 11.12.1833 Berlin

Kinder von Abraham Wolff Meyer und seiner Frau Henriette, geb. Riess:

Joel Wolff Meyer ∞ Caroline Hirschfeld	Philipp Meyer	«Rikchen»	Julius Meyer ∞ Jeannette Meyer (seine Nichte)
* 22.10.1794 Berlin / * 13.12.1800 Berlin	* 1801	* 16.03.1815 Berlin	* 1802 (?) Berlin / * 1821
† 25.09.1869 Berlin / † 14.07.1896 Berlin	† 22.08.1877	† 17.05.1884 Berlin	† 1872 Berlin / † 30.08.1887

Kinder von Joel Wolff Meyer und seiner Frau Caroline, geb. Hirschfeld:

Jeannette ∞ Julius Meyer
* 1821
† 30.08.1887
† 14.08.1910 Berlin
* 1802 (?) Berlin
† 12.11.1872 Berlin

Julius Ludwig   Philipp   Hermann

Martin ∞ Johanna Alexander
* 12.03.1822   * 13.06.1830
†   09.02.1882

Siegmund
* 22.11.1830
† 08.04.1903

Mathilde
* (?)
† 08.03.1903

Hanna
†

Elise
* 22.04.1831 Berlin
24.02.1872

Kinder von Julius Meyer und seiner Frau (und Nichte) Jeannette, geb. Meyer:

Guthilde Henriette ∞ Julius Alexander
* 28.11.1842 Berlin   * 06.08.1836 Berlin
† 08.07.1898 Berlin   † 12.12.1906 Berlin

Wolfers
* ca. 1839
† 1867

Siegbert
* 28.07.1840
† 13.03.1883

Franziska ∞ Benno Heimann
* 1844 Berlin   * 06.03.1836 Schwerin
† 12.12.1893   † 27.03.1874 Berlin

Hedwig ∞ Paul Jüdel
* 28.04.1847   * 04.11.1841 Braunschweig
† 21.01.1899   † 01.04.1918 Berlin

Paul

Kinder von Benno Heimann und seiner Frau Franziska, geb. Meyer:

Paul
* 24.05.1867 Hamburg
† 03.07.1892 Berlin

Hanna ∞ Jacques Casper
* 22.09.1869 Hamburg   * 1854 Berlin
† 26.10.1944 Theresienstadt   † 1922

Martha ∞
* 24.01.1874 Berlin
† 28.04.1949 Rom

(1) Fritz Alexander
* 01.06.1870 Berlin
† 07.11.1895 Florenz

(2) Enrico Marcovaldi
* 1874
† 1944

(3) Robert Musil
* 06.11.1880 Klagenfurt
† 15.04.1942 Genf

Bildquellen

Sarah-Rose Josepha Adler: Porträt Margarte Mauthner: Umschlagrückseite, S. 8, 9

Joachim Alexander: Umschlagbild, S. 243, 244, 245, 258

Heinz Alexander: S. 247, 248, 245, 249, 251, 255

Gaetano Marcovaldi: S. 250, 265

Karl Corino: S. 252

Gedruckt mit Unterstützung der Preußischen Seehandlung, Berlin

Das Honorar, das die Urenkel der Autorin für diese Veröffentlichung erhalten, stiften sie für gemeinnützige Zwecke, entsprechend den humanistischen Werten und Idealen, die die Autorin und ihre Familie vertreten haben.

Umschlaggestaltung, unter Verwendung einer Zeichnung
von W. Leo Arndt (1895): Haus Matthäikirchstraße 1,
und Layout: Gudrun Fröba, Berlin
Das Porträt auf der Umschlagrückseite
zeigt die Autorin Margarete Mauthner
Druck und Bindung: Pustet, Regensburg
ISBN 3-88747-197-0

Karl Corino, der Herausgeber, war Literaturredakteur des Hessischen Rundfunks, zahlreiche Veröffentlichungen, zuletzt das aufsehenerregende Werk «Robert Musil. Eine Biographie».